Christine Drews

GROSSRAUMDISCO

Christine Drews

GROSSRAUMDISCO

Roman

DUMONT

Zu diesem Roman wurde ich durch wahre Begebenheiten inspiriert.
Trotzdem sind alle Personen frei erfunden
und mögliche Ähnlichkeiten rein zufällig.
Christine Drews

Von Christine Drews ist bei DuMont außerdem erschienen:
Freiflug

FSC
www.fsc.org
MIX
Papier | Fördert gute Waldnutzung
FSC® C083411

Dieses Buch wurde klimaneutral produziert.

Klimaneutral
Druckprodukt
ClimatePartner.com/17531-2110-1001

Erste Auflage 2023

Umschlaggestaltung: Lübbeke Naumann Thoben, Köln
Satz: Fagott, Ffm
Gesetzt aus der Caslon und der Acre
Druck und Verarbeitung: CPI books GmbH, Leck
Gedruckt auf säurefreiem und chlorfrei gebleichtem Papier
Printed in Germany
ISBN 978-3-8321-8181-9

www.dumont-buchverlag.de

Für Julia und alle, die kämpfen.

– 1 –

Als ich in die Straße einbog, an deren Ende das Cincinnati lag, wurde mir übel. Ich fuhr rechts ran und stellte den Motor aus. Infekt oder Lebensmittelvergiftung konnte ich ausschließen. Ersteres, weil ich seit Tagen keinen Kontakt zu Menschen gehabt hatte, Letzteres, weil ich heute bis auf ein paar Liter Kaffee noch nichts hatte zu mir nehmen können. Die Aufregung war einfach zu groß.

Ich kam direkt aus dem Kloster Maria Laach, wo ich wie jedes Jahr eine Woche in völliger Abgeschiedenheit verbracht hatte, ohne Handyempfang, Netz oder Telefon. Nicht aus religiösen Gründen, sondern zum *digital detox*, das nirgendwo so perfekt umgesetzt werden konnte wie im Funkloch-Kloster am abgeschiedenen See. Diese Ruhe tat mir jedes Jahr gut, aber diesmal war es ganz besonders gewesen. Ich hatte mich mit etwas beschäftigt, das ich schon so viele Jahre vor mir hergeschoben, verdrängt, ja fast vergessen hatte. Jetzt war es endlich so weit, dieses Kapitel abzuschließen. Besser gesagt: *Ich* war so weit.

Und nun saß ich nach sieben Stunden Autofahrt am Straßenrand und versuchte mir einzureden, dass es keinen Grund gab, nervös zu sein. Ich hatte in meinem Leben weiß Gott andere Prüfungen hinter mich gebracht, die weitaus herausfordernder gewesen waren als dieses Abi-Treffen. Aber ich konnte noch so sehr versuchen, mich zu beruhigen, es half nichts. Mir war so schlecht wie damals.

Ich öffnete die Tür, schloss sie wieder, öffnete sie erneut und zog sie wieder zu, nur um dann beim dritten Mal endgültig aus dem Wagen zu kotzen. Geistesgegenwärtig hielt ich mir mit der einen Hand die Haare aus dem Gesicht, während ich mit der anderen meine Bluse zu schützen versuchte. Nichts machte sich auf dem hellblauen Seidenstoff schlechter als ein paar Spritzer Kaffee vermischt mit Magensäure.

Meine Güte. Wie einen die Schulzeit stressen konnte. Selbst wenn sie so viele Jahre zurücklag.

Ich lehnte mich im Sitz zurück, klappte die Sonnenblende herunter und kontrollierte im Spiegel mein Make-up. Ein bisschen Puder und Lipgloss stellten den ursprünglichen Zustand schnell wieder her, Wasser und Kaugummi sorgten dafür, dass der üble Geschmack aus meinem Mund verschwand. Ernst blickte ich in meine graublauen Augen, die immer mehr Grautöne bekamen. Wäre zu schön, wenn ich sie auch färben könnte, wie meine Haare, die seit Jahren dasselbe Dunkelblond hatten.

»Es wird toll werden«, sagte ich laut zu mir selbst. »Und wenn nicht, dann verschwindest du eben wieder.«

Ich war nicht zum zehnjährigen Abi-Treffen gegangen, nicht zum zwanzigjährigen und auch nicht zum dreißigjährigen. Ich hatte mit meiner Schulzeit, ja nach dem Tod meiner Eltern sogar mit ganz Bitterheide, vollkommen abgeschlossen. Und das schon seit Jahrzehnten. Bis vor Kurzem wäre ich auch niemals auf die Idee gekommen, zum fünfunddreißigjährigen Abi-Treffen zu fahren. Kein Mensch feierte ein fünfunddreißigjähriges Jubiläum, normalerweise warteten alle auf das vierzigste. Aber wegen der Pandemie hatte sich alles geändert, so jedenfalls hatten es die Organisatoren in die Einladung geschrieben. Fast ein Drittel unseres alten Jahrgangs sei bereits verstorben, weshalb man den Sommer unbedingt nutzen wollte, um endlich mal wieder richtig zu feiern.

Die so beiläufig eingestreute Information über meine verstorbenen Klassenkameraden war aber eigentlich nur ein Vorwand für mich gewesen, mich bei der Feier anzumelden, auch wenn ich zu niemandem den Kontakt gepflegt hatte. Wofür es gute Gründe gab. Aber trotzdem hatte ich mit diesen Menschen einen nicht unwichtigen Teil meines Lebens verbracht, und vielleicht lag es an meinem Alter, dass ich inzwischen mit etwas mehr Milde auf die Vergangenheit zurückblicken konnte. Das hatte ich jedenfalls versucht, mir einzureden.

Der wahre Grund, warum ich mich angemeldet hatte, war das Orga-Team, das unter der Einladung stand. Veras Name tauchte da zwischen einigen anderen auf, die mir immer noch vertraut waren. Das und die Tatsache, dass mein Keller vor einer Woche überschwemmt worden war, hatten mich heute hierhergebracht.

Es waren nur noch ein paar Hundert Meter bis zum Cincinnati, und ich beschloss, die restliche Strecke zu Fuß zurückzulegen. Ein bisschen frische Luft würde mir guttun.

Ich schnappte mir Mantel und Tasche und ging die Straße entlang, über die ich früher unzählige Male getorkelt, gelaufen und getanzt war und an deren Ende der große viereckige Bau stand, mitten in der Pampa.

Natürlich war das Cincinnati heute keine Großraumdisco mehr. *Event- und Mehrzweckhalle Bremen Nord* stand in großen Lettern über dem Eingang. *Bremen Nord* war ein fast dreister Euphemismus. Von Bremen musste man gut vierzig Kilometer bis zur Halle fahren; bis nach Bitterheide waren es dann noch mal zehn mehr. Angeblich feierte ja das Landleben ein großes Revival, aber bis hierhin schien sich dieser Trend noch nicht herumgesprochen zu haben. Wahrscheinlich betraf das nur das Berliner Umland, in das sich die gut verdienende Klientel vom Prenzlauer Berg zurückzog. Dass sich jemand von den hippen Städtern in das Zentrum der Schweinebauern nach Niedersachsen verirrte, war kaum vorstellbar. Auch wenn ich wusste, dass es mindestens einen solchen jemand gab.

Über der Eingangstür vom Cincinnati hing ein großes Plakat. *Der beste Jahrgang – ohne Glykol, aber scharf im Abgang!* Das war unser Slogan gewesen, den wir mit Edding auf unsere T-Shirts geschrieben hatten, als wir uns in der Abi-Nacht in der Schule verbarrikadiert und den Billigwein von der Tankstelle literweise in uns hineingekippt hatten. Ob man das Zeug bedenkenlos trinken konnte? Vermutlich nicht. Der Glykol-Skandal war zu der Zeit wortwörtlich in aller Munde gewesen. Aber obwohl wir von dem Frostschutzmittel gewusst hatten, hatten wir den Wein für nicht mal drei Mark den Liter getrunken wie andere Leute Wasser. Na ja, wir hatten es überlebt, das fehlende Drittel aus dem Jahrgang hatten wir mit Sicherheit nicht in diesen Tagen verloren.

Ich atmete noch einmal tief durch und sog die *gute Landluft* ein, die noch genauso ungut roch wie damals. Dann betrat ich die Großraumdisco, die keine mehr war.

Mein Maserati fährt 210! Schwupp, die Polizei hat's nicht geseh'n! Das macht Spaß! Ich geb Gas, ich geb Gas!

Unser Abi-Song dröhnte aus dem großen Saal, zu dem mich der Gang rechts von der Eingangshalle führte. Die Raumaufteilung im ehemaligen Cincinnati schien sich nicht großartig verändert zu haben. Im Eingangsbereich befand sich heute wie damals die Garderobe. Früher war hier alles mit Spiegeln verkleidet gewesen, was wir wahnsinnig mondän gefunden hatten. Jetzt waren die Wände in nüchternem Weiß gehalten. Große Wegweiser erklärten mir, dass es links zu mehreren kleineren Besprechungsräumen, einem Café und einem Bistro ging. Auch kein großer Unterschied zu früher, als sich dort eine Pizzeria und ein Schnellimbiss um den nächtlichen Heißhunger der Gäste gekümmert hatten. Und rechts ging es in die Großraumdisco, die sich heute *Großer Saal* nannte und in dem die Feier stattfand.

Auf dem Weg dorthin kamen mir zwei grauhaarige Männer entgegen, die vor mir stehen blieben und mich hemmungslos anstarrten.

»Anni?«, fragte der eine nach einem Moment und streckte mir freudig die Hand entgegen. Er hatte einen Bauch, als hätte er einen Medizinball verschluckt, prall und kugelrund. Sein dunkelblaues Hemd saß darauf wie eine zweite Haut.

Ich hatte keine Ahnung, wer die Typen waren. »Ja. Ihr seid … Ihr seid doch …?«

»Volker! Aus dem Deutsch-LK!« Der Medizinball griff meine Hand und schüttelte sie begeistert. »Und an Chicken wirst du dich ja wohl noch erinnern?«

Langsam dämmerte es mir. »Natürlich. Der Hühnerbaron.«

Der andere Mann grinste. Er war deutlich schlanker als Volker und hatte sich zur Feier des Tages in einen grauen Anzug geschmissen. »Du kannst auch Michael zu mir sagen. Und mit Hühnern habe ich heute nichts mehr zu tun. Alles verkauft. Freut mich, dich zu sehen, Anni, also so hier und jetzt, meine ich.«

Volker kicherte, in genau demselben Tonfall wie früher, und wies mit dem Kopf in Richtung Toiletten. »Wir bringen kurz unser Bier weg, und dann trinken wir einen zusammen, okay? Oder zwei …«

»Oder drei?« Der Hühnerbaron grinste breit.

Ich nickte und versuchte, die ersten Fluchtgedanken zu verdrängen. Es gab keinerlei Hinweise darauf, dass die beiden noch dieselben Arschgeigen waren wie früher. Okay, ein paar vielleicht schon, aber auch Typen wie Volker und Michael konnten sich in den letzten Jahrzehnten weiterentwickelt haben, das war jedenfalls nicht vollkommen ausgeschlossen.

Laura Branigans *Gloria* schallte aus den Boxen, als ich den Saal betrat. Die Organisatoren der Feier hatten sich alle Mühe gegeben, dem nüchternen Versammlungsraum ein 80er-Jahre-Flair zu verleihen. Ganz gelungen war es ihnen ehrlich gesagt nicht. Denn natürlich hatte der Schuppen früher ganz anders ausgesehen, niemals wären wir in eine Disco gegangen, in der die Wände mit Postern von Nena und Falco tapeziert waren. So etwas hatte es höchstens im Pfarrgemeindesaal gegeben, aber doch nicht in der angesagtesten Großraumdisco des ganzen Landkreises.

Einige Meter neben der Saaltür standen ein paar Bierzeltgarnituren, rechts daneben verlief die Theke, auf der das Büfett aufgebaut war. Auch eine Reminiszenz an unsere Schulzeit: Ich sah Nudelsalat mit Fleischwurststückchen in Mayonnaise, Platten mit an Zahnstochern aufgepickten Käsewürfeln mit Weintrauben, und die legendäre Schlammbowle durfte natürlich auch nicht fehlen. Wodka mit flüssigem Vanilleeis – meine Kalorienzähler-App würde sich vermutlich sofort selbst löschen, wenn ich davon auch nur ein Glas trank. Auch wenn ich nicht mehr neunzehn sein wollte, wirklich und beim besten Willen nicht, trauerte ich meinem Stoffwechsel von damals doch etwas hinterher, dem Alkohol- und Kalorieneskapaden nichts ausgemacht hatten.

Ein Tischchen mit einem großen Stapel Magazinen schloss sich dem Arrangement an, und ich erkannte mit einem Blick, dass es unsere alten Abizeitungen waren.

Irgendwie schaffte ich es, das Starren und Tuscheln der anderen zu ignorieren. Zielstrebig ging ich zu dem Tischchen, nahm mir eine der alten Abizeitungen und schlug sie auf ...

– 2 –

Auf der Tanzfläche war es inzwischen unerträglich heiß. Kein Wunder, seit Tagen war das Thermometer nicht mehr unter fünfundzwanzig Grad gerutscht, selbst nachts blieb es meistens über der Zwanziger-Marke stehen. Das war viel, besonders hier im Norden. Aber die Temperaturen kamen genau zur rechten Zeit.

Es war unser letzter gemeinsamer Sommer hier. Die Hitze des Tages übertrug sich auf die Nächte, und wir feierten, als gäbe es kein Morgen mehr.

Und obwohl es nur unser letzter Sommer als Schüler war, hatten wir alle das Gefühl, kurz vor einer Zeitenwende zu stehen. Nie wieder würden sechs Wochen Sommerferien auf uns warten, nie wieder ein erster Schultag nach den Ferien, nie wieder ein letzter. Keine Klausuren, keine Hausaufgaben, keinen Herrn Fedler, der einen laut schimpfend ins Klassenbuch eintrug, wenn man nur eine Minute nach dem Gong in den Lateinunterricht eilte, keine durchgeknallte Frau Eckert, die einem das Kaugummikauen im Kunstunterricht verbot, weil man dadurch angeblich beim Zeichnen aus dem Takt kommen konnte. Keiner konnte uns mehr was sagen. Es war vorbei. Wir hatten unser Abitur in der Tasche, mit mehr oder weniger guten Noten bestanden. Das Leben wartete auf uns.

Die Lasershow heizte der ausgelassenen Stimmung auf der Tanzfläche noch zusätzlich ein. Wir tanzten, als hätten wir unsere Finger in die Steckdose gesteckt, und rauchten dabei Kette.

Der Einsatz der Nebelmaschine war eigentlich völlig überflüssig, die dicke Nikotinwolke, die über der tanzenden Menge hing, war völlig ausreichend, um die funkelnden Laserblitze noch besser zur Geltung zu bringen.

Es gab nicht viele Popper bei uns im Jahrgang, die meisten von uns konnten sich so einen Style nicht leisten. Und die, die das nötige Kleingeld dafür hatten, stammten in der Regel aus stinkreichen Familien, die Schweine- oder Hühnermastbetriebe besaßen: Ihre Eltern waren durch die Bank so stockkonservativ, dass sie irgendwelche modischen Extravaganzen niemals erlaubt hätten. Daher hatten wir einen Haufen Halb-Popper, die zwar in Lacoste und Benetton rumrannten, ihre Haare aber mit anständigem Mittelscheitel trugen und nicht zur Tolle frisiert. Die meisten von ihnen waren von ihren Eltern mit einem VW Golf ausgestattet worden, ein Abi-Geschenk, das für mich der Inbegriff von Reichtum war und vollkommen jenseits meiner Lebensrealität lag.

Das Dumme am Popper-Dasein war allerdings, dass die meisten zu cool waren, um mit uns anderen auf der Tanzfläche richtig abzufeiern. Während sich der Geldadel also in die dunklen Ecken des Cincinnati zurückzog und eine JPS nach der anderen rauchte, zuckte die Palästinensertuchfraktion bekifft und mit geschlossenen Augen zu den Rhythmen, während der große Rest der Schülerschaft versuchte, so textsicher wie nur möglich jeden Song mitzusingen.

Zu diesem Rest zählte ich genauso wie meine beste Freundin Vera. Wir hatten uns beide in unsere hautengen Moonwashed-Jeans gezwängt und trugen neonfarbene Stretch-Oberteile, die wie eine zweite Haut anlagen. Vera in Gelb, ich in Orange. Für mich ein gewöhnungsbedürftiger Look, zu dem mich Vera tagelang hatte überreden müssen.

Normalerweise versuchte ich, so wenig wie möglich aufzufallen. Ich wollte nie die Ballkönigin sein, nie im Mittelpunkt stehen, sondern hatte mich bewusst für den Platz an der Seitenlinie entschieden. Die Aufmerksamkeit anderer hatte fast etwas Bedrohliches für mich. Wenn ich an die Tafel gerufen wurde, dann war es nicht die Aufgabe, die mir den Angstschweiß auf die Stirn trieb, auch weil ich sie in der Regel ohne große Probleme lösen konnte, sondern die Tatsache, dass in dem Moment alle Blicke auf mir ruhten. Es war die allgegenwärtige Sorge, dass die anderen plötzlich in mich hineinschauen konnten, als hätten sie einen Röntgenblick entwickelt, mit dem sie jede schützende Fassade durchbrechen konnten. Vera machte immer ihre Witzchen darüber und meinte, das sei vollkommen absurd. Aber das war es nicht. Denn die Gefahr, dass jemand etwas bemerken könnte, potenzierte sich, sobald ich im Mittelpunkt stand. Ein Zustand, den ich deshalb tunlichst zu vermeiden versuchte.

Aber Vera, der einzige Mensch auf der Welt, der alles von mir wusste, hatte mich schließlich davon überzeugt, dass die Abifeier ein angemessener Anlass war, einmal richtig auf die Kacke zu hauen. Deshalb hatten wir kurz nach den Prüfungen unsere Dauerwellen auffrischen lassen und mit hellen Strähnen effektvolle Akzente gesetzt. Kim Wilde war nichts gegen uns, auch wenn meine Spitzen jetzt vermutlich für die Ewigkeit zerstört waren.

»Words don't come easy to me«, grölte Vera in mein Ohr, und ich beschloss, dass der Zeitpunkt für eine Pause an der Theke gekommen war.

»Ich brauch was zu trinken!«, rief ich ihr zu.

Vera nickte nur. *»How can I find a way to make you see I love you ...«*, trällerte sie mit geschlossenen Augen, während ich mir einen Weg durch die Tanzenden bahnte.

»Curaçao mit O-Saft«, schrie ich dem Typen hinter der Theke entgegen, nachdem ich ihn dreimal angestupst hatte, damit er mich überhaupt bemerkte.

»Einmal Grüne Witwe!«, brüllte er seinem Kollegen zu, der sich daraufhin eine Flasche Blue Curaçao schnappte und mit Orangensaft vermischte. »Macht vier Mark«, rief er dann.

Ich zog mein Portemonnaie aus der Tasche und suchte die Münzen heraus. Da ich nur einen Heiermann fand, drückte ich ihm den mit den Worten »stimmt so« in die Hand. In dem Moment, in dem er mir das blaugrüne Gemisch mit einem Schirmchen versehen über die Theke schob, setzte die Musik plötzlich aus und das pfeifende Geräusch einer Mikrofonrückkopplung war zu hören. Dann ein lautes Räuspern, gefolgt von »eins, zwei – okay, ich glaub, es geht.«

Plötzlich erstrahlten Anke und Patrick im Scheinwerferlicht. Unsere beiden Jahrgangssprecher hatten sich auf die riesigen Boxen gestellt und versuchten krampfhaft, das Gleichgewicht zu halten, was mit der enormen Menge Alkohol, die die beiden intus hatten, offensichtlich nicht ganz einfach war.

»Leute, wir haben noch eine Überraschung für euch!«, rief Patrick lallend ins Mikro.

»Die gibt's aber leider nicht umsonst«, ergänzte Anke. »Haltet also drei Mark bereit und macht euch auf den Weg zu Andreas, der dahinten neben der Theke seinen Stand aufgebaut hat. Und holt euch ...«

»Eure Abizeitung!«, schrien beide gleichzeitig in ihre Mikrofone.

Die erneute Rückkopplung zerriss mir fast das Trommelfell. Das einsetzende Gekreische der anderen machte es nicht besser. Nahezu zeitgleich rannten alle auf Andreas zu, der so hacke war, dass er sich mit einer Hand am Tisch festhalten musste, während er mit der anderen die Zeitungen verteilte. Alle griffen begeistert zu, maximal jeder Zweite warf die geforderten drei Mark in das Sparschwein, das neben dem Zeitungsstapel stand.

Der DJ – der vermutlich coolste Typ der Welt, den ich noch nie ohne Kippe im Mundwinkel gesehen hatte – stoppte die Lasershow, ließ das Licht ein bisschen heller werden und *Hot Chocolate* leise im Hintergrund laufen, während er sich eine Jack-Daniel's-Pause gönnte.

Innerhalb weniger Minuten hatten sich alle 127 Abiturienten im Saal verteilt und blätterten in ihren Zeitungen. Die Stimmung war großartig. Überall wurde getuschelt und gelacht, erstauntes »Erinnerst du dich noch daran?« und »Das gibt's doch nicht!« war aus jeder Ecke zu hören.

Endlich hatte ich auch mein Exemplar ergattert. Gemeinsam mit Vera ließ ich mich auf der Stufe, die zur Tanzfläche führte, nieder und begann, in der Zeitung zu blättern.

Es gab einen langen Bericht über die Abschlussfahrten, die je nach Leistungskurs entweder nach Rom, Paris oder London gegangen waren und von peinlichen Fotos nur so strotzten. Michael kotzte von der Engelsbrücke, Peter lag besoffen in den Grünanlagen am Eiffelturm, Birgit und Andrea tanzten vorm Buckingham Palace. Keine Frage, auch auf der Abschlussfahrt hatten wir alle ordentlich gebechert, offensichtlich von morgens bis abends, fünf Tage lang.

»Das war echt eine geile Fahrt!«, schwärmte Vera.

»Affengeil«, gab ich ihr recht.

»Schade, dass ich mich nur noch an so wenig erinnern kann«, fügte sie kichernd hinzu. Ich lachte und gab ihr einen Schluck von meinem grünen Getränk ab.

So lustig die Berichte über die Abschlussfahrten auch waren, am meisten interessierte uns alle der hintere Teil der Zeitung, in dem jeder von uns mit einem Foto und ein paar witzigen Sätzen vorgestellt wurde. So wie in den USA die Jahrbücher hervorgekramt wurden, wenn jemand ermordet wurde oder man auf der Suche nach einer verschollenen Person war, so würde man bei uns in solchen Fällen die Abizeitungen nehmen. Das bildeten wir uns jedenfalls ein, weshalb es für einige enorm wichtig war, auf den Bildern so gut wie nur irgend möglich auszusehen.

Außerdem waren diese kommentierten Fotos eine Art nachträgliches Beliebtheitsranking. Wer hatte den besten Spruch bekommen, wer nur Spott? Wer wurde als Erstes genannt, wer als

Letztes? Wie würden wir den anderen für immer in Erinnerung bleiben?

Marens Foto war natürlich das erste. Kein Wunder, sie hatte an der Abizeitung mitgearbeitet und war außerdem zweifellos das schönste Mädchen des Jahrgangs. Da sie mit Naturlocken gesegnet war, brauchte sie keine Dauerwelle und hatte im Gegensatz zu uns gesundes, glänzendes Haar, keine Spitzen, die denen von Tannenbäumen ähnelten, und keine Strähnen, die so trocken waren wie Stroh. Schon seit zwei Jahren hatte sie ein Abonnement im Sonnenstudio und daher ganzjährig fabelhaft gebräunte Haut. Natürlich war sie auch auf den neuesten Fitnesstrend aufgesprungen und machte fleißig Aerobic, was nicht zu übersehen war. Auf dem Foto sah sie erwartungsgemäß atemberaubend aus, trug ein bauchfreies Oberteil und lachte in die Kamera. Darüber stand: »Unsere Schönste«.

Vera rollte mit den Augen. »Wie kann man sich denn selbst so eine Überschrift geben?!«

»Warum hast du sie nicht daran gehindert?« Vera hatte auch an der Abizeitung mitgearbeitet, allerdings nur sporadisch.

»Die Frau lässt sich an nichts hindern. Die will ganz groß rauskommen. Wird ihr bestimmt gelingen.«

»Lackiert sich sogar im Deutsch-LK die Nägel«, las ich laut die Unterschrift unter Marens Foto vor und zuckte mit den Schultern. Wir hatten zwar nie viel miteinander zu tun gehabt, aber ich hatte nichts gegen Maren. Sie war zu mir nie besonders freundlich gewesen, aber auch nie gemein. Ich würde ihre Karriere als Model oder Schauspielerin also neidlos vom heimischen Fernseher aus verfolgen können.

»Unser Sportgott!«, kreischte Ulrich hinter mir und brach im nächsten Moment lachend zusammen.

Das Foto, über das er sich so amüsierte, zeigte Frank in einer nicht gerade vorteilhaften Pose. Dank seines Übergewichts war er die ganze Schulzeit über grundsätzlich als Letzter im Sportunterricht gewählt worden, wenn wir Teams zusammenstellen mussten. Ich kannte niemanden, der jemals in Sport eine Fünf auf dem Zeugnis gehabt hatte, außer Frank. Er hatte mir immer ein bisschen leidgetan. Während ich es jahrelang geschafft hatte, unterm Radar zu fliegen, hatte er in dieser Zeit eindeutig im Mittelpunkt von Spott und Hänseleien gestanden. Nicht nur einmal war er von den anderen Jungs in den Mülleimer gesteckt worden, aus dem er sich allein nur schwer hatte befreien können. Zwar hatte Frank über diese Attacken immer gelacht, aber ich konnte mir nicht vorstellen, dass er es wirklich witzig fand, in fast jeder zweiten großen Pause mit dem Hintern in diesen verdammten Mülleimern zu stecken.

Vermutlich hatte ihn das Lachen vor Schlimmerem bewahrt. Nicht auszudenken, wie die Jungs reagiert hätten, wenn er geheult oder gejammert hätte. Das wäre vermutlich sein Todesurteil gewesen. Und auch jetzt ließ Frank sich nichts anmerken, oder er amüsierte sich wirklich mit den anderen. Jedenfalls saß er breit grinsend bei Chicken und Volker. Was blieb ihm auch anderes übrig.

Ich blätterte weiter und ließ meinen Blick über die Seiten wandern. Anke, Patrick, Nadine, Kurt – wo war mein Foto?

Zuerst dachte ich, ich hätte mich verguckt. Die Aufnahme stammte von unserer Abschlussfahrt nach Rom. Ich konnte mich noch schemenhaft an den Abend auf der Spanischen Treppe erinnern. Wir hatten billigen Rotwein getrunken und bis in die Puppen die laue Sommernacht genossen. Auf dem Foto war ich schon ziemlich hinüber, blickte mit halb offenen Augen und verschmiertem Kajal in die Kamera. Die Hauptrolle in *Ein Zombie hing am Glockenseil* hätte ich so locker übernehmen können. Vera hatte das Foto gemacht, und ich erinnerte mich noch genau, wie wir uns schlappgelacht hatten, als sie die entwickelten Aufnahmen zehn Tage nach der Klassenfahrt vom Fotogeschäft abgeholt hatte.

Mir wurde schlecht. Nicht, weil sie eines der unvorteilhaftesten Fotos ausgesucht hatte, die von mir existierten, sondern wegen der Überschrift, die meine beste Freundin gewählt hatte.

Reflexhaft biss ich auf meine Unterlippe, beim dritten Mal so stark, dass ich Blut schmeckte.

»Unsere Irre«, stand über meinem Bild. Und darunter: »Muss sie ihr Abi jetzt dreimal machen?«

Aus dem Augenwinkel bemerkte ich die Blicke der anderen, die inzwischen ebenfalls mein Foto entdeckt hatten und wahlweise kicherten oder laut lachten.

»Mir war gar nicht klar, dass sie so ballaballa ist«, hörte ich Maren laut sagen, und ihre Fangemeinde gackerte wie eine Horde aufgeregter Hühner.

Entsetzt starrte ich Vera an, die sich ebenfalls köstlich amüsierte und sich keiner Schuld bewusst schien.

»Jetzt mach doch nicht so ein Gesicht!«, sagte sie lachend. »Ist doch nur ein Spaß!«

»Na, Psycho, soll ich dir noch 'nen Drink mitbringen?«, rief Volker mir zu, der gerade auf dem Weg zur Theke war.

»Bring ihr lieber drei!«, rief Frank ihm zu, und der Saal brach in schallendes Gelächter aus. Unser Sportgott strahlte über das ganze glänzende Gesicht.

Langsam stand ich auf. Ich bemühte mich um ein Lächeln, schaffte es aber eigentlich nur, die Lippen zusammenzupressen. Ich spürte, wie ich ein nervöses Zucken im rechten Auge bekam. Na super. Jetzt wirkte ich wahrscheinlich komplett irre. Ich fuhr mir mit dem Ärmel meines Oberteils über die Augen, und es war mir egal, dass der Stretch nun vermutlich für immer von meinem Make-up versaut war.

»Wo willst du denn hin?« Vera versuchte, mich an der Hose festzuhalten. Mit einem Ruck riss ich mich los und ging Richtung Ausgang. »Jetzt mach doch nicht einen auf beleidigte Leberwurst!«, rief sie mir hinterher. »Herrgott, es war nur ein Spaß!«

Das laute Lachen der anderen hallte hinter mir her, als ich durch den Gang in den Eingangsbereich eilte. Ich stieß die Tür auf und bemühte mich, relativ ruhig am Türsteher vorbeizugehen. Als ich draußen war, wurden meine Schritte immer schneller, und schließlich rannte ich mitten in die Felder hinein, auf denen das Korn inzwischen hüfthoch stand.

– 3 –

»Vera ist am Telefon.« Meine Mutter stand in der offenen Zimmertür und rümpfte die Nase. »Hier riecht's wie im Pumakäfig. In einer halben Stunde gibt's Mittag.«

»Sag ihr, ich bin krank.«

»Du bist nicht krank, sondern verkatert. Ihr Flieger geht morgen schon ganz früh. Willst du dich nicht von ihr verabschieden?«

Vera würde für ein Jahr als Au-pair in die USA gehen. Und nein, ich wollte mich nicht von ihr verabschieden. Ich wollte sie nie wiedersehen.

»Ich rufe sie zurück«, log ich.

»In Ordnung. Dann steh jetzt auf, Kind.«

Ich hörte die Schritte meiner Mutter auf der Holztreppe, die unten in die Diele führte. Dort thronte auf einem kleinen Tischchen der ganze Stolz meines Vaters: ein Tastentelefon in Beige, das unser graues mit Wählscheibe vor einem guten Jahr abgelöst hatte. Die Monatsmiete für den modernen Apparat war zwar etwas teurer, aber das war es Papa wert gewesen. Mit seinen dicken Fingern hatte er immer mehr Schwierigkeiten gehabt, die Wählscheibe zu bedienen, und jetzt flogen seine Finger geradezu über die Tasten. Früher hatte mal ein Sessel neben dem Telefon gestanden, den hatte Papa aber in sein Arbeitszimmer verbannt. Jetzt stand nur noch eine Sanduhr auf dem Tisch, die genau acht Minuten brauchte, bis sie durchgelaufen war. So lange, wie eine Telefoneinheit dauerte. Die Uhr war die ständige Mahnung, sich kurzzufassen, was besonders meiner Mutter und mir schwerfiel. Mamas Verwandtschaft kam aus dem Münsterland, und sie liebte es, sich regelmäßig am Telefon mit ihren Schwestern auszutauschen. Ferngespräche waren bei uns grundsätzlich erst ab 18 Uhr erlaubt, und dabei musste man erst recht auf die Telefoneinheiten achten. Sonst wurde es schnell zu teuer, weshalb meine Mutter jedes Telefonat nach sieben Minuten dem Ende zuführte.

»Nein, Vera, sie ruft dich zurück. Ich wünsch dir einen guten Flug morgen! Schreib uns doch mal! Ich habe noch nie Luftpost bekommen. Und pass gut auf dich auf, ja? Gut. Tschüss dann.«

Ich konnte nicht aufstehen. Es lag nicht am Restalkohol und an den Kopfschmerzen, die das ganze süße Gesöff erwartungsgemäß hinterlassen hatte. Die waren zwar auch nicht schön, aber wenn wir Jugendlichen vom Land eines wegstecken konnten, dann war das ein ordentlicher Kater.

Nein, viel schlimmer war das Gefühl in meinem Magen, das ich eigentlich nur von Liebeskummer kannte. Und so etwas Ähnliches hatte ich ja auch. Meine Atmung ging flach, als wären meine Lungen irgendwie blockiert, und mein Herz schlug die ganze Zeit in einem Tempo, dass mir fast schwindelig wurde. Das jetzt war schlimmer als Liebeskummer, war ein geradezu körperlich spürbarer Schmerz, der es mir unmöglich machte, an etwas anderes zu denken als an das, was gestern passiert war.

Ich drehte mich auf die Seite und berührte mit meiner Zungenspitze mehrmals das Kopfkissen. Danach fummelte ich die Fusseln aus meinem Mund und zählte sie durch.

Es hatte mich viel Überwindung gekostet, Vera meinen Tick anzuvertrauen. Ich erinnerte mich noch genau, wie wir gemeinsam vor dem Spiegel gestanden und unsere Brüste miteinander verglichen hatten. Keine drei Jahre lag das zurück.

»Meine sind viel zu groß«, stöhnte Vera.

Ich zog mein Bustier wieder runter. »Ich wäre froh, wenn ich ein bisschen mehr hätte.«

»Bei dir werden sie später wenigstens nicht bis zu den Oberschenkeln baumeln! Ich bestehe den Bleistifttest doch jetzt schon nicht mehr.«

Tatsächlich wurde der Stift, den sie unter ihre Brust geklemmt hatte, perfekt gehalten, auch als sie mit ihrem Oberkörper demonstrativ hin- und herschaukelte.

Ich lachte und drückte ihr einen Kuss auf die Wange. »Ab jetzt machen wir den Bleistifttest nur noch zusammen, okay? Alle zehn Jahre! Auch wenn wir alte Omis sind, treffen wir uns vorm Spiegel und checken die Brustsituation!«

Vera lachte laut auf. »Du bist verrückt! Abgemacht! Alle zehn Jahre, egal was ist!«

»Ich bin mir sicher, dass ich den Stift auch irgendwann festhalte wie euer Hund seinen Knochen!« Lachend zog ich den Bleistift unter ihrer Brust hervor und warf ihn auf den Schreibtisch.

Vera grinste und packte ihr D-Körbchen wieder in den BH. Dann sah sie mich ernst an. »Ich bin echt total froh, dass wir über alles quatschen können. Du bist der einzige Mensch, der wirklich alles über mich weiß.«

Für einen winzigen Moment wich ich ihrem Blick aus. »Ja«, sagte ich dann knapp.

Vera zog eine Augenbraue hoch. »Alles okay?« Sie ahnte sofort, wenn mit mir etwas nicht stimmte.

»Klar.«

»Du hast doch was.«

»Nein, alles roger.«

»Verheimlichst du mir etwas?« Sie fasste mich am Arm, so wie es meine Mutter früher gemacht hatte, wenn sie die Wahrheit aus mir hatte herausholen wollen. »Ich erzähle dir immer alles, absolut alles. Ich hab dich sogar in mein Benotungssystem eingeweiht.«

Vera hatte ein Ziffernsystem für Aktivitäten mit Jungs erfunden. Knutschen war eins, Fummeln oberhalb der Gürtellinie zwei, unterhalb drei, Petting vier und Bumsen fünf. Der Zusatz A oder B bewertete die Qualität der Ausführungen. So konnten wir am Telefon oder in der Schule ganz entspannt darüber reden, dass Torben ja eins A war und Guido eher drei B, ohne dass unsere Eltern oder Lehrer den Schimmer einer Ahnung hatten, über was wir wirklich sprachen.

»Und du hast Geheimnisse vor mir?«

»Habe ich nicht …«, antwortete ich leise. Schließlich seufzte ich. Vera hatte recht, wir vertrauten einander wirklich alles an. Warum sollte ich ihr ausgerechnet meinen Tick verschweigen? »Eine Sache habe ich dir vielleicht noch nicht gesagt …«

Stöhnend schwang ich meine Beine aus dem Bett und setzte mich auf die Bettkante. Die katerbedingten Beschwerden entfalteten erst in der aufrechten Position ihre volle Wirkung. Alka-Seltzer würde heute überlebenswichtig sein, so viel stand fest. Und so wenig Kontakt zu meinen Mitmenschen wie nur irgend möglich.

»Du hast Post bekommen«, sagte meine Mutter, als ich mich zu ihr an den Tisch setzte. Mein Vater war noch auf dem Feld, eine Erntemaschine machte Probleme und musste repariert werden. Mein Bruder Hajo war letztes Jahr nach Lornstedt gezogen, einem kleinen Ort nördlich von Bremen, wo er bei einem alten Freund von Papa eine Ausbildung zum Landwirt machte. Seitdem war es recht ruhig in unserem alten Bauernhaus geworden.

»Von wem denn?«, fragte ich nur, ohne aufzublicken.

»Lesen solltest du mit Abitur aber können«, sagte meine Mutter und nahm sich etwas von dem Grünkohl, der auf dem Tisch stand. »Extra mit Pinkel, das magst du doch so gerne.«

»Ich kann noch nichts essen«, stöhnte ich, schob meinen leeren Teller in blau-weißem Delft-Stil weg und griff nach dem Umschlag. Als ich das Logo der Uni Bremen auf dem Brief sah, riss ich ihn auf. Ich überflog die Zeilen und atmete schließlich tief durch, nachdem ich alles gelesen hatte. Dann blickte ich meine Mutter strahlend an.

»Ich habe einen Platz im Studentenwohnheim!«

Mir fiel ein Stein vom Herzen. Die Wohnungsnot war überall im Land enorm, ich hatte Geschichten von Studenten gehört, die die ersten Wochen im Auto schlafen mussten. Ein Zimmer im Wohnheim kam mir vor wie ein Sechser im Lotto.

Meine Mutter lächelte. »Da wird unsere Kleine nun flügge«, sagte sie mit belegter Stimme.

Mir stiegen sofort die Tränen in die Augen.

»Bremen ist ja nicht weit. Ich komme euch eh permanent besuchen.« Das Gefühl, sie trösten zu müssen, übermannte mich. Bald waren alle drei Kinderzimmer verwaist, aus unterschiedlichen Gründen.

Meine Mutter wischte erst mir und dann sich selbst die Tränen weg. Sie griff nach meiner Hand und drückte sie.

»Das hier ist dein Zuhause, und es steht dir immer offen«, sagte sie mit warmer Stimme. »Aber du musst dich nicht verpflichtet fühlen, uns zu besuchen, es soll dir keine Last sein.«

»Das ist es doch nicht! Das wird es auch niemals sein.«

»Schön ... Jetzt beginnt eine aufregende Zeit für dich, Anni. Freu dich darauf!«

Ich versuchte, meinen Kummer wegen Veras Verrat herunterzuschlucken, aber er blieb mir wie ein Kloß im Halse stecken. Ich hatte keine Ahnung, wie ich den gestrigen Abend jemals vergessen und mich auf das, was vor mir lag, freuen sollte. Vielleicht würde mir Letzteres irgendwann gelingen. Aber vergessen würde ich niemals, das wurde mir in dem Moment sehr klar.

Dennoch. Meine Mutter hatte recht. Bald würde ich zwar nicht die letzte Nacht hinter mir lassen, aber alles andere schon. Die ganze ländliche Einöde, in der wir uns mit Dosenschießen im

Bushaltestellenhäuschen die Abende vertrieben hatten und in der ein Besuch im Cincinnati das Größte war. Ich freute mich auf die Anonymität der Großstadt, auf den Neuanfang, auf Leute, die mich nicht kannten und nichts von mir wussten. Auf eine neue Zeit.

– 4 –

Kritisch musterte sie ihr Spiegelbild. Normalerweise saß das Etuikleid aus schwarzer Seide perfekt, aber heute spannte es sich merklich über ihrem Bauch. Man könnte meinen, sie wäre im fünften Monat. Tatsächlich war sie einfach nur verstopft. Und das schon seit Tagen. Gestern Mittag hatte sie dann ein Abführmittel genommen, aber weder am Abend noch heute Morgen hatte es die gewünschte Wirkung gezeigt, obwohl die laut Beipackzettel nach sechs Stunden einsetzen sollte. Zum Glück hatte sie noch eine passende Spanx in der Schublade, die den Bauch hoffentlich ein wenig wegdrücken würde. Mit Mühe und Not zwängte sie sich in die Bauchweghose und betrachtete sich von der Seite. Vierter Monat, dachte sie, immerhin.

Sie versuchte, das Magenkneifen zu ignorieren, das genau dann einsetzte, als sie am Arm ihres Mannes die Stufen zum Festsaal der Gemeinde hinaufstöckelte. Ein wichtiger Abend wartete auf ihn, vielleicht der wichtigste seiner Karriere.

»Ich bin ganz schön nervös.«

Sie lächelte ihm aufmunternd zu. »Was soll denn passieren, Schatz? Du wirst geehrt und ausgezeichnet, und alle werden dich feiern. Das ist dein Tag!«

Er atmete tief durch. »Ich weiß. Dann wollen wir mal.«

Mit Schwung öffnete er die große Tür, und gemeinsam betraten sie den Saal. Die Leute standen zum Teil noch vor ihren Tischen und plauderten, einige hatten sich schon gesetzt. Alle hatten sich herausgeputzt, die Damen im schicken Cocktailkleid, die Herren im dunklen Anzug. Grüßend gingen sie durch die Menge, und während er nicht mehr als ein freundliches »Guten Abend« hervor brachte, scherzte sie im Vorbeigehen mit der Professorin aus Bremen und mit dem Landrat und seiner Frau.

Plötzlich begann jedoch ihr Magen lautstark zu grummeln, reflexhaft drückte sie eine Hand darauf. Sie versuchte, das Geräusch mit einem Lachen zu übertünchen, war sich aber gar nicht sicher, ob es überhaupt einen Anlass für ihren spontanen Heiterkeitsausbruch gab. Zum Glück schien ihre hilflose Fröhlichkeit niemandem besonders aufzufallen.

Ihr Tisch war in der ersten Reihe, direkt vor der Bühne, auf der die Reden gehalten wurden. Er würde heute den nationalen Innovationspreis im Bereich ökologische Landwirtschaft erhalten, der mit 20.000 Euro dotiert war. Insgesamt würde es drei Preisträger geben. Neben ihm sollten noch ein Vertreter aus dem Bereich Naturschutz und einer aus der Kategorie Tierwohl ausgezeichnet werden.

Aber zunächst gab es einen Aperitif, dann wurde die Suppe serviert, bevor der erste Redner die Bühne betrat und mit seiner Laudatio begann. Leider schaffte sie es nicht, sich auf das zu konzentrieren, was er sagte. Ihr Magen-Darm-Trakt ließ es nicht zu, so sehr sie sich auch bemühte. Jetzt konnte sie das laute Grummeln nur noch schlecht mit einem ebenso lauten Lachen übertönen und begann deshalb, zu hüsteln und sich zu räuspern, und kam sich dabei so albern vor, dass sie fast schon wieder lachen musste.

Aber nach dem ersten Löffel Suppe war ihr klar, dass sie ernsthafte Probleme hatte. Das Kneifen und Grummeln in ihrem Bauch wurde immer schlimmer.

Würde etwa jetzt das Abführmittel wirken? Sechsunddreißig Stunden nach der Einnahme?

Nervös knetete sie die Serviette zwischen ihren Fingern. Das konnte doch nicht wahr sein.

Steiger dich jetzt bloß nicht in etwas hinein, ging es ihr durch den Kopf, während sie spürte, wie ihr der Schweiß ausbrach. Sie konnte jetzt unmöglich aufstehen und zur Toilette gehen, doch nicht kurz vor der Preisverleihung!

Der laute Applaus unterbrach ihre immer panischer werdenden Gedanken.

Er gab ihr einen Kuss auf die Wange und stand auf, um nach vorn zu gehen. Strahlend blickte er von der Bühne in den Saal und nahm schließlich den Preis entgegen, der ihm gereicht wurde. Es war eine abstrakt gestaltete goldene Trophäe, auf der sein Name eingraviert worden war. Dann ging er ans Mikro, räusperte sich kurz und begann mit seiner Dankesrede.

Es wurde immer schlimmer. Ihre Haltung verkrampfte sich, ob sie wollte oder nicht. Sie verschränkte ihre Beine, rutschte auf dem Sitz hin und her, drückte immer wieder unauffällig eine Faust in den Bauch und versuchte dabei, ihm auf der Bühne zuzulächeln. Der Schweiß lief ihr inzwischen in Strömen den Rücken hinunter.

Es hatte keinen Zweck mehr, sie musste hier raus. Sonst würde eine Katastrophe passieren.

»Besonders danken möchte ich meiner lieben Frau ...«

In dem Moment sprang sie auf und eilte aus dem Saal. Ihr Mann verstummte, und sie konnte seine Überraschung spüren.

»Die offensichtlich noch etwas anderes vorhat!«, scherzte er dann, und der Saal lachte.

Sie kam sich vor wie ein Model im Suff, als sie auf ihren High Heels durch die Menge wankte. Die Gesäßmuskulatur zusammengekniffen wie bei der schlimmsten Pilates-Übung, bemüht aufrecht, aber doch leicht nach vorn gebeugt, um die Krämpfe zu ertragen, dabei zwanghaft lächelnd und leicht schwankend, weil sie sich kaum noch auf den Beinen halten konnte.

»Wo willst du denn hin, Schatz?«, rief er in dem Moment, und sie spürte, wie alle sie anstarrten.

Kurz vor der Saaltür blieb sie stehen und drehte sich zu ihm um, suchte nach einer charmanten Entschuldigung und lächelte verzweifelt in die Menge.

Dann passierte es.

– 5 –

»Guten Morgen, Chrissi«, flötete die Sekretärin am Empfang, als er in seinem Maßanzug durch die Eingangshalle schritt.

Wie immer strich er sich durch seine dunklen, nach hinten gegelten Haare und beugte sich lächelnd zu ihr über den Tresen.

»In der Bank bitte Herr Richter, Frau Franzen. Heute Abend sind wir dann gerne wieder Moni und Chrissi.« Er zwinkerte ihr zu und eilte in den Fahrstuhl, ohne eine Reaktion von ihr abzuwarten.

Christian war nicht der Typ, der zweimal mit derselben Frau schlief. Einige Kollegen behaupteten, dass er bereits mit allen weiblichen Angestellten des Hauses im Bett gewesen sei. Natürlich stritt Christian das vehement ab, was aber in erster Linie daran lag, dass er den Überblick verloren hatte. Möglicherweise hatte er sie schon alle gebumst, vielleicht fehlten ihm aber auch noch ein paar. Er wusste es nicht.

Grundsätzlich war es ihm egal, was andere über ihn dachten. Christian war jung, ungebunden, sah blendend aus und verdiente einen Haufen Geld. Frauen und Partys gehörten zu seinem Lifestyle wie der schwarze Kaffee am Morgen und die Line am Abend. Er war noch nicht mal dreißig und arbeitete in einer leitenden Position in der größten Privatbank der Stadt. Sein großes Ziel war, als Investmentbanker in die Dependance nach Frankfurt zu wechseln. Frankfurt war für Christian wie ein Heilsversprechen, der Traum aller Banker, der Himmel auf Erden für einen Workaholic wie ihn. Sein ganzes Leben drehte sich um den Job – und ums Ausgehen nach dem Job. Er hatte einen großen Bekanntenkreis, mit dem er regelmäßig feiern ging. Richtige Freunde besaß er aber nicht. Außer einen. Für mehr Vertrauenspersonen war in seinem Leben kein Platz.

Paul Linden arbeitete schon genauso lange bei der Bank wie er. Die beiden hatten sich am Anfang ein Büro geteilt und waren dann gemeinsam die Karriereleiter hinaufgeklettert.

»Die Bicolor habe ich mir nach dem letzten Abschluss gegönnt«, flüsterte Christian ihm in der morgendlichen Konferenz zu, als Paul ungeniert auf die neue Rolex an seinem Handgelenk starrte.

»Geil. Wie teuer?«

»Teuer genug.«

Paul nickte anerkennend. »Ich hab übrigens einen neuen Dealer. Viel zuverlässiger als der letzte, liefert sogar. Willst du's probieren?«

Sie mussten aufpassen, dass man sie nicht hörte. Bremen war nicht Frankfurt, wo vermutlich jeder zweite Banker eine Koksnase war. Aber selbst dort sollte man so etwas nicht an die große Glocke hängen. Und hier schon mal gar nicht. Die alten Herren in der Chefetage konnten mit dem weißen Pulver garantiert nichts anfangen und würden vermutlich ganz schön Ärger machen, wenn sie von dem Konsum ihrer Mitarbeiter wüssten.

Aber für Christian war das Zeug ideal. Es half ihm, einiges zu vergessen und sich dafür auf anderes voll zu fokussieren. Wenn er nach einem Vierzehn-Stunden-Tag aus der Bank kam, brauchte er dringend eine Nase, bevor er sich ins Nachtleben stürzte. Oft genug legte er noch am nächsten Tag in der Mittagszeit nach, wenn die Müdigkeit zu stark wurde und seine Konzentration nachließ. In letzter Zeit hatte er allerdings häufig mit Nasenbluten zu tun gehabt, was er auf die mangelnde Qualität des Stoffs zurückführte. Man hörte immer wieder davon, dass die Dealer das Zeug streckten. Neulich erst hatte er gelesen, dass sie dem Koks meistens irgendein Tierentwurmungsmittel beimischten. Und dass ein Medikament, das Hunden und Katzen die Würmer aus dem Darm jagte, gut für seine Nasenscheidewand war, bezweifelte er doch stark.

»Nee, nee, das hier ist besser«, flüsterte Paul, nachdem Christian seine Stoffkritik geäußert hatte. »Der macht so 'n Scheiß nicht. Ist dafür natürlich auch teurer.«

»Das wäre es mir wert.«

»Dachte ich mir. Damit vögelst du die Nacht durch und bist am nächsten Tag topfit. Und wenn du morgens eine Line nachlegst, kannst du den ganzen Tag durcharbeiten, ohne mit der Wimper zu zucken.«

»Klingt gut.«

»Ist es auch.«

Während Bankdirektor Schmidde, ein älterer Herr, der noch während des Ersten Weltkriegs geboren worden war, die neue Investmentstrategie der Bank erklärte, drückte Paul ihm unter dem Besprechungstisch ein Tütchen in die Hand.

»150.«

Christian nickte. »Gebe ich dir später.«

Unauffällig steckte er das kleine Tütchen in die Innentasche seines Jacketts und bemühte sich, den Worten des Seniors wieder einigermaßen aufmerksam zu folgen. Aber allein die Tatsache, dass er nun im Besitz dieses vermeintlichen Wunderstoffs war, ließ ihn Schmetterlinge im Bauch verspüren, die er das letzte Mal als 15-Jähriger gefühlt hatte, als er in das Nachbarsmädchen verliebt war, das er nur dreimal im Jahr sehen konnte, wenn er aus dem Internat nach Hause durfte.

In der Kaffeepause zog er sich sofort auf die Toilette zurück, schloss sich in der Kabine ein und klappte den Deckel herunter. Vorsichtig breitete er das Pulver darauf aus, nahm seine goldene American Express Card und formte zwei Lines. Dann holte er den abgeschnittenen Strohhalm aus seiner Tasche, den er inzwischen immer bei sich hatte, ging in die Knie und setzte an.

Der medizinische Geschmack, der ihm durch die Nase in den Rachen zog, war für ihn ein erstes Qualitätsmerkmal. Stark gestreckter Stoff schmeckte anders. Als Nächstes erhöhte sich seine Herzfrequenz, sein Puls schien sich zu verdoppeln. Trotzdem setzte er den Strohhalm erneut an. Die nächste Ladung schmerzte in der Nase, schien aber auf dem direkten Weg ins Gehirn zu gehen. Jedenfalls hatte er mit einem Mal das Gefühl, dass alle seine Hirnzellen schlagartig angeschaltet waren, so als würden sie unter Strom stehen.

»Na bitte!«, entfuhr es ihm. »Geht doch!«

Aus der Nebenkabine war ein leises, wohlwollendes Lachen zu hören. »Ja, ja, manchmal sind es die einfachen Dinge, die einen erfreuen. Bei mir klappt es auch nicht immer so gut. Ein starker Kaffee kann helfen!«

Für einen Augenblick erstarrte Christian. Die Stimme ... das war doch Direktor Schmidde? Himmelherrgott, kokste er sich hier etwa gerade zu, während der alte Senior in der Nebenkabine sein Geschäft erledigte?

Hektisch packte Christian seine Koksutensilien zusammen und betätigte die Spülung. Bloß raus hier!

Er wusste, dass er im ersten Rausch zu Überreaktionen neigte. Dass das Zeug einem den Kopf klarpustete, war schließlich nicht mehr als eine Illusion, auch das war ihm klar. De facto sorgte es eigentlich nur dafür, dass er sich für den Größten hielt, was im Bankgeschäft zwar hilfreich sein konnte, beim nachbarschaftlichen Toilettengang mit dem Seniorchef aber zu Missverständnissen führen konnte.

Als er gerade an den Waschbecken vorbeistürmen wollte, hörte er die Stimme des Direktors hinter sich.

»Gehört das Ihnen?«

Langsam drehte Christian sich um und versuchte, möglichst

viel Speichel in seinem Mund zu sammeln, um die betäubende Wirkung des Kokses hinunterschlucken zu können. Direktor Schmidde stand vor der Toilettenkabine und hielt ein Foto in der Hand, das er vom Boden aufgehoben hatte. Es musste aus Christians Portemonnaie geglitten sein, als er seine AmEx hektisch wieder eingepackt hatte.

»Ich glaube nicht«, brachte er mit bemüht fester Stimme hervor.

Stirnrunzelnd blickte der Direktor auf das kleine Foto. »Sind das nicht Sie in jungen Jahren? Gemeinsam mit Ihren Eltern? Ich kenne Ihren Vater doch noch von früher!« Er trat näher und hielt Christian das Bild unter die Nase.

Zögerlich blickte er darauf und sah innerhalb von wenigen Sekunden die längst vergangene Szene wieder vor sich. Er war neun Jahre alt, hatte die Grundschule gerade beendet und saß mit seinen Eltern beim Fotografen. Alle seine Freunde freuten sich auf sechs Wochen Sommerferien, aufs Freibad, den Strand, das Meer. Nur für ihn fiel der Urlaub aus. Schon in zwei Tagen wollten ihn die Eltern in die Schweiz bringen, wo er ein hervorragendes Internat besuchen würde, das beste im ganzen Land, vermutlich in ganz Europa. Bis zu seinem Abi sollte er da bleiben. Christian konnte die Angst, die ihn bei diesem Abschiedsfoto fast gelähmt hatte, in diesem Moment wieder deutlich spüren, und er hoffte, dass das Koks schnellstens seine volle Wirkung entfaltete, damit er wieder vergessen und sich auf das Wichtige fokussieren konnte.

»Ja, tatsächlich. Danke«, sagte er kurz angebunden, schnappte sich das Foto und steckte es in die Innentasche seines Sakkos.

Ohne ein weiteres Wort zu verlieren, eilte er aus dem Waschraum und stürmte in Pauls Büro. Der saß mit ernster Miene am Telefon und versuchte, Christian mit abwinkenden Handbewegungen zu signalisieren, dass es jetzt gerade schlecht war. Schweißflecke hatten sich unter seinen Armen gebildet. Sein Bauchansatz hing über den Gürtel, und Christian ging kurz der Gedanke durch den Kopf, dass sein Freund dringend abspecken müsste.

Außer Atem ließ er sich auf den Sessel vor Pauls Schreibtisch fallen. Sein Freund rollte mit den Augen und hielt kurz eine Hand vor die Sprechmuschel.

»Es ist gerade schlecht«, raunte er Christian zu.

»Kein Problem«, antwortete er. »Ich warte einfach, bis du fertig bist.«

Paul presste die Lippen aufeinander und lauschte noch mal kurz in den Hörer. »Carla, ich muss jetzt Schluss machen ... Nein, es geht jetzt nicht mehr! Bis heute Abend.« Er legte auf und sah Christian genervt an. »Hatte ich nicht deutlich gemacht, dass ich in Ruhe telefonieren muss?«

»War doch nur Carla. Ich muss dir was erzählen, du glaubst nicht, was mir gerade auf dem Klo passiert ist!« Er kicherte und konnte sich kaum noch einkriegen. Dann erzählte er in atemberaubendem Tempo, was er gerade erlebt hatte, wobei er die Sache mit dem Foto ausließ. Sie war aus seinem Hirn verschwunden.

»Toll«, sagte Paul kühl, als Christian fertig war. »Dafür habe ich also gerade meinen Ehestreit unterbrochen.«

»Scheiß drauf.«

»Nee, tu ich nicht. Carla und ich ... Ich befürchte, wir haben wirklich Probleme ...«

»Ja, ja, die Weiber. Jetzt stell dir mal vor, der Schmidde hätte mitgekriegt, wie ich mir 'ne Nase ziehe!« Christian schüttelte sich vor Lachen. Dann sprang er voller Energie auf. »Geiles Zeug jedenfalls, tolle Sache, heute Abend gehen wir steil, das müssen wir feiern, lass uns ins Exil, da ist Ladies Night, für die Mädels alles zum halben Preis, für uns der größte Spaß, da können wir uns die Schnecken aussuchen ...«

»Jetzt stopp mal!« Paul war sichtlich genervt. »Du redest wie ein Maschinengewehr. Ich kann heute Abend nicht.«

»Wir können uns ja etwas später treffen. Sagen wir um zehn? Vielleicht in der Bar um die Ecke?«

»Ich sagte: Ich kann nicht.« Paul atmete tief durch. »Ich muss heute Abend mit Carla sprechen ...«

»Prima, dann kommst du nach! Ich warte auf dich!«

Christian klopfte Paul auf die Schulter und marschierte in demselben Eiltempo aus dem Büro, in dem er vor wenigen Minuten hereingekommen war.

– 6 –

Eine Jugend auf dem Dorf war ohne Dosenschießen im Bushaltestellenhäuschen kaum vorstellbar. Und natürlich hatten wir rund um unser Abi gefeiert, als gäbe es kein Morgen mehr.

Aber in Bremen war für mich mit dem Trinken erst mal Schluss. In meinem Wohnheim gab es zwar regelmäßig Kochabende in der Gemeinschaftsküche, bei denen natürlich auch ordentlich gebechert wurde, aber ich hielt mich lieber zurück. Es konnte nicht schaden, für eine Weile einen klaren Kopf zu behalten. Und vor allen Dingen: mich unter Kontrolle. Ich hatte mir fest vorgenommen, nie wieder jemandem von meinem Tick zu erzählen. Zumal ich Sorge hatte, durch Veras Verrat womöglich einen neuen Schusseruss zu entwickeln und dann gänzlich beziehungsunfähig zu werden. Mein Bedürfnis nach grenzenloser Offenheit war für immer gestillt. Einerseits wollte ich zwar Menschen kennenlernen, mit denen ich Spaß haben, mich über die Uni austauschen, vielleicht auch über Männer reden konnte. Andererseits hatte ich fast panische Angst davor, erneut den Stempel einer Irren aufgedrückt zu bekommen. Was in meinem Innersten vorging und ständig auf- und abgezählt werden musste, sollte nie wieder jemand erfahren, und ich hoffte inständig, dass es mir trotzdem gelingen würde, wenigstens ein paar Bekanntschaften zu machen. Bremen sollte doch ein Neuanfang sein, die beste Zeit meines Lebens sollte hier beginnen, und auf keinen Fall wollte ich die in Einsamkeit und Isolation verbringen.

Vielleicht verdammte mich mein Vorsatz zu einer gewissen Oberflächlichkeit, aber er schützte mich auch vor Verletzungen. Und als angehende Psychologin tat ich schließlich genug gegen eine drohende Verflachung der Gesellschaft. Dann konnte ich mir diesen kleinen Luxus für mich selbst auch rausnehmen.

Das Studentenwohnheim war ein riesiger, trostloser Hochhausblock mit zehn Stockwerken, die ich jedes Mal an der Fassade abzählte, wenn ich vor der Eingangstür stand. Auf jeder Etage waren jeweils zwanzig Einzelappartements untergebracht, die aus einem zwölf Quadratmeter großen Wohnraum und einem winzigen Bad bestanden. Mehr als ein Bett und einen Schreibtisch konnte man dort nicht unterbringen. Zum Glück waren die Zimmer mit Einbauschränken ausgestattet, sonst hätte ich die nächsten Jahre vermutlich aus dem Koffer leben müssen, da für ein weiteres Möbelstück kein Platz war. Außerdem gab es noch jeweils zwei Gemeinschaftsküchen auf einem Flur, für zehn Studenten jeweils eine.

»Ich bin Sanne.« Eine Rothaarige lächelte mich an, als ich gerade drei Joghurts in den Kühlschrank stellte. »Die sind morgen weg; ist dir klar, oder?«

»Anni, hi. Das ist ja scheiße. Was machst du, damit deine Sachen nicht geklaut werden?«

Sanne zuckte mit den Schultern. »Wenn mein Zeug weg ist, nehme ich mir was von dem der anderen. Bei Brot, Butter und so ist das ja nicht so wild. Wein, Soßen und alles andere, was ein bisschen was kostet, lässt du besser in deinem Zimmer. Fensterbank geht von Oktober bis April ganz gut. Geisteswissenschaften?«

Ich schüttelte den Kopf. »Psychologie.«

»Cool. Hatte ich auch mal überlegt, aber meine Eltern meinten, ich schaffe Statistik nicht.«

»So wild wird es schon nicht werden. Und du?«

»Germanistik. Man kann auch Deutsch auf Lehramt sagen.« Sie grinste. »Also dann, gutes Eingewöhnen. Wenn du Fragen hast, kannst du gerne mal anklopfen. Ich wohne in der Nummer zwölf.«

»Ich in der acht.«

»Gute Zahl. Wohnte mal ein echt hübscher Typ.« Mit diesen Worten verschwand Sanne.

Ich nahm einen Großteil meiner Einkäufe wieder mit in mein Zimmer und beschloss, die Joghurts noch am selben Tag zu verspeisen. Draußen waren es fast zwanzig Grad, was für Mitte September angenehm, aber für das Lagern von Lebensmitteln eher ungünstig war.

Lehramt. Diese Diskussion hatte ich bestimmt ein Jahr lang mit meinen Eltern geführt. Besonders mein Vater war gegen meinen Wunsch gewesen, Psychologie zu studieren.

»Das ist doch kein richtiger Beruf! Da wird doch nur rumgequatscht.«

Dass mein Vater kein Verständnis für Psychologie hatte, kam für mich nicht überraschend. Er war ein handfester Typ, so wie eigentlich alle Landwirte. Gefühle ließ er nicht zu, und er würde sich eher die Zunge abbeißen, als darüber zu reden. Für ihn war dieses ganze neumodische Zeug etwas, was nur verweichlichte Heulsusen brauchten. Eine Psychotherapie konnte nichts, was ein guter Doppelkorn nicht auch konnte.

Meine Mutter hatte da schon etwas mehr Verständnis aufgebracht, auch wenn ihre Sichtweise ebenfalls nicht meiner entsprach.

»Du weißt, Anni, dass ich dich eher als Lehrerin sehe«, versuchte sie in ruhigem Ton meinen Vater zu beschwichtigen. »Da kannst du Familie und Beruf einfach am besten miteinander verbinden.«

»Ich wäre eine hundsmiserable Lehrerin. Ich habe mit kleinen Kindern viel zu wenig Geduld.«

»In so etwas wächst man doch rein«, meinte meine Mutter. »Und du hättest einen anständigen Beruf und könntest dich trotzdem um deine Familie kümmern!«, bollerte mein Vater wieder los.

Die Vereinbarkeit von Arbeit und Kindern war für ihn das einzige Kriterium bei der Berufswahl – oder besser bei *meiner* Berufswahl.

»Aber, Carl«, fuhr meine Mutter mit sanfter Stimme fort, »das könnte sie als Therapeutin auch. Wahrscheinlich wirst du dann später ein kleines Arbeitszimmer im Haus haben, richtig?«

»Das weiß ich doch jetzt noch nicht ...«

»Und da dann deine Patienten – sagt man Patienten? Na ja, die Leute, die zu dir kommen, behandeln«, sagte meine Mutter und lächelte meinen Vater an. »Da kann sie sich doch eigentlich noch viel besser um ihre eigene Familie kümmern. Wenn dann mal ein Kind krank wird, ist sie trotzdem immer zuhause.«

Etliche Male hatten wir diese Gespräche geführt. Zunächst hatte ich mich noch geärgert, dass meine Eltern meinen zukünftigen Job eher als eine Art Hobby sahen, während meine Hauptaufgabe doch eindeutig beim Kinderkriegen zu liegen schien. Mit der Zeit sah ich aber ein, dass ich ihnen damit Unrecht tat. Besonders meiner Mutter, die immer wieder betonte, wie wichtig es sei, dass ich finanziell unabhängig würde.

»Du musst eine Arbeit haben, die dich ernährt. Das ist so wichtig, Anni!«

Über Monate war das ihr Mantra, was mich zugegebenermaßen etwas überraschte. Meine Mutter war das Gegenteil von einer finanziell unabhängigen Frau. Irgendwann hatte sie mal eine Lehre als Hauswirtschafterin absolviert, aber nie in dem Beruf gearbeitet. Sie war nicht viel älter gewesen als ich jetzt, als sie meinen Vater geheiratet hatte und mit meinem Bruder schwanger wurde. Es war selbstverständlich, dass sie auf dem Hof überall mithalf, und genauso selbstverständlich, dass sie dafür keinen Pfennig bekam. Natürlich hatte sie auch keine Rentenansprüche. Meine Mutter ackerte nicht weniger als mein Vater und würde bis zu ihrem Tod von ihm, von seinem Einkommen und später seiner Rente abhängig sein. Ich rechnete es ihr hoch an, dass sie sich für ihre Tochter eine andere Absicherung wünschte, auch wenn sie mit meinem Studienwunsch nicht viel mehr anfangen konnte als mein Vater.

Es dauerte lange, bis er schließlich zustimmte, mich in meinem Studium zu unterstützen. Er tat es nur widerwillig und an Bedingungen geknüpft.

»In Ordnung, dann studierst du Psychologie. Aber ich sage dir eins: Wenn du nicht von Anfang an Top-Noten nach Hause bringst, wenn ich mitkriege, dass du es schleifen lässt, Vieren schreibst oder gar durchfällst, dann wechselst du auf Lehramt. Ist das klar?«

Ich nickte strahlend. »Du kannst dich auf mich verlassen, Papa.«

»Ich meine das ernst, Anni. Ich will Leistung sehen, keine einzige schlechte Note, sonst wechselst du – noch im Grundstudium! Und es ist mir egal, ob du gerne Lehrerin werden willst oder nicht! Psychologie nur mit Bestnoten, sonst hörst du auf!«

»In Ordnung, Papa, nur Einsen und Zweien. Versprochen.«

Auch wenn ich es eigentlich doof fand, dass er mich so unter Druck setzte, war ich doch extrem zuversichtlich gewesen, dass ich das auf jeden Fall hinkriegen würde. Nichts interessierte mich mehr als Psychologie, also würde ich auch mit Begeisterung lernen. Und dann automatisch gute Noten schreiben.

Das Gespräch mit Sanne hatte aber erste Zweifel in mir aufkommen lassen. Statistik. Man hörte häufig, dass das vielen Studenten das Genick brach. Und richtig gut war ich in Mathe nie gewesen. Ich wusste, dass mein Vater mit seiner Drohung ernst machen würde. Auch wenn er mir mein Studium nicht verbieten konnte, so konnte er mir doch jede Unterstützung verwehren. BAföG würde ich nicht bekommen, dafür verdiente er zu viel. Natürlich könnte ich vor Gericht ziehen und meinen eigenen Vater verklagen, aber natürlich würde ich das niemals machen. Ich durfte nicht versagen. Ich musste pauken, pauken, pauken und allen zeigen, dass ich das schaffen würde.

Die erste Nacht in meinem Wohnheimzimmer brachte mich ganz schön aus der Fassung. Vielleicht auch deshalb, weil ich zum ersten Mal in meinen eigenen vier Wänden schlief, weit weg von zu Hause. Ich war so aufgewühlt, dass ich kein Auge zutun konnte. Selbst die Oropax brachten nichts. Normalerweise stopfte ich sie mir in die Gehörgänge, um meinen eigenen Herzschlag hören und zählen zu können. Nichts gab mir ein größeres Gefühl von Sicherheit als die vermeintliche Kontrolle über das eigene Herz.

Half diesmal aber auch nicht. Mir gingen tausend Dinge durch den Kopf. War Psychologie wirklich das richtige Studienfach? Würde ich Freunde finden? Sanne war ja ganz nett, hatte sich nach zwei Sätzen aber auch wieder verzogen. Sie hätte ja auch einen Kaffee mit mir trinken können – wollte sie aber offensichtlich nicht. Warum nicht? Hatte sie mich womöglich vorher beobachtet, als ich die Blätter des vertrockneten Gummibaums gezählt hatte, der in der Küchenecke stand? War ich schon als Freak abgestempelt?

Ich dachte an Vera. An unsere Freundschaft, die so viele Jahre gehalten hatte und nun krachend gescheitert war. Die Nähe und Vertrautheit, die uns verbunden hatten, kamen mir nun verlogen und falsch vor.

In dieser Nacht ging ich zahllose Situationen im Kopf durch, die ich mit Vera erlebt hatte und die mir nun in einem ganz anderen Licht erschienen. Natürlich musste sie schon vorher mit Maren und den anderen über meinen Tick gesprochen haben. Ich konnte mir beim besten Willen nicht vorstellen, dass es nur eine kleine Bemerkung von Vera gewesen war, als sie mein Foto für die Abizeitung betitelt hatten. Sie hatte Maren und ihre

Clique doch immer schon bewundert, hatte gern so sein wollen wie die und zu den angesagten Mädchen gehören. Ich erinnerte mich plötzlich an Situationen, in denen ich auf dem Schulhof zu Vera, Maren und den anderen Mädels gegangen war und plötzlich alle verstummt waren oder blöd gekichert hatten.

Hatte Vera da schon hinter meinem Rücken über mich gelästert? Warum war mir das früher nie aufgefallen? Wie hatte ich so naiv sein können und glauben, dass jemand mit einer veritablen Macke überhaupt Freunde fand? Kein Wunder, dass diese Sanne sofort das Weite gesucht hatte.

Vielleicht hatte sie aber auch einfach keine Zeit gehabt, versuchte ich mich zu beruhigen, vielleicht war ich auch ein wenig paranoid.

Ich zählte im Kopf die Buchstaben von *paranoid*, und zum Glück ließ mich mein Tick auch diesmal nicht im Stich. Nicht ohne Grund zählten manche Menschen Schäfchen, wenn sie nicht einschlafen konnten. Es beruhigte und machte müde. Irgendwann sogar so aufgeregte Erstsemestlerinnen wie mich.

Als ich am nächsten Morgen den Audimax betrat, war ich von der schieren Größe des Hörsaals überwältigt. Achthundert Studenten konnten hier sitzen, aber selbst die Gänge und Stufen waren bereits so voll, dass man noch nicht mal mehr dort einen Platz finden konnte. Also lehnte ich mich gegen die Wand und fragte mich, ob die Sauerstoffversorgung wohl gewährleistet war. Die Luft war jetzt schon kaum noch zu gebrauchen.

»Wir geburtenstarken Jahrgänge haben einfach Pech«, sagte ein Typ, der neben mir an der Wand lehnte. Ein schmächtiger Kerl mit Brille, der nach Latein-Leistungskurs aussah. »Paar Jahre später und die Pille hätte uns vor so einem Chaos bewahrt.«

Ich zuckte mit den Achseln. »Aber dann gäb es uns ja vielleicht gar nicht.«

»Es ist eh die Frage, ob das nicht besser wäre.«

»Wenn du darauf Antworten suchst, solltest du rüber zu den Philosophen.«

Er grinste kurz und setzte dann zu einem Monolog über die düstere Zukunft an, die dank NATO-Doppelbeschluss und atomarer Aufrüstung auf uns warte. »Ist dir eigentlich klar, dass wir kurz vorm dritten Weltkrieg stehen?«, fragte er mich eindringlich.

»Nein.«

»Wie, nein?« Er wirkte aufrichtig verblüfft. »Guckst du keine Nachrichten, liest du keine Zeitung?«

»Doch. Aber ich glaube nicht, dass ein Krieg kommt.«

»Vielleicht lässt er sich noch verhindern. In Bonn soll wieder auf der Hofgartenwiese ...«

Zum Glück wurde sein Vortrag in dem Moment vom Eintreffen des Professors unterbrochen, der mit lautem Klopfen auf den Pulten begrüßt wurde.

Professor Neubauer hielt alle Vorlesungen im Bereich der klinischen Psychologie und galt als Koryphäe in seinem Fach. Optisch brachte er alles mit, was einem Professorenklischee entsprach. Weiße, nicht besonders ordentlich frisierte Haare, eine viel zu große Brille und einen Anzug, den man gut mal hätte aufbügeln können. In der Hand hielt er ein Mikrofon, auf das er kurz klopfte, bevor er sich an die Studentenschaft wandte.

»Herzlich willkommen, liebe Erstsemestler, herzlich willkommen, liebe Langzeitstudenten. Es ist ja ganz schön voll hier, aber machen Sie sich keine Sorgen, das wird in ein paar Semestern besser.«

Seine Stimme hatte einen leicht giftigen Unterton. So freundlich, wie er aussah, schien er nicht zu sein.

»Fast siebzig Prozent aller Psychologiestudenten entscheiden sich für dieses Fach aus Gründen der Selbsttherapie«, fuhr er fort. »Wenn Sie sich jetzt angesprochen fühlen, dann sollten Sie ernsthaft darüber nachdenken, ob Sie im richtigen Hörsaal sitzen.«

Ich fühlte mich zwar durchaus ertappt, hatte aber trotzdem das Gefühl, am richtigen Ort zu sein.

»Dieses Studium eignet sich nämlich ganz und gar nicht zur Selbsttherapie. So wenig, wie ein Chirurg seinen eigenen Beinbruch operieren kann, so wenig kann ein Psychologe seine eigene psychische Erkrankung behandeln. Wir werden im Laufe des Grundstudiums fast fünfzig Prozent von Ihnen verlieren. Sie finden das vielleicht hart, dass ich das zur Begrüßung so deutlich sage, aber es entspricht nun mal unseren Erfahrungswerten. Und ehrlich gesagt würden Sie mir und auch sich selbst viel Arbeit ersparen, wenn Sie frühzeitig erkennen, ob dieses Studium etwas für Sie ist oder nicht.«

»Will der uns loswerden?«, raunte ein Mädchen vor mir.

Den Eindruck hatte ich auch, aber ich war fest entschlossen, mir meine Pläne nicht versauen zu lassen.

Vielleicht war mein Interesse an Psychologie tatsächlich durch meinen Tick geweckt worden, das wollte ich gar nicht ausschließen. Aber das allein war es nicht. Als ich vor ein paar Jahren den Film *Der Stadtneurotiker* im Kino gesehen hatte, war ich sofort von dem Thema Psychoanalyse fasziniert gewesen. Etwas Derartiges gab es bei uns noch nicht; auf dem Land jedenfalls ganz bestimmt nicht. Die Amis waren uns Lichtjahre voraus, was das Thema psychische Erkrankungen anging. Der Film hatte meine Neugierde geweckt, und ich hatte danach versucht, so viel wie nur möglich über das Thema Psychoanalyse herauszufinden. Psychologie war sozusagen mein Hobby geworden.

Wenn man wie ich in einem Dorf wie Bitterheide wohnte, war das allerdings nicht so einfach. Die nächste Stadtbibliothek war fünfzig Kilometer entfernt. Ausflüge nach Bremen machte ich höchstens alle zwei Monate. Der Überlandbus brauchte schließlich fast zwei Stunden für die Strecke, da überlegte man dreimal, ob man sich das antun wollte oder nicht. An den gut sortierten Bahnhofskiosken in Bremen gab es psychologische Fachzeitschriften, die teilweise zehn Mark und mehr kosteten. Wenn ich einen Ausflug in die Stadt machte, ging mein gesamtes Taschengeld dafür drauf. Aber wenigstens hatte ich danach Lesestoff.

Professor Neubauer mochte also durchaus recht haben. Ja, ich hoffte, durch das Studium auch etwas über meine eigene Verrücktheit zu erfahren. Aber ich hielt mich beim besten Willen nicht für so irre, dass ich allein aus dem Grund fünf, höchstwahrscheinlich sogar sechs oder sieben Jahre an der Uni verbringen würde. Nein, natürlich wollte ich später in dem Job arbeiten, daran hatte ich nicht die geringsten Zweifel.

Nach der Vorlesung drängelte ich mich durch die überfüllten Gänge, bis ich es endlich zu Professor Neubauers Büro geschafft hatte. Ich versuchte, bis zu den Aushängen zu gelangen, in denen über die Klausur- und Hausarbeitstermine informiert wurde. In dem Moment kam der Professor aus seinem Büro, und ich fragte mich, wie er es so schnell vom Audimax hierhergeschafft hatte. Ob es eine Art Geheimgang gab?

Seinem Gesichtsausdruck nach bereute er den Schritt aus der Tür im selben Augenblick wieder. Wie auf einen Popstar stürzten sich sofort unzählige Studenten auf ihn.

»Professor Neubauer, meine Hausarbeit!«

»Ich verstehe Ihre Benotung überhaupt nicht ...!«

»Ich brauche noch einen Termin für die Nachprüfung ...«

»Kann ich für die mündliche ...«

»Meine Hausarbeit!«

»Ruhe!« Die Stimme des Professors war überraschend laut, ja fast donnernd. »Ich beantworte auf dem Flur gar nichts! Ist das klar?«

Ein leises Murmeln ging durch die Menge.

»Ich habe eine Sprechstunde. Machen Sie einen Termin, dort beantworte ich Ihre Fragen.«

Mit diesen Worten verschwand er in seinem Büro und knallte die Tür hinter sich zu.

Jetzt war enttäuschtes Gemurmel die Antwort. Langsam gingen die Studenten auseinander.

»Du musst dir direkt ein Hausarbeitsthema sichern«, hörte ich zwei Kommilitonen hinter mir reden. »Der Neubauer sieht das total eng. Wenn zu viele über dasselbe Thema schreiben wollen, lehnt er dich ab.«

»Darf er das überhaupt?«

»Ist dem scheißegal. Seine Seminare sind so überlaufen, der ist froh über jeden, den er rausekeln kann. Sicher dir auf jeden Fall sofort ein Thema!«

»Aber ich weiß doch noch gar nicht ...«

»Dann informier dich! Ehrlich, ich kann's dir nur raten!«

Okay, dachte ich. Was für die beiden galt, galt für mich schon lange. Wenn ich rausfliegen und den Schein nicht bekommen würde, hätte ich schon im ersten Semester die Vorgaben meines Vaters nicht erfüllt. Auch wenn der Abgabetermin für die Hausarbeit noch in weiter Ferne lag, wollte ich mich so schnell wie möglich um ein Thema kümmern.

In den nächsten vier Wochen besuchte ich jede Vorlesung und jedes Seminar, das Professor Neubauer anbot. Danach verzog ich mich direkt in die Bibliothek und studierte die relevante Fachliteratur. Meistens kam ich erst nach Hause, wenn es schon dunkel war. Richtig einzukaufen schaffte ich auch nicht mehr. Wenn die Supermärkte ein oder zwei Stunden länger geöffnet gewesen wären, hätte ich es geschafft, aber um halb sieben saß ich grundsätzlich noch in der Uni. Deshalb holte ich mir immer häufiger etwas auf die Hand, eine Pizza oder eine Currywurst, irgendetwas dieser Kategorie fand fast jeden Abend den Weg in meinen Mund. Das ging nach einer Weile ganz schön ins Geld. Auch wenn es dem Hof meiner Eltern gut ging, waren wir beim besten Willen keine vermögende Familie. Aber es hatte immer gereicht. Und auch jetzt unterstützten sie mich großzügig, zahlten das Wohnheim, alle Bücher und gaben mir zusätzlich dreihundert Mark zum Leben. Insgesamt kostete ich meine Eltern dadurch sechshundertfünfzig Mark im Monat. Ich hatte immer gedacht, dass ich damit locker auskommen würde, aber das Gegenteil war der Fall. Die Kohle wurde knapp. Ich musste irgendwie Geld einsparen – oder etwas dazuverdienen. Eine andere Möglichkeit gab es nicht.

Nach einer Vorlesung blieb ich so lange im Hörsaal, bis ich es schaffte, Professor Neubauer wenigstens kurz anzusprechen.

»Ich habe eine Sprechstunde«, murmelte er leicht genervt, als ich ihn um zwei Minuten Zeit bat.

»Ich weiß. Aber ich wollte Ihnen nur kurz mein Hausarbeitsthema mitteilen. Besser gesagt: Sie fragen, ob das okay für Sie ist.«

Er seufzte und sah mich dann auffordernd an.

»Ja, ach so, also, ich dachte, ich schreibe über Zwänge«, stotterte ich. »Zwangsgedanken, Zwangshandlungen, ja.«

Wieder seufzte er. »Zwangsgedanken und Zwangshandlungen sind zwei Paar Schuhe.«

»Das weiß ich natürlich. Deshalb würde ich es gern allgemeiner halten unter der Überschrift *Zwänge*.«

Obwohl er nicht größer war als ich, blickte er mich von oben herab an.

»Soviel ich weiß, sind Sie noch ganz am Anfang des Studiums ...«

»Ich bin wirklich sehr motiviert«, warf ich ein.

»Ich möchte nicht unterbrochen werden«, sagte er streng. »Sie sind also noch ...«

»Entschuldigung. Ich wollte Sie nicht unterbrechen. Tut mir leid, wenn ich unhöflich war«, unterbrach ich ihn erneut. Was machst du da, verdammt noch mal? Kannst du nicht einfach deine Klappe halten? Ich begann, die Karos auf seinem Hemd zu zählen.

»Schön, Sie sind motiviert. Da haben Sie einigen Kommilitonen etwas voraus. Meinetwegen können Sie über das Thema Zwänge schreiben.«

»Danke, das ist wirklich ...«

»Aber um es Ihnen gleich zu sagen: Die Forschung ist in diesem Bereich noch ganz am Anfang. Ich würde Ihnen raten, das Themengebiet enger zu fassen, aber Sie lehnen eine Beratung in meiner Sprechstunde ja ab.«

»Nein, gar nicht. Ich dachte nur ...«

»Im Zweifelsfall wenden Sie sich an Frau Dr. Höller, meine wissenschaftliche Mitarbeiterin. Sie forscht in diesem Bereich schon länger.«

Ohne ein weiteres Wort drehte sich Professor Neubauer um und ging weg.

Sein abrupter Abgang wühlte mich auf. Weniger, weil das unhöflich und überheblich war, sondern mehr, weil ich die Karos auf dem Hemd nicht zu Ende zählen konnte. Das nervte mich kolossal.

Aber immerhin hatte ich jetzt ein Thema für meine erste Hausarbeit. Ein anspruchsvolles, schwieriges Thema, von dem mir mein Professor am liebsten abgeraten hätte, weil es so wenig Literatur dazu gab. Ich musste grinsen. Konnte ja sein, dass ich nicht viel Forschungsliteratur zu diesem Thema finden würde. Na und? Es gab nichts, womit ich mich besser auskannte, und ich würde es diesem arroganten Professor schon zeigen.

– 7 –

»Anni!« Sanne rief meinen Namen durch die ganze Cafete.

Obwohl wir quasi Nachbarn waren, hatte ich sie eine ganze Weile nicht gesehen. Wenn man in einem Wohnheim mit zig Studenten niemanden traf, den man kannte, war das ein eindeutiges Zeichen für beginnende soziale Vereinsamung. Vielleicht hatte ich diese Einsamkeit gebraucht, weil ich Abstand zu Vera und Bitterheide gewinnen musste, und mich auch deshalb so in mein Studium gestürzt. Als ich jetzt die Cafeteria der Uni betrat, wurde mir jedenfalls schlagartig bewusst, dass ich erst zum zweiten Mal hier war, hier an diesem Sammelpunkt für Studenten, der für die Mehrzahl eine Art Wohnzimmer geworden zu sein schien. Die meisten hatten es sich augenscheinlich so gemütlich gemacht, als wären sie zu Hause. Man lag mehr in den Stühlen, als dass man saß, einige hatten es sich auf der Heizung bequem gemacht, und auf der breiten Fensterbank schlief ein Typ. An allen anderen Tischen wurde laut und munter geplappert. Die Geräuschkulisse war bemerkenswert.

»Hier hinten!« Meine Flurnachbarin saß mit zwei anderen Studenten rauchend an einem der Tische und winkte mir zu.

Ich winkte zurück, und für eine Millisekunde ging mir der Gedanke durch den Kopf, die Cafeteria wieder zu verlassen.

Wenn du Anschluss finden willst, dann musst du auch was dafür tun! Meine Güte!

»Hi.«

»Setz dich zu uns! Das sind Björne aus Oldenburg und Thorsten aus Kiel«, stellte Sanne die beiden Jungs vor, während ich mich auf den freien Stuhl neben sie setzte.

»Du kannst das E bei mir gerne weglassen«, sagte Björne. »Keine Ahnung, was meine Eltern damals geritten hat. Einfach nur Björn bitte, okay?«

»Klar. Ich bin Anni. Auch Lehramt?«

»Seh ich so aus? Jura«, sagte Björn. Dann zeigte er auf Thorsten und fügte »BWL« hinzu.

»Moin. Du bist die Psychotante, oder?«, fragte Thorsten.

Ich verfiel in eine Art Sekundenstarre. Woher wussten sie ...? Hatte Sanne es irgendwie herausgefunden und weitererzählt? Wussten hier im Raum womöglich alle Bescheid?

Sanne gab ihm einen Klaps gegen den Hinterkopf und stoppte damit ruckartig mein Gedankenkarussell. »Jetzt sei nicht so despektierlich!« Augenrollend sah sie mich an. »Das ist so typisch BWL. Die können mit Natur- oder Geisteswissenschaften nicht das Geringste anfangen.«

»Fragt sich nur, was Psychologie ist. Eine Wissenschaft des Geistes? Wegen der Geisteskrankheiten?« Er grinste breit und kassierte ebenfalls einen Klaps von Sanne.

Langsam fing ich mich wieder und konzentrierte mich auf meine Atmung. »Ach so. Hast du erzählt, dass ich Psychologie studiere?«, fragte ich Sanne.

»Auf deiner Stirn steht es jedenfalls noch nicht geschrieben«, meinte Thorsten. »Kommt vielleicht noch.«

Sanne verzog spöttisch den Mund. »Du bist doch der Erste, der später bei ihr in Therapie geht! Hast doch jetzt schon komplett einen an der Waffel!« Dann wandte sie sich mir zu. »Normalerweise sind sie echt nett.«

Ich lächelte. Alles war gut, alles ganz normal, kein Grund zur Aufregung. Entspann dich einfach.

»Kein Problem. Bei Psychologie haben ja viele Vorurteile.«

»Bei Jura ja gar nicht!« Björn lachte. »Wo kommst du her?«

»Nicht weit von hier. Ein kleines Kaff fünfzig Kilometer nördlich. Bitterheide, sagt dir das was?«

Er runzelte die Stirn. »Ja, klar! Da ist doch irgendwo das Cincinnati, oder?«

»Du kennst das Cincinnati?« Ich staunte. »Fährt man von Oldenburg in eine Großraumdisco auf dem platten Land? Oder etwa hier aus Bremen?«

Jetzt lachte Björn laut auf. »Nein. Ich war noch nie dort. Aber vor einem Jahr oder so war der Laden groß in der Presse. Da gabs doch diesen Verkehrsunfall. ›Von der Disco in den Tod.‹ Stand in allen Zeitungen.«

Natürlich erinnerte ich mich an den Vorfall. Es war einer der schlimmsten Unfälle gewesen, von denen ich je gehört hatte. Ein Wagen mit fünf Jugendlichen, die aus einem Nachbarort stammten, war auf der Rückfahrt vom Cincinnati gegen einen Baum geknallt. Alle hatten Alkohol getrunken, der Fahrer noch am wenigsten. Drei von ihnen starben an der Unglücksstelle, die anderen waren schwer verletzt ins Krankenhaus gebracht worden. Ich hatte keine Ahnung, was aus ihnen geworden war, kannte auch niemanden von ihnen persönlich, höchstens vom Sehen. Trotzdem saß der Schock damals tief, und alle Eltern hatten stundenlang Gespräche mit uns Jugendlichen über das Für und Wider von Fahren unter Alkoholeinfluss geführt, wobei es natürlich eigentlich kein Für gab.

Nach diesem Unfall hatte es deshalb eine Zeit lang regelmäßig Polizeikontrollen auf den Landstraßen rund um die Großraumdisco gegeben, und die Türsteher vom Cincinnati hatten verstärkt darauf geachtet, dass niemand mehr betrunken in seinen Wagen stieg. Nach ein paar Wochen war damit aber Schluss gewesen, und alles war wieder seinen gewohnten Gang gegangen. Das bedeutete, dass Samstagnachmittag ein Fahrer auserkoren wurde, der ein Auto von seinen Eltern oder Großeltern organisieren musste. Am Abend wurde er dann nach dem fünften Bier ermahnt, ab jetzt lieber Cola zu trinken, während alle anderen munter weiterfeierten. Ob sich der Fahrer daran hielt, war einem mehr oder weniger egal. Man hoffte das Beste und hatte sowieso keine andere Möglichkeit, nach Hause zu kommen. Nachtbusse? Fehlanzeige. Taxi? Viel zu teuer, und meistens fuhren die nachts nicht mehr raus aufs platte Land. Trampen? Kam einem Todesurteil gleich. Dafür hatten wir alle zu viel *Aktenzeichen XY* gesehen und wussten, wie viele potenzielle Vergewaltiger da draußen unterwegs waren.

Also blieb uns nur der Fahrer. Und da jeder irgendwann mal dran war, vertrauten wir auf ein gewisses Maß an Verantwortungsbewusstsein. Meistens ging es ja auch gut. Aber leider nicht immer, wie uns dieser landesweit bekannte Unfall nur allzu deutlich vor Augen geführt hatte.

»Hast du schon die Bremer Discos erkundet?«, fragte Björn.

Ich schüttelte den Kopf. »Ich hab mich erst mal voll ins Studium reingehängt. Und ehrlich gesagt bin ich gerade auch ein bisschen knapp bei Kasse.«

»Gib ihr doch mal den Aushang«, forderte Sanne Thorsten auf. »Vielleicht hat sie ja Bock drauf.«

Thorsten zog einen Zettel aus seiner Hosentasche und reichte ihn mir. »Hatte ich für Sanne und Björn mitgebracht. Hing am Schwarzen Brett. Vielleicht was für dich? Die sollen sehr gut zahlen.«

Es handelte sich um einen Aushang vom Sender Radio Bremen, der nach studentischen Hilfskräften suchte.

»Macht ihr das?«, fragte ich in die Runde.

»Ich hab keine Zeit«, antwortete Björn. »Hab dauernd Tutorium.«

»Ich muss ein Praktikum an der Schule machen, und Thorsten braucht nicht zu arbeiten«, sagte Sanne.

»Von Haus aus reich. Sorry, kann ich auch nicht ändern.«

Wir lachten. Auch wenn Thorsten mit seinem Marc-O'Polo-Sweatshirt, unter dem er ein Hemd trug, dessen Kragen er hochgestellt hatte, wie das Klischee eines Neureichensohns aussah, wirkte er sympathisch und nicht überheblich oder arrogant.

»Soviel ich weiß, zahlen die 'nen Zehner die Stunde«, meinte Björn. »Da kann man nicht meckern. Dafür musst du wahrscheinlich ein bisschen kopieren und rumräumen. Jeder Kneipenjob ist härter.«

»Und wenn du Glück hast, siehst du vielleicht mal jemanden Berühmtes«, meinte Sanne. »Loriot oder Rudi Carrell. Das wäre doch geil!«

Ich blickte nachdenklich auf den Zettel. Bisher hatte ich mein Taschengeld immer bei der Rübenernte auf Papas Feld aufgebessert. Und jetzt ein Job beim Fernsehen? Vermutlich arbeiteten da nur gestandene und selbstbewusste Typen, die über jeden Zweifel erhaben waren. Von diesem Zustand war ich nun wirklich meilenweit entfernt. Was, wenn jemand etwas von meinem Tick mitbekommen würde? Würde sich in einer Redaktion nicht automatisch darüber lustig gemacht werden?

»Ich hab so was aber noch nie gemacht.«

»Na und? Haben doch die wenigsten«, meinte Sanne. »Wer hat denn bitteschön als studentische Hilfskraft Fernseherfahrung?«

Björn nickte. »Darüber würde ich mir auch keinen Kopf machen. Ist doch bei allen Studentenjobs so. Natürlich haben wir es noch nicht drauf, aber deshalb sind wir ja auch so schön billig.«

Damit hatte er natürlich recht. Und wurde diesen Fernsehleuten nicht auch immer eine gewisse Oberflächlichkeit unterstellt? Vermutlich interessierte sich niemand für das Innenleben einer studentischen Hilfskraft, und ich konnte ein bisschen Geld verdienen, ohne jemandem aufzufallen. Oder war es doch besser, gar nicht zu arbeiten und zu versuchen, mit dem Unterhalt meiner Eltern auszukommen? Sanne schien meine Gedanken zu erraten.

»Wenn du ein bisschen Party machen willst, dann brauchst du auf jeden Fall Kohle«, sagte sie.

»Und jetzt kennst du uns«, fügte Thorsten grinsend hinzu. »Da kommst du ums Partymachen nicht drum herum.«

»Ich kann da ja mal vorbeifahren«, meinte ich zögerlich. »Mehr als Nein sagen können sie ja nicht.«

»Auf keinen Fall! Und es wäre doch echt mal 'ne coole Abwechslung!«, meinte Sanne.

Während die anderen das Thema wechselten und sich über das sauschlechte Mensa-Essen aufregten, las ich mir noch mal die Anzeige durch.

Das wäre wirklich mal etwas anderes, dachte ich, und mein Herz pochte vor Aufregung.

– 8 –

Ich war mit dem Bus in den Ortsteil Osterholz gefahren, wo das Sendezentrum von Radio Bremen stand. Der fünfstöckige, rot geklinkerte Block aus den 60er-Jahren erinnerte mich eher an ein Straßenverkehrsamt als an das Zentrum von Glamour und Glanz, das ich erwartet hatte. Auf den ersten Blick wirkte hier alles irgendwie ein bisschen angestaubt und deutlich unspektakulärer, als ich es mir vorgestellt hatte.

Die halbe Nacht hatte ich darüber gegrübelt, wie ich mich bei dem Vorstellungsgespräch am besten verkaufen sollte. Ich wollte den Job unbedingt und konnte mir nichts Aufregenderes vorstellen. Immerhin würde ich dann mit den ganzen Stars zusammenarbeiten, die ich seit Jahren jeden Tag oder zumindest jede Woche im Fernsehen sah. Nirgendwo gab es mehr Berühmtheiten zu sehen als in TV-Filmen und Serien. Und natürlich in den großen Samstagabendshows.

»Dieser Frank Elstner ist bald beliebter als unser Bundespräsident«, hatte mein Vater neulich noch gemurmelt, als wir uns am Samstagabend alle Mann vor den Fernseher gesetzt hatten, um *Wetten, dass..?* zu gucken.

»Bekannter als von Weizsäcker ist er bestimmt«, meinte meine Mutter. »Immerhin versammelt sich die halbe Republik vor dem Fernseher, wenn *Wetten, dass..?* ausgestrahlt wird.«

»Und die halbe DDR!«, fügte mein Bruder noch hinzu. »Alle, die Westfernsehen empfangen, gucken doch.«

Und wir liebten es.

Sonntagvormittags hatte ich immer mit Vera telefoniert, und neben dem üblichen Tratsch hatten wir natürlich auch die Wetten vom Vorabend besprochen. Dass jemand eine Wärmeflasche aufblasen konnte, bis sie zerplatzte, hatte man bis dahin noch nicht gesehen, und als wir es selbst ausprobieren wollten und kläglich scheiterten, erschien es uns noch spektakulärer.

Auch wenn Sonntagabends das *Traumschiff* über den Bildschirm schipperte, saß grundsätzlich die ganze Familie davor.

»Ich würde das freiwillig nie gucken«, nörgelte mein Vater mit schöner Regelmäßigkeit, »du nötigst mich doch dazu!«

Aber meine Mutter lachte nur, und tatsächlich genossen wir es alle, mit dem schicken Dampfer in ferne Länder zu reisen und das Who's who der deutschen Showlandschaft an Bord begrüßen zu können.

»Herbert Hermann und Susanne Uhlen – es gibt niemanden, der besser zusammenpasst als die beiden!«, schwärmte ich, wenn die zwei Schauspieler über Deck gingen.

»Ich dachte, du stehst auf Sascha Hehn!«, meinte mein Bruder grinsend und fügte dann mit verstellter Stimme hinzu: »Der schöne Viktor!«

Ich verpasste ihm einen Stoß in die Seite. »Du bist doch nur neidisch!«

Die gemeinsamen Stunden vor dem Fernseher waren die wenigen, in denen wir als Familie ausgelassen und fröhlich sein konnten und wo jeder Kummer für einen Moment vergessen schien.

Das hatte mich schon immer am Fernsehen fasziniert. Es hatte die Eigenschaft, die eigenen Gedanken abzuschalten. Das war toll. Und die ganzen Stars, die es zu sehen gab, waren es auch. Denn keine Frage: Prominent war, wer im Fernsehen stattfand, und ich platzte fast vor Nervosität, nun diese heiligen Hallen betreten zu dürfen.

Der Pförtner, der im Eingangsbereich hinterm Tresen saß, erinnerte mich mit seinem hellgrauen Anzug an einen Finanzbeamten. Aber in dieser Position eine schillernde Figur zu erwarten, wäre nun wirklich bescheuert gewesen. Ich stellte mich vor und reichte ihm den Zettel, der am Schwarzen Brett in der Uni gehangen hatte.

»Da müssen Sie zu Frau Mayen. Personalabteilung, erster Stock. Haben Sie einen Termin? Ohne Termin geht gar nichts.«

Mir rutschte das Herz in die Hose. Natürlich hatte ich keinen Termin gemacht. Wie dumm von mir. Meine ganze Euphorie verschwand innerhalb von Sekunden, und ich war davon überzeugt, dass mein Eintritt in die Welt der Stars beim Pförtner endete.

Wieso hatte ich nicht vorher angerufen? Das Telefon auf meinem Flur war kaputt, ich hätte in einen anderen Stock gehen müssen oder in die Telefonzelle, die vor dem Wohnheim stand. Es war nicht so, als wenn ich das nicht kurz in Erwägung gezogen gehabt hatte, aber dann hatte ich gedacht, dass ich mich doch am besten gleich persönlich vorstellen könnte.

Erschrocken stellte ich fest, dass mir diese Gedanken gerade gar nicht durch den Kopf gingen, sondern dass ich sie panisch aussprach. Bestimmt fünf Minuten musste ich den Pförtner vollgelabert haben.

»Ist ja gut, beruhigen Sie sich mal.« Der Mann grinste. »Ich guck mal, was ich tun kann.« Er griff zum Telefonhörer und wählte eine Nummer. »Ich hab hier ein junges Frollein, will als studentische Hilfskraft anfangen ... Ja nee, das mit dem Termin ist irgendwie schiefgelaufen ... Jetzt hat sie schon den weiten Weg auf sich genommen ... Ja, ja, ich weiß ... ich weiß ... ja ... Gut, Frau Mayen.« Er legte auf und sah mich an. »Frau Mayen macht grundsätzlich keine Ausnahmen, aber was soll ich sagen: Sie können hoch.«

Erleichtert strahlte ich ihn an. »Super. Danke!«

Er grinste breit. »Auf Otto können Sie sich verlassen. Viel Erfolg!«

»Vielen Dank!«

Er erklärte mir noch kurz den Weg, und ich marschierte los, ließ den Fahrstuhl hinter mir und nahm die Treppe in den ersten Stock, um mich beim Zählen der Stufen beruhigen zu können und mich auf das zu konzentrieren, was nun vor mir lag. Immerhin mein allererstes Vorstellungsgespräch. Auch wenn es nur um einen Job als Hilfskraft ging, war ich aufgeregt. Das Zählen half.

Kurz darauf klopfte ich dreimal gegen die Tür zur Personalabteilung, wobei ich darauf achtete, dass Klopfer zwei und drei kaum hörbar waren. Sonst hielten die mich nachher noch für so eine Hyperaktive, die sich aufdrängen wollte.

»Sie sind die Studentin ohne Termin?« Frau Mayen musterte mich über ihre Lesebrille hinweg, an deren Bügeln eine Kette befestigt war. Damit sah sie genauso aus wie die Sekretärin an meiner alten Schule. Ihre grauen Haare hatte sie ebenfalls ähnlich frisiert und trug sie zu einer kurzen Dauerwelle.

»Ja, es tut mir leid …«

»Muss Ihnen nicht leidtun«, unterbrach sie mich. »Wir haben im Moment wirklich großen Bedarf und sind froh über jeden Bewerber. Setzen Sie sich.«

Zig mögliche Fragen hatte ich mir vorher im Kopf überlegt und dafür fast eine ganze Nacht Schlaf geopfert. Aber Frau Mayen interessierte nur meine Sozialversicherungsnummer und wie viele Stunden ich pro Woche arbeiten könnte.

»Ich würde Sie dann zunächst bei *Rudis Tagesshow* einteilen«, sagte sie mit Blick in ihren Aktenordner.

Ich versuchte, mich nicht allzu offensichtlich zu freuen und einigermaßen erwachsen rüberzukommen. Aber für *Rudis Tagesshow* arbeiten zu können, kam mir wie ein wahr gewordener Traum vor. Ich liebte die Sendung.

»Sind das die Nachrichten?«, hatte mein Vater skeptisch gefragt, als er eines Abends ins Wohnzimmer kam und mich vor dem Fernseher antraf. »Wieso macht dieser Holländer die jetzt?«

»Das ist nicht die richtige *Tagesschau*, Papa.« Ich versuchte, mein breites Grinsen unter Kontrolle zu bekommen. »Die verarschen die Nachrichten nur.«

»Wie bitte?« Mein Vater machte ein empörtes Gesicht. »Wie soll das denn gehen?«

»Na, die nehmen das eben alles aufs Korn«, versuchte ich ihm das Prinzip der Sendung zu erklären. »Die kommentieren lustig irgendwelche Pannen und verspotten Politiker. Meistens verfremden sie Ausschnitte aus den Nachrichten oder verändern sie.«

»Und das ist dann witzig?« Skeptisch, aber interessiert hatte sich mein Vater neben mich gesetzt.

»Sauwitzig.«

Das fand er dann auch, und danach hatten wir die Sendung häufiger zusammen geguckt.

Ich freute mich, dort jobben zu können.

»Das ist großartig! Danke!«, sagte ich strahlend.

Frau Mayen sah mich müde lächelnd an. »Sie sind Fan?«

Ich nickte. »Die Show ist toll!«

»Keine Frage.«

»Ich werde mich da voll einbringen!«

»Schön.« Unterdrückte die Frau ein Seufzen? Es kam mir fast so vor. »Ohne Sie desillusionieren zu wollen, aber Ihre Aufgaben wären bei jeder Sendung mehr oder weniger dieselben. In erster Linie werden Sie Dinge von A nach B bringen. Tut mir leid, aber wenn Sie Fernsehgeschichte schreiben wollen, dann sind Sie hier falsch.«

War diese Frau Mayen das Fernseh-Pendant zu Professor Neubauer? Wollte mir eigentlich jeder erst mal den Spaß und Elan an einer Sache ausreden, bevor ich sie überhaupt angefangen hatte?

Ich faltete meinen Vertrag dreimal und strahlte die Frau übertrieben positiv an. »Wenn's recht ist, freue ich mich trotzdem.«

Auf ihren Lippen zeigte sich ein fast mütterliches Lächeln. »Natürlich. Freuen Sie sich ruhig. Dann kommen Sie mal mit. Ich stelle Sie der Redaktionsassistentin vor. Die wird Ihnen dann alles Weitere erklären.«

Britta Schiebis war eine sonnenbankgebräunte, stark blondierte Endzwanzigerin, die ihren doppelreihigen Blazer mit riesigen Schulterpolstern zum engen Minirock trug, der von ihrem Oberteil fast verdeckt wurde. Ihre Lippen hatte sie in einer hellen rosa Pastellfarbe geschminkt, die man in der Natur nirgendwo finden würde. Zum Glück stellte sie sich als ausgesprochen herzliche Person heraus.

»Wir duzen uns hier alle«, sagte sie, nachdem sie mich begrüßt hatte. »Also die studentischen Hilfskräfte und die ganzen Assis. Redakteure und vor allen Dingen CvD und Redaktionsleiter werden natürlich gesiezt. Aber mit denen hast du vermutlich eh nicht viel zu tun.«

»Und Rudi Carrell?«

Sie zog eine Augenbraue hoch. »Wenn du den duzt, bist du tot.« Dann lachte sie auf. »Scherz. Nein, aber den wirst du kaum sehen. Und wenn, dann bleib besser ein bisschen auf Abstand. Der ist in der Redaktion nicht ganz so lustig wie im Fernsehen, wenn du verstehst, was ich meine.«

»Okay. Was muss ich machen?«

»Du bist zehn Stunden die Woche hier?« Ich nickte. »Gut. Wir zeichnen montagnachmittags auf, Montagabend ist dann die Ausstrahlung. Dienstag haben alle frei, mittwochs geht es dann wieder los. Die meisten Sendungen müssen also von Mittwoch bis Samstag gesichtet werden. Dann wird nur noch geschnitten und getextet, damit hast du nichts zu tun. Am besten wäre es also, wenn du von Mittwoch bis Freitag ein paar Stunden hier sein könntest. Dann müssen die meisten Bänder vom Archiv zu den

Redakteuren gebracht werden, und dann steht auch der meiste Kopierkram an. Passt das?«

»Drei Tage hintereinander?«

»Ja. Für jeweils drei Stunden. Einmal wird's dann ein bisschen länger.«

»Das passt mir ehrlich gesagt super.«

»Schön. Dann kannst du nächste Woche gleich anfangen.«

– 9 –

Die Spanx hatte das Malheur zum Glück für einen Moment aufgehalten. Erst als sie draußen auf dem Bürgersteig stand, nahm das Elend seinen Lauf. Es war einer der wenigen Augenblicke, in denen sie Gott dankte, wieder aufs Land gezogen zu sein. Keine Leute auf der Straße, eine beschissene Beleuchtung, und der Gestank der frisch gedüngten Felder übertünchte alles. Sie hatte sich ihren Pashminaschal um die Taille geknotet wie einen zusätzlichen Rock und war zu Fuß nach Hause gelaufen.

Als sie nach einer Stunde endlich die Haustür aufschloss, hatte sie bereits jede Menge Nachrichten von ihm bekommen. Aber darum konnte sie sich jetzt nicht kümmern. Sie lief in die Küche, schnappte sich einen Müllsack und eilte ins Bad.

In ihrem schicken Etuikleid, das sie nie wieder anziehen würde, betrat sie die Duschkabine und zog alles aus, was sie am Körper hatte, packte die Sachen in den Plastiksack und verknotete ihn.

»Scheißdinger«, fluchte sie, als ihr Blick auf die Packung mit Abführtabletten fiel, die am Rand des Waschbeckens lag. »Nie wieder nehme ich eine von euch.«

Sie atmete tief durch, stellte den Sack mit der verschmutzten Wäsche vor die Kabine und schaltete die Dusche ein. Mit geschlossenen Augen stand sie minutenlang da und versuchte, an nichts zu denken. Ein hoffnungsloses Unterfangen.

Vielleicht hatte es niemand bemerkt. Die Möglichkeit bestand jedenfalls. Als es losging, war sie sofort durch die Tür geeilt, und keiner hatte gewusst, warum. Natürlich würden die Leute jetzt spekulieren, das war ihr auch klar. Aber es war ihr lieber, wenn sie eine Ehekrise oder einen anderen absurden Grund für möglich hielten, als wenn sie die Wahrheit wüssten.

Ob schon jemals einem Menschen so etwas Peinliches passiert war?

Sie musste grinsen. Ja, Helmut Berger, dem Schauspieler. Sie war früher ein großer Fan von ihm gewesen und hatte seine Biographie gelesen. Dort beschrieb er eine Episode vom Rosenball in Monaco, wo er im weißen Smoking am Tisch der Fürstenfamilie gesessen und plötzlich dieselben Schwierigkeiten bekommen hatte wie sie eben. Und was hatte der damalige Megastar gemacht? Er war einfach den ganzen Abend lang sitzen geblieben, hatte sich über den Gestank vom Meer beklagt und den Saal in seiner ehemals weißen Smokinghose erst verlassen, nachdem die illustren Gäste allesamt gegangen waren.

Jetzt musste sie laut lachen, und sie war froh, dass ihr so ein Aussitzen erspart geblieben war. Meine Güte, dass ausgerechnet ihr immer so etwas passieren musste! Das wäre doch glatt Stoff für diesen neuen Comedian, den sie so gern im Fernsehen sah. Wie hieß der noch gleich? Ihr Namensgedächtnis wurde auch nicht besser.

Während sie sich die verschmierte Schminke vom Gesicht wusch und ihren ganzen Körper gründlich einseifte, dachte sie daran, wie sie ihre Geschichte eines Tages auch einmal als lustige Anekdote zum Besten geben würde. Vielleicht war es etwas, dass sie auf ihrer silbernen Hochzeit erzählen konnte, nein, lieber auf der goldenen. Sie kicherte, als sie sich den Gesichtsausdruck ihres Mannes und ihrer Kinder dabei vorstellte. Die würden sie vermutlich für komplett plemplem halten.

Aber erst mal sollte dieses Desaster ihr Geheimnis bleiben. Auch wenn ihr Humor berühmt, ja vielleicht sogar berüchtigt war, war ihr die ganze Sache aktuell doch noch zu peinlich.

Sie stellte das Wasser ab, schnappte sich ein Handtuch und begann sich abzutrocknen. Erst da bemerkte sie das Blut, das an ihren Beinen herunterlief.

Erschrocken hielt sie inne. Woher kam das? Sie versuchte, mit einem Papiertuch die Quelle der Blutung zu finden. Schnell wurde es weniger, bis schließlich nichts mehr nachkam.

Vermutlich eine geplatzte Ader, versuchte sie sich zu beruhigen. Das konnte bei so einem Ausbruch ja schon mal passieren.

Er kam sehr spät nach Hause. Nachdem sie aus der Dusche gekommen war, hatte sie ihm geschrieben, dass sie einen Magen-Darm-Infekt habe und direkt ins Bett gehen würde. Als sie am nächsten Morgen wach wurde, lag er laut schnarchend neben ihr, und seine Fahne war ein deutliches Zeichen, dass er seine Auszeichnung noch ausgiebig gefeiert hatte. Zum Glück hatte sie ihm nicht den Abend verdorben. Es reichte ja, wenn einer von ihnen einen Scheißabend gehabt hatte. Im wahrsten Sinne des Wortes.

Sie schaffte es, den Vorfall relativ schnell zu verdrängen. Wahrscheinlich half dabei auch, dass sie niemandem davon erzählte. Eine Durchfall-Katastrophen-Geschichte war nun wirklich nichts, was man beim Dorfbäcker hören wollte. Und obwohl sie bei jedem Toilettengang Blut bemerkte, dauerte es noch fast sechs Wochen, bis sie endlich einen Termin beim Arzt machte.

»Warum haben Sie so lange gewartet?«, fragte dieser besorgt, nachdem er die Darmspiegelung abgeschlossen hatte.

Sie wusste nicht, was sie darauf antworten sollte, und zuckte nur hilflos mit den Schultern.

Er sah sie ernst an. »Die Darmspiegelung war leider nicht so, wie ich mir das gewünscht hätte. Einige Polypen habe ich direkt entfernen können, aber da ist noch etwas anderes.«

Sie spürte, wie sie einen trockenen Mund bekam und kaum noch schlucken konnte.

»Es ist ein Tumor«, fuhr der Arzt fort, »ob er gut- oder bösartig ist, wird die Biopsie zeigen. In jedem Fall ist er für Ihre Verdau-

ungsprobleme verantwortlich. Reine Glückssache, dass Sie noch keinen Darmverschluss hatten.«

Der Arzt erklärte ihr, wie es jetzt weitergehen würde. Ein Haufen Untersuchungen würde auf sie zukommen, eine Operation sei unumgänglich, egal ob der Tumor gut- oder bösartig sein sollte, raus musste er auf jeden Fall. Sie nahm seine Worte nur noch wie durch Watte wahr.

»Ich werde Sie ins Krankenhaus überweisen«, sagte er schließlich, während er etwas auf seinem Laptop tippte.

»Wir wollten am Montag für zwei Wochen nach Mallorca«, hörte sie sich selbst sagen und war fast überrascht von ihren eigenen Worten. »Kann ich danach ins Krankenhaus?«

Er blickte von seinem Bildschirm auf. »Auf gar keinen Fall. Sie gehen morgen früh. Auch wenn wir noch nichts Genaues wissen, dürfen wir jetzt keine Zeit mehr verlieren.«

Die Stimme des Arztes war so ernst und eindringlich, dass sie nichts mehr sagen konnte.

– 10 –

Ich hatte mir fest vorgenommen, meine Hausarbeit für Professor Neubauer noch vor meinem Start bei *Rudis Tagesshow* fertig zu schreiben. Zwanzig Seiten musste die Arbeit umfassen, das war locker in einer Woche zu schaffen.

»Klar kannst du meine Schreibmaschine haben«, meinte Sanne großzügig. »Das ist aber ein Highclass-Modell, elektrisch, mit Korrekturfunktion. Ich will damit nur sagen: Wenn du sie schrottest, darfst du mir eine neue kaufen. Oder am besten gleich einen Computer.«

»Bin ich Krösus? Ich werde deine Schreibmaschine behandeln wie ...« Ich suchte nach einem passenden Vergleich.

»Deine Mumu?« Sanne grinste breit.

Ich lachte laut auf. Sanne hatte *Das Leben des Brian* offensichtlich auch gesehen. »Jedenfalls werde ich sie hegen und pflegen. Da gibt es keinen Kratzer und nichts, versprochen.«

»Glaub ich dir doch.«

»Wenn ich fertig bin, gehen wir was trinken, okay? Auf meine Kosten natürlich.«

»Ich leihe sie dir auch ohne Gebühr«, sagte Sanne, und sofort überkam mich das unsichere Gefühl, dass sie vielleicht nichts mit mir trinken gehen wollte. »Aber zum Weinchen kannst du mich trotzdem gerne einladen!«

Ich nickte erleichtert und tippte mit meiner Zungenspitze zwölfmal gegen den Gaumen.

In Momenten wie diesen wünschte ich mir nichts mehr als ein stärkeres Selbstbewusstsein. Manchmal hatte ich den Eindruck, dass mich schon eine Winzigkeit aus dem Konzept bringen konnte und ich sofort von Selbstzweifeln übermannt wurde. Ich wollte nicht zu viel von mir preisgeben, aber trotzdem Freunde finden. Vielleicht war das gar nicht möglich? Konnte man sich verschließen und trotzdem offen für andere Menschen sein? Ich wusste es nicht, und diese Unsicherheit nagte an mir.

»Kann ich mir die Maschine nachher abholen?«

»Machst du Witze?« Sanne schüttelte den Kopf. »Das Teil wiegt Tonnen.«

Zum ersten Mal war ich in Sannes Zimmer. Man sah direkt, dass sie schon länger im Wohnheim wohnte und sich besser an die beengten Verhältnisse angepasst hatte als ich. Ein dunkler Vorhang trennte den schmalen Flur ab und bildete so eine Art Mini-Eingangsbereich, was ich nicht ungeschickt fand. Jacken und Schuhe ließen sich dort aufbewahren und mussten nicht im kleinen Wohnraum gelagert werden. Außerdem hatte sich Sanne eine Art Hochbett gebaut oder vielmehr das vorhandene Bett aufgebockt, sodass sie darunter weiteren Stauraum hatte. Viel Wert auf Deko oder persönliche Utensilien schien sie nicht zu legen, jedenfalls sah ich nirgendwo ein Familienfoto oder andere Erinnerungsstücke.

»Wir müssen sie gleichzeitig anheben«, sagte sie zu mir, als ich die Maschine schon hochhieven wollte. »Sonst rutscht sie dir aus der Hand. Auf drei.«

Sanne zählte laut und ich im Kopf leise bis drei, und wir hoben die Schreibmaschine an. Sie war wirklich überraschend schwer. Gemeinsam schleppten wir sie in mein Zimmer.

»Was macht man eigentlich, wenn man keine eigene Maschine hat und niemanden kennt, der einem so was leiht?«, fragte ich, als wir das Teil auf meinen Schreibtisch gewuchtet hatten, der unter der ungewohnten Last bedenklich schwankte.

»In der Uni gibt es Schreibräume, da stehen ein paar Maschinen, die man nutzen kann«, antwortete Sanne. »Ich glaube, das sind aber so uralte Dinger, das ist wahrscheinlich voll der Krampf. Thorsten und Björn lassen ihre Hausarbeiten abtippen. Mit dem nötigen Kleingeld kannst du das natürlich auch machen.«

»Das kommt für mich wohl kaum infrage.«

»Muss ja auch nicht. Ab jetzt kannst du meine Schreibmaschine haben. Und da wir ja in sehr unterschiedlichem Tempo studieren, wird sich da vermutlich erst mal nichts dran ändern.« Sanne grinste schief.

Sie hatte mir erzählt, dass sie schon im fünften Semester war, aber nicht den geringsten Antrieb verspürte, mehr auf die Tube zu drücken. Es gab schließlich genug Studenten, die im fünfundzwanzigsten oder gar dreißigsten Semester waren, warum solle sie sich da über ein paar Zusatzsemester aufregen? Nur ihren Wohnheimplatz, den würde Sanne irgendwann aufgeben müssen, wenn sie so weitermachte. Aber das war auch die einzige Sorge, die sie hatte.

Etwas später saß ich in meinem kleinen Zimmer und schaltete Sannes elektrische Schreibmaschine an. Dreißig weiße Blätter lagen neben mir, zehnmal konnte ich es mir also erlauben, mich so zu vertippen, dass ein Korrigieren sinnlos war und die Seite in den Müll wandern musste. Ein neues Fläschchen Tipp-Ex stand neben mir – es konnte losgehen.

Handschriftlich machte ich mir zunächst ein paar Stichpunkte und überlegte genau, wie ich die Arbeit gliedern wollte. Komischerweise war ich ein bisschen aufgeregt, was überhaupt keinen Sinn ergab, da ich ja allein in meinem Zimmer saß und schreiben wollte und keine Prüfung oder ähnliches anstand. Aber ich wollte diese Arbeit unbedingt gut machen. Nein, sie *musste* gut werden.

Natürlich hatte ich Papas Drohung noch im Ohr und erinnerte mich nur zu gut an unsere Abmachung, der ich mehr oder weniger freiwillig zugestimmt hatte. Wenn ich nicht die besten Noten nach Hause brachte, würde ich ins Lehramt wechseln müssen.

Würde ich das im Zweifelsfall wirklich tun? Ich wusste es nicht. Aber wenn Papa mir den Geldhahn abdrehen und wir einen großen Streit miteinander bekommen würden, dann war das in jedem Fall etwas, was ich nicht wollte. Und abgesehen davon, dass ich Professor Neubauer ebenfalls zeigen wollte, was in mir steckte, konnten gute Noten so oder so nicht schaden.

Also gib dein Bestes!

Ich atmete tief durch und begann zu schreiben: *Mit einem Zwang leben.*

Ich hielt inne und starrte auf die Überschrift. Klang sie wissenschaftlich genug? Wären ein paar wichtig wirkende Fremdwörter im Titel vielleicht angebrachter? So was wie *Hypothesen zum Zwang* oder noch besser *Aspekte der Zwangshypothesen?*

Schnell zählte ich die Buchstaben nach, als würde ich dadurch eine Antwort bekommen.

»Jetzt reiß dich zusammen!«, ermahnte ich mich laut. Wenn ich jetzt jeden Satz erst mal durchzählen musste, bevor ich den nächsten schreiben konnte, würde ich meinen selbst gesteckten zeitlichen Rahmen niemals einhalten können. Im Gegenteil. Dann würde ich die nächsten Monate noch hier sitzen. »Wissenschaft hat nichts mit irgendwelchen Fremdwörtern zu tun«, murmelte ich leise und atmete tief durch.

Wer von einem Zwang betroffen ist, hat Gedanken, die sich ihm immer wieder aufdrängen. Diese Gedanken lösen Angst aus und versetzen die Person in größten Stress. Angst machende Gedanken können sich um mögliche Ausgrenzung oder Ablehnung drehen, aber auch um Krankheit oder Tod. Viele Szenarien sind denkbar und eng mit der Persönlichkeit und dem Erlebten der Betroffenen verbunden.

Wieder hielt ich inne und las mir den Absatz noch einmal genau durch. Ich fand ihn sehr treffend, er beschrieb genau das, was ich erlebt hatte und war trotzdem so allgemein gehalten, dass niemand auf die Idee kommen konnte, dass es sich um meine persönliche Erfahrung handelte, dass es irgendetwas mit meiner Familiengeschichte zu tun hatte. Denn das wollte ich in jedem Fall vermeiden.

Die Angst machenden Gedanken werden so heftig wahrgenommen, dass nur die Zwangshandlung Erleichterung verschafft. Es ist, als würde ein Dampfdrucktopf endlich sein Ventil öffnen können, um Druck abzulassen.

Ich hatte in der Bibliothek einen Artikel über Patienten mit einer Borderline-Störung gelesen, die sich mit einer Rasierklinge regelmäßig ritzten. Auch wenn die Verletzung ihnen Schmerzen bereitete und die Schnitte sich später häufig entzündeten, war das Ritzen für diese Personen jedes Mal eine riesige Erleichterung. Sobald das Blut aus ihren Oberschenkeln oder Armen floss, ließ der innere Schmerz nach. Eine Art Aderlass, der nur der kranken Psyche half. Eigentlich war mein Zählen gar nicht so viel anders. Wenn ich zählte, ließ mein Schmerz nach, dann hatte ich die Erinnerungen an das, was vor vielen Jahren passiert war, unter Kontrolle.

Die Worte flossen nur so aus mir heraus. Ich konnte gar nicht mehr aufhören zu schreiben und spürte, wie gut es mir tat, alle meine Gedanken zu diesem Thema endlich einmal zu Papier zu bringen. Ich versuchte, mich nicht zu einseitig auf den Zählzwang zu konzentrieren, was mir aber nur in Teilen gelang. Dafür war es einfach zu sehr mein Thema.

In den frühen Morgenstunden tippte ich den letzten Absatz meiner Hausarbeit: *Das Zählen funktioniert. Es ist eine verlässliche Konstante, etwas, auf das die Betroffenen immer zurückgreifen können, das ihnen Trost spendet und Mut macht. Etwas, auf das sie sich verlassen können.*

Zufrieden nahm ich das letzte Blatt aus der Maschine und legte es sorgfältig auf den Stapel. Dann lochte ich die einzelnen Seiten und heftete das ganze Werk in einen Ordner. Erleichtert strich ich mit der Hand darüber. Meine erste Hausarbeit, dachte ich stolz, und sie ist gut. Richtig gut.

– 11 –

Inzwischen gab es niemanden in Christians Abteilung, der mehr Kunden betreute als er. Und er hatte sich einen Ruf als knallharter Verhandler erarbeitet. Ohne mit der Wimper zu zucken, strich er verzweifelten Kleinunternehmern die Kredite, die er dubiosen Geschäftsleuten wiederum gewährte. Dass die Arbeitslosigkeit erstmals über die Zwei-Millionen-Grenze gestiegen war und bei fast acht Prozent lag, dass über 80.000 Jugendliche keine Lehrstelle fanden und keine Perspektive hatten, war für ihn nicht mehr als das Gejammere der Unfähigen. Und es interessierte ihn nicht die Bohne. Hatte sein Jammern vielleicht irgendwann mal jemanden interessiert? Seit seinem neunten Lebensjahr hatte er seine Eltern dreimal im Jahr gesehen: Weihnachten, Ostern und am Geburtstag seines Vaters hatte er nach Hause gedurft. Mehr war nicht möglich gewesen, die Reise sei viel zu weit, hatten sie ihm gesagt. Und jedes Mal, wenn er nach einem der seltenen Besuche wieder zurück ins Internat musste, hatte er geschrien und geweint, bis er keine Luft mehr bekommen hatte. Seine Mutter hatte ihn dann gebeten, sich zusammenzureißen und nicht so ein Theater zu machen, und sein Vater hatte ihm nicht selten eine gewischt, damit er endlich Ruhe gab. Das unglaubliche Heimweh, die Sehnsucht nach zu Hause und nach seinen alten Freunden, die unerträgliche Kälte des Schweizer Internats, all das hatte niemanden interessiert. Und genauso wenig interessierte ihn heute das Flennen anderer Leute.

Das einzige Geheule, das Christian nicht kaltließ, war das von verletzten Tieren. Seit seiner Internatszeit kümmerte er sich um alle verwundeten und kranken Viecher, die er fand. Es war erstaunlich, dass er es trotz seines Drogenkonsums auch jetzt noch wahrnahm, wenn eine Amsel mit gebrochenem Flügel vor seinem Fenster lag oder eine angefahrene Katze am Straßenrand um ihr Überleben kämpfte. Es war ganz egal, in welcher Verfassung er auch war, er brachte jedes dieser Tiere zum Tierarzt und kam für die Rechnung auf. Tiere lagen ihm eindeutig mehr als Menschen.

Abgesehen davon brannte Christian eigentlich nur noch für den Bonus, den er am Ende des Jahres einstreichen konnte. Und der hatte es in sich. Inzwischen besaß er mehrere Rolex- und Cartier-Uhren, er kaufte grundsätzlich keine Anzüge mehr von der Stange, sondern ließ alles nach Maß anfertigen. Er wohnte in einem schicken Appartement in Bremen-Horn, einer der teuersten Gegenden der Stadt, und mit seinem Nasenbluten war es auch nicht besser geworden, was ihn ebenfalls eine hübsche Stange Geld kostete. Koks war nun mal nicht billig.

Seine Eltern sah er nach wie vor nur dreimal im Jahr, und das Einzige, wofür sie sich bei den kurzen Treffen zu interessieren schienen, waren die Insignien seines beruflichen Erfolges, den er Dank der strengen Internatserziehung erreicht hatte. Nachdem sein Vater an Weihnachten festgestellt hatte, dass Christians Bonus fast doppelt so hoch war wie sein eigener, hatte er mit ernster Miene gesagt, dass er nur hoffen könne, dass das mehr als ein positiver Ausrutscher sei und die Jahre des Versagens damit beendet wären. Christian hatte nichts dazu gesagt. Er hatte kein hervorragendes Abitur gemacht, aber ein anständiges; wegen seiner schlechten Augen war er zwar beim Bund ausgemustert worden, hatte aber ein solides BWL-Studium hingelegt und frühzeitig seine Karriere bei der Bank beginnen können. Aber wozu sollte er das seinem Vater erklären? In seinen Augen würde er für immer der stark kurzsichtige Junge mit der dicken Brille bleiben, der ungeschickt über seine Füße stolperte und von den Elite-Kindern im Internat gehänselt wurde. Lieber hatte sich Christian in das opulente Gäste-WC zurückgezogen und sich so viel Koks durch die Nase gepfiffen, dass ihm fast die Kontaktlinsen aus den Augen gesprungen wären und er sich noch vor dem Weihnachtsessen hektisch verabschieden musste.

Christian wartete vor der Telefonzelle, bis die Frau vor ihm das Gespräch beendet hatte und er hereinkonnte. Während er die Münzen in seinem Portemonnaie zusammensuchte, dachte er an den einzigen Menschen, der ihm am Herzen lag. Christian wusste, dass er Paul alles sagen konnte, dass die beiden eine tiefe Freundschaft verband und sie miteinander durch dick und dünn gehen würden. Und natürlich wusste er auch seine Vermittlerrolle in Sachen Drogen zu schätzen.

Er warf die Münzen ein und fing ohne lange Vorrede an zu sprechen, nachdem Paul abgenommen hatte.

»Du hast dich beklagt, dass ich zu viel in der Bank kokse.« Christian bemühte sich, so normal wie möglich zu sprechen, aber die Worte sprudelten nur so aus ihm heraus, so wie immer, wenn er drauf war. »Jetzt ist aber Feierabend, und ich stehe in einer Telefonzelle vor Hardys Bar und will gleich rüber ins Exil. Der Zeitpunkt für ein Näschen könnte also nicht besser sein. Komm doch vorbei! Das wird lustig!« Er zog demonstrativ die Nase hoch.

Am anderen Ende der Leitung war zunächst nur ein Seufzen zu hören. »Carla und ich haben heute eigentlich unseren Pärchenabend ...«, sagte Paul dann.

Christian rollte mit den Augen. Er wusste wirklich genau, warum er sich auf keine Beziehung mehr einließ. Pärchenabend, was für ein Scheiß! »Ihr wohnt zusammen, ihr pennt jede Nacht in einem Bett ...«

»Wir sind verheiratet!«

»Eben! Warum zur Hölle müsst ihr dann einen Pärchenabend machen? Das ist doch nur was für irgendwelche frisch verliebten Teenager!«

»Du weißt genau, dass wir in letzter Zeit ein paar Probleme hatten.«

»Hör ich zum ersten Mal.« Christian hatte keine Ahnung, wovon Paul sprach. »Was für Probleme?«

»Es gab einige Missverständnisse zwischen uns.«

»Missverständnisse? Warum hast du mir nicht davon erzählt?«

»Hab ich ...«

»Erst recht ein Grund, vorbeizukommen!«

»Carla ist bestimmt sauer, wenn ich jetzt noch rausgehe ...«

Christian konnte nicht glauben, was er da hörte. »Hoffentlich ist bald Ostern und es werden ein paar Eier verteilt«, sagte er giftig. »Du könntest definitiv welche gebrauchen.«

»Hä?« Pauls Stimme klang ernsthaft irritiert. »Was meinst du?«

»Nichts. Weißt du was, kommt doch beide vorbei!« Christian hielt das für eine brillante Idee. »Das wird euch guttun!«

»Ich weiß nicht.«

»Aber ich! Ihr müsst zusammen ausgehen, Spaß haben, was erleben! Jetzt lass mich nicht hängen! Ich warte drinnen!«

Paul seufzte und schien sich seinem Schicksal zu ergeben. Die Münzen rauschten durch den Automaten, und das Gespräch wurde unterbrochen. Zufrieden hängte Christian den Hörer ein, steckte sich eine Zigarette an und verließ tänzelnd die Telefonzelle.

So einen Beziehungsquatsch würde er sich definitiv nie wieder antun, ging es ihm durch den Kopf, während er dem Türsteher kurz zunickte. Wenn er an die Ehe seiner Eltern dachte, dann wusste er genau, was er nicht wollte. So wie sie mit ihm umgegangen waren, so hatten sie sich gegenseitig auch behandelt. Für seinen Vater zählte nur, dass Christians Mutter gut aussah und jedes Klischee eines Zitronentörtchens erfüllte: irre schlank und elegant und ein perfektes Händchen für Haushalt und Gäste. Und sie wiederum wusste an seinem Vater vermutlich nicht viel mehr zu schätzen als den Haufen Kohle, den er nach Hause brachte. Die allermeisten Ehen im Freundeskreis seiner Eltern funktionierten so, und er konnte sich kaum etwas Abtörnenderes vorstellen. Seitdem er ein erfolgreicher Banker war, traf er dauernd auf Frauen, die ihn an seine Mutter erinnerten und die nur mit ihm ins Bett gingen, weil sie ein Gefühl für seinen Kontostand hatten.

Die einzige Frau, die er je geliebt hatte, war Gela gewesen, das Nachbarsmädchen.

Christian leckte kurz an seinem Zeigefinger und tippte ihn in das Tütchen, das er in seiner Sakkotasche aufbewahrte. Dann rieb er sich das Kokain aufs Zahnfleisch. Er hatte keine Lust, sich irgendwelchen trüben Gedanken hinzugeben. Das Leben war dafür viel zu kurz, jetzt wollte er Party machen.

Das Exil war die städtische Version einer Großraumdisco. Allein aus Platzgründen hatte sie nicht die Dimensionen, die diese Spezies normalerweise auf dem Land annahm. Dafür verteilte sie ihre Quadratmeter auf verschiedenen Ebenen. Im Keller lief die härtere Musik, *AC/DC* und *Mötley Crüe* waren hier zu Hause. Im Erdgeschoss war die Popfraktion untergebracht, und im ersten Stock konnte man eine Currywurst essen und sich von dem ganzen Lärm etwas erholen.

Das Konzept des Ladens war allerdings nicht wirklich zu Ende gedacht worden. Offenbar hatte sich niemand im Vorfeld überlegt, ob es eine gute Idee war, Hardrock-Fans und Popper unter einem Dach tanzen zu lassen. Tatsächlich war es vor allen Dingen die Hardrock-Fraktion, die nicht die geringste Lust hatte, mit den in ihren Augen affig aufgestylten Langweilern die Örtlichkeiten zu teilen. Das hatte zur Folge, dass der Rock-Keller meistens leer blieb und die Musik schließlich immer balladiger wurde, sodass sich die Paare aus dem Erdgeschoss schließlich zum Fummeln in den ehemals düsteren Keller verzogen.

Christian mochte das Exil. Es schien genau auf seine Bedürfnisse zugeschnitten zu sein. Zuerst tanzte er alle Schönheiten an, die ihm vor die Flinte kamen, dann verzog er sich mit einer Auswahl in den alten Rockkeller, wo er heimlich Lines ziehen und hemmungslos rummachen konnte. Normalerweise nahm er eine von den Damen dann noch mit nach Hause.

Hier in der Disco fühlte sich Christian frei, hier musste er nicht arbeiten und abliefern, sondern konnte sich so benehmen, wie er wollte. Und sein sauer verdientes Geld verplempern.

Als Carla und Paul ihn auf der Tanzfläche antrafen, war er schon jenseits von Gut und Böse. Voll bis unter die Haarspitzen, sowohl mit Pulvrigem als auch mit Flüssigem, fiel er den beiden um den Hals.

»Du siehst affengeil aus, Carla.« Das fand er wirklich. Sie trug ein hautenges Stretchkleid und hatte einen mit Nieten besetzten Gürtel um die schmalen Hüften gelegt. Dank ihrer blondierten Löwenmähne und der enorm hohen Hacken überragte sie Paul um ein kleines Stückchen.

»Ich weiß«, hauchte sie ihm ins Ohr und stöckelte zur Theke, um sich einen Southern Comfort auf Eis zu bestellen.

»Sah deine Alte schon immer so scharf aus?«, rief Christian seinem Freund zu.

Der beugte sich zu ihm, um direkt in sein Ohr sprechen zu können. »Das ist ja ein Teil unseres Problems, hatte ich dir doch erzählt. Ich meine, sie muss sich doch nicht wundern, wenn ich da eifersüchtig werde, oder?«

»Wieso? Weil du auch gerne solche Titten hättest?« Christian schüttelte sich vor Lachen und tanzte zu Carla rüber, ohne Paul weiter zu beachten.

Nach den Mengen von Bier, Tequila und Wodka-O, die er zu diesem Zeitpunkt schon intus hatte, war es vermutlich keine sonderlich schlaue Entscheidung gewesen, auch noch ins Southern-Comfort-Business einzusteigen. Normalerweise konnte Christian ohne Ende trinken, wenn er Kokain genommen hatte. Die Droge schien den Alkohol geradezu zu verwässern, und er vertrug deutlich mehr als sonst. Aber alles im Leben hatte seine Grenzen, und irgendwann waren sie an diesem Abend erreicht.

Im Nachhinein konnte er nicht mehr sagen, wann der Filmriss bei ihm eingesetzt hatte. Er wusste noch, wie er mit Carla und einer Schwarzhaarigen im Arm in den Keller gewankt war. Dort hatten sie sich etwas zu trinken bestellt und sich in eine dunkle Sofa-Ecke fallen lassen. Die nächste Erinnerung kam erst mit dem grellen Neonlicht, das von der Decke strahlte, und von einem Wischmopp, der ihm aggressiv gegen das Bein gestoßen wurde.

»Es ist Feierabend, Jüngchen, kapierst du? Feierabend! Jetzt werd mal wach und geh nach Hause!«

Die Putzfrau war eine kräftige Frau, die über deutlich mehr Energie verfügte als er. Immer wieder stieß sie ihn mit dem Mopp an, bis er sich schließlich unter großem Stöhnen aufraffte.

»Wie spät ist es?«

»Gleich sechs.«

»Scheiße.« In zwei Stunden musste er in der Bank sein. »Ich muss zur Arbeit.«

Christian stand auf und fiel im selben Moment zurück in den Sessel. Die Frau zog skeptisch eine Augenbraue hoch.

»Du kippst dir so einen hinter die Binde, wenn du am nächsten Tag arbeiten musst? Was machst du denn am Wochenende?«

Er grinste sie schief an. »Das wollen Sie gar nicht wissen.«

»Vermutlich nicht. Warte, ich helf dir.« Mit einem kräftigen Griff packte sie ihn am Arm und zog ihn hoch. »Frische Luft wird dir guttun.« Sie schleppte ihn bis zur Tür, trat sie mit einem Fuß auf und schob ihn nach draußen. »Vielleicht meldest du dich heute mal krank. So kannst du doch nicht arbeiten!«

So nicht, dachte er und griff in seine Jackentasche. In dem Tütchen war noch ein bisschen Stoff, nicht mehr viel, aber für heute würde es reichen.

Mit dem Taxi fuhr er nach Hause, duschte, zog sich etwas Frisches an, nahm eine Magentablette, eine Line und einen doppelten Espresso zu sich und fühlte sich gleich viel besser. Bevor die morgendliche Konferenz losging, machte er einen Abstecher in Pauls Büro. Der blickte noch nicht mal auf, als er hereinkam.

»Morgen! War ganz schön heftig gestern, geiler Abend, aber jetzt bin ich blank, hast du noch was dabei, sonst gib mir die Nummer von dem Typen, dann geh ich heute Mittag kurz bei ihm vorbei, ist doch nicht weit von hier, hörst du mir überhaupt zu?« Hatte er zu schnell geredet? Konnte Paul ihm noch nicht folgen? Doch zu Christians Verwunderung stand sein Freund einfach wortlos auf und verließ den Raum.

»Hey! Was is'n los? Redest du nicht mehr mit mir? Paul!«

Kopfschüttelnd blickte er ihm nach. Trotz des Restalkohols und der nicht unerheblichen Mengen Kokain in seinem Blut kam in Christian langsam die Befürchtung hoch, dass gestern Abend irgendetwas schiefgelaufen war. Aber er hatte keine Ahnung, was.

– 12 –

Die Arbeit bei *Rudis Tagesshow* war wie ein Abtauchen in eine völlig neue Welt. Größer hätten die Unterschiede zwischen meinem Leben in Bitterheide und dem Alltag im Sender nicht sein können. Ich fand alles aufregend, auch wenn es vielleicht gar nicht so aufregend war. Aber immerhin arbeitete ich beim Fernsehen!

Irgendwie hatte ich allerdings erwartet, dass von den Menschen, die tagtäglich für und mit den größten Stars der Republik das Programm machten, ebenfalls ein gewisser Glanz ausging. Das war natürlich Quatsch, das Gegenteil war der Fall. Offensichtlich gehörte es zum guten Ton eines Fernsehredakteurs, in erster Linie Arroganz und Dünkel auszustrahlen. Mir gegenüber zeigte sich dieses sympathische Verhalten vor allen Dingen durch Wortkargheit.

»Frischen Kaffee in den Konfi.«

»Moderationsbuch viermal kopieren.«

»Die Bänder ins Archiv.«

Bitte oder Danke existierten in der Kommunikation mit mir nicht, und auch mit Verben wurde sparsam umgegangen. Ich hatte nicht den Eindruck, dass mich einer der Redakteure wirklich wahrnahm, jedenfalls sahen mir die meisten noch nicht mal in die Augen, wenn sie mit mir sprachen.

»Ich hab auch mal so angefangen wie du.«

Ich zuckte zusammen, als der Chef vom Dienst in der Kaffeeküche plötzlich hinter mir auftauchte. Hagen Stoffmanns dunkles Haar war schon etwas schütter geworden, weshalb er es mit viel Gel zur Seite kämmte. Ansonsten war er mir bisher vor allem durch seine zu engen Jeans und die kurzärmeligen Hemden aufgefallen, die er grundsätzlich trug.

Er grinste mich breit an. »Ist am Anfang etwas einschüchternd, oder? Mach dir keine Sorgen, die tun alle nur so wichtig. Die meisten sind im Prinzip ganz okay – nicht alle, aber die meisten.«

Er schnappte sich eine Cherry-Cola aus dem Kühlschrank und öffnete sie mit einem Schlag an der Arbeitsplatte.

»Das ist gut zu wissen«, sagte ich.

»Du bist gerade erst nach Bremen gezogen?«, fragte er, nachdem er einen kräftigen Schluck aus seiner Flasche genommen hatte.

»Ja. Ich komm aus Bitterheide, kennen Sie wahrscheinlich nicht.«

»Du kannst ruhig Hagen zu mir sagen. Klar kenn ich Bitterheide. Ich bin in Stukendorf aufgewachsen. Das ist ja nicht so weit.«

»Zwanzig Kilometer?«

»Höchstens. Ich bin 77 zum Studium nach Bremen gekommen. Hab aber nach vier Semestern abgebrochen und hier beim Sender angefangen.« Sein Grinsen wurde immer breiter. »Von den ganzen Wichtigtuern ist übrigens jeder zweite Studienabbrecher. Lass dir also nichts vormachen.«

Er nickte mir zu, schnappte sich noch ein *Raider* aus der großen Schale mit Schokoriegeln und verließ die Küche. Erleichtert blickte ich ihm nach. Die zweitwichtigste Person in der Redaktion war nett. Gott sei Dank.

Ich schleppte die Thermo-Drückkannen mit Kaffee in das große Büro, in dem die eine Hälfte der kettenrauchenden Frauen und Männer den halben Tag vor Monitoren saß und die Sendungen der letzten Tage nach einem Stolperer von Helmut Kohl oder einem Gähnen von Ronald Reagan durchsuchte, um daraus dann ein lustiges Filmchen zu basteln.

»Es gibt frischen Kaffee«, sagte ich und stellte zwei der Kannen auf einem Tisch ab, auf dem neben sauberen Tassen inzwischen auch einige schmutzige standen. Niemand kam auf die Idee, sie in die Kaffeeküche zu bringen, das zählte eindeutig zu meinen Aufgaben.

Die meisten Mitarbeiter registrierten mich gar nicht, nur einer, der sich mir als Claus Lohrengel vorgestellt hatte, nickte mir kurz zu.

»Lass die anderen beiden Kannen besser auch gleich hier«, riet er mir, als ich sie in den Nebenraum bringen wollte. »Da brüten gerade die Autoren, da kannst du nicht stören.«

Die Autorenrunde war die meiste Zeit damit beschäftigt, Gags und Sketche für Dieter Krebs, Beatrice Richter und Rudi Carrell zu schreiben. Wenn die Frauen und Männer dieser Kreativabteilung im Brainstorming saßen, brauchten sie dringend Ruhe oder vielmehr das, was sie unter Ruhe verstanden. Denn bei den Diskussionen ging es manchmal recht hitzig zu, Rufe und Flüche, Lachen und Wutausbrüche drangen des Öfteren aus dem verschlossenen Raum hinüber.

Plötzlich erschien Britta Schiebis in der Tür. Trotz ihrer sonnenbankgebräunten Haut leuchteten ihre Wangen wie in der Rotbäckchen-Werbung.

»Rudi ist da! Gerade beim Pförtner durch!« Sofort war sie wieder aus der offenen Tür verschwunden und eilte ins nächste Büro.

Das Ganze hatte was von einer Sturmwarnung, und tatsächlich reagierten auch alle genauso. Eine angespannte Hektik brach aus, bei der keiner so genau zu wissen schien, wie er sich auf das anstehende Ereignis am besten vorbereiten sollte. Claus Lohrengel zog sein Sakko über, eine Redakteurin machte sich noch rasch ein paar Notizen, und jemand riss ein Fenster auf, um noch mal durchzulüften. Dann wurde es plötzlich still, als befände man sich im Auge des Sturms.

»Hallo«, war das Einzige, was kurz darauf zu hören war, wobei es sich eher wie »Challo« anhörte. Dann sah ich einen großen, grauhaarigen Mann, in eine Nikotinwolke gehüllt, im Büro des Redaktionsleiters verschwinden.

Obwohl absolut nichts passiert war, atmeten alle erleichtert auf. Leiser als zuvor machten sich die Redakteure wieder an die Arbeit, immer darauf bedacht, mit einem Ohr die Geschehnisse im Chefbüro mitzubekommen, aus dem absolut nichts zu hören war.

Obwohl ich Rudi Carrell nur als einen qualmenden Schatten wahrgenommen hatte, war sofort deutlich geworden, dass er offenbar eine autoritäre Respektsperson war, und ich beschloss, eine Begegnung nach Möglichkeit zu vermeiden.

In den nächsten zwei Stunden füllte ich das Kopierpapier nach, faxte Unterlagen für eine Redakteurin an ein Archiv und brachte neue Videokassetten in den Sichtungsraum.

Auch wenn die intellektuelle Herausforderung bei dieser Art von Arbeit eher gering war, machte mir der Job Spaß. Ich konnte einen Schlag Mensch beobachten, zu dem ich nie zuvor Kontakt gehabt hatte. In Bitterheide lebten fast ausschließlich Landwirte oder Menschen, die auf eine andere Weise von der Landwirtschaft abhängig waren, wie der Metzger, unsere Gemüsehändlerin oder der Tankstellenwart, der nur eine Säule Super, aber dafür dreimal Diesel hatte. Dünkel existierte dort eigentlich nicht. Ein paar Söhne und Töchter der reichen Schweine- und Geflügelbauern versuchten sich relativ kläglich in einer gewissen Popper-Arroganz, aber spätestens nach der fünften Dose Hansa fing diese Fassade auch an zu bröckeln. Die Dose Hansa wurde hier von Rudi Carrell ersetzt – sobald er auftauchte, geriet das zur Schau gestellte Selbstbewusstsein der meisten Redakteure ins Wanken.

Am späten Nachmittag öffnete sich die Tür des Redaktionsleiters wieder, und Rudi Carrell verließ das Büro. Das Ganze erinnerte mich an eine Szene aus *Zurück in die Zukunft*. Wenn Marty McFly durch die Zeit reiste, tauchte er auch immer umgeben von einer Rauchwolke irgendwo auf. Wortlos verließ der Star der Sendung die Redaktion, und alle saßen schweigend auf ihren Plätzen, als warteten sie gebannt darauf, was Karlheinz Wamme, der Redaktionsleiter, ihnen gleich verkünden würde.

Hustend erschien er in dem Großraumbüro. »Rudi findet die Vorschläge gut. In zwanzig Minuten Besprechung im Konfi.«

Es schien, als würden alle versuchen, sich ihre Erleichterung nicht anmerken zu lassen. Von der Unsicherheit, die eben noch fast greifbar gewesen war, war nun nichts mehr zu spüren. Man konnte förmlich sehen, wie das Selbstbewusstsein wieder in die Leute einzog. Claus Lohrengel zog sein Sakko aus und krempelte sich auch noch die Hemdsärmel hoch, als wollte er auf einer Baustelle richtig zupacken. Hochdynamisch griff er nach seinen Notizen und ging in Richtung Konfi. Ein anderer führte noch schnell ein privates Telefonat, und ich hörte, wie er »meine Vorschläge sind super angekommen« sagte, und fragte mich, ob das seine Frau oder Freundin wohl wirklich beeindruckte. Die Fenster wurden trotz der ganzen Qualmerei auch wieder geschlossen, als wäre frische Luft überbewertet.

Ich deckte den Konferenzraum ein und bekam so den Anfang der Redaktionssitzung mit. Die Autoren und Redakteure wirkten jetzt fast aufgedreht und präsentierten ihre Ideen voller Inbrunst und Überzeugung, als handelte es sich um die Einfälle des Jahrhunderts. Erstaunlicherweise ließ sich Karlheinz Wamme davon nicht sonderlich beeindrucken. Sein Gesichtsausdruck blieb immer derselbe, ob er eine Idee nun besonders gut oder besonders bescheuert fand.

»Wir brauchen keine neuen Sachen mehr zu besprechen«, sagte er nach einer Weile. »Rudi hat genau gesagt, was er will, und das setzen wir jetzt um. Für die Umsetzung brauche ich Ideen, sonst für nichts.«

Sofort fingen alle an zu reden, und ich zog mich aus dem Raum zurück.

Auf dem Heimweg fühlte ich mich wie berauscht. Ich war vollgepumpt mit neuen Eindrücken und hatte das Gefühl, dass es im Moment richtig gut lief. Das hatte ich schon eine ganze Weile nicht mehr gehabt, das letzte Mal vielleicht nach dem bestandenen Abitur, aber nach unserer Abifeier war es sofort verflogen.

Auch wenn es zeitlich durchaus eine Herausforderung war, Job und Studium unter einen Hut zu bekommen, war ich felsenfest davon überzeugt, das schon irgendwie hinzukriegen. Vielleicht färbte das Selbstbewusstsein der Redakteure auf mich ab, vielleicht wuchs man aber auch einfach mit seinen Herausforderungen. Jetzt gerade war ich jedenfalls zuversichtlich, alles schaffen zu können.

– 13 –

Mein Hochgefühl bekam schon bald einen Dämpfer. Ich war auf dem Weg zur Bibliothek, um mich noch mit Fachliteratur zu versorgen, die ich für das nächste Seminar brauchte. Auf dem Gang kam mir Professor Neubauer entgegen.

»Guten Abend«, grüßte ich höflich im Vorbeigehen.

»Warten Sie mal«, war seine weniger höfliche Reaktion. »Sie sind doch die mit der Zwangs-Hausarbeit.«

Obwohl seine Stirn in grimmige Falten gelegt war, lächelte ich ihn erfreut an. Er wusste, wer ich war! Und ganz offensichtlich hatte er meine Hausarbeit schon gelesen!

»Ja, ganz genau! Konnten Sie schon einen Blick reinwerfen?«

»Kommen Sie.« Professor Neubauer drehte sich um und marschierte in Richtung seines Büros. Offensichtlich ging er davon aus, dass ich ihm wie selbstverständlich folgen würde. Was ich dann auch tat. Der Mann war echt noch wortkarger als die Typen in der Redaktion.

Mit einer Kopfbewegung forderte er mich auf, die Tür zu schließen, während er sich an seinen Schreibtisch setzte. Etwas unschlüssig blieb ich davor stehen und überlegte, ob ich einfach Platz nehmen oder lieber auf seine Aufforderung warten sollte. Es irritierte mich, dass der Professor so eisig zu mir war. Er hatte sich zwar auch vorher nicht durch besondere Herzlichkeit ausgezeichnet, aber jetzt behandelte er mich fast wie eine Schwerverbrecherin.

Aus einem Stapel mit Papieren zog er meine Arbeit heraus und betrachtete sie missmutig.

»Was haben Sie sich dabei gedacht?«

Ich hatte keine Ahnung, worauf er hinauswollte und hoffte auf ein Missverständnis.

»Wobei ...?«, brachte ich nur zögernd hervor. Um zu erkennen, dass der Mann verärgert war, brauchte es jedenfalls kein Psychologiestudium.

»Ihre Hausarbeit!«, sagte er donnernd. »Was genau soll das sein?«

Mein Herz schlug mir bis zum Hals, und ich spürte, wie meine Hände schweißnass wurden. Das war nicht meine altbekannte Unsicherheit, die sich gerade bemerkbar machte und mir in regelmäßigen Abständen vor Augen führte, wie es um mein Selbstbewusstsein stand. Nein, diese Alarmzeichen waren deutlich heftiger, und ich hatte das Gefühl, als stünde ich kurz vor einer handfesten Panikattacke.

»Also, ich ... äh, ich dachte, das wird durch den Text klar? Was genau meinen Sie?«

»Das frage ich Sie!« Offenbar war er wirklich sauer. »Sie gehen in der Arbeit kurz auf verschiedene Zwänge ein, um sich dann in vollkommen unwissenschaftlichen Beschreibungen über Ticks und Zwangshandlungen auszulassen. Haben Sie das in irgendwelchen Frauenzeitschriften gelesen, oder was?«

Mein Magen zog sich zusammen. »Nein ...«

»Woher haben Sie dann Ihr Wissen?«

»Äh ...«

»Sie müssen Ihre Erkenntnisse wissenschaftlich belegen! Das sollte Ihnen doch wohl klar sein!«

Ich schnappte nach Luft und achtete einen Moment auf meinen Herzschlag. »Natürlich.«

»Und wo sind dann Ihre Fußnoten? Ihre wissenschaftlichen Belege?«

Ich versuchte, mich zu sammeln und möglichst selbstbewusst zu antworten. »Aber Forschung besteht doch auch aus Beobachtung und deren Auswertung. Ist das nicht sogar der Kern von Forschung?«

Professor Neubauer sah mich an, als hätte ich mich gerade selbst für den Nobelpreis vorgeschlagen. »Und Sie wollen mir ernsthaft erzählen, dass Ihre Aussagen über Zwangserkrankungen auf Ihren eigenen Beobachtungen basieren?«

Seine Stimme hatte einen gefährlichen Unterton bekommen, und mir war klar, für wen er mich hielt: für eine faule Studentin, die keine Lust hatte, sich mit der offiziellen Forschung zu beschäftigen, und einfach dummdreist irgendwelche Behauptungen aufgestellt hatte, die sich nicht belegen ließen.

Ich knetete meine Hände und zählte im Geist die Finger durch. Auf keinen Fall konnte ich ihm sagen, dass ein Großteil meiner Ausführungen auf den Beobachtungen meiner eigenen Person basierte. Dann würde er mich sofort zu den Studenten zählen, die das Fach nur aus selbsttherapeutischen Gründen gewählt hatten, und ich wäre für immer unten durch.

»Die Forschung steht im Bereich von Zwangserkrankungen doch noch ziemlich am Anfang«, begann ich zögerlich und dachte fieberhaft darüber nach, was ich ihm nun erzählen sollte. Plötzlich gingen die Pferde mit mir durch. »Deshalb habe ich eine Gesprächsrunde gegründet, in der sich Betroffene regelmäßig treffen und über ihre Probleme austauschen. Daher stammen meine Beobachtungen.«

»Sie haben eine Selbsthilfegruppe gegründet?«, fragte er mit hochgezogenen Augenbrauen. Trotz der Skepsis in seiner Stimme klang auch ein Hauch von Anerkennung darin mit.

»Eher eine Gesprächsgruppe, ja. Es tut mir leid, dass ich versäumt habe, das in den Fußnoten zu vermerken.« Ich begann die Nasenhaare zu zählen, die aus Professor Neubauers Riechorgan lugten, um bloß nicht die Fassung zu verlieren.

Er brauchte einen Moment, um seine Wut zu vergessen. »Das ist ja allerhand«, sagte er dann.

»Ja ...« Das fand ich auch. Wie hatte ich mir nur so ein Märchen ausdenken können?

»Darüber möchte ich gerne mehr wissen.«

Das hatte ich befürchtet. »Selbstverständlich.«

»Wie oft trifft sich die Gruppe?«

»Wir haben noch keine festen Zeiten.«

»Professionalisieren Sie das. Ich möchte wöchentlich ein Protokoll über diese Zusammenkünfte sehen. Außerdem werde ich mit Frau Dr. Höller sprechen, meiner wissenschaftlichen Mitarbeiterin. Sie soll Ihre Gruppe nach Möglichkeit begleiten. Ich kann eine junge Studentin eine solche Feldstudie nicht komplett allein durchführen lassen.« Der Professor taute nun langsam auf und schien sich für mein vermeintliches Projekt immer mehr zu interessieren. »Dr. Höller kennt sich gut mit Zwangserkrankungen aus, sie wird begeistert sein, dass Sie Teilnehmer für so eine Studie gefunden haben.«

Jetzt war es schon eine Studie! Die dumpfe Ahnung, mit rasantem Tempo in eine ausgemachte Betrugsgeschichte reinzurasseln, machte sich in mir breit.

»Wie groß ist Ihre Gruppe?«

»Ähm ... noch recht klein. Wie Sie schon selbst sagten, es ist alles noch nicht so richtig professionell.«

Er nickte und stand auf, um mir zu signalisieren, dass das Gespräch beendet war. »Gut. In zwei Monaten möchte ich erste Ergebnisse sehen. Wenn Sie Ihre Beobachtungen wissenschaftlich korrekt auswerten, sollte eine Eins sicher sein. So viel Engagement habe ich schließlich selten unter meinen Studenten erlebt.« Tatsächlich lächelte er mich jetzt an. Ich konnte es nicht fassen.

»Danke, Professor Neubauer. Ich weiß das wirklich zu schätzen«, sagte ich. Was wusste ich denn bitte zu schätzen? Dass ich für eine Lüge gelobt wurde?

Er schien meine Gedanken lesen zu können. Mit gleichbleibendem Lächeln fügte er noch hinzu: »Sollte sich die ganze Geschichte als Fantasiegebilde herausstellen, bekommen Sie eine Sechs und fallen dieses Semester durch. Und danach wären meine Seminare tabu für Sie.«

»Wie ... tabu ...«

»Sie kennen das Wort tabu, oder? Ich möchte Sie dann nicht noch einmal sehen, verstehen Sie das besser?«

Ich versuchte, mich auf die Leberflecke in seinem Gesicht zu konzentrieren und antwortete ihm erst, als ich den siebten gezählt hatte.

»Ich werde Sie nicht enttäuschen«, sagte ich mit fester Stimme, ohne die geringste Ahnung zu haben, wie ich das hinkriegen sollte.

– 14 –

Nach meinem Gespräch mit Professor Neubauer war ich völlig durch den Wind. Ich musste dringend mit jemandem sprechen, dem ich vertrauen konnte. Jemandem wie Vera. Noch nie hatte ich sie so vermisst wie jetzt. Sie hätte mich verstanden, mit ihr hätte ich einen Schlachtplan aufstellen und das Problem angehen können.

Aber Vera war Vergangenheit. Ich hatte seit der Abi-Nacht nichts mehr von ihr gehört, und selbst wenn ich wollte, konnte ich sie nicht einfach so anrufen. Ich wusste ja noch nicht mal, unter welcher Nummer ich sie in den USA erreichen könnte.

In einem spontanen Anflug von Aktivismus beschloss ich zu versuchen, meine anhand meiner Erfahrung aufgestellten Thesen wissenschaftlich zu belegen. Vielleicht würde mich das vor meiner nicht existierenden Selbsthilfegruppe retten können. Auch wenn ich mich kaum konzentrieren konnte, wollte ich so schnell es ging versuchen, so viel Fachliteratur zu dem Thema ausfindig zu machen wie nur möglich.

Zum Glück schloss die Bibliothek heute erst um zwanzig Uhr, also hatte ich noch Zeit. Allerdings wimmelte es an den Karteikartenkästen von Kommilitonen, und ich musste bei einigen Buchstaben warten, bevor ich an die Reihe kam. Nachdem ich mir die Bücher zusammengesucht hatte, schleppte ich sie zur Bushaltestelle, um sie im Wohnheim durchzuarbeiten.

Meine Nervosität hatte sich dadurch allerdings nicht verdrängen lassen. Als ich auf meiner Etage ankam, war ich immer noch völlig fertig. Ich musste mit jemandem sprechen, sonst würde ich noch durchdrehen.

Vor Sannes Tür blieb ich stehen. Konnte ich ihr vertrauen? Ich wusste es nicht. Aber wenn nicht ihr, wem dann, und ich brauchte einen Rat, sonst würde ich die ganze Nacht lang die Noppen an meiner Raufasertapete zählen. Außerdem musste ich ihr ja nichts von meinem eigenen Zwang erzählen, es reichte ja, ihr mein Feldstudien-Dilemma zu beichten. Kurzerhand klopfte ich an.

»Hey. Stör ich?«

»Gar nicht.« Sanne trug eine Boxershorts und ein knappes Top, als wäre sie gerade aus dem Bett gekommen.

»Hast du schon geschlafen?«

Sie gähnte. »Nee, gelesen. Was ist denn los? Alles okay?«

»Ehrlich gesagt, nein«, antwortete ich. »Hast du Zeit?«

»Ist was passiert?«

»Könnte man so sagen. Wollen wir gleich was zusammen essen? Ich wollte mir einen Salat machen, falls in meinem Kühlschrankfach noch was übrig ist. Dann erzähl ich dir alles.«

Sanne hatte sich nur einen Bademantel übergezogen, als wir uns kurz darauf in der Küche trafen.

»Also, ich bin ganz Ohr«, sagte sie, schnappte sich ein Messer und half mir beim Salatschnippeln.

Es war besser, wenn sie mich für eine potenzielle Betrügerin hielt als für eine potenziell Verrückte. Falls sie die Sache doch rumtratschen würde, dann galt ich in den Augen der meisten zwar als jemand mit einer gewissen kriminellen Energie, aber von der Sorte gab es an der Uni genug.

»Ich habe bei meiner Hausarbeit geschummelt«, begann ich.

»Wie bitte? Hast du abgeschrieben?«

»Nein. Ich habe mir einfach Sachen überlegt, für die es keine wissenschaftlichen Belege gibt.«

»Himmel. Hat dir dein Prof nicht den Arsch aufgerissen?«

»Na ja, schon. Ich hab mir als Entschuldigung aber eine ziemlich wilde Geschichte einfallen lassen. Und damit war die Kacke dann so richtig am Dampfen.« Ich erzählte ihr von der erfundenen Gesprächsrunde, von der Professor Neubauer jetzt tatsächlich Ergebnisse sehen wollte.

»Wow!« Sanne wirkte aufrichtig beeindruckt. »So was hätte ich dir gar nicht zugetraut. Du hast Glück, dass du nicht von der Uni geflogen bist.«

»Wenn der Neubauer dahinterkommt, dass es die Gesprächsrunde gar nicht gibt, weiß ich nicht, was noch passiert. Auf jeden Fall rassele ich durch, kriege eine Sechs und muss auf Lehramt studieren.«

Sanne sah mich ratlos an. »Auf Lehramt? Hat Professor Neubauer dir damit gedroht? Die Loser aus der Psychologie gehen ins Lehramt, oder was?«

Okay, den Deal mit meinem Vater konnte ich einer Lehramtsstudentin nun wirklich nicht erzählen, ohne dass sie tödlich beleidigt wäre. »Nein, sorry, war nur ein schlechter Witz. Egal. Was soll ich denn jetzt machen?«

Sanne nagte an einem Salatblatt, das sie mit spitzen Fingern immer wieder in das Dressing tunkte. »Liegt doch auf der Hand. Du musst so eine Gruppe gründen. Und zwar so schnell wie möglich.«

Ich verdrehte die Augen. »Sehr witzig. Bitte nur ernst gemeinte Ratschläge!«

»Ich meine das völlig ernst. An der Uni werden doch zu jedem Scheiß irgendwelche Arbeitskreise gegründet. Gründest du halt auch einen.«

Nachdenklich sah ich sie an. Sanne hatte recht, es gab wirklich für jeden Firlefanz irgendeinen Arbeitskreis. Der gesamte AStA bestand nur aus solchen Gruppen, die sich ständig an der Uni trafen und Probleme diskutierten.

»Aber wie soll ich in so kurzer Zeit an Patienten kommen?«

Sanne zuckte mit den Achseln. »Ganz einfach. Du machst einen Aushang und hältst deinen Aufruf relativ vage.«

Ich zog eine Augenbraue hoch. »Suche Leute zum Reden, oder was?«

Sie lachte. »Vielleicht eher: Suche für psychologische Studie Teilnehmer mit Putzfimmel oder anderen stark ausgeprägten Handlungszwängen.« Sie sah mich erwartungsvoll an. »So was vielleicht?«

Ich nickte anerkennend. »Nicht schlecht. Dein Germanistikstudium zahlt sich aus.«

»Es muss ja nicht jeder mit einem knallharten Zwang dabei sein. Kettenrauchen ist doch auch irgendwie eine Zwangshandlung.«

»Na ja ...«

»Jetzt bloß nicht päpstlicher als der Papst sein«, mahnte Sanne. »Du könntest auch noch eine Art von Belohnung in den Aushang schreiben, irgendwas, damit die Leute einen Anreiz haben, zu kommen.«

»Ich kann die doch nicht bezahlen.«

»Schon klar. Aber vielleicht gibt es jedes Mal Chili con Carne umsonst?«

Das war eine gute Idee. Wenn Studenten sich umsonst vollfuttern konnten, fanden sich meistens ein paar Freiwillige. »Kannst du mir vielleicht helfen?«

»Klar. Ich mach auch bei deiner verrückten Studie mit, wenn du willst.« Sanne grinste breit.

Ich zögerte. »Aber ... hast du denn irgendeinen Zwang?«

»Quatsch. Ich denke mir irgendwas Hübsches aus. Der Neubauer kann das doch nicht nachprüfen.«

Ich seufzte. »Meine Studie beginnt also mit einem Beschiss ...«

»Mit einer kleinen Notlüge«, korrigierte Sanne mich. »Dafür hast du jetzt schon die erste Teilnehmerin!«

Sie lachte, aber mir fiel es schwer, die ganze Sache so locker zu sehen wie sie. Für Sanne war die getürkte Gesprächsrunde ein spaßiges Abenteuer inklusive einer warmen Umsonst-Mahlzeit. Aber für mich konnte es das Ende meiner Psychologie-Karriere bedeuten, und das, bevor diese überhaupt richtig angefangen hatte. Aber ich sah ein, dass es keine andere Lösung gab.

Den Rest des Abends verbrachten wir in Sannes Zimmer. Während ich auf ihrer Schreibmaschine mehrere Aushänge tippte, versuchte sie, die fertigen Seiten auffällig zu verzieren, damit sie in der Masse der Zettel am Schwarzen Brett nicht untergingen. Mit bunten Stiften umkreiste sie den Text ausführlich. Als Treffpunkt hatten wir den nächsten Dienstag ausgeschrieben. Siebzehn Uhr im Seminarraum drei, der im hinteren Teil des Klinikums Bremen-Mitte lag. Sowohl die Höller als auch der Neubauer nutzten den Raum regelmäßig, und der Professor hatte ihn mir genau zu dem Zeitpunkt zur Verfügung gestellt. Mindestens acht Sitzungen wollte ich für meine Studie dokumentieren, und ich hoffte inständig, dass sich wenigstens ein paar passende Teilnehmer finden würden.

Nachdem ich am nächsten Tag die Aushänge an die Schwarzen Bretter der verschiedenen Fakultäten geheftet hatte, suchte ich Doktor Höller in ihrem Büro auf.

Ich hatte sie bisher erst einmal gesehen und als sehr sympathisch in Erinnerung. Sie war deutlich jünger als Professor Neubauer, noch keine vierzig, wie ich schätzte, und trug die Haare raspelkurz, was man nur noch selten sah. Im Gegensatz zu ihrem Chef wirkte sie sehr empathisch und warmherzig.

»Ich finde es toll, dass Sie eigene Beobachtungen anstellen. Das Thema ist Ihnen also schon vertraut?«, fragte sie mich freundlich.

»Ja, ich beschäftige mich schon seit einer Weile mit Zwangserkrankungen.« Warum das so war, verschwieg ich ihr.

»Wunderbar. Nun ist eine Gesprächsgruppe natürlich keine richtige Feldstudie, weil Sie die Teilnehmer in einer künstlichen Situation beobachten. Dennoch können diese Gespräche viele wissenschaftliche Erkenntnisse bringen. Ich leite auch eine Selbsthilfegruppe, meine Patienten sind aber alle bereits in Behandlung. Wenn Sie möchten, können Sie gerne heute Nachmittag hospitieren«, bot mir Dr. Höller an.

»Das wäre toll!« Mit so viel Unterstützung hatte ich nicht gerechnet.

»In meiner Gruppe sind sechzehn Teilnehmer. Einige davon müssten ungefähr in Ihrem Alter sein, alles sympathische Leute. Ich bin mir sicher, dass zwei, drei von ihnen bereit wären, an Ihrer Studie teilzunehmen. Oder ist Ihre Gruppe schon voll?« Es kam mir vor, als lächelte sie mich irgendwie wissend an. Meine Mutter hatte mich früher immer so angesehen, wenn sie gefragt hatte, ob ich heimlich ans Nutella-Glas gegangen sei. Wenn ich dann todernst »nein« gesagt hatte, hatte sie mir mit demselben wissenden Lächeln einen Rest der Schokocreme aus dem Mundwinkel gestrichen und nur »gut« gesagt.

Ich räusperte mich. »Nein. Die Gruppe ist noch nicht voll.«

»Das habe ich mir gedacht. Ich habe schon zwei Kandidaten im Auge, die spreche ich nachher mal an.«

Am liebsten wäre ich Dr. Höller um den Hals gefallen.

Um Punkt vier Uhr fand ich mich in dem holzvertäfelten Raum ein, der ebenfalls im hinteren Teil des Klinikums lag. Er erinnerte mich an den Gemeindesaal unserer Kirche in Bitterheide, und man musste fast das ganze Klinikgelände durchlaufen, bis man da war. Neben der Eingangstür stand ein Tisch mit zwei beigefarbenen Thermoskannen, auf denen jeweils ein Fixierpflasterstreifen klebte, einmal mit dem Wort *Tee* und einmal mit dem Wort *Kaffee* versehen. Daneben waren zwei Teller mit einer Auswahl von Keksen gefüllt worden, die feinsäuberlich auf einer roten Papierserviette lagen. In der Mitte saßen die Teilnehmer der Selbsthilfegruppe in einem Stuhlkreis, tranken aus Plastikbechern und knabberten an ihren Keksen. Die jüngeren Leute unterhielten sich angeregt miteinander, während sich die älteren auf ihr Getränk zu fokussieren schienen. Dr. Höller winkte mich zu sich und wies auf den leeren Stuhl neben sich.

»Da sind Sie ja.« Dann wandte sie sich gut gelaunt an die Gruppe. »Das ist Anni, sie ist studentische Hilfskraft bei Professor Neubauer und wird uns heute ein bisschen zuhören.«

»Hallo, Anni«, ertönte es im Chor, als wären wir bei den Anonymen Alkoholikern.

»Hi. Hi. Hi«, sagte ich in die Runde und hoffte, dass meine Unsicherheit nicht auffiel.

»Vielleicht stellen Sie sich auch alle mal vor?«, ermunterte Dr. Höller die Gruppe.

In der darauffolgenden halben Stunde lernte ich alle Teilnehmer kennen. Da war Franjo Schulte, ein kahlköpfiger Mann, der mit seinen zweiundfünfzig Jahren der Älteste war. Er litt unter Zwangshandlungen, betonte aber, inzwischen alles im Griff zu haben und nur noch sporadisch zu den Treffen zu kommen.

»Sie haben den Zwang im Griff, weil Sie jetzt eine Glatze tragen«, stellte Dr. Höller freundlich fest. »Wenn Sie die Haare wieder wachsen lassen würden, würden Sie sie sich doch vermutlich auch wieder ausreißen, oder?«

Franjo zuckte mit den Schultern. »Weiß ich nicht. Aber die Glatze steht mir doch, oder?« Alle nickten und machten zustimmende Geräusche. »Na also. Dann ist das doch ein guter Therapieansatz.«

Ein wohlwollendes Lachen ging durch den Raum.

Einer nach dem anderen stellte sich vor. »Ich bin Sven, vierundzwanzig und habe echt Schiss, mich mit allen Krankheiten dieser Welt anzustecken«, sagte ein dunkelhaariger Typ, der genau solche Locken hatte wie Maren, das schönste Mädchen aus unserem Abijahrgang, nur etwas kürzere. »Mal ist es schlimmer, mal besser. Heute geht's. Aber gestern konnte ich noch nicht mal das Haus verlassen. Die Viren flogen ja wie verrückt durch die Gegend.« Er lachte, und die anderen stimmten auf dieselbe wohlwollende Art ein, wie sie es eben schon bei Franjo getan hatten.

Ich war baff. Ich selbst hatte noch nie so locker und flockig über meinen Zählzwang gesprochen, geschweige denn darüber gelacht. Im Gegenteil, Lachen war für mich in diesem Zusammenhang geradezu unmöglich, weil ich es immer in Verbindung mit Auslachen brachte. Mein Zwang war mein größtes Geheimnis und eine immens schwere Last – definitiv nichts, was ich auch nur ansatzweise lustig fand. Den Teilnehmern in dieser Gruppe ging es vermutlich nicht anders, und dass sie es trotzdem schafften, ihr Leiden mit einer gewissen Prise Humor zu nehmen, beeindruckte mich ungemein. Aber es machte mich auch nervös und nährte die Zweifel an meinem eigenen Umgang mit dem Tick. Ich rang mit den Händen und versuchte dabei, die einzelnen Fingergelenke durchzuzählen.

Neben Sven saß Manuela, die genauso alt war wie ich und ihre blonde Mähne mit einem Stirnband aus dem Gesicht hielt. Sie hatte mit einem Waschzwang zu kämpfen.

»Schön, dann haben wir uns jetzt ja alle kennengelernt«, sagte Dr. Höller. »Anni, möchten Sie noch ein paar Sätze zu sich sagen?«

Ich zuckte zusammen, als hätte die Höller eine Waffe auf mich gerichtet.

Okay, jetzt beruhige dich mal. Du musst hier nicht die Hosen runterlassen, nur ein paar nette Worte sagen. Mehr nicht.

»Also ... ich freue mich, dass ich heute hier sein darf. Hoffentlich fühlt sich keiner durch meine Anwesenheit irgendwie gehemmt oder so«, sagte ich mit belegter Stimme.

»Keine Sorge.« Dr. Höller blickte lächelnd in die Runde. »Wenn wir eines in den vergangenen Monaten gelernt haben, dann dass sich keiner für seinen Zwang schämen muss, richtig?«

»Absolut richtig!« Sven nickte energisch. »Außerdem wird es bei uns allen stetig besser, nicht nur bei Franjo.«

Bei mir wird es nicht stetig besser, ging es mir durch den Kopf. Immerhin hatte es sich aber nicht verschlimmert, mein Zwang beeinträchtigte mein Leben nur an einzelnen Stellen und nicht dauerhaft den ganzen Tag lang. Immerhin war ich in der Lage, zu studieren und gleichzeitig zu jobben. Vielleicht war ich ja auch auf einem guten Weg, vielleicht würden diese ewigen Selbstzweifel bald mal weniger.

Franjo beanspruchte dann mehr oder weniger den Rest der Stunde für sich, nachdem er gestanden hatte, sich im Moment die Haare an den Armen und den Beinen auszuziehen.

»Du musst dich wachsen lassen«, rief Manuela, »das machen in Amerika jetzt alle.«

»Was soll das sein?« Franjos Gesicht war ein einziges Fragezeichen.

»Da werden dir die Haare mit heißem Wachs vom Körper entfernt«, antwortete Manuela und konnte sich ein Lachen nicht verkneifen, als sie Franjos entsetzten Blick sah.

»Du meinst, ich soll sie mir von jemand anderem rausreißen lassen, damit ich das nicht mehr selbst mache? Das erscheint mir irgendwie nicht logisch.«

Nach der Sitzung sprach Dr. Höller noch lange mit Franjo, während Sven und Manuela auf mich zukamen.

»Die Höller meint, du könntest ein bisschen Unterstützung für irgendein Projekt gebrauchen?« Sven grinste mich an.

»Für deine Feldstudie«, korrigierte Manuela ihn.

»Ja, das ist richtig. Ich suche noch Teilnehmer. Es gibt auch Chili con Carne. Umsonst natürlich.«

»Hört sich gut an.«

Ich lächelte die beiden an und hoffte, dass das selbstbewusst-freundlich und nicht albern-tussig wirkte. »Würdet ihr mitmachen?«

»Klar«, antwortete Sven. »Wo findet der Spaß denn statt?«

Mir fiel ein Stein vom Herzen. »Im Raum nebenan. Ist leider immer ein bisschen Gerenne durch die Klinik, aber die Besprechungsräume sind nun mal alle hier.«

»Du musst durch die Innere gehen«, sagte Sven.

Manuela nickte. »Dann sparst du dir fast zwanzig Minuten. Ist zwar eigentlich nur für Patienten und Mitarbeiter gedacht, aber *who cares*.«

Sven zeigte grinsend auf Manuela und sich: »Patienten«. Dann wies er auf mich: »Mitarbeiter. Passt doch.«

»Stimmt.« Ich lächelte, jetzt echt und befreit. »Danke für den Tipp.«

Gemeinsam gingen wir durch die Innere zurück zum Klinikausgang, wo ich mich von den beiden verabschiedete und sich unsere Wege trennten. Erleichtert machte ich mich auf den Heimweg.

Jetzt hatte ich schon drei Studienteilnehmer, von denen zwei sogar echt waren. Mit echten Zwängen und echten Problemen. Und wenn ich mich mitzählte, waren wir sogar schon drei Gestörte. Das war doch ein Anfang.

– 15 –

Der Tag in der Bank war wie immer lang und anstrengend gewesen. Christian konnte es kaum abwarten, endlich an der Theke zu stehen und den Stress hinunterzuspülen. Er wählte Pauls Durchwahl und sagte nur: »Direkt ins Exil oder vorher zum Italiener? Bin in zwei Minuten bei dir.«

Ohne auf eine Antwort zu warten, legte er auf, schnappte sich sein Jackett und überlegte kurz, ob er hier noch schnell eine Line ziehen oder es besser auf später verschieben sollte. Als die neue Abteilungsleiterin an der Glasfront seines Büros vorbeiging und ihm freundlich zunickte, entschied er sich gegen das Koksen. Die Neue war süß. Eine der wenigen Frauen, die es in eine Führungsposition geschafft hatte und die jetzt zu seinen Vorgesetzten zählte – was ihn noch zusätzlich reizte. Er hatte zwar gehört, dass sie erst vor Kurzem geheiratet hatte, aber das war ja nun wahrlich kein Hindernis. Er musste sie bei Gelegenheit unbedingt mal ansprechen.

Als er um die Ecke in den Flur bog, sah er, wie Paul geradezu hektisch das Büro verließ.

»Hey, Paul! Ich hab doch gesagt, ich bin sofort da! Jetzt warte doch mal.«

Langsam drehte sich sein Freund zu ihm um. »Was willst du?« Seine Stimme war belegt, klang fast tonlos.

»Hab ich doch gesagt! Erst zum Italiener, dann ins Exil! Oder sollen wir lieber zum Griechen?«

»Mir ist der Appetit vergangen.«

Christian tippte sich lachend an die Nase. »Zu viel gehabt? Ja, da kann der Hunger schon mal verschwinden. Dann gehen wir direkt ins Exil. Essen wird eh überbewertet.«

Gut gelaunt ging Christian los. Nach ein paar Metern registrierte er, dass Paul sich keinen Zentimeter weiterbewegt hatte. Irritiert ging er zu ihm zurück.

»Was ist? Kreislauf? Wie viel hast du dir denn heute schon reingezimmert?«

»Nichts.«

»Na, dann komm jetzt!«

»Nein.« Paul sah ihn mit unbeweglicher Miene an. »Ich gehe mit dir nirgendwohin.«

»Aha. Und wieso nicht?«

»Das weißt du ganz genau.«

»Weiß ich eben nicht! Was ist eigentlich los mit dir?«, fragte Christian genervt. »Du benimmst dich so, als hätte ich weiß der Teufel was Schlimmes getan, sagst aber nicht, was Sache ist!« Er fand Pauls Verhalten total affig. Wenn er wegen irgendetwas beleidigt war, dann sollte er es gefälligst klar und deutlich sagen und ihm nicht dauernd so dämlich ausweichen. Christian wusste beim besten Willen nicht, was er Paul getan haben könnte. Hatte er ihm einen wichtigen Auftrag weggeschnappt? Bei einer seiner Präsentationen blöde Fragen gestellt? Er war sich keiner Schuld bewusst.

Als Paul sich wortlos einfach umdrehen und in die andere Richtung verschwinden wollte, hielt Christian ihn energisch am Arm fest.

»Nee, Freundchen, so nicht! Du kannst dich nicht einfach jedes Mal verpissen, wenn ich mit dir reden will! Jetzt sag schon, was ist los?«

»Ich habe echt keinen Bock, mit dir zu reden«, antwortete Paul mit eisiger Stimme.

»Und warum bitte nicht? Was habe ich dir getan? Ist irgendwas schiefgelaufen?«

Paul klappte der Mund auf, als müsste er nach Luft schnappen. »Ob irgendetwas schiefgelaufen ist? Meinst du, bevor oder nachdem du meiner Frau in den Ausschnitt gekotzt hast?«

Christian war für einen Moment sprachlos. Dann unterdrückte er ein Kichern. »Ich habe was? Ach du Scheiße, tut mir leid, aber ich war auch so was von voll an dem Abend.« Er bemühte sich um einen ernsten Gesichtsausdruck. »Sorry, echt total daneben von mir. Ich zahle natürlich die Reinigung.«

»Du meinst also, darum geht es mir? Um verschissene zwanzig Mark für die Reinigung?« Paul stand nun mit hochrotem Kopf vor ihm. »Dein Scheißfinger steckte in ihrer Muschi, als du ihr einen Liter Southern Comfort auf die Möpse gekotzt hast! Und du glaubst, es geht mir um die verdammten Reinigungskosten?«

Christian runzelte die Stirn und versuchte, sich an den Abend zu erinnern. Er hatte mit Carla rumgemacht? Mit der Frau seines besten Freundes?

Sie hatten an der Theke gestanden und getrunken, Shots, Longdrinks, das volle Programm, die Bilder hatte er noch vor Augen. Er hatte den Arm um ihre Hüfte gelegt und ihr ein paar Komplimente ins Ohr gesäuselt, das wusste er auch noch. Aber hey, das war doch Standard, anders hatte er noch nie mit einer Frau am Tresen gestanden. Dann waren sie nach unten gegangen, zusammen mit diesem anderen Hasen. Und Paul?

»Warst du nicht den ganzen Abend dabei?«

»Ich habe zugeguckt, wie du ihr die Zunge in den Hals gesteckt hast, aber das hat dich überhaupt nicht interessiert«, sagte er scharf.

»Und du hast das einfach so zugelassen?«, fragte Christian ungläubig. Wie doof muss man sein, fügte er in Gedanken hinzu.

»Natürlich nicht! Ich wollte sie wegziehen und habe euch die

Meinung gegeigt, aber das hat euch nicht die Bohne interessiert! In dem Augenblick, in dem ich gehen wollte, hast du sie dann vollgereiert!«

Pauls Augen waren voller Abscheu und Zorn. Das konnte Christian nicht einfach so hinnehmen, er war doch schließlich sein bester Freund.

»Ich verstehe natürlich, dass du verärgert bist ...«

»Verärgert?«

»Wütend ...«

»Du bist echt der letzte Dreck.«

»Jetzt reagierst du über«, versuchte Christian ihn zu beschwichtigen. »Nüchtern betrachtet hat Carla doch genauso viel Schuld an der Sache wie ich.«

»Unsere Ehe ist ja auch im Arsch.«

»Wie bitte?« Das kam für Christian überraschend.

»Wir lassen uns scheiden.«

»Weil ich mich übergeben musste?«

»Arschloch.«

Das war das letzte Wort, das Paul an Christian richtete. Dann drehte er sich um und verschwand im Treppenhaus.

Was sollte er nun tun? Natürlich war er nicht verantwortlich für Pauls Eheprobleme. So eine Aktion im Suff zerstörte doch keine intakte Beziehung. Aber dass sein Freund sauer auf ihn war, konnte er nachvollziehen. Am besten ließ er erst mal ein bisschen Zeit ins Land ziehen. Paul würde sich bestimmt wieder beruhigen, und wenn er sich erst mal eingekriegt hatte, würde Christian mit ihm reden.

Er sah sich auf dem Flur um. Alle seine Kollegen waren in den Feierabend gegangen, nirgendwo war mehr eine Menschenseele zu sehen.

Zügig ging Christian zu den Waschräumen und schloss sich in einer Kabine ein. Zum ersten Mal spürte er den Drang, eine Line ziehen zu müssen, fast körperlich. Er wollte im Moment nicht mehr weiter über Paul und seine kaputte Ehe nachdenken, damit war keinem geholfen. Er musste seinen Kopf frei kriegen, jetzt sofort, sonst konnte er den Abend vergessen.

– 16 –

Es war morgens um drei im Exil, und ich stand mit Sanne am Rand der Tanzfläche, als uns ein aufgedrehter Schnösel auffiel, der völlig ekstatisch mit einem Lena-Valaitis-Double tanzte. Die Blondine himmelte ihn verzückt an, und er schien nicht weniger begeistert von sich zu sein. Jedenfalls fiel mir auf, wie er sich beim Tanzen in den verspiegelten Säulen beobachtete, die die Tanzfläche umgaben. Er tanzte sein Spiegelbild an und warf sich selbst Blicke zu, die er vermutlich für heiß hielt. Ich musste lachen. Das Ganze erinnerte mich daran, wie Vera und ich früher unsere Tanzschritte geübt hatten, sexy Hüftschwung, cooler Blick, all das hatten wir vor dem Spiegel zu perfektionieren versucht. Aber dass wir uns dabei so geil gefunden hatten, wie der zuckende Schönling sich offensichtlich fand, wagte ich zu bezweifeln.

»Unfassbarer Typ, oder?« Mein Mund war ganz nah an Sannes Ohr.

»Aber er sieht süß aus«, rief Sanne grinsend zurück.

»Dann tanz doch mal rüber«, meinte ich, aber Sanne machte eine abwehrende Handbewegung.

»Wenn ich eines in meinem Leben nicht gebrauchen kann, dann einen Kerl!«

Das überraschte mich. Ich kannte Sanne zwar noch nicht besonders gut, aber sie war der erste Single, der mit seinem Alleinsein zufrieden zu sein schien. Die allermeisten bei mir an der Uni, die keinen Freund oder keine Freundin hatten, wollten an diesem Zustand etwas ändern. Abgesehen von mir. Aber ich entsprach ja auch nicht der Norm.

»Warum willst du keinen Freund?«, fragte ich nach.

»Warum sollte ich einen wollen?«

Ich zog lächelnd eine Augenbraue hoch. »Gute Frage. Sex?«

Sanne lachte. »Wäre mir neu, dass man dafür einen Freund braucht!«

Jetzt war ich endgültig neugierig geworden. »Schleppst du manchmal ...?«

»Einen ab?« Sanne zuckte schmunzelnd mit den Schultern.

»Jetzt lass dir doch nicht alles aus der Nase ziehen! Ich will alles wissen: wie oft, wie viele, welche ...?«

»Ich erzähl es dir irgendwann, okay?«, antwortete Sanne kurz angebunden und verschwand in Richtung Toiletten.

Ich nippte an meinem Bier und dachte, dass ich eigentlich keine Ahnung hatte, was Sanne für ein Mensch war. Aber das war nicht schlimm, sie war nett und lustig, das reichte doch. Ich fühlte mich mit so einer eher oberflächlichen Freundschaft besser, als wenn ich ihr alle meine Geheimnisse anvertraut hätte. Was sie ja offensichtlich auch nicht wollte, und das konnte ich nur zu gut verstehen. Je weniger man von sich preisgab, desto weniger konnte man verletzt werden. Psychologisch gesehen war das sicherlich ein fragwürdiges Beziehungskonzept, aber im Moment funktionierte es für mich.

Kurz darauf stand ein dunkelhaariger Typ neben mir, und trotz seiner auffallend schönen Locken brauchte ich einen Moment, um ihn zu erkennen. Ihm schien es ähnlich zu gehen.

»Du bist doch Anni?«, rief Sven mir ins Ohr.

»Ja, klar! Was machst du denn hier?«

»Ich schätze, dasselbe wie du.« Er hielt seine Bierflasche hoch und nahm einen Schluck. »Zuerst hab ich dich gar nicht erkannt!« Er wies auf meine auftoupierte Mähne, mit der ich tatsächlich etwas anders aussah als bei unserem ersten Treffen.

»Willst du später eigentlich mal Therapeutin werden?«, fragte Sven.

»So genau weiß ich es ehrlich gesagt noch nicht. Ich finde es einfach wahnsinnig spannend, warum Menschen bestimmte Dinge tun, also warum du zum Beispiel an manchen Tagen große Angst vor einer Ansteckung mit weiß der Teufel was hast und an anderen in eine proppenvolle Disco gehen kannst. Ist das hier nicht ein Virenparadies?«

Er nickte grinsend. »Im Prinzip schon. Ich bin sozusagen aus therapeutischen Gründen hier.«

»Wie bitte?«

»Das ist eine der Grundregeln von Dr. Höller. Der Zwang hat die erste Schlacht verloren, sobald man sich ihm nicht mehr tatenlos hingibt. Man darf nicht in die Rolle des entmündigten Beobachters fallen. Ich bin der Chef in meinem Hirn, nicht der Zwang. Die Höller sagt, es ist ganz wichtig, sich in Situationen zu begeben, in die einen der Zwang eigentlich niemals lassen würde.«

Ich dachte kurz über das nach, was er gesagt hatte. Klar, wenn man sein zwanghaftes Verhalten erkannte und etwas dagegen unternehmen wollte, war der erste Schritt in Richtung Heilung getan. Der erste winzige Schritt von unendlich vielen, die noch folgen mussten, sei es nun in Form von Therapiesitzungen oder manchmal vielleicht auch Medikamenten. Es war ein langer Weg, durchaus vergleichbar mit dem, den ein Alkoholiker gehen musste. Wenn der sich vornahm, nicht mehr zu trinken, war er ja auch noch lange nicht trocken.

»Ich habe bei Dr. Höller gelernt, dass es nur meine Gedanken sind, die die Angst auslösen, mich dauernd irgendwo anzustecken. Aber ich werde ja nicht wirklich krank. Und da ich mich nicht zum Sklaven meines Zwangs machen will, zwinge ich mich, regelmäßig auszugehen.«

»Und fühlst du dich wohl dabei? Also, ich meine, jetzt hier unter so vielen schwitzenden Menschen?«

Er hob seine Bierflasche an und stieß sie gegen meine. »Damit geht es auf jeden Fall ein bisschen besser.«

Wir prosteten uns zu, als Sanne von der Toilette zurückkam und ich die beiden einander vorstellte. »Ihr seid beide in meiner Studie!«

Sven verdrehte theatralisch die Augen. »Danke für die super Vorstellung. Irrer trifft auf Irre. Freut mich!«

Sanne grinste. »Ich unterstütze Anni nur. Freut mich aber trotzdem. Dann können wir demnächst ja immer nach unserer Runde einen zusammen trinken gehen, das ist doch super!«

Darauf stießen wir an.

Plötzlich drängelte sich der Schönling von der Tanzfläche neben uns an die Theke, sodass ich zwangsläufig einen Schritt zurückweichen musste und leicht ins Wanken geriet.

»Mach doch mal ein bisschen Platz, Kleine!«, meinte er, und Lena Valaitis, die immer noch in seinem Arm hing und ihn in regelmäßigen Abständen mit Küssen versorgte, kicherte verstrahlt.

»Du siehst doch, dass ich hier stehe! Penner.« Als würde ich mich von so einem Schnösel blöd von der Seite anmachen lassen.

Er sah mich mit einer Mischung aus Erstaunen und Verachtung an. »Geht's noch? Ich frage dich ganz normal, ob du mal ein bisschen Platz machen kannst, und du beschimpfst mich als Penner?«

Okay, hier gingen Selbstwahrnehmung und Außenwirkung offensichtlich stark auseinander.

»Du hast gedrängelt, geschubst und mich ätzend angemacht – merkst du überhaupt noch was?« Ich war eindeutig auf Krawall gebürstet. Gerade noch hatte ich einen netten Abend gehabt, und jetzt musste ich mich mit einem neureichen Proll auseinandersetzen. Ich funkelte ihn wütend an, und zu meiner großen Überraschung wurde er plötzlich recht still.

»Ja, das frage ich mich auch manchmal.«

Hatte der Typ das wirklich gerade gesagt? Oder hatte ich mich verhört?

Er griff in seine Jackentasche und schien irgendetwas zu ertasten. Dann drehte er sich wortlos um, ließ Lena Valaitis an der Theke stehen und verschwand.

– 17 –

Als ich am Dienstagmorgen aufwachte, war ich so nervös wie schon lange nicht mehr. Ich hatte schlecht geschlafen und fühlte mich wie gerädert. Und jetzt war mir auch noch übel. Wie so häufig reagierte mein Magen auf ungewohnte Aufregung mit heftiger Rebellion. Etwas, das er sich leider auch in den kommenden Jahrzehnten niemals abgewöhnen sollte.

Obwohl ich mir wirklich fest vorgenommen hatte, nichts in meinem Zimmer und auf dem Weg zur Gemeinschaftsküche zu zählen – ganz nach Svens Motto: Ich bin der Chef und nicht mein Zwang –, wusste ich, dass der PVC-Belag im Flur bis zur Küche zweiundzwanzigmal verfugt worden war. In meinem Müsli befanden sich genau sieben Rosinen, und die Anzahl der Sommersprossen auf Sannes Nase ...

»Warum starrst du mich die ganze Zeit an?«

»Entschuldige. Ich war ganz in Gedanken.«

Sanne schmunzelte. »Jetzt mach dir nicht so viele Sorgen. Es werden schon ein paar Leute kommen. Und sonst futtern wir das Chili eben alleine auf und stellen dir ein paar Studien mit Sven und Manuela zusammen.«

Neben dem Herd stand ein großer Topf mit Chili con Carne, das wir gestern Abend noch zusammen gekocht hatten. Offensichtlich hatte es die Nacht überlebt und war nicht von den anderen Bewohnern vertilgt worden. Vielleicht war das ein gutes Omen.

Ich atmete tief durch und bemühte mich um ein Lächeln. »Ich bin wirklich froh, dass du dabei bist. Hast du dir eigentlich überlegt, was du erzählen willst?«

»Werden die Angaben anonymisiert? Ich hab keinen Bock, dass mein Name irgendwo auftaucht«, meinte Sanne.

»Logisch. Alles komplett anonym.«

»Gut. Ich dachte an einen Sammelzwang. So was gibt es doch? Habe ich jedenfalls mal von gelesen.«

Ich nickte. »In den unterschiedlichsten Formen. Es gibt Leute, die fokussieren sich nur auf eine Sache, sammeln also zum Beispiel Stofftiere oder so.«

»Als Erwachsene?«

»Ja. Und ich spreche jetzt nicht von zehn oder fünfzehn Stück. Manche haben Tausende Teddybären. Die ganze Wohnung steht dann bei denen voll.«

Sanne verzog das Gesicht. »Was sind das denn für Freaks?«

Der Ausdruck versetzte mir einen Stich.

»Es ist eben eine Zwangserkrankung. Die Teddys stehen für etwas, das diese Patienten nicht loslassen können. Daher müssen sie es sammeln.«

»Schräg. Nee, ich sammle lieber was anderes.«

»Es gibt auch Leute, die horten einfach alles.«

»Absolut alles?«

Ich nickte. »Flaschen, Zeitungen, Müll – alles.«

»Hm. Vielleicht nicht schlecht. Dann muss ich mich nicht so festlegen. Trotzdem, was für ein Irrsinn.«

Dreiunddreißig Sommersprossen. Ich war mir ziemlich sicher, dass es dreiunddreißig waren.

Offensichtlich hatte Sanne meinen konzentrierten Blick erneut bemerkt. »Du bist wirklich nervös, was?«

»Ja. Schon ein bisschen.«

Sie grinste breit. »Ablenkung!«, rief sie dann laut und klatschte in die Hände, sprang auf und war mit einem Satz bei dem großen Gettoblaster, der auf der Fensterbank stand. »Bin gespannt, was drin ist«, sagte sie und drückte auf Play.

»In München steht ein Hofbräuhaus – Doch Freudenhäuser müssen raus«, erklang es aus dem Lautsprecher. Sanne quietschte vor Vergnügen und drehte die Musik voll auf. Dann schnappte sie sich meine Hände, zog mich hoch und tanzte laut grölend mit mir durch den Raum. Innerhalb von wenigen Minuten füllte sich die Gemeinschaftsküche mit anderen Hausbewohnern. Einige tänzelten lachend zur Kaffeemaschine, andere rollten mit den Augen.

»Spider Murphy Gang – euer Ernst?«

»Ist doch geil!«

»Mach mal Metallica an.«

»Auf gar keinen Fall!«

Wir tanzten uns noch abwechselnd durch die Neue Deutsche Welle und diverse Metal-Songs, bis das ständige Vor- und Rückspulen einen Bandsalat verursachte und der Kassettenrekorder vorläufig seinen Geist aufgab. Einer der älteren Mitbewohner ging mit einem Bleistift auf Sanne zu.

»Bitteschön. Du hast damit angefangen, also bring es auch wieder in Ordnung«, sagte er nur und drückte ihr den Stift in die Hand.

Seufzend setzte sich Sanne an den großen Esstisch, fummelte vorsichtig die Kassette aus dem Player und drehte das Band mit dem Bleistift wieder in seine ursprüngliche Position.

Es tat gut, für ein paar Minuten von allem abgelenkt zu sein, und ich war überrascht, wie fabelhaft das um diese Uhrzeit in der wohnheimischen Küche funktionierte.

Sven und Manuela lehnten an der Fensterbank und rauchten, als ich mit Sanne in den Besprechungsraum kam. Offensichtlich sahen auch sie mir meine Nervosität an.

»Wir sind zehn Minuten zu früh«, sagte Manuela sofort.

»Deshalb sind wir bisher alleine hier, wollte sie damit sagen«, ergänzte Sven.

»Genau. Es dauert bestimmt noch, bis jemand kommt«, fügte Manuela hinzu, während Sven uns den großen Topf mit dem Chili abnahm und ihn auf einen Tisch stellte. Ich hatte eine tragbare Herdplatte mitgebracht, die man an einer Steckdose anschließen konnte. Nach ein paar Minuten köchelte sich das Chili langsam warm.

»Dr. Höller ist erst beim nächsten Mal dabei«, erklärte ich den anderen, während ich Plastikschüsseln und Löffel auf den Tisch legte. »Sie hat heute noch irgendwelche wichtigen Termine.«

»Macht doch nichts«, meinte Sanne. »Heute wird ja wahrscheinlich eh erst so eine Kennenlernphase sein.«

»Falls überhaupt jemand kommt ...«

Fünfzehn Löffel und Schüsseln, vierundzwanzig Servietten, zehn Stühle, neben der Tür zwanzig Garderobenhaken, über dem Waschbecken sechzehn Fliesen ...

Ich spürte eine Hand auf meiner Schulter. Es war Sanne, die mich aufmunternd ansah. »Da kommen welche«, sagte sie leise.

Ruckartig drehte ich mich um. Drei Studenten betraten den Raum, sie waren älter als ich, und vom Typ her tippte ich auf BWL oder VWL. Kurz darauf erschien eine Kommilitonin, die ich schon mal in einer Psychologie-Vorlesung gesehen hatte, und schließlich kamen noch zwei weitere Frauen durch die Tür. Nach gut zehn Minuten war tatsächlich jeder Platz im Stuhlkreis belegt.

Ich konnte mein Glück kaum fassen. Ich stand vor meiner ersten eigenhändig geschaffenen Studie. So musste es sich anfühlen, wenn man eine richtige Professorin war, ging es mir durch den Kopf. Vielleicht entwickelte sich diese aus der Not geborene Lügengeschichte doch noch zu einer richtigen wissenschaftlichen Untersuchung; vielleicht würde ich Professor Neubauer neue und handfeste Erkenntnisse liefern können, eine Eins bekommen und in seinem Team mitarbeiten dürfen. Ich warf Sanne einen Blick zu, und sie nickte lächelnd. Unser Plan schien aufzugehen.

Ich holte mir einen weiteren Stuhl und setzte mich in den Kreis. »Hallo, ich bin Anni, und ich leite diese Studie. Danke, dass Ihr alle da seid.«

Es folgte allgemeines Hallo-Gemurmel, und einige nickten mir zur Begrüßung zu.

»In welchem Semester bist du?«, fragte einer der BWL-Typen skeptisch.

Ich versuchte, mir meine Unsicherheit nicht anmerken zu lassen, und hoffte, dass der direkte Blickkontakt selbstbewusst wirkte, und verbarg, wie es in meinem Inneren wirklich aussah. »Ich bin noch recht frisch an der Uni. Erst im zweiten Semester.« Und das begann erst in einigen Wochen – egal. »Frau Dr. Höller wird die Studie aber begleiten.«

»Ich seh keine Höller.« Der BWLer blickte sich demonstrativ suchend um. »Ihr vielleicht?«

Ein Kichern ging durch den Stuhlkreis.

»Heute schafft sie es leider nicht, aber beim nächsten Mal ist sie dabei.« Ich räusperte mich. »Ich weiß selbst, dass ich noch keine Doktorandin bin. Aber eine der Grundvoraussetzungen, um diese Studie zu betreuen, ist, gut zuhören zu können. Und das kann ich. Zuhören, Beobachtungen aufschreiben und auswerten. Selbstverständlich werde ich alles anonymisieren und euch transparent machen. Ist das in Ordnung für euch?«

Fast alle nickten.

»Die Kleine ist scharf«, raunte ein anderer aus dem BWLer-Trio zu seinen Kumpeln, die darauf nur mit einem Feixen antworteten.

Mein Herz pochte, fünfundneunzigmal pro Minute. Aber ich verzog keine Miene. »Eines möchte ich noch sagen: Alles, was heute in diesem Raum besprochen wird, bleibt auch in diesem Raum. Es verlässt ihn nur in Form von anonymen Notizen, okay?«

Zustimmendes Gemurmel.

»Das finde ich total in Ordnung!«, meldete Sanne sich zu Wort, und ich war dankbar für ihre Unterstützung. »Super, dass du so eine Gruppe gegründet hast!« Sie zwinkerte mir zu.

»Schön. Offenheit ist das A und O. Bitte fühlt euch zu keinem Zeitpunkt gehemmt, über das zu sprechen, was euch auf dem Herzen liegt.« Für einen Moment fand ich es paradox, dass ich etwas von den Leuten erwartete, das ich selbst nicht einlösen konnte. Ich bewunderte es, wenn man sich offen über so etwas Belastendes wie einen Zwang austauschte. Ob mir das auch eines Tages gelingen würde? »Vielleicht fangen wir so an, dass jeder sich kurz vorstellt und sein Problem in einem Satz benennt, ja?« So hatte es Dr. Höller in ihrer Gruppe auch gemacht. »Wer möchte anfangen?«

Jetzt lief wieder alles ganz gut, hoffte ich. Als ich sah, wessen Hand als Erstes in die Höhe schnellte, war ich mir nicht mehr so sicher. Ich unterdrückte ein Seufzen und nickte dem BWLer-Typ freundlich zu. »Ja, fang gerne an.«

»Okay, dann mach ich das mal.« Irgendwas an seiner Stimme irritierte mich. Unterdrückte er ein Lachen? »Hallo, ich bin Thomas, und ich muss mir permanent einen runterholen.«

Für eine Sekunde herrschte Totenstille im Raum. Dann brachen alle in schallendes Gelächter aus.

»Was denn?« Gespielt empört blickte er in die Runde. »Ich bin ein dermaßen geiler Typ, das ist echt ein Problem für mich!«

Die Leute grölten.

»Ich bin Jörg, und ich wichse auch dauernd«, brüllte der Typ neben ihm lachend los. »Ich könnt schon wieder. Würde es euch was ausmachen? Bleibt doch alles hier im Raum!« Demonstrativ fasste er sich in den Schritt, und die anderen bogen sich vor Lachen.

Ich war wie erstarrt. Als der dritte von ihnen ebenfalls ansetzte, über die dauerhafte Bearbeitung seines Genitals zu witzeln, begann ich, mit der Zungenspitze meine Zähne durchzuzählen. Insgeheim hoffte ich, dass sich der Boden unter mir auftun und mich verschlingen würde.

»Krankhaftes Masturbationsverhalten kommt gerade bei jungen Männern häufiger vor, als man es sich vielleicht denken mag.« Dr. Höllers Stimme erschien mir fast engelsgleich. Von mir und allen anderen unbemerkt hatte sie den Raum betreten und stand nun hinter mir. Sofort herrschte Ruhe. »Die Betroffenen wurden in ihrer Kindheit häufig zurückgewiesen und fühlten sich ungeliebt. Erkennen Sie sich da wieder?« Auffordernd sah sie Thomas an.

»So einen Scheiß gibt es wirklich?«, fragte der ungläubig zurück.

»Selbstverständlich. Und für die Betroffenen ist so ein Zwangsverhalten beileibe nicht so lustig wie für Sie. Die können ihren Impuls nämlich kaum kontrollieren, ziehen sich dadurch automatisch immer mehr zurück und führen schließlich ein einsames Leben in ihren eigenen vier Wänden. Zu einer normalen Beziehung sind sie dann schon lange nicht mehr in der Lage. Wie ist das bei Ihnen, Thomas – Thomas ist doch richtig, oder?«

»Ja.«

»Haben Sie eine Freundin?«

»Was geht Sie das an?« Thomas' Stimme klang nun gar nicht mehr lustig.

»Oder einen Freund?«

Für einen winzigen Augenblick starrte er Dr. Höller mit offenem Mund an. »Sie halten mich doch nicht für eine Schwuchtel?« Der aggressive Unterton war nicht zu überhören.

»Ihre sexuelle Orientierung ist mir völlig gleichgültig.« Ich bewunderte, wie professionell freundlich Dr. Höller immer noch mit dem Mann sprach. »Aber Sie sind ja heute hergekommen, um über Ihre Probleme zu sprechen. Vielleicht erzählen Sie uns einmal, wann das zwanghafte Masturbieren bei Ihnen angefangen hat.«

Thomas' Kopf war inzwischen dunkelrot angelaufen. »Das ist mir alles zu doof«, murmelte er und stand energisch auf. Seine beiden Kumpel taten es ihm gleich. »Psycho-Veranstaltung!«, rief er noch, bevor er mit seinen Freunden den Raum verließ.

»Ja, selbstverständlich!«, rief Dr. Höller ihm nach. Dann wandte sie sich wieder so freundlich wie eh und je an die anderen. »Psychologische Veranstaltung wäre die richtige Bezeichnung. Entschuldigen Sie, ich habe mich noch gar nicht vorgestellt«, sagte sie dann und erklärte den anderen, wer sie war und was sie tat. »Mein letzter Termin ist ausgefallen, da dachte ich mir, ich schaue mal bei Ihnen vorbei.«

»Das war eine wirklich gute Idee«, sagte ich erleichtert.

Vermutlich würde ich nie im Leben wieder jemandem so dankbar sein wie ihr. Offenbar war das Dr. Höller nicht entgangen. Sie fragte, ob wir gemeinsam weitermachen wollten, und als ich nickte, führte sie das Gespräch in einer empathischen und herzlichen Art fort, wobei sie mich immer wieder in die Fragen mit einband. Am Ende hatten wir doch noch eine gelungene erste Sitzung gehabt. Es stellte sich zwar heraus, dass nicht jeder Teilnehmer unter einem Zwang litt, aber ich fand, dass auch ein Kiffer und ein Trinker eine Bereicherung für die Gruppe waren. Schließlich war eine Sucht doch auch irgendwie ein Zwang.

Als die Teilnehmer sich über das Chili hermachten, nahm Dr. Höller mich noch mal zur Seite.

»Sie haben heute eine wichtige Lektion gelernt, Anni.«

»Traue keinen BWLern?«

Dr. Höller lachte. »Nein. Aber die Akzeptanz von psychischen Erkrankungen ist immer noch nicht sonderlich groß. Wir sind nicht mehr in den 60er- oder 70er-Jahren, wo man psychisch Kranke sediert und weggesperrt hat, aber akzeptiert werden solche Erkrankungen in der Bevölkerung bis heute nur wenig.«

»Die meisten halten uns für irre ...«, murmelte ich.

»Nun, uns vielleicht eher für Irrenärzte, aber für die betroffenen Patienten ist es tatsächlich immer noch sehr schwierig. Deshalb ist es umso wichtiger, dass Sie diese Studie durchführen. Je mehr wir über die unterschiedlichsten psychischen Erkrankungen wissen, desto besser können wir sie erforschen und vielleicht auch heilen. Oder das Leid zumindest lindern.«

War das ein Lob? Ich glaubte schon. »Danke, Dr. Höller. Auch dafür, dass Sie mir eben den Allerwertesten gerettet haben.«

»Gern geschehen. Ich war auch mal ganz am Anfang meiner wissenschaftlichen Laufbahn. Ich weiß, wie sich das anfühlt. Sie werden das schon hinkriegen.«

Sie nickte mir noch einmal zu und verließ den Raum. Nachdenklich ließ ich meinen Blick über die mampfenden Studienteilnehmer schweifen. Hoffentlich hatte Dr. Höller recht.

– 18 –

Am nächsten Wochenende fuhr ich schon früh nach Bitterheide. Mein letzter Besuch lag schon über vier Wochen zurück, und ein wenig plagte mich das schlechte Gewissen.

»Tut mir leid, dass ich euch nicht häufiger besuche.« Meine Mutter stand neben mir, während ich die schmutzige Wäsche in die Maschine packte.

»Das ist doch ein gutes Zeichen, Anni«, meinte sie und tätschelte mir die Wange. »Wenn du jedes Wochenende hier wärst, würde ich mir eher Sorgen machen.«

»Du weißt doch, dass du dir keine Sorgen machen musst um mich«, entgegnete ich. Auch wenn das vielleicht nicht ganz stimmte, war es mir ein Anliegen, meine Eltern in diesem Glauben zu lassen. Sie hatten so viel Kummer gehabt, dass ich ihnen nicht den geringsten Anlass geben wollte, sich auch noch über mich Gedanken zu machen.

»Weiß ich das?« Meine Mutter sah mich skeptisch an.

»Das solltest du jedenfalls. Mir geht es gut!«

»Dein Studium?«

»Läuft prima.« Okay, das war vielleicht etwas übertrieben, aber meine Mutter musste ja nicht alles wissen. »Ich besuche gerade ein Seminar über das Tourette-Syndrom – sagt dir das was?«

Meine Mutter schüttelte den Kopf, und ich erklärte ihr mit wenigen Worten, dass Patienten mit diesem Krankheitsbild unter motorischen und vokalen Ticks litten. »Leider sind es häufig

Schimpfwörter oder vulgäre Flüche, die sie ausstoßen müssen. Das macht die soziale Akzeptanz einer solchen Erkrankung nicht gerade höher.«

»Ich kann mir so etwas gar nicht vorstellen«, meinte meine Mutter stirnrunzelnd. »Das müssen ja sehr ordinäre Leute sein, die das haben.«

»Ganz und gar nicht. Das hat mit ordinär nichts zu tun.«

»Aber die müssen diese Worte ja irgendwo herhaben!«, entgegnete sie. »Und das zeigt doch dann schon, aus welchem Stall sie kommen.«

»Du meinst, weil gut erzogene Leute so was wie *Scheiße* und *Wichser* nicht kennen?« Ich zog eine Augenbraue hoch.

»Bitte nicht solche Ausdrücke«, mahnte meine Mutter. »Und ja, genau das meine ich. Sie könnten doch auch *Esel* oder *Idiot* sagen.«

Ich lachte. »Da hast du vermutlich recht. Jedenfalls ist das Studium wirklich spannend. Ich lerne da eine Menge. Auch über mich selbst.« Sofort biss ich mir auf die Lippen. Wir hatten noch nie über meinen Zählzwang gesprochen; von ein paar Bemerkungen meines Bruders mal abgesehen, wurde dieses Thema eigentlich immer erfolgreich unter den Tisch gekehrt.

Meine Mutter schien das genauso zu sehen. Sie gab Waschmittel in die Maschine und stellte sie an. »In deinem Zimmer liegt noch Post für dich. Vielleicht solltest du doch mal einen Nachsendeantrag stellen?«

Während meine Mutter in der Küche das Essen vorbereitete, zog ich mich auf mein Zimmer zurück, in eine vertraute, inzwischen aber auch schon etwas fremd gewordene Atmosphäre.

Komisch, dachte ich. Ein paar Monate waren erst seit meinem Auszug vergangen, und trotzdem spürte ich, dass sich etwas verändert hatte. Ich ließ meinen Blick durch den Raum schweifen, blickte auf die Poster von Duran Duran und Kajagoogoo und suchte nach einer Veränderung. Aber auch wenn einige wenige Dinge fehlten, die ich mit nach Bremen genommen hatte, sah in meinem alten Kinderzimmer eigentlich alles genauso aus wie früher. Nicht dein Zimmer hat sich verändert, sondern du, ging es mir durch den Kopf.

Ich setzte mich auf mein altes Bett, direkt neben einen kleinen Stapel mit Briefen, den meine Mutter dort sorgfältig aufgehäuft hatte.

War es nicht erstaunlich, wie schnell man erwachsen werden konnte, wenn man es musste? Bevor ich ausgezogen war, bestand mein Leben vor allem aus den Vorbereitungen fürs Abitur und dann dem Feiern desselbigen. Um menschliche Grundbedürfnisse wie Nahrungsaufnahme oder saubere Kleidung hatte ich mich nicht kümmern müssen. Vielleicht wurde man erst dann richtig erwachsen, wenn man auch wirklich für sich selbst verantwortlich war?

Mein Blick fiel auf die Post neben mir. Veras Schrift erkannte ich sofort und zog den Brief aus dem Stapel heraus. Das dünne Luftpostpapier fühlte sich fast wie Pergament an, und die rot-blauen Streifen auf dem Umschlag erinnerten an die US-amerikanische Flagge. Ich betrachtete die fremden Briefmarken, die kleiner waren als unsere deutschen, und fand es bemerkenswert, was für ein Fernweh so ein Kuvert doch auslösen konnte.

Die USA waren ein Ort der Träume, nicht nur für mich. Wir Deutsche liebten alles Amerikanische. Als die ersten McDonald's-Filialen bei uns eröffneten, wurden sie innerhalb weniger Augenblicke zu Rennern. Auf diesen knallroten Plastikmöbeln zu sitzen und sein Mittagessen aus einer Pappschachtel zu essen, das hatte es bis dahin noch nicht gegeben. Bei uns auf dem Land gab es das bis heute nicht. Aber ich konnte mich noch gut daran erinnern, als wir fünf damals nach Bremen in die Obernstraße gefahren waren. Dort hatte die erste McDonald's-Filiale der Stadt erst ein Dreivierteljahr zuvor eröffnet. »Die neue Art, preiswert zu essen«, hatte über dem Restaurant auf einem großen Plakat gestanden. 1,60 Mark kostete ein Hamburger, und jeder von uns bekam einen. Papa gönnte sich noch ein Bier dazu, und ich kam mir vor, als würde ich in einem Diner in New York sitzen. Die USA waren wie ein Heilsversprechen. Dort konnte man seinen Traum leben, weit weg von saurem Regen und Kaltem Krieg, den Ronald Reagan sowieso gut im Griff zu haben schien.

Ich nahm den Brief hoch und hielt ihn gegen das Licht, konnte die Schrift im Inneren aber nicht entziffern.

Wie mochte es Vera dort wohl gehen? Wahrscheinlich kutschierte sie die Kinder ihrer Vorstadtfamilie den halben Tag lang in einem großen Pontiac durch die Gegend, der an den Seiten diese Holzimitatverkleidung hatte. In allen amerikanischen Filmen fuhren die Leute damit herum, und ich fand diesen Wagen auf eine gewisse Weise faszinierend und hässlich zugleich. Ob sie wohl einen Freund hatte? Mit irgendeinem gut aussehenden College-Typen knutschte?

Wenn du das alles wirklich wissen willst, dann musst du den Brief öffnen und lesen!

Nachdenklich hielt ich ihn noch eine Weile in der Hand, bevor ich ihn wieder zurück zu den anderen legte. Einerseits interessierte es mich, wie es Vera ging. Andererseits wollte ich ihre Entschuldigungen und Rechtfertigungen nicht lesen. *Ich habe es nicht so gemeint! War doch alles nur Spaß!*

Und genauso fürchtete ich eine fehlende Entschuldigung. Wenn sie einfach so über die Abi-Nacht hinweggehen und munter von ihrem Leben in den USA erzählen würde, würde mich das ebenfalls verletzen.

Ich atmete tief durch und sah auf Simon Le Bon, der mich von dem Poster anlächelte und in den ich früher wahnsinnig verliebt gewesen war. Auch das war vorbei. Ich hatte mich verändert, ich war erwachsen geworden, und gewisse Dinge lagen einfach hinter mir. Ich träumte nachts nicht mehr von Popstars, und ich trauerte auch meiner ehemaligen besten Freundin nicht mehr hinterher. Bestimmte Kapitel im Leben waren geschrieben und abgeschlossen. Was sollte es bringen, sie noch mal aufzuklappen und in ihnen herumzufuhrwerken?

Nichts.

– 19 –

Abgesehen von den öffentlichen Toiletten, in denen drei oder mehr Kabinen nebeneinander waren, gab es in der Bank auch noch einige Einzeltoiletten, die eher an kleine Bäder erinnerten, auch wenn sie über keine Duschen verfügten. Sie waren eigentlich für besonders anspruchsvolle Kunden gedacht, die keine Lust hatten, neben den Angestellten ihr Geschäft zu erledigen. Selbstverständlich suchte Christian ebenfalls diese Räumlichkeiten auf, auch wenn für ihn dort gänzlich andere Dinge auf der Agenda standen.

Die blonde Kollegin vom Schalter, deren Namen er vergessen hatte, hielt sich mit einer Hand am Waschbecken fest, während sie die andere vor den Mund presste, um nicht den halben Flur zu unterhalten. Christian stand hinter ihr, hielt sie an den Hüften und beobachtete sich und seine Bewegungen im Spiegel. Sein Hemd stand offen, und er konnte seinen Oberkörper von oben bis unten betrachten.

Es ist fast ein Waschbrettbauch, ging es ihm durch den Kopf, und er versuchte, seine Bauchmuskeln anzuspannen. Vielleicht erhöhe ich von fünfzig Liegestütze täglich auf hundert, dann bilden sich die Muckis schneller aus.

Für einen Moment verlangsamte er das Tempo. Wann hatte er eigentlich das letzte Mal fünfzig Liegestütze gemacht? Wann hatte er überhaupt eine einzige hingekriegt? Es lag schon eine Weile zurück, bestimmt einen Monat, wenn nicht länger. Warum hatte er sein Training so vernachlässigt? Vielleicht lag es am Schlafmangel. Das Feiern machte nicht nur seiner Nasenscheidewand zu schaffen, sondern auch seiner sportlichen Motivation. Und wenn er ehrlich war, hatte er es in der letzten Zeit schlichtweg vergessen.

Christian drehte die Blondine etwas nach links und stieß wieder regelmäßiger zu. Jetzt konnte er seinen Bauch besser von der Seite betrachten.

War das ein Fettansatz? Mit einer Hand griff er in die kleine Speckrolle und zupfte daran, während er die andere an der Blondinenhüfte ließ.

Himmel, er hatte noch nie Bauchfett gehabt! Er war doch immer der Typ mit dem Körper eines Adonis gewesen! Und mit dem Essen hielt er sich doch eigentlich auch zurück! Der große Vorteil beim Koksen war ja, dass man den Appetit verlor und viel weniger aß! Trinken konnte man allerdings ohne Ende. »Und Bier ist auch nicht gerade kalorienarm«, murmelte er gedankenverloren.

»Wie bitte?« Die Blondine blickte irritiert in den Spiegel.

»Nichts.« Christian stieß demonstrativ härter zu, merkte aber im selben Moment, dass von Härte nicht mehr die Rede sein konnte. »Sorry, warte, wird gleich wieder ...«

Er versuchte es noch mal, knickte aber gnadenlos ab.

»Warte kurz.« Hektisch versuchte er, sein eigentlich zuverlässiges bestes Stück wieder in die Senkrechte zu bekommen. Vergeblich. Der Blick seiner blonden Kollegin war erstaunlich genervt.

»Super.« Mit eisiger Miene zog sie den Slip hoch und richtete ihr Kleid.

»Tut mir leid. Aber ist doch jetzt auch kein Drama«, versuchte Christian die Situation herunterzuspielen. »Wir können das heute Abend gerne ausführlich ...«

»Nee, lass mal. Ich ziehe Typen vor, die sich wenigstens für ein paar Minuten auf die Sache konzentrieren können. Scheint bei dir ja nicht so einfach zu sein.« Sie warf einen verächtlichen Blick auf seinen Schritt. »Frage mich nur, warum alle Welt dich für so einen tollen Stecher hält.« Mit diesen Worten entriegelte sie die Tür und stolzierte davon.

Christian schloss wieder hinter ihr ab, knöpfte sein Hemd zu und stopfte es in die Hose.

Bauchfett und ein Hängerchen. Kamen mit der Dreißig jetzt etwa solche Probleme? Für einen Moment war er deprimiert. Dann holte er das Tütchen aus der Jackentasche, kippte ein wenig von seinem Inhalt auf den Waschtisch und hackte ihn mit seiner American-Express-Karte in feine Linien. Er nahm seinen abgeschnittenen Plastikstrohhalm und sog den Stoff ein.

Schlagartig fühlte er sich besser. Und als sich das starke Kribbeln in seiner Nase beruhigt hatte, betrachtete er erneut sein Spiegelbild.

Du siehst geil aus, affengeil, da gibt es nicht den geringsten Zweifel. Es lag an ihr, keine Frage, an wem denn sonst? Und jetzt gehst du in die nächste Besprechung und erklärst den Idioten, wie eine dynamische Fondsentwicklung aussieht!

Er nahm noch eine Line und hielt sich danach kurz die Nase zu, um den brennenden Schmerz im Inneren zu unterdrücken. Als er nachließ, entfaltete das Koks seine volle Wirkung.

»Da sind wir ja wieder«, sagte er zufrieden, machte eine Tanzbewegung und musterte dabei sein Hinterteil im Spiegel. »Geiler Arsch.« Christian zwinkerte sich selbst zu und verließ dann mit schwungvollen Schritten den Waschraum.

Im Flur ging er an der Blondine vorbei, die noch vor wenigen Minuten mit ihm auf der Toilette gewesen war. Sie stand am Kopierer und sah durchaus heiß aus. Er zwinkerte ihr zu. »Heißes Outfit!«

»Oh, bitte ...«, stöhnte sie und verdrehte die Augen.

Christian lachte auf und tänzelte den Flur entlang. Er hatte es wirklich drauf.

– 20 –

Mein Job in der Redaktion von *Rudis Tagesshow* bestand in erster Linie aus Kopieren, Videokassetten von einem Raum in den anderen Schleppen und die Besprechungsräume mit Keksen und Wasserflaschen Auffüllen. Obwohl die Arbeit natürlich recht eintönig war, bekam ich eine Menge von der Sendung und dem Arbeitsablauf in einer Redaktion mit. Die Autoren und Redakteure trafen sich jeden Tag um 17 Uhr im großen Konferenzraum, um ihre Ideen auszutauschen und die geschnittenen, bereits vertonten Filmchen zu zeigen. Dass Helmut Kohl Bundeskanzler war, erwies sich für die Sendung als Glücksfall.

»Er hat wirklich *›you can say you to me‹* gesagt?« Redaktionsleiter Karlheinz Wamme stand die Fassungslosigkeit ins Gesicht geschrieben.

Ich versuchte, ein Lachen zu unterdrücken, und bemühte mich, die frischen Kekse und den Kaffee langsamer zu verteilen, um möglichst viel von der Konferenz mitzubekommen.

»Zu Margaret Thatcher. Ganz genau«, antwortete einer der Redakteure.

»Ich glaube das erst, wenn ich das auf Band sehe oder zumindest höre«, warf Hagen Stoffmann, der Chef vom Dienst, ein.

»Wir könnten eine hübsche Reihe mit den besten englischen Sprüchen von Politikern machen«, meldete sich eine der Autorinnen zu Wort. »Kohl haut doch dauernd so was raus.«

»Und nicht nur Kohl!«, rutschte es mir raus.

Die anderen blickten überrascht auf. Dass sich eine studentische Hilfskraft in die überaus wichtige Redaktionskonferenz einmischte, in der sie eigentlich gar nichts verloren hatte, war in der Vorstellungswelt der Redakteure wohl nicht vorgesehen.

»Entschuldigung«, sagte ich deshalb schnell, fand es im selben Moment aber auch dämlich. Wofür entschuldigte ich mich denn? »Mir fiel nur gerade Heinrich Lübke ein. Der hat doch bei einem Pferderennen mal zur Queen gesagt: *›equal goes it loose‹*.«

»Wie bitte?«

»Ja. Er wollte ›gleich geht es los‹ sagen. Hat es aber ein bisschen arg wörtlich übersetzt.«

Alle starrten mich an, und ich biss mir stakkatohaft auf die Unterlippe. Im nächsten Augenblick brach schallendes Gelächter aus.

»Equal goes it loose – das ist großartig!« Karlheinz Wamme lachte sich geradezu schlapp. »Wir machen eine Reihe von Lübke bis Kohl mit den schönsten englischen Sprüchen. Wer setzt sich dran?«

Die Autorin von eben meldete sich erneut. »Ich glaube, ich habe dazu im Archiv auch schon Einspieler gesehen.«

»Fabelhaft. Je mehr Bildmaterial wir haben, desto besser. Aber mit Zitaten können wir auch arbeiten. Rudi kann die vorlesen, oder wir machen einen Sketch mit Dieter und Rudi. Lass dir was einfallen.«

»Mach ich.«

Ich freute mich, dass meine Idee so gut angekommen war. Aber es wurmte mich auch ein wenig, so vollständig als Ideengeberin ignoriert zu werden.

»Gern geschehen«, sagte ich daher, allerdings eher leise.

»Wie bitte?«, fragte Karlheinz Wamme in seiner gewohnt strengen Art, und mir war nicht klar, ob er mich wirklich nicht verstanden hatte oder ob dieses Nachhaken eine Art der Zurechtweisung war.

»Schon gut«, sagte ich daher schnell und verließ das Besprechungszimmer.

Aber obwohl ich danach weiterhin kopierte, Bänder von A nach B brachte und Kaffee kochte, schien ich mir an diesem Tag doch eine gewisse Achtung verdient zu haben. Jedenfalls war ich nicht mehr vollkommen unsichtbar, und die Redaktionsleitung grüßte mich nun auf den Fluren. Auch der Rest der Redaktion benutzte nun häufiger Verben in der Kommunikation mit mir, und ab und zu schlich sich sogar ein *Bitte* ein.

Das gab mir einerseits ein gutes Gefühl, auf der anderen Seite verunsicherte es mich aber auch. Schließlich gab es ja etwas, von dem ich auf keinen Fall wollte, dass es die unsichtbare Zone verließ. Mir war klar, wie absurd dieser Gedanke war, ich wurde hier ja schließlich nicht beobachtet oder analysiert. Dennoch schaffte es dieses geringe Maß an Aufmerksamkeit, mich zu beunruhigen. »Ich bin der Chef in meinem Hirn!«, ermahnte ich mich leise und nickte Britta Schiebis freundlich zu, die mir im Vorbeigehen einen erstaunten Blick zuwarf.

Ich beschloss, meine Ängste aktiv zu bekämpfen. Ab jetzt brachte ich den Kaffee erst dann in den Redaktionsraum , wenn die Herrschaften bereits in ihren Besprechungen saßen. Wenn ich eine Idee hatte oder im Fernsehen etwas entdeckte, was ich für veräppelungswürdig hielt, versuchte ich, das beiläufig zu erwähnen. Und auch wenn ich daraufhin nicht selten zu hören bekam, dass ich ja eigentlich für etwas anderes zuständig sei, merkte ich doch, dass mir zugehört wurde. Tatsächlich fanden sich auch einige meiner Ideen in der Sendung wieder, was mich natürlich ganz besonders stolz machte.

Ich konnte gut beobachten und hinhören, was sowohl bei meiner psychologischen Studie von Vorteil war als auch bei meinem Redaktionsjob. Der Unterschied war nur, dass auf der einen Seite ein vermeintliches Fehlverhalten therapiert werden sollte, während es auf der anderen gnadenlos durch den Kakao gezogen wurde. In der Redaktion stand ausschließlich die Frage des Humorpotenzials im Mittelpunkt. Dass es da auch einen Menschen gab, der im Zentrum dieses Spotts stand und diesen aushalten musste, interessierte niemanden. Was zählte, war die Pointe.

Es war ja nur ein Spaß.

»Du bist ja süß«, sagte Claus Lohrengel, als ich am Kopierer mit ihm über die Mittel von Satire ins Gespräch kam.

»Nein, bin ich nicht«, entgegnete ich. »Ich meine das völlig ernst. Kann man Witze über jemanden machen, der eh schon am Boden liegt?«

»Okay. Ich erkläre es dir.« Zum Glück hörte er auf zu grinsen. »Wenn das Subjekt unseres Spotts eine Privatperson wäre, dann wäre das selbstverständlich nicht okay. Ist sie aber eine Person des öffentlichen Lebens und sogar maßgeblich an der Gestaltung der Politik unseres Landes beteiligt, dann ist das etwas anderes. Als Satiriker ist es unser Job, auf Missstände aufmerksam zu machen. Da dürfen wir uns nicht von den Befindlichkeiten der Leute irritieren lassen. Eine Sendung wie *Rudis Tagesshow* muss verspotten, weil sie nur so zeigen kann, was schiefläuft. Einleuchtend?« Er nickte mir noch mal zu und ging dann mit seinem Stapel Kopien zurück ins Büro.

Ich stand noch eine Weile am Kopierer und drückte immer wieder mechanisch auf den grünen Knopf, um die Dispo für die nächste Sendung zu vervielfachen.

Ja, es leuchtete mir ein, dass Satire durch Verspotten auf die Missstände in der Gesellschaft aufmerksam machte. So funktionierte Satire nun mal, und eigentlich fand ich ja auch, dass sie ein wunderbares Mittel der Kritik war. Aber durfte sie deshalb alles? Was, wenn jemand das nicht aushielt? Wenn sich jemand sogar umbrachte, weil er den Spott nicht mehr ertragen konnte? War das dann einer dieser *Kollateralschäden*, die man hinnehmen musste?

– 21 –

Als sie die Augen aufschlug, saß er an ihrem Bett.

»Ah. Überlebt«, sagte sie leise und hoffte, dass es sich witzig anhörte. Immerhin lächelte er.

»Ja. Du hast alles gut überstanden. Ab jetzt geht es bergauf.«

Sie bemühte sich um einen zuversichtlichen Gesichtsausdruck und nickte.

»Sie haben alles rausgekriegt, auch die Metastasen. Das sind gute Nachrichten, Schatz. Jetzt erholst du dich erst mal, und dann bist du ganz schnell wieder die Alte.«

Gut, erst würde noch die Chemo kommen. Aber die würde sie auch noch schaffen.

»Dem Herbert hab ich es aber ganz schön gezeigt!« Sie ballte schwach die Faust und strahlte ihn an, jedenfalls hoffte sie zu strahlen.

Direkt nach der Diagnose hatte sie dem Tumor einen Namen gegeben. Sie war der Meinung gewesen, dass man seinen Feind namentlich kennen müsse, wenn man ihn erfolgreich bekämpfen wolle. Von da an hieß es nur noch »wir treten dem Herbert in den Arsch!« oder »ich lass mir von Herbert doch nicht die Laune versauen!«. Besonders die Kinder konnten dann lachen und krähten im Chor »Herbert raus, Herbert raus!«. Es bestätigte sie darin, dass Humor auch jetzt wieder etwas war, das ihr helfen konnte. Nicht umsonst hieß es doch, Lachen sei die beste Medizin. Heulen brachte niemanden weiter, das war immer ihr Mantra gewesen.

Ihr Mann sah sie liebevoll an. »Du musst nicht immer stark sein«, sagte er leise.

Sie versuchte zu lächeln. Sie wollte alles dafür tun, wieder gesund zu werden, und dafür musste sie positiv denken. Die Alte würde sie vermutlich nie wieder werden. Man hatte ihr sechzig Zentimeter vom Darm entfernt, auch ihr linker Lungenflügel hatte nicht mehr die Größe, die er ursprünglich gehabt hatte, genauso wenig wie ihre Leber. Im Moment hatte sie noch einen künstlichen Darmausgang, der aber irgendwann wieder rückgängig gemacht werden konnte. Voraussichtlich.

»Ich bin aber nun mal stark, Liebling. Was soll ich machen?«

Er nickte lächelnd, und sie war froh, dass er bei dem Gespräch mit Dr. Wenge nicht dabei gewesen war. Die Oberärztin auf der Onkologie war eine der wenigen gewesen, die Klartext mit ihr gesprochen hatte.

»Wir sind heute auf dem Standpunkt, dass wir unsere Patienten vollumfänglich aufklären müssen«, sagte sie kurz nach der CT zu ihr. »Das war früher anders. Da sahen es die Ärzte als ihre Pflicht an, den Patienten Hoffnung zu machen, auch wenn es keinerlei Hoffnung mehr gab.«

»So wie bei mir?«, hatte sie mit belegter Stimme gefragt.

»Das will ich so nicht sagen. Ihre Situation ist ernst, daran besteht kein Zweifel. Sehr ernst sogar. Und um ehrlich zu sein: Mit Ihrer Diagnose sterben die meisten Patienten.«

»Aber nicht alle?«

»Nein, nicht alle.« Sie warf ihr einen aufmunternden Blick zu. »Entscheidend wird sein, wie viel von dem tumorhaltigen Gewebe wir entfernen können. Und dann müssen wir sehen, wie die Chemo anschlägt.«

Sie hatte einen Moment gezögert und überlegt, ob sie die Frage überhaupt stellen sollte, die ihr auf der Seele brannte. »Und wenn alles gut geht, die Operation und die Chemo erfolgreich waren, was denken Sie, wie lange hab ich dann noch?«

»Eine hundertprozentige Heilung ist unwahrscheinlich, aber nicht vollkommen ausgeschlossen. Wenn alle Therapieansätze erfolgreich sind, schauen wir mal, wie es Ihnen in fünf Jahren geht.«

Fünf Jahre. Das war jetzt also der Radius, über den sie in Zukunft nachzudenken hatte und in dem sie Pläne machen konnte.

Ihrem Mann sagte sie nichts davon.

Die Oberärztin riet ihr, eine Psychoonkologin aufzusuchen, da die psychische Belastung, vor allem während der Chemo, nicht zu unterschätzen sei.

»Willst du nicht doch mal darüber nachdenken, einen Termin bei der Psychoonkologin zu machen?«, fragte er mit sanfter Stimme. »Das kann doch nicht schaden.«

Sie bemühte sich um ein Grinsen, das vermutlich ein bisschen schief ausfiel. »Du weißt doch, dass ich mit Psychologen nicht gut kann. Nein, nein, ich schaff das schon. Bald schwingen wir wieder das Tanzbein, versprochen.« Sie biss sich auf die Unterlippe. Die Nachwehen der Operation merkte sie immer deutlicher.

Liebevoll drückte er ihre Hand. »Eins nach dem anderen. Jetzt ruhst du dich erst mal aus, und dann sehen wir weiter.«

Sie lächelte schwach und gab vor, schlafen zu müssen. Eigentlich war sie gar nicht so müde, aber sie wollte jetzt allein sein. So allein, wie man auf einer Intensivstation nur sein konnte, auf der ein ständiges Kommen und Gehen herrschte.

Als er sich von ihr verabschiedete und versprach, in zwei Stunden wieder nach ihr zu schauen, tat sie so, als würden ihr schon die Augen zufallen. Heimlich sah sie ihm nach, als er den Raum verließ.

In ihrer Beziehung war immer sie die Stärkere gewesen. Wenn es Probleme gegeben hatte, hatte sie diese in Angriff genommen, und wenn er von seiner Vergangenheit eingeholt worden war, hatte sie die Abwärtsspirale gestoppt, in die er drohte hineinzurutschen. Im Laufe ihrer Ehe hatte sie ihn mit einer wiederkehrenden Selbstverständlichkeit aus seinen Tiefs geholt, ihn aufgebaut, *wenn er am Boden gewesen war. Ganz egal, was in ihrer Familie auch passiert war, ob die Kinder Stress in der Schule hatten oder er Ärger im Job, sie war immer diejenige gewesen, die den Blauhelm aufgesetzt und den Konflikt aus der Welt geschafft hatte. Vermitteln war dabei genauso wichtig wie Verzeihen, das hatte sie früh in ihrem Leben gelernt. Und ihr Humor hatte ihr dabei immer geholfen. Wie oft hatten sie alle zusammen gelacht, wenn sie eine schwierige Situation überwunden hatten?*

Sie hatte den Herbert aus ihrem Körper gejagt, und schon bald würden sie alle gemeinsam über diesen Dreckskerl lachen. Das nahm sie sich jedenfalls fest vor.

– 22 –

Unmittelbar bevor die zweite Stunde mit meiner Gesprächsrunde anstand, hatte meine Nervosität ein neues Level erreicht. Ich tigerte allein durch den Besprechungsraum, überlegte, was ich zuerst tun sollte, stellte die Stühle in der Mitte zu einem Kreis zusammen und zählte sie durch, aber nur, um zu sehen, ob ich auch wirklich ausreichend Plätze hatte, ohne zu wissen, wie viele Teilnehmer heute überhaupt kommen würden. Anstelle des Chilis hatte ich diesmal zwei Sandkuchen gebacken, damit der ganze Raum während der Studie nicht nach Knoblauch und Bohnen roch.

Ich musste diesmal unbedingt besser aufpassen. Wenn ich noch mal auf solche Witzbolde wie beim letzten Treffen hereinfallen würde, hätte ich jeden Hauch von wissenschaftlicher Ernsthaftigkeit verspielt. Ich musste souveräner auftreten, durfte dabei aber auf keinen Fall verkrampft wirken. Wie eine professionelle Psychologin eben. Kein einfaches Unterfangen.

Sven und Manuela kamen als Erste.

»Wir sind hier doch richtig im Club der krankhaften Onanisten?«, fragte Sven glucksend. »Mir ist schon ganz heiß!«

Manuela stieß ihm grinsend in die Seite. »Jetzt hör schon auf! Du machst sie noch ganz nervös!« Sie lachte mich an. »Hallo, Anni. Nimm es ihm nicht übel. Er will nur witzig sein.«

Ich bemühte mich, möglichst locker zu antworten. »Kein Problem. Ich freu mich, dass ihr da seid und wie immer beste Laune habt.«

»Haben wir!«, meinte Sven.

»Ja, und das ist echt super«, erwiderte ich. »Ihr habt mit einem ganz schön heftigen Zwang zu kämpfen, aber es wirkt so, als würde euch das gar nichts ausmachen. Finde ich toll.« O Gott. Das hörte sich ja total einstudiert an. Wie aus dem Therapeuten-Lehrbuch.

Ich fixierte die Knöpfe an Svens Hemd, sieben Stück.

Manuela zog die Augenbrauen hoch. »Meinst du das ernst?«

»Äh ... was?« Ich biss mir auf die Unterlippe. Sich doof zu stellen war bestimmt eine schlaue Strategie.

»Glaubst du ernsthaft, unsere Ticks machen uns nichts aus?«, hakte Manuela ungläubig nach.

»Natürlich nicht.«

»Nur damit du das für deine Studien auch richtig vermerkst: Das Gegenteil ist der Fall«, sagte Sven und wirkte plötzlich gar nicht mehr fröhlich. »Ehrlich gesagt ist es oft genug ziemlich die Hölle.«

»Allerdings«, stimmte Manuela ihm zu. »Manchmal, in besonders stressigen Situationen, wird mein Waschzwang so schlimm, dass ich nicht mehr das Haus verlassen kann. Dann schrubbe ich mir meine Hände und Arme, bis sie blutig sind. Ich kann dann nicht aufhören, ich muss das einfach machen. Das kann ganz schön anstrengend sein.«

Ich nickte schuldbewusst. Wie hatte ich nur so einen lapidaren Spruch machen können?

»Wir haben das Glück, dass unsere Zwänge sich ein bisschen ähneln«, sagte Sven. »Wenn man da von Glück sprechen kann ... Aber Dr. Höller hat uns das ganz gut erklärt. Wir haben beide Angst, mit Bakterien und Viren in Kontakt zu kommen.«

»Bei mir konzentriert es sich vor allem auf Schmutz«, warf Manuela ein, »bei Sven kommen die Viren auch noch durch die Luft.«

»Manchmal muss ich mehrmals täglich meine Kleidung wechseln und sofort bei 95 Grad waschen. Meine Zahnbürste koche ich übrigens auch ab. Das ist dann alles nicht mehr so witzig«, erklärte er.

Ich war tief betroffen. Wie harmlos und lächerlich war es da, in Stresssituationen die Schuppen auf den Schultern meines Gegenübers zu zählen? Was war mein Zwang schon im Gegensatz zu dem, was Manuela und Sven ertragen mussten?

»Und das Dumme ist, dass das alles nicht wirklich hilft«, fuhr Manuela fort. »Das Gefühl der Sicherheit durch das Waschen hält leider nie lange an. Manchmal komme ich aus der Dusche und fange schon an zu grübeln, ob mein Körper wirklich keimfrei ist. Und dann geht alles wieder von vorne los.«

»Das tut mir wirklich leid«, brachte ich hervor, was auch schon wieder wahnsinnig professionell war. Sollte ich irgendwann mal als Therapeutin arbeiten, konnte ich doch schlecht mit meinen Patienten Mitleid haben! Das war nun wirklich das Letzte, was sie brauchten!

»Ja, ist scheiße«, sagte Sven. »Aber zum Glück haben wir ja schon einiges geschafft. Die Therapie und die Gespräche mit Dr. Höller helfen wirklich.«

»Und es hilft, wenn wir zusammen sind«, sagte Manuela. Sie lächelte Sven an.

Der erwiderte ihren Blick. »Stimmt. Wenn wir zusammen sind, dann müssen wir uns nicht zusammenreißen, niemandem etwas vormachen und können einfach so sein, wie wir sind. Das entstresst total.«

»Und dann werden auch die Ticks besser«, fügte Manuela hinzu. »Im Prinzip ist Sven mein bester Therapeut.«

»Vielleicht kommt es dir deshalb so vor, als würde uns das alles nicht die Laune verderben«, ergänzte er. »Solange Manu und ich zusammen sind, geht es eben.«

»Und wir sind kein Paar!«, warf sie noch grinsend ein.

»Gott bewahre!« Sven lachte.

Ich musste schlucken. Die beiden waren die besten Freunde.

Sie kannten sich und ihre Macken in- und auswendig und wussten, dass sie sich auf den anderen verlassen konnten.

Was für ein Geschenk.

In dem Moment kam Sanne in den Raum spaziert und unterbrach meine aufkommende Melancholie.

»Der Kuchen riecht spitze. Kann ich mir schon ein Stück nehmen?« Ohne eine Antwort abzuwarten, schnitt sie sich etwas davon ab.

Eine gute Viertelstunde später saßen neun Leute im Stuhlkreis und aßen Kuchen. Dr. Höller hatte mit der Einleitung begonnen und schien genauso froh zu sein wie ich, dass diesmal nur ernsthafte Interessenten anwesend waren. Ich saß mit meinem Block auf den Knien neben ihr, machte Notizen und hörte zu.

»Ich weiß gar nicht genau, ob ich hier richtig bin«, sagte ein fünfundzwanzigjähriger Student, der sich mit Olaf vorgestellt hatte.

Dr. Höller hatte nach dem Befinden der Teilnehmer gefragt und wollte wissen, wie ausgeprägt ihr zwanghaftes Verhalten an diesem Tag war. Jetzt war Olaf an der Reihe.

»Ich habe gar keinen richtigen Zwang, also nicht so wie die anderen, die nicht aufhören können, sich zu waschen, oder lauter Zeugs sammeln.«

Dr. Höller sah ihn freundlich an. »Warum bist du denn heute hier, Olaf?«

»Ich weiß nicht. Irgendwie habe ich so eine übertriebene Bastelleidenschaft entwickelt. Ich will immer genau wissen, ob die Dinge auch wirklich noch richtig funktionieren. Und dann baue ich den Toaster auseinander oder die Kaffeemaschine.«

»Und kriegst du sie auch wieder zusammen?«, fragte Sven.

»Ja, schon.«

»Na, dann ist doch alles in Ordnung.«

»Das glaube ich nicht«, mischte ich mich in die Gesprächsrunde ein. »Das ist doch bestimmt alles sehr zeitaufwendig, oder?«

Olaf nickte. »Meistens dauert es mehrere Stunden.«

»Und dich überkommt dieser Drang nicht einfach so abends, in deiner Freizeit?« Er nickte. »Sondern morgens, wenn du aus dem Haus willst, zur Uni oder zur Arbeit, dann kommt dir der Gedanke: Verdammt, funktioniert der Toaster überhaupt noch richtig? Nicht, dass es einen Kurzschluss gibt, wenn ich weg bin, und meine ganze Bude abfackelt.«

Olaf sah mich erstaunt an. »Ja, genau so ist es.«

»Du hast Angst vor einer unsichtbaren Gefahr. Klar weißt du, dass es da eigentlich nichts gibt, aber sie ist trotzdem da. Und um dich davor zu schützen, überprüfst du alle deine elektrischen Geräte. Im Prinzip ist das bei Olaf genauso wie bei dir, Sven. Euch treibt beide eine unerklärliche Angst vor einer nicht sichtbaren Gefahr um.«

Dr. Höller nickte mir zu. »Gut beobachtet, Anni. Angst ist ein sehr starkes Gefühl.«

»Und verantwortlich für viele Zwänge«, fuhr ich fort. »Sicherlich ist Angst nicht die einzige treibende Kraft, aber schaut euch doch mal in der Gruppe um: Sven hat Angst vor Krankheiten, Manuela wäscht sich stundenlang die Hände, weil sie Angst vor Schmutz und Dreck hat ...«

»Und Ekel«, unterbrach sie mich.

»Ja. Aber irgendwie ist das für mich auch schon fast eine Unterform von Angst, oder?«, warf ich in den Raum.

Eine lebhafte Diskussion über das persönliche Empfinden von Angst und den Umgang mit ihr entstand. Am Ende der Stunde hatte ich meinen Block komplett vollgeschrieben. Dr. Höller legte mir eine Hand auf die Schulter und lächelte.

»Sie sind wirklich eine ausgezeichnete Beobachterin. Das hat mir heute alles sehr gut gefallen. Weiter so.«

Ich konnte gar nicht sagen, wie erleichtert ich war. Endlich lief es wieder rund.

– 23 –

Ohne das Kokain würde Christian sein enormes Pensum gar nicht mehr schaffen, sowohl was die Arbeit betraf als auch sein Privatleben. Inzwischen gab er rund zweitausend Mark im Monat für Drogen aus. Auch wenn er wirklich gut verdiente, war das auch für ihn nicht wenig.

»Wann wird die Provision von der letzten Abwicklung überwiesen?«, fragte er, als er abends vor seinem Kleiderschrank stand und die Auswahl an Anzügen betrachtete. Er hatte den Hörer zwischen Ohr und Schulter geklemmt, hielt den Apparat in der einen Hand und schob mit der anderen einen Anzug nach dem anderen zur Seite. »Nein, die kommen normalerweise nicht auf die Endabrechnung! Der Bonus wird einmal im Jahr ausgezahlt, aber die Provisionen kommen dann aufs Konto, wenn ich sie mir verdient habe!« Die dumme Kuh am anderen Ende der Leitung brachte ihn auf die Palme. »Ich irre mich ganz bestimmt nicht! Schauen Sie das bitte noch mal nach!« Wütend knallte er den Hörer auf die Gabel.

Was laberte die Tante bloß für einen Scheiß?! Warum saßen in der Buchhaltung nur diese Trantüten? Er war mit neuntausend Mark in den Miesen. Das war mit seinem Gehalt wirklich überflüssig! Und das alles nur, weil diese Ilse nicht in der Lage war, seine Provision rechtzeitig zu überweisen! Wie das nervte.

»Okay, die Tussi hat eindeutig einen an der Klatsche, das ist kein ernsthaftes Problem«, versuchte er sich selbst zu beruhigen, während er mit beiden Händen behutsam eine Spinne vom Boden aufhob und sie durch das geöffnete Fenster ins Freie entließ. Er hatte ja keine Geldprobleme. Sein Gehalt war dufte, und er lebte wahrlich nicht bescheiden. Und wozu brauchte er den zwanzigsten Maßanzug in seinem Schrank? Er konnte gut mal auf einen neuen verzichten. Christian nahm eines der Modelle heraus. Es sah genauso aus wie alle anderen. An dieser Stelle konnte er die Kosten wirklich ein bisschen herunterfahren, ohne dass es irgendjemand bemerken würde. Inklusive seiner Person.

Für einen Moment wurde er nachdenklich. Er konnte sich nur an einen Menschen in seinem Leben erinnern, dem Aussehen und Statussymbole völlig egal gewesen waren: Gela, die Nachbarstochter. Aus dem Internat hatte er ihr die ganzen Jahre Briefe geschrieben, und als er mit neunzehn dann endlich zurück nach Deutschland gekommen war, waren sie tatsächlich ein Paar geworden. Gela war es völlig wurscht gewesen, welche Klamotten er getragen hatte oder ob seine Haare kurz oder lang gewesen waren. Sie hatte nur ihn gesehen, und ihre drei gemeinsamen Jahre waren die glücklichsten in seinem Leben gewesen.

»Schwachsinn«, murmelte er und schob den Gedanken an seine alte Liebe beiseite. Er schaute auf die Bicolor-Rolex, die an seinem Handgelenk glänzte. Es war schon nach zweiundzwanzig Uhr. Noch zu früh, um ins Exil zu gehen? Das kam eindeutig auf den Wochentag an. Unter der Woche war es eine gute Zeit, fürs Wochenende war es noch ein bisschen zu früh.

»Stellt sich die Frage, was für ein Tag heute ist …«, sagte er leise und fuhr sich mit der Hand durchs Gesicht. Dieser ganze Stress hatte ihm jedes Zeitgefühl genommen. Die Tage verschmolzen miteinander, und manchmal war er völlig überrascht davon, dass schon Freitag war und nicht erst Dienstag. Dadurch, dass er jeden Abend nach der Arbeit noch ausging, hatte auch das Wochenende sein Alleinstellungsmerkmal verloren, zumal er auch samstags und sonntags oft genug arbeitete. Eigentlich war jeder

Tag gleich. Wenn der Wecker morgens klingelte, konnte er sich kaum aus dem Bett quälen. Manchmal raffte er sich noch zu Liegestützen auf, meistens schleppte er sich aber nur in die Küche und setzte Kaffee auf, der durch die Maschine lief, während er sich eine Line zog. Immer öfter hatte er jetzt schon die erste intus, bevor er in die Bank fuhr.

»Ja, na und?« Er zog ein frisches Hemd aus dem Schrank. Wenn er drauf war, kam ihm wenigstens nicht die Vergangenheit in den Kopf. Und normalerweise wartete ein stressiger Arbeitstag auf ihn, der ihm noch nicht mal Zeit zum Essen ließ. Den musste er irgendwie durchhalten, bis er abends bei seinem Lieblingsitaliener Halt machte und sich danach weiter ins Nachtleben schlug. Vor ein Uhr kam er unter der Woche grundsätzlich nicht ins Bett. Und am Wochenende wurde es auch deutlich später. »Wenn es sich einer erlauben kann, dann du«, sagte er zu seinem Spiegelbild.

Dann schnappte er sich erneut das Telefon und wählte Pauls Nummer. Nachdem er es bestimmt zwanzigmal hatte klingeln lassen, legte er wieder auf.

Christian starrte auf das Telefon. Er konnte noch so oft versuchen, sich einzureden, dass er es an dem Abend zwar übertrieben hatte, aber dass er sich ja auch entschuldigt und sogar Blumen bei Carla und Paul hatte vorbeibringen lassen. Es half nichts, sich zu sagen, dass er alles versucht hatte und sein Freund nun am Zuge war. Dass Paul seine Entschuldigung annehmen und sich nicht weiter wie eine beleidigte Leberwurst benehmen sollte. Nein, Christian musste sich eingestehen, dass er es versaut hatte. Nur er, ganz allein. Und dass Paul ihm fehlte, mehr als er es sich je hätte vorstellen können. Der Verlust der Freundschaft bedeutete für Christian, dass er nun niemanden mehr hatte. Wenn er nüchtern war, spürte er die Einsamkeit überdeutlich.

»Scheiß Selbstmitleid«, sagte er laut zu sich. Er hatte im Moment keine Kapazitäten für so etwas, weil er in der Bank besonders unter Strom stand. Er war verantwortlich für die Kreditvergabe an einen Tabakkonzern, der mit besonders dünnen, langen Zigaretten den Markt erobern wollte. Stangenweise hatte er die Kippen nun in seiner Wohnung, und er hätte sich nur zu gern mit Paul über die Verhandlungen ausgetauscht. Das hatten sie früher immer gemacht; Paul war der einzige Vertraute, den er hatte, sein Rat war ihm wichtig. Und auch seine Gesellschaft im Exil. Natürlich konnte er da auch allein hingehen, aber zu zweit war es einfach lustiger.

Christian atmete tief durch und versuchte, die Trauer um die verlorene Freundschaft nicht weiter an sich heranzulassen.

Es war schön, dass er seit einer Weile dieses Mädchen im Exil traf. Wie hieß sie noch gleich? Anni? Sie war die erste Frau, mit der er sich je in einer Disco unterhalten hatte, ohne sie dabei zu befummeln und mit ihr zu knutschen. Das war neu für ihn. Und irgendwie gefiel es ihm.

Wenn heute Freitag ist, könnte es eine Chance geben, dass sie im Exil auftaucht, ging es ihm durch den Kopf. Er ging zum Fernseher und machte den Teletext an. »Freitag, na bitte«, sagte er, sprühte sich eine Ladung Davidoff Zino auf die Brust und verließ die Wohnung.

– 24 –

Ziemlich aufgekratzt kamen Sanne und ich am späten Freitagabend im Exil an. Sanne war dort mit zwei Freundinnen aus der Uni verabredet, und wir hatten uns vorher zusammen in ihrem Zimmer fertiggemacht. Dabei hatte ich zum ersten Mal eine Vertrautheit gespürt, wie damals mit Vera. Dennoch war ich vorsichtig, ich wusste, dass diese klassischen Mädchendinge wie gemeinsames Schminken und Frisieren ein trügerisches Gefühl von Nähe entstehen ließen, das schnell verpuffen konnte. Wenn man sich nur in BH und Unterwäsche gegenseitig die Haare toupierte und dabei Weißwein aus dem Pappkarton trank, fühlte man sich automatisch vertraut, auch wenn das mit richtigem Vertrauen nichts zu tun haben musste. Meine Güte, manchmal kam ich mir schon wie ein Opfer meines Studiums vor. Welchen Sinn ergab es, alles psychologisch zu hinterfragen? Es war lustig gewesen, zusammen mit Sanne vorzuglühen, wir hatten Spaß gehabt und uns nett unterhalten. Brauchte es unbedingt mehr?

Im Gegensatz zu ihr hielt ich mich mit dem Alkohol immer noch ein bisschen zurück. Auf keinen Fall wollte ich die Kontrolle über mich verlieren. Sanne dagegen hakte sich bei mir unter, um ein leichtes Schwanken auszugleichen.

»Das sind die verdammten Cowboystiefel«, sagte sie kichernd. »Wenn sie eingelaufen sind, sind es die bequemsten Treter der Welt, aber bis dahin ist es ein steiniger Weg.« Sie seufzte theatralisch.

Wir stolzierten an der Schlange der Wartenden vorbei zum Türsteher. Sanne warf ihre Mähne in den Nacken und dem muskulösen jungen Mann einen Augenaufschlag zu, der es in sich hatte.

»Hallo, Mario!«

Sie hatte ihn direkt angesprochen, als sie vor zwei Jahren zum ersten Mal ins Exil gegangen war. Vorhin beim Aufstylen hatte sie mir genau erklärt, wie wichtig es sei, mit den Türstehern möglichst dicke zu sein. Der Grund lag auf der Hand.

»Lässt du uns durch, mein Schatz?«

Mario grinste sie an und machte nur eine Kopfbewegung Richtung Eingang.

»Danke, du bist ein Goldstück. Ich bring dir nachher einen Drink raus.«

Die Antwort war wieder nur ein breites Grinsen, das bei mir kurzeitig die Frage aufwarf, ob der gute Mario überhaupt sprechen konnte.

»Hattest du mal was mit ihm?«, raunte ich Sanne zu, als uns die heiße, nikotin- und biergeschwängerte Luft aus der Disco entgegenströmte. Die Beats von der Tanzfläche dröhnten so laut, dass ich sie körperlich spüren konnte, mein ganzer Bauch kribbelte.

Sanne lachte laut auf. »Bist du irre? Das ist doch voll der Prolet! Aber vielleicht glaubt er, dass er mal was mit mir haben könnte – und das reicht ja völlig.«

Sie winkte in Richtung Theke, wo ihre zwei Freundinnen standen. Keine zwei Meter daneben lehnte dieser Christian am Tresen und rauchte. An den letzten Wochenenden hatten wir uns fast immer hier getroffen, zufällig und ohne uns zu verabreden. Irgendwie hatte ich fest damit gerechnet, ihn auch heute Abend zu sehen. Freute ich mich darüber? Vielleicht.

Ich folgte Sanne zu den anderen und bestellte eine Runde Warsteiner für alle.

»Hast du mal 'ne Kippe?«, rief ich Christian zu.

Der strahlte mich an und zog eine türkisfarbene Packung Zigaretten aus seiner Jackentasche. »Kannst die ganze haben!«

Das war großzügig. »Danke!«

Ich zog das Zellophanpapier von der Verpackung ab und nahm eine strohhalmdünne Zigarette heraus, bei der selbst der Filter weiß war. »Was sind das denn für dünne Dinger?« Misstrauisch roch ich daran, weil ich Menthol-Zigaretten vermutete, und davon wurde mir sofort schlecht. Aber sie rochen völlig normal.

»Die sind neu auf dem Markt! Ein Kunde von mir.« Christian reichte mir Feuer. »Damit sollen vor allem schlanke und modebewusste Frauen angesprochen werden, so wie du!«, erklärte er mir und grinste.

»Ganz nach dem Motto: Ich bin so schlank und schick wie diese Kippe?«, fragte ich ungläubig.

»Ganz genau. Dadurch wollen sie Frauen stärker als Zielgruppe gewinnen und für das Rauchen mobilisieren. War doch lange genug so 'n Männerding. Es lebe die Emanzipation!« Christian hielt seine Zigarette in die Luft, als wäre sie ein Pokal, und nahm kurz darauf wieder einen tiefen Zug. »Ich finde die Strategie tierisch gut. Rauchen unterdrückt schließlich das Hungergefühl«, sagte er dann.

»Und wenn Frauen eins nicht wollen, dann essen, oder was?«, fragte ich, aber mein sarkastischer Unterton ging in der lauten Musik offenbar unter.

Christian musterte zwei Frauen, die ungefähr in meinem Alter sein mussten. In ihren hellblauen Karottenjeans und den hautengen Oberteilen tanzten sie sich gegenseitig an. Unverhohlen starrte er ihnen auf die Brüste, bis die Lasershow einsetzte und die beiden langsam in den Schwaden der Nebelmaschine verschwanden.

»Alle wollen jedenfalls dünn sein«, sagte Christian ohne jede Ironie. »Und warum sollst du mit Jane Fonda schwitzen, wenn du dasselbe bequem mit einer Zigarette erreichen kannst?«

»Das eine ist gesund, das andere das Gegenteil davon«, erwiderte ich, während ich an dem dünnen Ding zog.

Christian schüttelte den Kopf. »Wenn du Kette rauchst, ist das natürlich irgendwann ungesund. Aber so 'n paar Kippen am Tag – ich bitte dich!«

Er zeigte dem Barkeeper zwei Finger, woraufhin der jeweils einen Tequila samt Zimtstreuer vor uns auf die Theke stellte.

»Du trinkst doch einen mit? Ist brauner, der ist etwas milder.« Er streute zuerst etwas Zimt auf die Scheibe Orange, die auf dem Glas lag, kippte den Tequila hinunter und biss dann in die Orange. »Jedenfalls war es total richtig, dass ich mich so für die eingesetzt habe, der Abschluss war für die Bank ein voller Erfolg.«

»Du bringst also eine Firma groß raus, die ein potenziell tödliches Produkt vertreibt. Glückwunsch.«

Erneut schien mein Sarkasmus im Lärm unterzugehen, Christian reagierte gar nicht darauf.

»Danke. Wenn die mich jetzt nicht in Frankfurt nehmen, dann weiß ich es auch nicht.« Mit zitternden Händen drückte er die Zigarette aus.

Nachdenklich betrachtete ich ihn, während er mir von Frankfurt und seinen beruflichen Plänen vorschwärmte. Ich wusste nicht, was das zwischen uns war. Wir trafen uns immer nur zufällig, wobei jeder von uns vermutlich ahnte, wann der andere in der Disco auftauchen würde. Christian war jeden Abend da und ich auf jeden Fall am Wochenende.

»Wenn ich es in den Vorstand schaffe, dann habe ich wirklich alles erreicht!«

»Du meinst, was die Kohle angeht?«

»Mit dem Geld kann man sich das Leben ermöglichen, das man haben will«, sagte Christian, blickte fragend auf meinen Tequila, und ich signalisierte ihm mit einem Nicken, dass er ihn gerne trinken könne. Einen Wimpernschlag später war auch das Glas leer.

»Aber dann bist du doch voll in so 'nem Hamsterrad. Da kannst du die ganze Asche doch gar nicht ausgeben, die du verdienst«, meinte ich.

»Glaub mir, mit dem Gehalt, das die in Frankfurt zahlen, kannst du dir alle Freiheiten kaufen, die du haben willst!« Er lachte und streckte dem Barkeeper wieder zwei Finger entgegen.

»Und was ist jetzt?«, fragte ich ihn. »Du verdienst doch bestimmt jetzt schon einen Haufen Geld.«

»Da hast du wohl recht. Und ich hab eine geile Zeit damit.«

Das Tequila-Ritual startete von Neuem, diesmal machte ich mit. Zimt, Schnaps, Orange und danach versuchen, die Gesichtszüge einigermaßen unter Kontrolle zu behalten.

»Ah, ich liebe diesen Laden!« Christian schüttelte sich. »Nirgendwo gibt es besseren Tequila als hier!«

»Aber die besten Cocktails gibt's im Cincinnati!«

»Wo?«

»So heißt die Disco bei uns auf dem Land«, rief ich ihm zu. »War nicht immer einfach, da hinzukommen.«

»Wenn du die Wahl hättest zwischen Stadt- oder Landleben, was würdest du wählen?«, fragte Christian.

»Stadt natürlich!«

Christian lachte und begann, über die Vorzüge der Großstadt zu schwadronieren. Aber ich verstand nur die Hälfte von dem, was er sagte. Wenn sich eine Disco zu einer Sache nicht besonders gut eignete, dann zu längeren Gesprächen. Allein schon wegen der Lautstärke war das unmöglich. Und das war ja auch das Schöne. Nirgendwo konnte man die aktuellen Charts so laut hören, hier standen einzig und allein Musik und Party im Vordergrund, jedes Gespräch war auf ein Minimum reduziert, und alles drehte sich ums Tanzen, vielleicht noch ein bisschen ums Flirten, aber vor allen Dingen ging es ums Feiern. Die Welt mit ihrem Stress im Studium, mit dem Waldsterben und Tschernobyl, mit meinem Zwang und Vera, all das blieb draußen an der Tür bei Mario.

»Bremen ist geil, und der Laden hier ist auch super!«, sagte ich, als Christian seinen Monolog beendet hatte.

Er nickte und zündete sich eine neue Zigarette an. »Finde ich auch!«, rief er dann. »Und dich find ich auch super!«

Ich war mir nicht sicher, ob ich mich verhört hatte, und entschloss mich, die Bemerkung einfach zu ignorieren und noch zwei Bier zu bestellen.

Ich wusste nicht, ob wir uns mochten oder ob Christian mich nur flachlegen wollte. Wir konnten uns unterhalten, ohne miteinander zu flirten. Und auch jetzt fühlte ich mich eigentlich nicht von ihm angemacht; sein Kompliment kam eher beiläufig, war nicht mit einem tiefen Blick oder einer kleinen Berührung verbunden. Vielleicht hatte ich mich auch verhört.

Nein, Christian war kein Flirt. Natürlich war er auch kein Freund, dafür war er viel zu oberflächlich und ich viel zu wenig in der Lage, eine andere Person an mich heranzulassen. Ich blickte auf seine Bartstoppeln und widerstand dem Drang, sie zu zählen.

Verwundert strich er sich über seine Wange, und erst da wurde mir bewusst, dass ich ihn wohl schon eine ganze Weile angestarrt hatte. Bevor er nachfragen konnte, machte ich eine abwehrende Handbewegung.

Christian nickte nur und schien sich damit zufriedenzugeben. »Wollen wir tanzen?«, rief er mir zu, aber ich schüttelte den Kopf.

»Zu *A-ha* kann man nicht tanzen!«

Er grinste, stellte sein Bier ab und ging mit wackeligem Schritt Richtung Tanzfläche, wo er begann, sich zuckend zu bewegen. Zwischendurch musste er sich immer wieder an den verspiegelten Säulen festhalten, und schon nach kürzester Zeit war er vollkommen verschwitzt.

Ich dachte darüber nach, was Christian für mich war. Kein Mann, in den ich mich verlieben könnte, und erst recht keine Vertrauensperson. Glaubte ich jedenfalls. Wenn er etwas von meinem Tick erfahren würde, würde er sich vermutlich auf die Schenkel schlagen vor Lachen und lautstark Witze darüber reißen. Er war also kein Freund. Was war er dann? Vielleicht ein Bekannter. Ich hatte keine Ahnung.

Aber an diesem Abend fiel mir auf, wie schlecht er aussah. Wie er da über die Tanzfläche torkelte und sich immer wieder festhalten musste, wirkte er mitgenommen und fertig.

Zum ersten Mal machte ich mir Sorgen um ihn.

– 25 –

Obwohl ihr das Aufstehen immer schwerer fiel und sie ohne seine Hilfe kaum noch hochkam, bemühte sie sich um demonstrativ gute Laune.

»Jetzt sag schon, es hat doch auch seine Vorteile, dass ich so ein Pflegefall bin. Noch nie konntest du mich so viel durch die Gegend tragen wie jetzt, du Superheld!«

Er grinste schief, aber sie sah in seinen Augen, dass es ihm durchaus etwas ausmachte, ihr ständig unter die Arme zu greifen. Natürlich behauptete er das Gegenteil, nannte es selbstverständlich, sie zu pflegen. Aber sie wusste es besser. Wenn er die Lippen zusammenpresste, während er ihr beim Toilettengang half; wie er die Stirn in Falten legte, wenn er sie anzog. All das zeigte ihr deutlich, wie sehr er seine Frau vermisste, die Frau, die sie früher einmal gewesen war, die sich für ihn in sexy Unterwäsche geworfen hatte und mit der er stundenlang hatte quatschen und Spaß haben können. Wenigstens Letzteres versuchte sie deshalb so gut wie möglich aufrechtzuerhalten. Alles andere konnte sie nur ignorieren.

»Halt dich kurz am Waschbecken fest«, sagte er.

Sie nickte, und er zog ihr die Jogginghose hoch, klappte den Toilettendeckel runter und zog ab. Dann hielt er sie an der Taille fest, während sie sich die Hände wusch.

Im Moment konnte sie ohne seine Hilfe gar nichts. Sie hatte jetzt die fünfte Chemo im ersten Zyklus hinter sich, zwei weitere würden noch folgen. Dann war für ein paar Wochen Pause, bevor es weiterging.

Zuerst hatte sie gedacht, sie würde es ganz gut durchstehen und von den schlimmsten Nebenwirkungen verschont bleiben. Aber schon nach der zweiten Infusion traf es sie mit voller Härte. Am schlimmsten war die Übelkeit, verbunden mit dieser absurden Schwäche. Natürlich bekam sie Medikamente dagegen, und sie wollte sich auch nicht vorstellen, wie es ihr ohne die gehen würde. Trotzdem musste sie sich mehrmals am Tag übergeben. Dass sie noch den künstlichen Darmausgang und damit einen Beutel am Bauch hatte, empfand sie im Moment eher als Entlastung, da sie auch von Durchfall geplagt war. Sie war froh, dass sie nicht in Sekundenschnelle zur Toilette eilen und dass er ihr nicht beim Saubermachen helfen musste. Es reichte ja schon, dass sie ohne ihn nicht Pipi machen konnte. Erstaunlich, wie sehr körperliche Ausscheidungen in den Mittelpunkt rückten, wenn man nicht mehr gesund war. Plötzlich drehte sich alles nur noch um die Aufnahme der Nahrung und ihre Entsorgung.

»Alles okay?«

Sie zwang sich zu einem breiten Grinsen. »Riesig.«

Er lächelte. »Das ist die richtige Einstellung.«

Er half ihr zum Sofa. Die wenigen Meter bis zum Wohnzimmer konnte sie nur mit Zwischenstopp durchstehen, so kurzatmig war sie. Behutsam legte er ihre Beine hoch und stopfte ihr einige Kissen in den Rücken. Ihre jüngste Tochter steckte den Kopf durch die Tür.

»Kann ich reinkommen?«

»Oh, ich muss mich gleich fertig machen, Papa und ich gehen heute Abend groß aus, essen, tanzen, das volle Programm. Und ich muss mich noch in mein Kleid quetschen und die passenden High Heels raussuchen.« Sie lachte. »Scherz! Natürlich kannst du reinkommen!«

Doch ihre Tochter blieb ernst. »Du musst nicht immer Witze machen, Mama«, sagte sie leise und verschwand wieder.

»Was ist denn mit ihr los?«, fragte sie erstaunt. Bisher hatte sie ihre Kinder doch immer zum Lachen bringen können.

Sie merkte, wie er zogerte. Auffordernd sah sie ihn an.

»Es ist nicht immer alles zum Lachen, weißt du?«, sagte er vorsichtig.

»Scherzkeks! Wer sollte das besser wissen als ich – außer deiner Mutter natürlich, die weiß ja eh alles besser.« Sie lachte erneut auf, wurde aber schnell wieder ernst, als sie seinen Gesichtsausdruck sah.

»Ich glaube, die Kinder würden sich manchmal wünschen, wenn du einfach offen und ehrlich sagst, dass du an einer potenziell tödlichen Krankheit leidest und dass niemand weiß, wie sie verlaufen wird.« Er räusperte sich. »Und ehrlich gesagt würde ich mir das auch wünschen.«

Für einen Moment schwiegen sie, und sie dachte über seine Worte nach.

»Warum?«, fragte sie dann.

»Weil es eben manchmal einfach schwer ist, auch für mich und für die Kinder. Und weil wir dann einfach nicht mehr lachen können. Ich weiß, dass das blöd klingt, weil du ja diejenige bist, die durch diesen Albtraum durchmuss. Aber manchmal fühlen wir uns mit unserem Kummer ganz schön allein. Vielleicht wäre es gut, wenn wir einfach mal gemeinsam weinen könnten.«

Nein, ging es ihr durch den Kopf. Sie wollte auf keinen Fall, dass ihre Kinder sie weinen sahen. Und das nicht nur wegen ihnen. Wenn sie ihre starke Fassade aufgab, dann würde sie zusammenbrechen, davon war sie überzeugt. Sie spielte nicht nur für ihre Familie die muntere Krebskämpferin – sie spielte sie genauso für sich selbst.

»Vielleicht schaue ich mir ein paar alte Sachen in der Mediathek an.« Sie griff nach der Fernbedienung und hoffte, dass die Diskussion damit beendet war. »Willst du mitgucken?«

»Denselben Quatsch, den du immer schaust?«

Sie nickte nur, und als sie sein Augenrollen bemerkte, rollte sie demonstrativ und übertrieben mit, sodass er wenigstens kurz auflachen musste.

»Okay. Viel Spaß. Ich mach dir einen Tee und dreh dann noch mal eine Runde um den Block. Bis später.«

»Bis später.«

Als er weg war, schaltete sie ihre Lieblingssendung ein, die schon seit Jahren nicht mehr produziert wurde. Mit dem Einsetzen der Anfangsmelodie begann sie zu weinen. So wie jedes Mal. Immer darauf bedacht, dass ihre Kinder nichts davon mitbekamen.

– 26 –

In den Gängen der Redaktion begegneten mir nur ernste Mienen. Ein Autor sah aus, als hätte er Tränen in den Augen, vielleicht war er aber auch nur von Heuschnupfen geplagt, was mir weitaus wahrscheinlicher erschien. Als mir dann aber die nächste Kollegin mit einem ähnlichen Gesichtsausdruck entgegenkam, wollte ich an einen Zufall nicht mehr glauben. Irgendwas war vorgefallen.

Plötzlich fasste mich jemand am Arm und zog mich ruckartig in den Materialraum. Vor Schreck hätte ich fast laut losgeschrien.

»Scheiße, Britta! Willst du mich umbringen? Ich hab fast einen Herzinfarkt bekommen!«

»Hagen geht«, sagte Britta Schiebis nur und sah mich dabei bestürzt an.

Obwohl Hagen als Chef vom Dienst eigentlich dafür prädestiniert gewesen wäre, sich in der Redaktion unbeliebt zu machen, war das Gegenteil der Fall. Zwar war er dafür verantwortlich, dass alle Beiträge pünktlich fertig wurden und musste daher zwangsläufig manchmal Druck ausüben, aber er war ein kumpelhafter Typ, niemals abgehoben und auch zu mir von Anfang an nett gewesen. Eine echte Ausnahme also.

»Wurde er gefeuert?« Das konnte ich mir eigentlich kaum vorstellen. So wie ich das mitbekommen hatte, hatte er zu Karlheinz Wamme ein gutes Verhältnis.

Britta schüttelte den Kopf und sah mich mit aufgerissenen

Augen an. »Er geht zu RTL!« Sie sprach die drei Buchstaben des jungen Privatsenders aus, als stünden sie für eine schlimme, ansteckende Krankheit.

Ich konnte die ganze Aufregung wegen der neuen Privatsender nicht nachvollziehen. Vor drei Jahren war RTL Television an den Start gegangen. Ein kleiner Spartensender, der aus Luxemburg sendete und praktisch von kaum jemandem geschaut wurde. In Bitterheide konnten wir ihn nicht empfangen, über Hausantenne war das nur in der näheren Umgebung von Luxemburg möglich, und Kabelfernsehen hatten wir nicht. Eigentlich kannte ich niemanden, der RTL schaute, und es gab meines Wissens auch keine Sendung, die irgendwie relevant war, keine *Hitparade* und kein *Verstehen Sie Spaß?*, nichts, worüber man am nächsten Tag sprach.

»Die wollen wohl ein Frühstücksfernsehen aufbauen«, flüsterte Britta weiter, als handelte es sich um die geheimsten Informationen des Landes. »Dann senden die demnächst schon ab halb sieben! Morgens! Und Hagen soll Redaktionsleiter werden.«

Es war mir völlig schleierhaft, wie man einen Job bei Radio Bremen hinschmeißen konnte, um für einen unbedeutenden, kleinen Sender ein Format an den Start zu bringen, von dem ich mir beim besten Willen nicht vorstellen konnte, dass es sich jemals etablieren würde. Wer wollte denn bitte direkt nach dem Aufstehen fernsehgucken?

»Wieso macht er das?«, fragte ich in normaler Lautstärke zurück, woraufhin Britta sofort »psst« zischte und sich verschwörerisch umschaute, um sich zu vergewissern, dass uns auch ja niemand hörte, obwohl wir nach wie vor allein im Materialraum waren.

»Die müssen richtig gut bezahlen«, antwortete sie leise. »Karlheinz ist stinksauer. Von wegen Seele verkaufen und so. Gerade ist Krisensitzung mit Carrell. Pass also bloß auf, wo du hingehst! Das ist hier heute komplett vermintes Gebiet.«

Ich nickte zwar, hatte aber nicht vor, Brittas Rat zu folgen. Dafür war ich viel zu neugierig.

Dass die Stimmung angespannt war, konnte ich durch die offenen Türen der Büros sehen. Dort, wo normalerweise an den Schreibtischen diskutiert, gelacht und geraucht wurde, herrschte jetzt Stille. Ich hatte fast den Eindruck, als traute sich niemand, auch nur ein Wort zu sagen. Oder alle hatten ihre Ohren aufgestellt, um einen möglichen Ausraster von Karlheinz oder Carrell nicht zu verpassen. Just in dem Moment, in dem ich am Büro der Chefetage vorbeiging, wurde es drinnen laut.

»Ich habe euch nicht verraten! Das ist doch Blödsinn! Niemand war dir gegenüber loyaler als ich, Rudi!«, hörte ich Hagen rufen. Dann vernahm ich nur leise eine Stimme mit holländischem Akzent. Im nächsten Augenblick öffnete sich die Tür, und Hagen kam heraus. Hocherhobenen Hauptes ging er an mir vorbei, ohne mich zu bemerken. Als er zwei Schritte hinter mir war, hörte ich, wie er tief durchatmete. Er klang erleichtert, jedenfalls hörte sich sein Seufzen für mich so an.

»Das wird er bereuen.« Claus Lohrengel stand neben mir und sprach mit gedämpfter Stimme. »In einem halben Jahr steht er wieder auf der Matte, das schwöre ich dir. Und dann kriegt er keinen Fuß mehr in die Tür.«

Ich blickte Hagen nach. Es tat mir leid, dass er weg war, aber irgendwie fand ich es auch großartig, dass er diesen Schritt gewagt hatte. Er war seit Jahren fester Bestandteil des Teams gewesen und hatte sich eine einflussreiche Position erarbeitet. All das warf er nun hin, um einen Neuanfang zu wagen, bei einem Arbeitgeber, der nicht nur kleiner und unbedeutender war, sondern dessen Zukunft auch mehr als ungewiss erschien. Mutig, dachte ich und drückte ihm die Daumen, dass dieses Frühstücksfernsehen sich durchsetzen würde, auch wenn ich es mir beim besten Willen nicht vorstellen konnte. Aber ich nahm mir fest vor, es einmal zu schauen, sollte es wirklich an den Start gehen.

– 27 –

»Wer in der modernen Welt erfolgreich sein will, der muss stark und hart sein. Dieses Bild wird zumindest vermittelt.« Frau Dr. Höller ging vor dem Rednerpult auf und ab. Ihre Vorlesungen waren nicht so groß und auch nicht so überlaufen wie die von Professor Neubauer, aber dafür keinen Deut uninteressanter. »Die Betroffenen wissen dies und verschweigen deshalb ihre psychischen Probleme. Sie reißen sich irgendwie auf der Arbeit zusammen und schleppen sich durch den Tag. Sie würden sich nie jemandem anvertrauen. Viele greifen lieber zu Alkohol oder Drogen, als mit jemandem darüber zu reden. Woran liegt das?«, fragte Dr. Höller ins Publikum.

Ich meldete mich, und sie nickte mir zu. »Viele Menschen wissen nicht, was eine psychische Erkrankung ist und welche Ursachen sie hat. Sie erkennen sie also selbst nicht und denken, sie sind einfach nur mies drauf und deshalb antriebslos.«

»Ganz genau, Anni. Und wenn ein Problem nicht erkannt wird, kann es auch nicht angegangen werden. Es ist unsere Aufgabe, das Bewusstsein für psychische Prozesse zu stärken«, kam Dr. Höller langsam zum Ende ihrer Vorlesung. »Denn wenn jemand nicht mehr aus dem Bett aufstehen kann, weil er einfach keinen Antrieb mehr findet, in den Tag zu starten, dann ist er nicht faul, sondern dann besteht die große Gefahr, dass er sich in einer ausgewachsenen Depression befindet. Doch kaum jemand erkennt diese als Erkrankung, weshalb sich die Betroffenen oft genug von

Angehörigen und auch von Ärzten Vorwürfe anhören müssen. Und es ist unsere Aufgabe, das zu ändern und diesen Menschen zu helfen. Vielen Dank.«

Ein allgemeines Klopfen ging durch den Hörsaal, und die ersten Studenten standen auf, um zu gehen.

»Anni? Kommen Sie bitte noch mal kurz?«

Ich packte meine Sachen zusammen und ging nach vorn zum Pult.

»Ist heute Nachmittag wieder Ihre Gesprächsgruppe?«, fragte Dr. Höller.

»Ja, genau. Kommen Sie vorbei?«

»Im Prinzip ja. Aber die Anonymen Alkoholiker sind im Moment ohne Leitung. Meine Kollegin ist krank, und ich habe ihr versprochen, für sie einzuspringen. Die Alkoholiker tagen leider zeitgleich mit Ihnen.«

»Oh. Dann schaffen Sie es heute doch nicht?«

»Die Gruppe ist klein, es sind nur drei oder vier Leute, die auf keinen Fall eine Wochensitzung verpassen sollten. Hätten Sie was dagegen, wenn sie heute mit dabei wären?«, fragte Dr. Höller. »Sie haben ja eh den Cannabis-Konsumenten in der Studie, da könnten wir den Kreis der Suchtpatienten doch vielleicht noch erweitern. Und dann könnte ich auch dabei sein.«

»Klar, ich hab nichts dagegen«, sagte ich und spürte ein mulmiges Gefühl in der Magengegend. Ich wusste, dass Alkoholismus eine schwere Erkrankung war, aber von Berührungsängsten konnte ich mich trotzdem nicht ganz freisprechen. Vielleicht lag das daran, dass bei uns auf dem Land immer viel getrunken wurde, aber es nur ganz wenige gab, die durch den Alkohol die Kontrolle über ihr Leben verloren hatten. Ich erinnerte mich an zwei ältere Männer, die so verwahrlost waren, dass sie nicht mehr die einfachsten hygienischen Standards einhalten konnten. Sie saßen schon früh morgens auf der Bank vor der Kirche und waren voll, stanken nach Urin, schliefen in der Sonne ein und hätten vermutlich die ganze Nacht dort gelegen, wenn sie nicht jemand aus dem Dorf nach Hause geschleppt hätte. Als kleine Kinder hatten wir uns immer vor ihnen gefürchtet und auch ganz schön geekelt. Heute war mir natürlich bewusst, dass die meisten Erkrankten völlig normal aussahen und diesem Klischee nicht entsprachen, aber dennoch konnte ich mich dieser Gefühle nicht erwehren.

Deshalb war ich auch einigermaßen erleichtert und überrascht zugleich, als die Besucher am Nachmittag unseren Gruppenraum betraten. Dr. Höller begrüßte sie persönlich und dankte ihnen für ihre Flexibilität. Als alle Teilnehmer im Stuhlkreis saßen, bat Dr. Höller mit einer Handbewegung um etwas Ruhe. »Wir haben heute drei Besucher bei uns, da ihre Gruppe krankheitsbedingt ausfällt. Würdet ihr euch kurz vorstellen?«

»Ich bin Wolfgang, von Beruf Metzger und seit zwanzig Jahren trockener Alkoholiker.«

»Ich bin Elke, Hausfrau und seit fünf Jahren trocken.«

»Mein Name ist Carsten, ich bin Abteilungsleiter bei einem Modeunternehmen und versuche seit zwei Jahren, nichts mehr zu trinken.«

»Du versuchst es«, sagte ich, nachdem ich mich vorgestellt hatte. »Das heißt, du trinkst zwischendurch doch noch manchmal?«

Carsten nickte. »Ich hoffe, so auf einen moderaten Konsum zu kommen.«

Wolfgang schüttelte energisch den Kopf. »Du machst wirklich einen schweren Fehler; glaub mir, ich weiß, wovon ich spreche. Hab ich zuerst nämlich auch gedacht. Nur noch zwei, drei Bier am Abend anstelle eines ganzen Kastens. Aber was soll ich dir sagen? Nach zwei Monaten war ich wieder da, wo ich früher gewesen bin.«

Dr. Höller nickte ernst. »Zwischen siebzig und neunzig Prozent aller Suchtkranken werden rückfällig. Und rückfällig bedeutet leider nicht, dass sie ihren Konsum im Griff haben. Im Gegenteil. Das ist der Grund, warum dringend von jedem noch so kleinen Konsum abgeraten wird.«

»Und es ist jeden Tag ein neuer Kampf«, meldete sich Elke zu Wort. »Ich hatte früher immer ein Glas mit Orangensaft in griffbereiter Nähe, natürlich verdünnt mit Wodka, aber das wusste ja keiner. Seitdem ich trocken bin, trinke ich auch keinen O-Saft mehr, weil der sofort Erinnerungen weckt. Da meine Kinder aber nicht auf ihn verzichten können, ist es jeden Tag für mich ein Kampf. Ich weiß genau, wenn ich einen Schluck nehme, dann sind alle Wodka-Erinnerungen in meinem Gehirn geweckt. Dann fange ich sofort wieder an zu trinken.«

»Viele Patienten mit Zwangserkrankungen greifen ebenfalls häufiger zu Alkohol, als es ihnen guttut, um ihren Zwang zu betäuben und zu vergessen. Fühlt sich da jemand von euch angesprochen?«, fragte Dr. Höller in die Runde.

Fast hätte ich meine Hand gehoben. In Bitterheide hatten wir gefeiert, als gäbe es kein Morgen mehr. Aber das hatten alle gemacht. Trotzdem fühlte ich mich von Dr. Höller angesprochen. Alkohol war für mich auch immer Mittel zum Zweck gewesen. Ich konnte mich nicht daran erinnern, jemals nüchtern getanzt zu haben, dafür war ich viel zu gehemmt. Aber ab einer gewissen Promillegrenze war Olivia Newton-John nichts gegen mich.

»Ich hatte mal eine extreme Zeit«, meldete sich Sven zu Wort. »Da habe ich eindeutig zu viel getrunken. Das ging ein paar Wochen so.«

»Gab es dafür einen Auslöser?«, fragte ich.

»Ja. Tschernobyl«, antwortete Sven, und ein zustimmendes Raunen ging durch die Gruppe.

»Das war für mich auch die Hölle«, stimmte Manuela ihm zu.

»Kann ich mir gut vorstellen«, sagte ich. »Wenn man ständig von den Gedanken geplagt wird, krank zu werden, ist so eine Katastrophe natürlich ein echter Verstärker.«

»Damals überschlugen sich ja die Nachrichten. Wir sollten keine Pilze mehr essen, keine Milch aus Süddeutschland trinken ...«

»Was hier oben im Norden sowieso keiner macht«, warf Sanne ein und grinste. Schnell wurde sie wieder ernst. »Aber klar, diese radioaktiv verseuchte Wolke hat uns allen Angst gemacht.«

»Ich habe damals niemanden mehr in meine Wohnung gelassen«, sagte Sven, und seine Stimme klang plötzlich ganz belegt. »Ich hatte wahnsinnige Angst davor, krank zu werden. Keiner wusste doch, wie viel Strahlung um uns herum war. Wir wussten nur, dass sie Krebs auslösen konnte. In den übelsten Ausführungen. Ich habe damals meine vier Wände jedenfalls nicht mehr verlassen und angefangen, schon tagsüber was zu trinken, um mich zu beruhigen.«

»Hat es geholfen?«, fragte Dr. Höller.

»Nein. Irgendwann war ich so besoffen, dass ich die Strahlung sogar sehen konnte.« Jetzt grinste er wieder. »Danach habe ich mich erst mal für eine Weile an Kaffee gehalten.«

Wolfgang, der Metzger, nickte zustimmend. »Gut, dass du die Reißleine ziehen konntest. Sobald du einen Grund hast zu trinken und es nicht mehr nur einfach aus Geselligkeit tust, hast du ein Problem.«

Wieder fühlte ich mich angesprochen. Aber so ganz konnte ich das dann doch nicht so stehen lassen. »Trinken nicht alle aus Gründen?«, fragte ich in die Runde. »Aus Gründen der Geselligkeit oder um zu entspannen und abzuschalten?«

»Klar«, gab Wolfgang mir recht. »Aber entscheidend ist doch: Kannst du auch ohne Alkohol gesellig sein und abschalten oder nur noch mit? Bei mir ging es ohne irgendwann nicht mehr. Und dann hast du ein Problem. Das ist dann wie bei euch mit den Zwängen. Ich musste dann einfach was trinken, sonst wäre ich durchgedreht.«

Ich nickte nachdenklich. Mir war nicht klar gewesen, wie viele

Parallelen es zwischen unseren Erkrankungen gab. Meine Berührungsängste Suchtkranken gegenüber waren jedenfalls vollkommen unberechtigt gewesen.

»Sven und Manuela haben gefragt, ob wir Lust haben, heute Abend zu einem K-und-K-Abend vorbeizukommen«, sagte Sanne, als wir den Gruppenraum als Letzte verließen.

»Einen was?«

»Kochen und Krimis, die beiden lieben Krimis.«

»Ich auch!«

»Na, umso besser! Heute Abend kommt allerdings *Derrick*, das ertrag ich nur mit viel Alkohol, und wir wissen jetzt ja, dass man nicht aus solchen Gründen trinken soll.«

Ich lachte. »Um die Ecke ist doch eine Videothek. Lass uns einen Film mitbringen.«

Svens Zweizimmerwohnung war ideal für einen gemeinsamen Koch- und Krimiabend. Er war der Einzige von uns, der schon arbeitete und als Tischler und Schreiner sein Geld verdiente.

»Irgendwann bringe ich meine eigenen Möbel auf den Markt, das ist jedenfalls mein großes Ziel«, sagte er, als ich die schwarze Holzkommode bewunderte, die in dem kleinen Flur stand. »Die habe ich auch selbst gemacht«, fügte er nicht ohne Stolz hinzu.

»Die ist großartig!« Bewundernd strich ich über das glatte Holz.

»Wir haben einen Film mitgebracht«, sagte Sanne und legte die Videokassette auf die Kommode. »Die spannenden Sachen waren weg, aber was Lustiges kann doch auch nicht schaden, oder?«

Sven entglitten die Gesichtszüge. Fassungslos blickte er auf die Videokassette.

»Oh, bitte. Raus aus meiner Wohnung damit!«

»Was läuft denn bei dir schief? Wir können ja zuerst *Derrick* gucken, wenn dir das so wichtig ist, aber es spricht doch nichts dagegen, danach …«

»Weißt du, in wie vielen Händen die gewesen ist?!« In Svens Stimme hatte sich ein Hauch von Panik gemischt. Manuela kam aus der Küche dazu und blickte genauso entsetzt auf die Kassette.

»Darauf haben schon zig Menschen geniest oder gesabbert oder weiß der Teufel was mit gemacht!«, sagte sie geschockt.

»Mehr Viren geh'n eigentlich nicht!« Svens Stimme bekam jetzt einen leicht hysterischen Unterton.

»Oh, daran haben wir nicht gedacht …«, entschuldigte sich Sanne, während Manuela mit angeekelter Miene ins Bad verschwand.

Mit spitzen Fingern nahm Sanne die VHS-Kassette hoch, fragte Sven, wo er Reinigungsmittel und Desinfektionsspray aufbewahrte, und säuberte sie dann so gründlich, als wäre es der dreckigste Gegenstand, den man sich nur vorstellen konnte. Sven desinfizierte die Kommode und zur Sicherheit auch seine Hände. Langsam beruhigte er sich wieder.

»Jetzt ist so ein Moment, in dem ich gut ein Glas Wein gebrauchen könnte«, sagte er und atmete tief durch.

Sanne nahm einen Korkenzieher in die Hand. »Und jetzt gönnen wir uns auch ein Glas. Herrgott noch mal, wir werden doch nicht alle sofort zu Alkis, wenn wir abends beim Filmgucken ein Weinchen trinken. Man muss auch mal die Kirche im Dorf lassen.«

Sie öffnete eine Rotweinflasche, schenkte vier Gläser ein, und als Manuela mit rotgeschrubbten Händen aus dem Bad kam, stießen wir an. Dann machten wir uns daran, ein Kartoffelgratin mit Salat zu zaubern. Beim Schälen und Schnibbeln wurde zum Glück viel gescherzt und gelacht, und ich war froh, dass die Stimmung wieder so gelöst war.

»Ich muss euch etwas sagen.« Sven schob das Gratin in den Ofen und setzte sich an den kleinen Küchentisch. Er blickte auf das Glas, das er in seiner Hand hin- und herdrehte. »Schenkst du mir noch was ein?«, fragte er Sanne.

»Musst du dir Mut antrinken?« Sanne grinste und füllte sein Glas wieder auf. »Du weißt doch, niemals aus Gründen ...«

»Jaja.« Er nahm einen Schluck. »Ich muss euch was gestehen.« Sein Gesicht hatte nun fast dieselbe Farbe angenommen wie eben Manuelas Hände.

Für einen Moment herrschte Stille, und ich sah Sven erwartungsvoll an. Sanne rollte dagegen mit den Augen.

»Du willst uns jetzt nicht erzählen, dass du schwul bist, oder?« Sie gähnte demonstrativ.

Ich musste grinsen. Sanne hatte die wunderbare Fähigkeit, einer vermeintlich dramatischen Situation mit ihrem Humor jegliche Dramatik zu nehmen.

»Ihr wisst es?« Sven konnte es nicht fassen.

»Es steht quasi auf deiner Stirn geschrieben?« Sanne grinste breit.

»Was? Wieso das denn? Keiner weiß davon!«

»Ehrlich gesagt ist es relativ offensichtlich«, sagte Manuela.

»Stimmt«, pflichtete ich ihr bei. »Du hängst dauernd mit Mädels rum und machst keine von uns an ...«

»Was an euch liegen könnte!«

Sanne gab ihm einen Klaps gegen den Hinterkopf, und wir fingen alle an zu lachen. Sven wirkte wie befreit.

»Hast du einen Lover?«, wollte Manuela wissen.

Wieder wurde Sven rot, und sein Grinsen verwandelte sich in ein eher schüchternes Lächeln. »Nicht direkt. Aber ich habe jemanden im Auge.«

»Du bist verknallt!« Sanne klopfte ihm auf die Schulter. »Sehr gut!«

»Es ist nicht so einfach ...« Sven nagte an seiner Unterlippe. »Meine Angst vor Krankheiten ... ehrlich gesagt macht es das nicht gerade leicht, was Zweisamkeit und so angeht. Körperflüssigkeiten sind mir einfach total zuwider.«

Manuela seufzte. »Ich weiß genau, was du meinst. Ich hatte

genau zweimal in meinem Leben Sex. Und nach beiden Malen habe ich bestimmt drei Stunden geduscht. Der Typ dachte natürlich, es läge an ihm. Ich hab ihm tausendmal gesagt, dass es nichts mit ihm zu tun hat, trotzdem hab ich ihn nie wiedergesehen.«

»Deshalb ist es vielleicht besser, wenn man sich einem offenbart, oder?« Ich konnte nicht glauben, dass ausgerechnet ich so etwas sagte.

»Theoretisch schon«, entgegnete Manuela. »Praktisch gehört aber eine Menge Vertrauen dazu. Und das hat man am Anfang einer Beziehung doch nicht, dafür muss ich jemanden schon echt gut kennen. Ich meine, selbst meine Eltern wissen nicht richtig Bescheid, obwohl ich die nun wirklich ziemlich gut kenne!«

Sven blickte auf und sah uns plötzlich sehr besorgt an. »Meine Eltern dürfen auf keinen Fall erfahren, dass ich schwul bin.«

»Wir sagen es ihnen bestimmt nicht.« Manuela legte ihm beruhigend eine Hand auf den Arm.

»Meinst du nicht, die ahnen das?« Ich dachte an meine Eltern, die mit Sicherheit von meinem Tick wussten, auch wenn er in unserer Familie nie thematisiert wurde. Ganz nach dem Motto: Verschwiegene Probleme sind keine Probleme. »Die sind vielleicht zu spießig, um das anzusprechen, aber die wissen das doch bestimmt.«

Sven schüttelte den Kopf. »Glaub ich nicht. Die wissen gar nichts von meinem Leben. Schwulsein ist für die eine Krankheit. Aids kriegen nur Schwule, also ist Schwulsein wie Aids.«

»Was ein Dünnpfiff.« Sanne schüttelte fassungslos den Kopf.

»Weiß ich auch. Aber für meine Eltern ist das nun mal so. Die sind konservativer, als du es dir vorstellen kannst.«

Ich konnte mir das gut vorstellen. Wenn es in meinem Heimatdorf einen schwulen Jungen gegeben haben sollte, und ich kannte bezeichnenderweise keinen, so war es bestimmt eine schlaue Entscheidung von ihm gewesen, es im Dorf geheim zu halten und nach dem Ende der Schulzeit Richtung Großstadt abzuwandern.

Nirgendwo wurde der Paragraf 175 ernster genommen als auf dem Land. Ein Outing, das womöglich die Runde machte, war unvorstellbar. Wenn mein Bruder schwul gewesen wäre, hätte ich nicht gewusst, was mein Vater getan haben würde. Garantiert hätte er ihm nicht den Hof vererbt, davon war ich allerdings überzeugt.

»Ich finde, du solltest es ihnen irgendwann sagen«, überlegte ich laut. »Wenn alle ihre Bedürfnisse immer geheim halten, dann wird sich doch nie was ändern. Dann denken die Leute in zwanzig Jahren noch, Schwulsein wäre etwas Komisches.«

»Es ist nicht so leicht, sich zu outen«, sagte Sven leise.

»Aber bei uns hast du es jetzt geschafft. Das ist doch was! Ein erster Schritt!« Ich nickte ihm aufmunternd zu.

Wir schwiegen eine Weile, bis das Rasseln der Küchenuhr signalisierte, dass das Gratin fertig war.

»Möchte noch jemand etwas beichten, oder sollen wir jetzt essen und den frisch desinfizierten Film dabei gucken?«, fragte Sanne.

»Du könntest uns noch erzählen, warum du keinen Freund willst«, rutschte es mir heraus.

»Haha, sehr lustig!«, sagte Sanne und ging rüber ins Wohnzimmer. »Wo ist denn deiner?«, rief sie mir noch grinsend über die Schulter zu.

Ich erwiderte ihr Grinsen. »Ja, sorry, ich weiß. Ich bin halt einfach neugierig.«

»Kann ich den Film jetzt anmachen?«

Wir hatten *Monty Python's Flying Circus* mitgebracht und amüsierten uns köstlich. Die durchgeknallten Typen kamen uns vor wie Gleichgesinnte, *The Ministry of Silly Walks* wirkte wie ein Zusammenschluss von Menschen mit Zwangshandlungen.

Als ich nach diesem Abend irgendwann in meinem Bett lag und versuchte einzuschlafen, war ich zum ersten Mal seit langer Zeit glücklich. Vielleicht hatte ich tatsächlich Freunde gefunden. In jedem Fall fühlte ich mich nicht mehr allein.

– 28 –

Ich saß im Schreibraum der Bibliothek und starrte aus dem Fenster. Eigentlich musste ich mich auf meine Unterlagen konzentrieren, aber Christian schlich sich zwischendurch immer wieder in meine Gedanken und lenkte mich ab. Vermisste ich ihn? Vielleicht.

Ich unterdrückte ein Seufzen und versuchte, meine bisherigen Erkenntnisse aus der Feldstudie zusammenzustellen und mich auf die nächste Runde vorzubereiten. Ich hatte bisher viele Beobachtungen machen können, und besonders die Gespräche mit Dr. Höller hatten mir geholfen, einiges klarer zu sehen, auch was meinen eigenen Zwang anging. Aber obwohl ich langsam das Gefühl hatte, meine Hausarbeit mit wissenschaftlichen Aspekten untermauern zu können, fehlten mir noch Antworten auf ein paar entscheidende Fragen, und ich beschloss, sie mir heute zu holen. Jedenfalls wollte ich es versuchen.

»Ich würde heute gerne ein Thema mit euch besprechen«, sagte ich deshalb am Nachmittag in die Runde. Die drei von den Anonymen Alkoholikern waren auch wieder dabei, da die Leiterin ihrer Gruppe immer noch krank war. »Wisst ihr noch, wann es mit euren Zwängen losging? Gab es einen bestimmten Auslöser?«

In der Gruppe herrschte nachdenkliche Stille.

»Das ist eine spannende Frage«, fand Dr. Höller. »Die allerdings auch sehr persönlich ist.«

»Wenn ich etwas dazu sagen darf?«, meldete sich Elke schließlich zu Wort.

»Ja, natürlich.«

»Bei uns in der Gruppe haben wir das Thema häufiger diskutiert«, sagte sie. »Bei mir gab es keinen einmaligen Auslöser fürs Trinken. Es war eher ein schleichender Prozess, der unheimlich viel mit meiner Unzufriedenheit zu tun hatte. Das habe ich dank der zahlreichen Therapiegespräche inzwischen herausgefunden.«

»Würden Sie uns das noch mal genauer schildern?«, bat Dr. Höller.

»Ja, klar. Ich habe jung geheiratet. Schon mit neunzehn«, begann Elke zu erzählen. »Eigentlich wollte ich studieren, aber dann wurde ich ungeplant schwanger, und ein Kind kam nach dem anderen. Mit fünfundzwanzig war ich schon dreifache Mutter.«

»Das stelle ich mir ganz schön anstrengend vor«, sagte ich.

»Allerdings. Besonders, wenn deine Freundinnen alle an der Uni sind und Partys feiern. Na ja, ich will mich nicht beschweren, ich hatte mich ja dafür entschieden. Aber ich gebe zu, dass ich es mir nicht so vorgestellt hatte. Und dann ging es langsam los. Als Hausfrau war ich regelmäßig zum Kaffeeklatsch eingeladen, da gab es zwar immer eine obligatorische Tasse Kaffee, aber dann wurde auch schnell der Sekt auf den Tisch gestellt.«

»So wie bei uns nach jeder Hausschlachtung der Schnaps«, warf Wolfgang ein.

Elke nickte. »Und irgendwann wurde es immer mehr. Wenn meine drei Kinder morgens aus dem Haus waren und mein Mann in der Kanzlei, habe ich mir erst mal ein Glas Sekt gegönnt. Tut dem Kreislauf ganz gut, habe ich mir immer gesagt. Bis mittags war die Flasche leer, aber damit konnte ich dann recht beschwingt das Haus auf Vordermann bringen und das Mittagessen zubereiten. Dann wurde es immer mehr mit der Trinkerei, ich habe Flaschen versteckt und Strategien entwickelt, um meine Sucht vor meiner Familie zu verbergen.«

»Jetzt ist eine Sucht nicht dasselbe wie eine Zwangserkrankung«, warf Dr. Höller ein. »Bei ungefähr siebzig Prozent der Patienten mit Zwangserkrankungen lässt sich jedenfalls ein stressiges Lebensereignis im Vorfeld der Erkrankung eruieren. Dazu gehört häufig der Tod eines Angehörigen, aber auch eine Scheidung oder ein erlebter Missbrauch können dazugezählt werden.«

Ich rutschte unruhig auf meinem Stuhl hin und her und stieß achtmal gegen die Lehne. Immer wieder musste ich an damals denken, an das, was vor sieben Jahren passiert war.

»Das gibt es bei Alkoholikern natürlich auch«, warf Carsten ein. »Wenn meine Frau mich nicht verlassen hätte, hätte ich niemals mit dem Trinken angefangen.«

»Oder sie hat dich verlassen, weil du mit dem Trinken angefangen hast«, meinte Elke.

»Das wüsste ich ja wohl!«

Erwartungsvoll blickte Dr. Höller wieder in die Runde. »Und bei euch?«

Erneut herrschte Schweigen.

»Meine Eltern sind nach wie vor verheiratet, und missbraucht hat mich auch keiner«, ergriff Sven schließlich das Wort.

»Du hast aber mal gesagt, dass der Tod deiner Oma dich aus der Bahn geworfen hat«, warf Sanne ein. »Letzte oder vorletzte Sitzung war das.«

»Das stimmt. Zu meiner Oma hatte ich ein extrem enges Verhältnis. Im Gegensatz zu meinen Eltern hat sie mich immer verstanden.«

»Wie alt warst du, als sie gestorben ist?«, fragte ich und hoffte, die Anspannung würde weniger werden, wenn ich mich wieder verstärkt ins Gespräch einbrachte. Aber das Gegenteil war der Fall.

»Elf. War das erste Mal, dass ich einen toten Menschen gesehen habe.« Er starrte auf den Boden. »Und berührt. Ich werde nie vergessen, wie kalt ihre Hand war …«

»Wieso hast du sie angefasst?«, fragte Manuela entsetzt. »Ich kann mir so was gar nicht vorstellen!«

»Ich wollte mich von ihr verabschieden.«

»Das kann man auch mit ›Tschüss‹.«

Sven warf ihr einen giftigen Blick zu. »Tschüss? Am offenen Sarg meiner Oma?«

Ein leises Kichern ging durch die Runde.

»Wann ging das mit deinen Zwangsgedanken dann los?«, fragte ich.

Sven zuckte mit den Schultern. »Keine Ahnung. Das war bei mir ja ähnlich wie bei Elke, kam jetzt nicht einfach so, so zack, von heute auf morgen. Irgendwann in der Pubertät würde ich sagen.«

In der Gruppe entstand eine lebhafte Diskussion darüber, welches Ereignis in der Vergangenheit im Zusammenhang mit den Zwängen stehen könnte. Vor meinem inneren Auge rasten die Bilder meiner Kindheit und Jugend vorbei. Ich ahnte, wo ich diesen Film würde stoppen müssen, und bemühte mich, den Gedanken daran zu verdrängen. Es war einfach zu schmerzhaft.

Ich räusperte mich und versuchte, meine dunklen Erinnerungen zur Seite zu schieben. »Lasst uns nicht alle durcheinanderreden. Bitte einer nach dem anderen.«

Manuela hob ihre Hand, und ich nickte ihr zu.

»Meine Eltern sind geschieden«, sagte sie. »Ehrlich gesagt hat mich das damals total fertiggemacht. Ich war die Einzige in unserer Klasse, und meine Mutter war total am Ende. Plötzlich wurde sie nirgendwohin mehr eingeladen, und wir waren mit einem Mal auch ganz schön arm. Mein Vater hat anfangs kaum Unterhalt gezahlt, und meine Mutter konnte nur stundenweise in einer Boutique aushelfen. Das war alles echt hart. Wir konnten uns nichts mehr leisten.«

»Hört sich tatsächlich traumatisch an«, sagte ich. »Hast du damals angefangen, dich dauernd zu waschen?«

Manuela sah mich nachdenklich an. »Vielleicht. In der Zeit ist es auf jeden Fall irgendwann losgegangen. Es war finanziell halt recht eng bei uns, weshalb wir alles aufbewahrt haben, was irgendwie noch verwertbar war. Und meine Mutter hat viele Klamotten auf dem Flohmarkt gekauft. Ich erinnere mich noch gut daran, wie eklig ich den Geruch fand und wie oft ich die Sachen gewaschen habe, damit sie nicht mehr so modrig rochen. Aber ob das der Anfang von allem war? Kann man das wirklich alles auf *ein* auslösendes Moment reduzieren?«

»In manchen Fällen ja«, meinte Dr. Höller. »In Bezug auf den Waschzwang haben wir das vor allem bei Vergewaltigungsopfern beobachtet. Sie beschreiben oft, wie der Ekel gegenüber dem Vergewaltiger ihr Leben verändert hat. Sie wollen den Dreck abwaschen und ihren gepeinigten Körper reinigen. Der Geruch des Vergewaltigers hat sich in ihr Gedächtnis eingebrannt, und sie versuchen, ihn mit übertriebenem Waschen loszuwerden.«

»Aber das funktioniert doch nicht«, warf Wolfgang ein.

»Nein. Der eigentliche Geruch ist natürlich schon weg, zum Teil seit vielen Jahren. Den Zwangserkrankten ist dies auch klar. Das Ritual des Waschens ist hier vielmehr als Versuch anzusehen, die Tat selbst wegzuwaschen.«

»Was genauso wenig funktioniert.«

»Und zu einem fatalen Kreislauf führt. Genau.« Dr. Höller wandte sich wieder an Manuela. »Aber es müssen nicht immer solch traumatische Erfahrungen sein wie eine Vergewaltigung. Ich hatte mal einen Patienten, der mir beschrieben hat, wie ihn als Kind der Anblick eines völlig verwahrlosten Obdachlosen geprägt hat. Danach hatte er Angst, dass ihm etwas Ähnliches passieren könnte, und so entwickelte er einen Waschzwang.«

Manuela nickte nachdenklich. »Ich habe die Scheidung meiner Eltern nie verarbeitet und bis heute auch keinen Kontakt zu meinem Vater. Es ist auf jeden Fall das prägendste Ereignis in meinem Leben.«

»Vielleicht hilft es dir, es einmal aufzuarbeiten«, riet Dr. Höller. »Es wäre auf jeden Fall einen Versuch wert.«

Ein prägendes, traumatisierendes Ereignis in der Kindheit konnte Zwangsgedanken, Zwangshandlungen und auch Suchterkrankungen auslösen. Ich spürte, wie sich mein Magen zusammenzog und ich meine Atemzüge zu zählen begann. Wie hatte ich das so lange verdrängen können?

Dr. Höller riss mich aus meinen Gedanken.

»Sanne, du hast die ganze Zeit noch nichts gesagt. Möchtest du dich zu dem Thema äußern?«

Sanne starrte auf ihre Hände, die sie verkrampft in ihrem Schoß liegen hatte.

Hoffentlich fällt ihr was ein, ging es mir durch den Kopf. Irgendetwas, das einigermaßen glaubhaft zu ihrem Lügenprofil passte.

»Ja, ich denke schon, dass ich etwas Traumatisches erlebt habe«, sagte Sanne mit beeindruckend glaubhaft belegter Stimme.

»Magst du darüber sprechen?«, hakte Dr. Höller einfühlsam nach. »Du musst nicht, das weißt du ja.«

»Ich habe noch nie mit jemandem darüber geredet.« Sie machte das gut, das musste ich ihr lassen.

»Es ist alles freiwillig, Sanne.«

»Ich weiß.« Sie atmete tief durch, und ich hoffte, dass sie jetzt nicht zu dick auftragen würde. »Ich bin mit siebzehn schwanger geworden«, erzählte sie dann zögerlich. »Es war schon zu spät, als ich es richtig begriffen hatte.«

»Du warst schon über den dritten Monat hinaus?«, fragte Dr. Höller.

»Genau. Meine große, große Liebe«, fuhr Sanne spöttisch fort, »hat mich dann nach Holland gebracht, wo mir irgend so ein Arzt das Kind weggemacht hat. Dabei ging was schief, ich bekam Blutungen, und mein Freund hat sich aus dem Staub gemacht.«

»Er hat dich in dieser Situation allein gelassen?«

»Yep. Lange Rede, kurzer Sinn: Der ganze Mist hat mich unfruchtbar gemacht. Eigene Kinder sind für mich nicht mehr drin. Und jetzt studiere ich auf Lehramt, weil meine Eltern gesagt haben, der Job lässt sich so gut mit Kindern und Familie vereinbaren.« Sanne lachte bitter, und die anderen machten betroffene Gesichter. Irgendjemand in der Runde atmete hörbar aus, und ein anderer murmelte »harter Tobak«. Das fand ich auch.

»Deine Eltern wissen nichts von der Abtreibung?«, fragte Dr. Höller. Sanne schüttelte den Kopf. »Und ging es in der Zeit mit deinem Sammelzwang los?«

»Keine Ahnung.« Sanne stiegen die Tränen in die Augen. »Sorry, aber ich brauch jetzt eine Pause.« Sie hielt sich ein Taschentuch vor die Augen und schwieg.

»Natürlich. Danke, dass du das mit uns geteilt hast, Sanne. Wer möchte jetzt etwas sagen?«

Während der Cannabis-Abhängige von verschiedenen Erlebnissen aus seiner Kindheit berichtete, sah ich Sanne betroffen an. Auch wenn ihr Sammelzwang eine Lüge war, um mir aus der Patsche zu helfen – die Geschichte, die sie gerade erzählt hatte, war es definitiv nicht.

– 29 –

Während er mit dem Notarztwagen in die Klinik gebracht wurde, hörte Christian einen Radiobericht über eine irrwitzige Flugzeuglandung auf dem Roten Platz und fragte sich, ob dieser Mathias Rust vielleicht auch zu tief ins Glas geschaut hatte.

Christian war zu einem Empfang des Vorstands eingeladen gewesen und hatte wie immer die Nacht davor nahezu durchgefeiert. Und obwohl sein Körper sich an den Schlafmangel genauso gewöhnt hatte wie an den Drogenkonsum und das enorme Arbeitspensum, zog er an diesem Vormittag den Stecker und ließ seinen Besitzer unvermittelt zusammenbrechen. Um dem schicken Bankierspublikum gänzlich die Feierlaune zu verderben, sorgte er zusätzlich dafür, dass ihm dabei auch einiges an Blut aus dem Mund kam. Effektvollerweise spritzte es bei dem Sturz auf die Rüschenkleider einiger Damen, die daraufhin in entsetztes Kreischen verfielen. Im Krankenhaus wurden ein Vorhofflimmern und ein aufgebrochenes Magengeschwür festgestellt. Es sah nicht gut aus.

Während Christian auf der Intensivstation lag, versuchte er, einen klaren Gedanken zu fassen und seine Situation zu begreifen. Er war doch ein sportlicher junger Mann, wie konnte er da von ein bisschen Partymachen zusammenklappen? Okay, in letzter Zeit war es mehr als nur ein bisschen gewesen, aber die Rolling Stones standen mit über vierzig noch auf der Bühne und gaben Vollgas, obwohl sie seit zwanzig Jahren Dauerparty machten. Natürlich hatte nicht jeder die Kondition eines Keith Richards, aber eigentlich hatte er immer gedacht, dass er alles im Griff hatte.

Aus dem Augenwinkel sah er, wie ein alter Mann im Nebenbett plötzlich hustete und Blut spuckte. Hektisch eilten Schwestern und Pfleger zu ihm, bis schließlich die Intensivärztin erschien und ihn mit einer Spritze sedierte.

»Das geht nicht mehr lange gut«, hörte er die Ärztin leise sagen. »Ich informiere die Angehörigen.«

Würde sie so auch irgendwann an seinem Bett stehen? Und wen würde sie dann informieren? Die Vorstellung, dass seine Eltern hier auftauchen könnten, machte Christian unruhig. Dann wäre er wieder der Versager, der schon mit dreißig Jahren um sein Leben kämpfen musste. Auf keinen Fall wollte er seinem Vater diese Genugtuung gönnen.

Aber hier ging es nicht um seinen Vater. Natürlich wollte Christian nicht sterben, schon gar nicht so einsam und allein, wie er es im Moment war. Früher, als er Gela jede Woche einen Brief aus dem Internat geschrieben hatte, hatte er davon geträumt, eines Tages eine große Familie mit ihr zu gründen, gemeinsam mit Kindern und vielen Tieren im Grünen zu wohnen und ein Leben zu führen, das seine Eltern immer abgelehnt hatten. Stattdessen ackerte er seit Jahren wie ein Irrer, nur um seinem Vater zu beweisen, dass er der erfolgreichere Banker war. Darin lag sein Versagen, einzig und allein darin.

Christian wurde bewusst, dass es so nicht weitergehen konnte. Vielleicht lag es an der Ruhe, die er zwangsweise zum ersten Mal seit Langem ertragen musste und die nur durch das Piepen der intensivmedizinischen Apparate unterbrochen wurde. Vielleicht lag es aber auch daran, dass sein Körper von Stunde zu Stunde mehr entgiftete. Christian schwitzte und fror zugleich, er bekam Schüttelfrost und Durchfall und fühlte sich hundeelend.

»Ich glaube, ich habe mir noch einen Infekt eingefangen«, sagte er am nächsten Tag stöhnend zu seinem behandelnden Arzt.

»Nein. Das sind Entzugserscheinungen«, entgegnete der. In seinem Gesicht gab es keine Anzeichen von Mitgefühl. »Da müssen Sie jetzt durch.«

»Können Sie mir nicht irgendwas geben?« Christians Stimme hatte einen bettelnden Unterton bekommen. »Mein ganzer Körper tut weh.«

»Weil er sich von den Giften befreit, die Sie ihm in fahrlässiger Weise jahrelang zugefügt haben. Es ist wichtig, dass Sie diese Entzugserscheinungen bewusst wahrnehmen. Schließlich ist nicht nur Ihr Körper vergiftet, Ihre Psyche ist es ebenfalls.«

»Aber ...«

»Kein Aber. Ist Ihnen eigentlich klar, wie viel Glück Sie hatten?« Der Arzt sah ihn ernst an. »Wir mussten Sie reanimieren.«

Es dauerte ein paar Sekunden, bis diese Information richtig bei Christian angekommen war. Die Tatsache, dass er tot gewesen war, schockierte ihn zutiefst. Und er spürte eine große Scham. Da war er wieder, der Versager, der am Leben scheiterte und sich fahrlässig ins Jenseits geschossen hatte. Seinem disziplinierten Vater wäre so etwas niemals passiert. Was lief nur schief bei ihm? Warum hatte er sich selbst so kaputtgemacht? Sein Leben in den letzten Monaten war nichts anderes als ein Selbstmord auf Raten gewesen, das wurde ihm in diesem Moment erschreckend klar. Sterben war etwas, das für Christian bisher weiter weg gewesen war als die Kollegen unten am Schalter, mit denen er jeglichen Kontakt strengstens mied. Oder hatte er mal was mit einer von den Damen gehabt ...? Er war sich nicht sicher. Die letzten Monate waren ein einziger Rausch gewesen.

Er schimpfte sich selbst, dass er seinen Gedanken erlaubt hatte, zu den Kolleginnen aus der Bank abzuschweifen. Das war doch wieder nichts anderes als ein Ablenkungsmanöver! Wieder versuchte er sich selbst auszutricksen, indem er lieber über irgendwelche Bumsgeschichten nachdachte, als sich seinen wirklichen Problemen zu stellen.

Christian standen noch drei weitere harte Tage bevor, die er schwitzend, zitternd und von Übelkeit und Bauchschmerzen geplagt in seinem Bett verbrachte. Der alte Mann, der neben ihm gelegen hatte, war inzwischen verstorben. Seine Frau und seine vier erwachsenen Kinder hatten ganz ruhig an seinem Krankenbett gesessen, seine Hand gehalten und ihn gestreichelt, während er leise starb. Obwohl der Vorhang zu seinem Bett zugezogen worden war, hatte Christian doch alles mitbekommen. Und es hatte ihn tief bewegt. Er hatte fast so etwas wie Neid verspürt, auf das Leben des Mannes, das offensichtlich von Liebe erfüllt gewesen war und das er nun recht friedlich in einem anständigen Alter beenden konnte, während er selbst gerade mal drei Jahrzehnte auf dem Buckel hatte, in denen er zu einem süchtigen Arschloch mutiert war. Verstärkt durch die zahlreichen Suchtsymptome stieg sein Selbsthass ins Unermessliche.

Ab dem vierten Tag auf der Intensivstation wurden die Entzugserscheinungen weniger, die Symptome des Alkoholentzugs waren praktisch verschwunden, nur das Kokain wurde von seinem Körper immer noch schmerzlich vermisst. Dennoch fühlte sich Christian schon viel besser. Als er am Morgen aufwachte, spürte er sofort, dass etwas anders war. Er war nicht mehr klatschnass geschwitzt, so wie an den Tagen davor, und die Übelkeit war auch verschwunden. Das Magengeschwür bereitete zwar noch Schmerzen, aber die waren im Vergleich zu dem, was in den Tagen davor auf ihn eingedroschen hatte, mehr als erträglich.

Christian fühlte sich immer noch sehr erschöpft. Obwohl er nicht mehr permanent unter Strom stand, nicht mehr zwanghaft auf der Suche nach einem neuen Deal, einem neuen Date, einer neuen Line war, konnte er sich an die ungewohnte Ruhe nur schwer gewöhnen. Sein Gehirn erinnerte ihn zwischendurch immer wieder daran, wie geil die alten Zeiten doch gewesen waren, und das Verlangen nach Kokain war größer denn je. Aber natürlich gab es auf der Intensivstation keine Gelegenheit zum Koksen, und er fühlte sich noch viel zu mitgenommen, um die Klinik für ein paar Stunden zu verlassen und diesem Drang nachzugehen.

Vielleicht würde er es jetzt wirklich schaffen? Vielleicht konnte er die Stimme in seinem Kopf, die ihm immer wieder zuflüsterte, wie toll die Droge doch sei, endlich ausschalten? Christian spürte, dass er bereit dazu war, und er hatte das Gefühl, dass er sein Leben wieder in den Griff bekommen konnte.

Er war hoffnungsvoll und ängstlich zugleich. Ängstlich, weil er nicht wusste, ob er wirklich in der Lage war, sich dem Leben nüchtern zu stellen.

»War gar nicht so schlimm, wie ich gedacht habe«, sagte Christian bei der nächsten Visite betont munter, als der Arzt zufrieden feststellte, dass der körperliche Entzug fast abgeschlossen war.

»Sie werden Ihr Leben ändern müssen«, mahnte er. »Und zwar grundlegend. Ihre Leber ist in einer miesen Verfassung. Alkohol und alle anderen Rauschmittel sind für Sie tabu.«

»Sie meinen, ich soll meinen Konsum reduzieren?«

»Nein. Ich meine, Sie sollen Ihren Konsum stoppen. Und wenn Sie das nicht alleine schaffen, dann müssen Sie sich Hilfe holen.«

»Ja, ja. Ich krieg das schon hin.« Christian hatte nicht die geringste Lust, sich von dem Typen erneut eine Standpauke anzuhören, wie sie ihm früher nur sein Vater gehalten hatte.

Das war der Moment, in dem der Arzt, der überhaupt kein Verständnis für renitente Patienten hatte, noch strenger wurde. »Sie müssen langfristig die Finger von Drogen und Alkohol lassen. Und mit langfristig meine ich lebenslang. Betrachten Sie das hier als zweite Chance. Eine dritte wird es nicht geben. Wenn Sie also so weitermachen wie bisher, dann ist Ihr Leben in absehbarer Zeit vorbei.«

Christian wurde ganz still. Er spürte, dass der Arzt recht hatte. Und einen Entzug wollte er nie wieder durchmachen. Wenn er jemals rückfällig werden sollte und mit dem Koksen erneut anfangen würde, dann wäre das sein Ende, das wurde ihm in diesem Moment klar. Dann würde er das so lange durchziehen, bis es vorbei war.

»Sie werden eine ganze Menge in Ihrem Leben ändern müssen«, fuhr der Arzt mit seiner Ansprache fort. »Sie werden viel mehr Zeit haben, wenn Sie die Nächte nicht mehr durchfeiern, und sich wundern, wie viele Stunden der Tag hat, wenn man nüchtern ist.«

»Nicht mehr vierundzwanzig?«, versuchte Christian leise zu scherzen.

Der Arzt verzog keine Miene. »Es ist wichtig, dass Sie diese neu gewonnene Zeit füllen. Viele suchen sich ein Hobby. Hauptsache, Sie sitzen nicht alleine zu Hause und starren die Wand an. Dann passiert der Griff zur Flasche nämlich viel schneller.«

Christian hatte keine Ahnung, was für ein Hobby er sich suchen sollte. Er interessierte sich eigentlich für nichts, außer vielleicht für seine Rolex-Sammlung, aber ein abendfüllendes Hobby schien ihm die auch nicht zu sein, und wenn er ehrlich war, hatte sie längst ihren Reiz verloren. Bisher war er immer ganz in seinem Job aufgegangen. Und natürlich im Partymachen, aber das fiel ja nun weg.

»Habe ich mich klar genug ausgedrückt?«

»Ja. Ich lasse die Finger von Alkohol und allem anderen. Versprochen.«

»Gut. Sie können heute die Intensivstation verlassen und kommen auf die Innere. Wenn Sie sich weiterhin so erholen, können Sie in einer Woche raus.«

»Ich freu mich jetzt schon.«

Eine Stunde später verfrachtete ihn eine Krankenschwester in einen Rollstuhl und schob Christian von der Intensivstation auf die Innere. Sie parkte ihn vor seinem zukünftigen Zimmer, das noch nicht bezugsbereit war, und zog dort die Betten ab.

Er kam sich vor wie ein stinkendes Häufchen Elend, so ungewaschen und kaputt, wie er da in seinem Rollstuhl saß. Und er hoffte inständig, dass ihm jetzt kein bekanntes Gesicht über den Weg laufen würde.

Dann sah er sie den Flur runterkommen, und zu seiner eigenen Überraschung freute er sich.

– 30 –

Wie immer nahm ich nach meiner Gesprächsrunde die Abkürzung durch die Innere, so wie die meisten von uns. Ich erkannte Christian schon von Weitem. Zum ersten Mal traf ich ihn bei Tageslicht und ganz offensichtlich in nüchternem Zustand. Er sah ganz anders aus als nachts im Exil, nicht so aufgedunsen und verschwitzt. In seinem Pyjama wirkte er viel schmaler als in seinen schicken Designer-Anzügen. Seine Wangen sahen irgendwie eingefallen aus und seine Haut etwas grau.

»Hey, Christian!«, sagte ich, als ich bei ihm angekommen war. »Was machst du denn hier?«

Grinsend blickte er auf. »Hallo, Anni. Das frage ich mich auch. Was treibt dich hierher?«

»Ich studiere Psychologie, falls du dich daran erinnern kannst. Für eine Studie begleite ich eine Selbsthilfegruppe, die sich hier im Klinikum trifft. Und du? Du siehst beschissen aus, wenn ich das mal so sagen darf.«

»Darfst du. Ich hatte Probleme mit einem Magengeschwür. Jetzt geht's aber wieder. Wollen wir einen Kaffee trinken?« Er blickte sich nach der Schwester um, die hinter ihm im Raum die Laken abzog. »Schwester, darf ich mit meiner Freundin einen Kaffee trinken, solange Sie hier noch beschäftigt sind?«

»Nein«, rief sie streng. »Aber meinetwegen einen Kamillentee. Und bleiben Sie nicht stundenlang weg. Sie müssen sich schonen.«

»Okay, Boss.« Dann wandte er sich wieder zu mir und lächelte. »Schiebst du mich in die Cafeteria?«

Ich nickte und schob schwungvoll los.

Die Krankenhaus-Cafeteria war an Hässlichkeit kaum zu übertreffen. Der graue Linoleumboden passte farblich perfekt zu den Plastikstühlen, die an ebenso tristen Tischen standen, an denen ein paar Patienten saßen und mit ihren Besuchern etwas tranken.

»Hier ist ja richtig Rock'n' Roll«, meinte Christian. »Wenn du Kuchen und Kaffee holst, dann lade ich dich ein.«

»Du darfst keinen Kaffee.«

»Aber bei Kamillentee muss ich kotzen. Hol mir also bitte einen Kaffee.«

Ich besorgte uns beiden einen Früchtetee und ein Stück trockenen Sandkuchen. »Sicher ist sicher«, sagte ich, als er beim Anblick meines Tabletts theatralisch die Augen verdrehte.

Zum ersten Mal unterhielten wir uns wie ganz normale Menschen, ohne uns dabei permanent ins Ohr zu schreien oder einen Tequila hinter die Binde zu kippen. Wir sprachen eine Weile über alles Mögliche, bis er wissen wollte, wie ich aufgewachsen war.

»Ich stelle mir eine Kindheit auf dem Bauernhof traumhaft vor«, meinte Christian versonnen, als ich ihm von meiner Familie erzählte. »Morgens vom Krähen des Hahns geweckt zu werden, dann die Kühe auf die Weide treiben und dabei die Kälber streicheln ...«

Ich lachte laut auf. »Du bist ja lustig! Ich will dich nicht desillusionieren, aber bei den Hühnerbauern bei uns in der Region kräht rein gar nichts. Die Viecher werden in schuhkartongroßen Käfigen gehalten, nicht alleine, versteht sich, sondern zu dritt oder viert. Die haben in ihrem Leben noch nie das Tageslicht gesehen, reißen sich gegenseitig die Federn raus und liegen mit offenen Wunden aneinandergequetscht in ihren Mini-Kerkern.«

Christian runzelte die Stirn. »Und das ist erlaubt?«

»Absolut. Und den Kühen und Schweinen geht es ehrlich gesagt auch nicht besser. Den Ferkeln knipsen sie nach der Geburt die Ringelschwänze ab, sonst würden die armen Viecher sich die gegenseitig wegfressen.«

»Nicht dein Ernst, oder?«

»Doch. Genauso ist es. Alles ohne Narkose, auch die Kastrationen. Und wenn die Gülle ausgefahren wird, hältst du es bei uns im Dorf draußen gar nicht aus. Der Gestank ist so beißend, dass er sogar die Abgaswolke der Lkws übertrifft, die sich sonst über das Dorf legt. Mein Vater baut Rüben an, daher kriegen wir die Gülle von den Nachbarn auf unsere Felder. Manchmal können wir tagelang nicht lüften, und über dem Acker stehen die Fliegenschwärme. Es gibt zwar seit Neustem eine Gülle-Verordnung, aber so richtig hält sich daran keiner.«

Angeekelt sah er mich an. »Das ist ja widerlich.«

Ich lachte. »Jedenfalls hat das nichts mit deiner Heidi-Romantik zu tun! Neben der Gülle ist mein Vater außerdem noch ein großer Freund von Pestiziden, so wie alle im Dorf. Da findest du auch manchmal tote Vögel auf dem Feld.«

Christian war sichtlich fassungslos. »Das ist ja wie im Horrorfilm! Muss das denn sein? Ich meine, kann man das nicht anders machen?«

»Was meinst du? Keine Gülle mehr auf die Felder kippen? Aber irgendwohin muss der Scheiß ja, und die Rüben wachsen gut damit. Und ohne Pestizide hast du alles voll mit Schädlingen.«

»Aber muss man Hühner in so kleinen Käfigen halten? Die brauchen doch Auslauf! Die müssen doch mal scharren und picken!«

Ich nahm einen Schluck von meinem Tee und lächelte. »Bist du einer von den Grünen?«

Er sah mich empört an. »Hallo? FDP natürlich.«

»Dann nähere dich besser nicht meinem Dorf!« Ich lachte. »Nein, Scherz beiseite. Es war natürlich nicht alles schlecht bei uns. Im Gegenteil. Wenn du jeden kennst und alle Kinder nach der Schule zusammen auf dem Feld spielen, dann bist du auch nie allein oder einsam. Und du langweilst dich auch nicht, jedenfalls nicht, bevor du fünfzehn oder sechzehn bist.«

»Also doch kein Horrorfilm?«

Ich zuckte mit den Schultern. »Jedenfalls nicht immer.«

Nach einer guten Stunde schob ich Christian zurück zu seinem Zimmer, das inzwischen fertig war.

»Sehen wir uns im Exil, wenn du hier raus bist?«, fragte ich zum Abschied.

Er zögerte. »Ich weiß nicht. Mein Magen ist wohl nicht mehr in Topform.«

»Du sollst keinen Alkohol mehr trinken?«

»Ich muss da wohl erst mal ein bisschen kürzertreten«, gab Christian zögerlich zu. »Deshalb werde ich ums Exil für eine Weile einen Bogen machen. Ist vielleicht besser.«

»Schade.«

Ich war ehrlich enttäuscht, ihn dort nicht mehr zu treffen.

»Aber es gibt doch noch andere Möglichkeiten, sich zu verabreden, oder?«, fragte er lächelnd. »Du könntest mich ja auch noch mal besuchen kommen. Oder wir gehen mal was zusammen essen?«

Ich merkte, wie mein Herz schneller schlug. »Gerne. Wollen wir jetzt was ausmachen? Bei mir im Wohnheim gibt es nur ein Telefon auf dem Gang. Ich bin also eher so mittelmäßig zu erreichen.«

»Gib mir mal deinen Block und einen Stift«, sagte Christian und notierte seine Telefonnummer. »Eine Woche findest du mich noch hier. Und wenn du es in der Zeit nicht schaffst, mich zu besuchen, dann ruf mich an und wir gehen zu meinem Lieblingsitaliener. Okay?«

»Okay«, sagte ich. Mit einem breiten Grinsen im Gesicht verließ ich das Zimmer.

– 31 –

Diese Chemo war viel anstrengender als die letzte. Oder ihr Körper hatte sich seit dem letzten Mal noch nicht wieder ausreichend regeneriert und reagierte deshalb noch heftiger. Jedenfalls fühlte sie sich wie durch den Fleischwolf gedreht. Sie drückte die Spülung, schleppte sich zum Waschbecken und putzte sich die Zähne.

Noch schlimmer als diese verdammte Übelkeit war ihre Abneigung bestimmten Gerüchen gegenüber. Um ihre Haarwurzeln vor dem Gift zu schützen, das dank der Chemo durch ihren Körper floss, trug sie bei den Infusionen eine Kühlmaske auf dem Kopf. Dadurch wurde die Durchblutung heruntergefahren, und die Medikamente konnten die Haarwurzeln nicht zerstören, so wie sie es sonst mit allem taten, was sie im Körper antrafen. Das Gel, das dazu auf ihren Kopf aufgetragen wurde, erinnerte sie an den Geruch, den auch viele Kosmetika hatten. Inklusive ihrer eigenen Nachtcreme, die sie seitdem nicht mehr benutzen konnte. Sie bekam einen Brechreiz, wenn sie die Cremedose nur aufmachte. Ihre Haare verlor sie im Übrigen trotzdem. Nicht alle und nicht so schnell wie ihre Mitpatientinnen, aber sie wurden weniger, und wenn sie sich kämmte, hingen hinterher ganze Haarbüschel in der Bürste.

Sie musste sich kurz an die Wand lehnen und merkte, wie ihr schwindelig wurde und der Kreislauf ihr zu schaffen machte.

»Schatz?«, rief sie schwach. »Kannst du bitte mal kommen?« Sie hielt sich mit beiden Händen am Türrahmen fest und schloss für

einen Moment die Augen. Aber dadurch wurde der Schwindel nur noch schlimmer.

»Ich komme, Mama!«

Ihre Älteste. Oh, nein, sie wollte nicht, dass sie sie so sah.

»Nein, ich meinte Papa!«

Aber da war es schon zu spät, und ihre Tochter betrat das Bad.

»Papa ist einkaufen. Was kann ich tun?«

Ihre Stimme klang so erwachsen, so ernsthaft, dabei war sie doch gerade erst ein Teenager.

Sie versuchte zu lächeln. »Eigentlich sollte ich dich in so desolatem Zustand im Bad überraschen, wenn du heimlich feiern warst.«

Ihre Tochter verzog keine Miene. »Ich trinke keinen Alkohol. Das weißt du doch.«

»Nicht? Du bist so vernünftig, Schatz. Ich weiß nicht, ob ich das in deinem Alter war. Vielleicht sollten wir zwei mal zusammen einen heben? Das wird lustig! Gut, du wirst mich bestimmt ziemlich peinlich finden, aber ...«

»Mama.« Wieder dieser erwachsene Unterton. »Du darfst keinen Alkohol mehr trinken.«

»Jawohl, Frau Doktor!« Sie versuchte, scherzhaft strammzustehen, wodurch sie fast das Gleichgewicht verlor. Schnell fasste ihre Tochter sie am Arm. »Tut mir leid. Ich bin ein bisschen schwach auf den Beinen ...«

»Das muss dir nicht leidtun, das ist normal. Während der Chemo geht es einem nun mal schlecht, danach musst du zur Reha, und wenn du wiederkommst, wird es besser gehen. Das dauert aber noch. Ich hab das alles gegoogelt.«

Gerührt betrachtete sie ihre Tochter. »Es tut mir leid, dass du so schnell erwachsen werden musstest«, sagte sie mit belegter Stimme.

»Muss es auch nicht. Ich finde es gut, erwachsen zu werden.« Sie hielt kurz inne. »Noch besser fände ich es, wenn du mich auch so behandelst.«

»Aber du bist erst fünfzehn!«

»Ich war schon immer frühreif.«

Jetzt mussten sie beide lachen, und es fühlte sich gut an, ehrlich und echt.

»Warte, ich helfe dir. Bett oder Sofa?«

»Bett.«

Die Tochter legte den Arm um die Hüfte ihrer Mutter und führte sie aus dem Bad. Fürsorglich half sie ihr ins Bett.

»Es tut mir leid, dass ich so eine Last bin«, sagte sie leise.

»Bist du nicht. Du bist krank, das ist eine Phase, da müssen wir jetzt durch«, entgegnete ihre Tochter mit Bestimmtheit. »Soll ich dir das iPad bringen? Dann kannst du noch ein bisschen in der Mediathek stöbern.«

Sie schüttelte schwach den Kopf. »Schaffe ich heute nicht. Morgen vielleicht wieder.«

Liebevoll deckte ihre Tochter sie zu und gab ihr einen Kuss auf die Wange. »Dann ruh dich ein bisschen aus, Mama.«

»Das mach ich.«

Früher, als die ersten Freunde ihrer Eltern an Krebs erkrankten, ungefähr in demselben Alter, in dem sie jetzt war, hatten alle in Bitterheide die Krankheit verschwiegen. Keiner sprach das Wort »Krebs« aus, als handelte es sich um eine hochansteckende Virusinfektion wie HIV. Wenn dann doch irgendwann von einem Geschwür oder einer Geschwulst gesprochen wurde, war allen sofort klar, dass der Patient dem Tode geweiht war. Sie kannte keinen aus dem Freundeskreis ihrer Eltern, der eine Krebserkrankung in den 80er-Jahren überlebt hatte. Krebs war damals ein fast sicheres Todesurteil.

Wenn sie daran dachte, wie sie als junges Mädchen auf solche Nachrichten reagiert hatte, konnte sie kaum glauben, wie stark ihre Tochter war. Woher nahm eine Fünfzehnjährige die Kraft, ihre Mutter zu pflegen und ihr auch noch moralischen Beistand zu leisten? Lag es daran, dass Krebs heutzutage immer häufiger über-

lebt wurde? Natürlich gab es viel bessere Behandlungsmöglichkeiten, auch bei so schweren Fällen wie ihrem. Aber war allein der medizinische Fortschritt der Grund, warum ihr kleines Mädchen so stark war? Oder war es nicht vielmehr die Tatsache, dass sie als Mutter so schwach wurde? Sie wusste es nicht. Aber trotz aller widrigen Umstände war sie stolz auf ihre Tochter.

– 32 –

Zweimal hatte ich Christian noch im Krankenhaus besucht und jedes Mal darauf geachtet, dass es wie beiläufig wirkte. Ich hatte gerade was in der Klinik zu tun gehabt, Dr. Höller gesucht oder meine Studie vorbereitet. Irgendeinen fadenscheinigen Vorwand fand ich immer.

Warum eigentlich?

Als ich am Wochenende mit einem Koffer voller Schmutzwäsche nach Hause fuhr, dachte ich darüber nach, was das mit mir und Christian wohl war und vor allem, was daraus noch werden konnte. Eigentlich war es ausgeschlossen, dass ich mich in den überdrehten Yuppie aus dem Exil verlieben konnte, schließlich war er mir nie sonderlich sympathisch gewesen. Unterhaltsam und amüsant ja, aber mehr doch nicht – oder?

Aber ich musste zugeben, dass ich im Krankenhaus eine andere Seite von ihm kennengelernt hatte. Ernsthafter und sensibler war er mir vorgekommen, teilweise fast verletzlich.

»Nein, die haben mich noch nicht besucht. Unser Verhältnis ist nicht das allerbeste«, hatte er mir erzählt, als wir einen kleinen Spaziergang durch den Krankenhauspark machten und ich ihn nach seinen Eltern gefragt hatte. »Ich hab früher ziemlich viel Druck bekommen und kam damit nicht immer gut klar.«

»Lass mich raten: Dein Vater ist auch Banker?«

Er nickte. »Direktor einer kleinen Privatbank in Hamburg. Ich bin das einzige Kind, alle Erwartungen lagen immer auf mir.«

»Klingt anstrengend.«

»War es meistens auch. Die ersten Jahre bin ich von unserer Kinderfrau aufgezogen worden, weil meine Mutter mit repräsentativen Aufgaben beschäftigt war. Und Maria wurde dazu angehalten, mit mir Rechenspiele zu spielen, bloß nicht so 'n Quatsch wie Mau-Mau oder Fußball. Und nach der Grundschule ging es ab ins Internat.«

»Und hast du auch Spaß gehabt?«

»Nö. Das habe ich dann nachgeholt, als ich ausgezogen war.« Christian grinste breit. »Einer der Gründe übrigens, warum meine Eltern den Kontakt zu mir nicht gerade suchen. Ich habe mich auf diversen Familienfeiern leider nicht immer von meiner besten Seite gezeigt.«

»Weil du sternhagelvoll warst«, mutmaßte ich grinsend.

»Voll wie eine Haubitze.« Er seufzte. »Aber das ist jetzt ja alles erst mal vorbei.«

Ich klopfte ihm scherzhaft aufmunternd auf die Schulter. »Man kann auch ohne Alkohol Spaß haben – hat meine Mutter jedenfalls immer gesagt!«

Christian rollte mit den Augen. »Ich hoffe, sie hat recht!«

Es war inzwischen fast zu einer kleinen Tradition geworden, dass ich nach meiner Ankunft zunächst gemeinsam mit meiner Mutter die schmutzigen Sachen in die Waschmaschine packte.

»Ich habe vielleicht jemanden kennengelernt«, sagte ich, während ich die weiße Wäsche von der farbigen trennte.

»Vielleicht?« Meine Mutter schmunzelte. »So was weiß man doch, oder nicht?«

Ich lachte. »Ja, natürlich weiß ich, dass ich ihn kennengelernt habe. Aber ich weiß noch nicht, ob es *so* jemand ist. Du weißt schon!«

»Wenn es so weit ist, kannst du ihn uns ja mal vorstellen.«

»Ist doch klar.«

Meine Mutter nickte lächelnd und ging nicht weiter auf dieses Thema ein, was typisch für sie war. Ich nahm ihr das nicht übel, private Themen waren in unserer Familie noch nie groß besprochen worden. Aufgeklärt wurde ich von der *Bravo*, so wie alle meine Freundinnen, und alles, was sich ums Thema Liebe drehte, wurde von meinen Eltern grundsätzlich nicht ernst genommen. Mein Vater wollte mit so einem Quatsch nichts zu tun haben, und für meine Mutter waren das Teenagerthemen, die man mit seiner besten Freundin besprechen sollte.

»Ich hab gestern übrigens Frau Pohlmann getroffen«, sagte sie.

»Aha.« Ohne aufzusehen sortierte ich meine Wäsche weiter nach Farben.

»Vera ist aus den USA zurück.«

Ich konzentrierte mich auf die Socken, sechs schwarze und vier weiße, und versuchte, das ungute Gefühl, das in mir aufstieg, zu ignorieren. »Schön.«

»Sie bleibt jetzt noch eine Weile hier, bevor sie zum Studium nach Marburg geht. Frau Pohlmann meinte, sie würde sich bestimmt sehr freuen, wenn du sie mal anrufen würdest.«

»Klar, mach ich. Hast du noch einen Beutel für meine Socken?«

Meine Mutter musterte mich. »Ihr wart die besten Freundinnen.«

»So 'n kleiner Stoffbeutel würde schon reichen.«

Sie seufzte. »Was auch immer zwischen euch vorgefallen ist, du solltest mit ihr sprechen. Sie hat dir so viele Briefe geschrieben.«

»Habe ich nicht bekommen.«

»Weil du keinen Nachsendeantrag gestellt hast und ich sie dir nicht schicken sollte!«, empörte sich meine Mutter. »Sie liegen alle oben in deinem Zimmer! Das habe ich dir schon zigmal gesagt!«

»Gib mir doch den grünen.« Ich zeigte auf einen mintgrünen Stoffbeutel, der neben dem Waschmittel lag. »Oder brauchst du den noch?«

Meine Mutter verzog den Mund und reichte mir dann den Beutel. »Nein. Kannst du haben. Rufst du sie an?«

Ich stopfte die Socken in den Beutel. »Ja, hab ich doch gesagt.«

Natürlich rief ich sie nicht an. Es kam mir fast absurd vor, dass ausgerechnet meine Mutter auf eine Aussprache drängte, wo Probleme in unserer Familie doch immer nur durchs Schweigen und niemals durchs Reden gelöst wurden. Der Vorteil am Schweigen war, dass man sich nicht mit dem Schmerz, den solche Gespräche auslösen konnten, auseinandersetzen musste. Und ja, selbst der Gedanke an Vera ließ mich die Wunde wieder deutlich spüren, die ihr Verrat bei mir hinterlassen hatte.

Ich war noch nicht bereit dazu, den dünnen Schorf, der sich inzwischen gebildet hatte, wieder aufzureißen. Es würde noch dauern, bis die Narbe so stabil war, dass sie eine handfeste Aussprache aushalten würde.

Als ich am Abend in meinem alten Kinderzimmer zu Bett ging, fühlte ich mich von Veras Briefen geradezu beobachtet. Meine Mutter hatte sie auf dem Schreibtisch gestapelt, und auch wenn ich mich bemühte, konnte ich sie nicht übersehen. So würde ich kein Auge zumachen können.

Ich knipste die Nachttischlampe an und stand auf. Unschlüssig nahm ich den Stapel mit den Briefen und packte ihn schließlich in die Seitentasche meines Koffers.

Am nächsten Morgen verabschiedete ich mich schon früh von meinen Eltern und ging zu Fuß zum Bahnhof, um mit dem ersten Zug zurück nach Bremen zu fahren. Der kurze Weg war mir vertraut und führte mich an dem Haus vorbei, in dem Pohlmanns wohnten. Es fühlte sich komisch an, bei Veras Elternhaus einfach weiterzugehen, in dem ich früher ein und aus gegangen war. Ich blieb kurz stehen und atmete tief durch. Durch die Fenster konnte ich sehen, dass in der Küche Licht brannte. Frau Pohlmann, die ungefähr in demselben Alter wie meine Mutter sein musste, bereitete im Bademantel das Frühstück vor. Oben im ersten Stock, in dem Veras Zimmer lag, war noch alles dunkel.

Was machst du hier?, ging es mir durch den Kopf. Es war halb sieben, selbst wenn ich hätte klingeln wollen, wäre es zu früh gewesen, um das zu tun. Aber ich wollte es ja auch gar nicht.

Bevor ich mich umdrehte, um wieder Richtung Bahnhof zu laufen, schaute ich ein letztes Mal an der Fassade hoch. Genau in dem Moment wurde der Vorhang in Veras Zimmer zur Seite gezogen.

Ich sah in ihr verschlafenes Gesicht, das mir immer noch so vertraut war. Als sie mich erkannte, wirkte sie kurz erschrocken. Dann hob sie zögerlich die Hand und winkte leicht.

Reflexhaft drehte ich mich um und ging weiter. Nach ein paar Metern blieb ich wieder stehen. Was machte ich hier bitte? Floh ich etwa ernsthaft vor meiner ehemals besten Freundin?

»Anni! Anni, warte doch!«

Ich hörte ihre Schritte, beim zwölften blieb sie stehen. Schlagartig kam alles in mir hoch. Es war nicht nur der Verrat auf der Abifeier, der mir die vermeintlich schönste Party meines Lebens verdorben hatte, sondern der Verrat unserer Freundschaft, unserer Vertrautheit. An dem tiefen Schmerz, den ich nur mit Vera geteilt hatte.

Der Ursache für meinen Tick.

Langsam drehte ich mich um. In Bademantel und Pantoffeln stand Vera vor mir, und ich zählte die bunten Punkte auf ihrem Schlafanzug, der unter dem hellblauen Frotteemantel hervorschaute.

»Anni.« Sie war außer Atem.

Ich wollte nicht losheulen, aber ich spürte, dass ich kurz davor war. Krampfhaft versuchte ich, mich zusammenzureißen, was mir nur gelang, indem ich keine Miene verzog.

»Hallo, Vera«, sagte ich. »War es schön in Amerika?« Dreiunddreißig Punkte auf dem linken Bein, vierundzwanzig sichtbare auf dem rechten. Dreiunddreißig plus vierundzwanzig macht siebenundfünfzig.

»Hast du meine Briefe bekommen?«

»Leider nicht«, log ich. Wenn ich zugegeben hätte, dass ich keinen ihrer Briefe gelesen hatte, hätte ich das irgendwie erklären müssen, und dann hätten wir das Gespräch gehabt, das ich nicht führen wollte, nicht führen konnte.

»Was? Das gibt's ja nicht.« Vera fuhr sich durch die Haare, die sie jetzt als kinnlange Dauerwelle trug. »Ich hab dir darin alles erklärt. Weißt du, keiner von uns hat das damals ernst gemeint. Wir hatten ein Brainstorming wegen der Abizeitung, und da ist mir das mit deiner Zählerei so rausgerutscht.«

Zwölf auf dem linken Ärmel, nur acht auf dem rechten zu erkennen. Machte zwanzig. »Aha.«

»Die anderen fanden, es wäre ein guter Gag, nichts Ernstes. Wir haben überhaupt nicht darüber nachgedacht, wie das vielleicht für dich ist. Es stand einfach plötzlich im Raum, und dann wurde es sofort weitergetragen. Keiner wollte dich hänseln oder so. Es war wirklich nur Spaß!«

Siebenundsiebzig plus elf, die auf dem Oberteil sichtbar waren, machte achtundachtzig. »Klar, hab ich auch als Spaß verstanden.«

»Sicher?« Veras Stimme klang skeptisch. »Ich hab mir wirklich Sorgen gemacht, dass du das alles in den falschen Hals bekommen hast.«

»Ach was.«

Ich sah Vera an, dass sie mir nicht glaubte. »Du bist also nicht stocksauer auf mich?«

Ich blickte demonstrativ auf meine Swatch. »Oh, schon so spät. Ich muss mich beeilen, sonst verpasse ich meinen Zug.«

Vera hielt mich am Arm fest. »Du bist bestimmt nicht mehr sauer, Anni?«

»Quatsch. Ich mach das mit dem Zählen übrigens schon lange

nicht mehr. War nur eine kurze Phase, damals ...« Ich schluckte schwer, konnte nicht weiterreden.

»Ich schwöre dir, dass ich daran überhaupt nicht gedacht hab, als wir die Zeitung gemacht haben. Ich würde doch niemals Witze über Maike machen, das musst du mir glauben!«

Ich zögerte und ermahnte mich erneut, bloß nicht zu heulen. »Hast du aber dadurch irgendwie, oder?« Meine Stimme war belegt, ich musste mich räuspern.

Vera machte ein verzweifeltes Gesicht. »Es tut mir wirklich leid, wenn du das so aufgefasst hast. Ehrlich, Anni. Das war nie meine Absicht. Es war dumm von mir, leichtfertig dahingesagt, einfach blöd. Aber beim besten Willen wollte ich keine Witze über dich und Maike machen.«

Leichtfertig mein größtes Geheimnis ausgeplaudert? Und dadurch blöderweise mehrere Kilo Salz in meine schlimmste Wunde geschüttet? Ja, wirklich dumm.

Dann riss ich mich wieder zusammen. »Kein Problem. Jetzt ist ja alles gut. Ich habe damit abgeschlossen. So, jetzt muss ich dringend los, Vera. War schön, dich zu sehen.«

»Fand ich auch ...«

Ich drehte mich um und lief die Straße hinunter.

»Rufst du mich an?«, rief Vera mir hinterher.

Mit letzter Kraft riss ich mich noch einmal zusammen, wandte mich zu ihr um und bemühte mich zu lächeln. »Klar!«

Dann eilte ich weiter, während mir die Tränen über das Gesicht liefen.

– 33 –

Nach seinem Zusammenbruch hatte sich die Stimmung in der Bank verändert. Als Christian zum ersten Mal wieder im Büro war, wollte sein Chef wissen, ob er auch wirklich wieder voll einsatzfähig sei, was Christian natürlich bejahte. Er spielte den Vorfall als verschleppten Infekt herunter und versuchte, so schnell wie möglich an seine alten Erfolge anzuknüpfen. Dabei stand ihm sein kokainfreies Energielevel allerdings ganz schön im Weg. Christian musste schon wenige Tage nach seiner Rückkehr feststellen, dass ein Vierzehn-Stunden-Tag mit Kaffee als einzigem Aufputschmittel auf Dauer nicht durchzuhalten war.

Das fiel auf. Er, der sonst im Laufschritt durch die Gänge eilte, der in seinem Büro grundsätzlich auf zwei Apparaten gleichzeitig telefonierte, der morgens um kurz nach sieben das erste Fax und abends um elf das letzte verschickte, dieser ehemals dynamische und neudeutsch als Workaholic bezeichnete Banker saß nun mit tiefen Augenringen an seinem Schreibtisch, verpasste Termine und redete bei Besprechungen nur noch, wenn er angesprochen wurde.

»Ich habe den Eindruck, dass Sie sich von Ihrem *Infekt* noch nicht wieder richtig erholt haben«, sagte Direktor Schmidde schon bald zu ihm. »Wie auch immer Sie das früher hingekriegt haben – es wäre gut, wenn Sie Ihr altes Niveau wieder erreichen würden.«

Die Worte seines Bosses klangen in Christians Ohren wie

eine Drohung. Oder waren sie womöglich eine versteckte Aufforderung, sich mit verbotenen Substanzen wieder auf Höchstleistung zu trimmen? Nein, das konnte er sich beim alten Schmidde nun wirklich nicht vorstellen. In der Bank kannte man ihn eben nur als funktionierende Leistungsmaschine. Was der Sprit für seinen Motor war, interessierte niemanden.

Es war nicht einfach für Christian, an seinen Vorsätzen festzuhalten und die Finger von Drogen und Alkohol zu lassen. Gerade in solchen Stressmomenten spürte er, wie gefährdet er noch war und dass er das Thema noch lange nicht abgeschlossen hatte. Aber er hielt durch. Auch als er merkte, dass er die ganz großen Kredite nicht mehr verhandeln durfte, betäubte er seinen Frust nicht mit Tequila oder Bier.

»Keine Frage, die lukrativen Aufträge gehen im Moment an mir vorbei«, sagte er, als er Anni abends bei seinem Lieblingsitaliener traf. Er bemühte sich darum, möglichst locker zu klingen. Aber so ganz gelang ihm das nicht. »Ich kannte dieses Aufs-Abstellgleis-Schieben bisher nur von Kolleginnen, die schwanger geworden sind. Die haben dann auch keine interessanten Aufträge mehr bekommen.«

Anni verzog das Gesicht. »Was ehrlich gesagt ein Unding ist.«

Christian zuckte mit den Achseln. »Keine Ahnung, ob die jemals vorgehabt haben, nach der Geburt in die Bank zurückzukehren. Ich hab jedenfalls keine von denen je wiedergesehen.«

»Wahrscheinlich hat die Bank ihnen die Rückkehr auch nicht gerade schmackhaft gemacht«, vermutete sie.

Er nickte. »Stimmt. Solange die jedenfalls noch mit Babybauch in der Bank waren, mussten sie sich einen Haufen Sprüche anhören.«

»Und das hast du nie ungerecht gefunden?«

Christians Stirn legte sich in Falten. »Wenn ich jetzt so drüber nachdenke ... Klar ist es ungerecht. Aber früher kam mir das normal vor. Ich fand es richtig, dass man jemanden von den wichtigen Jobs abzieht, der nicht mehr die volle Leistung bringen kann, was bei einer Schwangeren oder einer frischgebackenen Mutter ja so ist. Aber jetzt sehe ich das anders. Vielleicht sollte man für eine gewisse Zeit auch einfach mal Verständnis dafür aufbringen, wenn jemand nicht permanent Vollgas geben kann wie sonst.«

Das waren völlig neue Töne von ihm, was Christian nicht nur Annis Mimik entnahm. Er horchte in sich hinein und fragte sich, ob er sich vielleicht wirklich verändert hatte oder ob sein wahres Ich langsam zum Vorschein kam, das bisher von all den Rauschmitteln verdeckt worden war. Er wusste es nicht genau, da er sich an sein nüchternes Ich von früher nur schwer erinnern konnte. Oder wollte.

Jedenfalls konnte er mit Anni stundenlang reden und sich über Gott und die Welt unterhalten, ohne dass sie beide einen Tropfen Alkohol tranken, was ihnen erst am Ende des Abends auffiel, als Christian die Rechnung bestellte. Er staunte, als er den Betrag sah.

»Wow! Wir haben noch nicht mal fünfundvierzig Mark ausgegeben! Früher bin ich hier nie unter hundertfünfzig raus!«

»Früher hätten wir hier doch auch mindestens eine Flasche Wein getrunken.«

»Vermutlich eher zwei. Aber erstaunlicherweise hat mir nichts gefehlt.« Er lächelte. »Im Gegenteil. Dir?«

Sie erwiderte sein Lächeln. »Nicht im Geringsten. Es war der perfekte Abend.«

Christian brachte Anni noch zur Bushaltestelle, von der sie fünf Stationen bis zum Wohnheim fahren musste. Es war schon spät, und niemand stand mehr in dem Häuschen, aber vielleicht spielte das auch keine Rolle und er hätte sie genauso an sich gezogen, wenn sich dort noch ein Dutzend Wartende gedrängelt hätten.

»Ich weiß, dass das komisch ist«, sagte er leise. »Jetzt kennen wir uns schon eine ganze Weile, und nie war irgendwas zwischen uns. Aber irgendwie habe ich das Gefühl, dass sich das ändern sollte. Oder?«

Er beugte sich zu ihr und konnte ihren Atem auf seinem Gesicht spüren, der nach den süßen Feigen roch, die sie zum Nachtisch gehabt hatten.

»Sehe ich genauso«, flüsterte Anni.

Schnell küsste sie ihn zweimal auf den Mund, und erst der dritte Kuss wurde so lang und ausführlich, wie er es gehofft hatte.

– 34 –

Jetzt hatte ich also einen Freund. Einen richtigen, festen Freund. Und ehrlich gesagt warf mich das ganz schön aus dem Konzept. Immerhin hatte ich mir vorgenommen, mich nie wieder einem Menschen vollkommen zu öffnen, hatte nach wie vor Schwierigkeiten, anderen zu vertrauen, auch wenn das in den letzten Monaten und Dank meiner kleinen Psycho-Clique deutlich besser geworden war. Trotzdem. Eine Beziehung, eine Liebe, die konnte doch nur funktionieren, wenn man sich dem anderen offenbarte, wenn man keine Geheimnisse vor ihm hatte und alles mit ihm teilte. Und obwohl ich mich noch nie zu einem Menschen so sehr hingezogen fühlte wie zu ihm, war ich mir nicht sicher, ob ich dazu schon bereit war, zumal ich noch nicht einschätzen konnte, wie er auf meinen Tick reagieren würde. Vielleicht würde er mich für geistesgestört halten und den Kontakt sofort abbrechen wollen? Aber konnte ich ihm meinen Zählzwang auf Dauer überhaupt verschweigen? Und was würde passieren, wenn er es von alleine bemerken und sich von mir hintergangen fühlen würde? Die Angst, meine Beziehung zu Christian zu gefährden, nagte an mir. Denn was ich mir vor ein paar Wochen, als ich ihn selbstverliebt tanzend im Exil gesehen hatte, niemals hätte vorstellen können, war eingetreten: Ich war bis über beide Ohren verliebt. So verliebt wie noch nie in meinem Leben zuvor.

Ich hatte vor Christian nicht gerade viele Erfahrungen mit Männern gesammelt. Meinen ersten Sex hatte ich mit sechzehn gehabt. Matze Clausing, ein Bauernsohn, der zwei Jahre älter war als ich. Liebe war da nun wirklich nicht im Spiel gewesen, ich hatte vielmehr das Gefühl gehabt, dass ich *es* endlich mal tun musste. Er hatte vermutlich sein Bestes gegeben, aber insgesamt war diese Erfahrung eher enttäuschend gewesen. Der ganze Spaß hatte keine drei Minuten gedauert, und außer einem leicht brennenden Schmerz hatte ich nichts gespürt. Eine einmalige Angelegenheit, da ich Matze unmissverständlich klargemacht hatte, dass ich keine Wiederholung wollte.

Das zweite Mal passierte es in der 12. Klasse auf unserer Abschlussfahrt nach Rom. Seit einigen Wochen war ich offiziell mit Didi Schäfer liiert, in den ich zwar nur so mittelmäßig verliebt war, aber da alle einen Freund hatten, schien es mir angemessen, auch einen zu haben. Didi und ich waren knapp sechs Monate zusammen, und eigentlich lief es nur im Bett gut. Aus irgendwelchen Gründen hatten wir uns dauernd gezofft, um dann hemmungslos übereinander herzufallen. Dass das keine gesunde Beziehung sein konnte, war mir trotz meines jugendlichen Alters damals schnell klar gewesen.

Seitdem ich in Bremen lebte, war mein Liebesleben ziemlich runtergefahren. Es fiel mir einfach immer noch schwer, mich auf jemanden einzulassen. Aber ich spürte, dass es jetzt mit Christian anders war. Auch wenn ich ihm weder von Maike noch von meinem Zwang erzählt hatte, merkte ich, dass ich ihm immer mehr vertraute. Ich konnte mich gar nicht dagegen wehren, auch wenn in meinem Hinterkopf immer noch ein paar Alarmglocken läuteten. Vielleicht lag es an den ganzen Glückshormonen, die durch meinen Körper rauschten, vielleicht lag es aber auch daran, dass ich mich in ihn verliebt hatte, als er selbst besonders verletzlich gewesen war. Er hatte keine Fassade mehr gebraucht, um sich auf mich einzulassen. Warum brauchte ich dann eine?

Als wir das erste Mal miteinander schliefen, war ich überwältigt. Mir war gar nicht klar, wie großartig Sex sein konnte, wenn auch noch richtige Gefühle im Spiel waren, wie nah man sich einem Menschen fühlen und wie intensiv Liebe sein konnte. Es hatte nicht viel gefehlt und ich wäre vor Glück in Tränen ausgebrochen.

»Mit wie vielen Frauen hast du schon geschlafen?«, fragte ich ihn, als ich verschwitzt und atemlos in seinem Arm lag.

Er lachte. »Keine Ahnung!«

Für einen kurzen Augenblick verspürte ich einen kleinen Stich in der Magengegend. »Du musst doch wissen, mit wem du alles im Bett warst?«

Christian sah mich bedauernd an. »Sorry, Anni. Ich hoffe, das klingt jetzt nicht zu bescheuert, aber ehrlich gesagt habe ich es die letzten Jahre ganz schön knallen lassen. Wie du weißt, habe ich wortwörtlich gefeiert, bis der Arzt kam.«

»Und besoffen wolltest du nicht gern alleine schlafen, oder wie soll ich das verstehen?« Die Alarmglocken in meinem Hinterkopf begannen wieder, leise zu läuten, und die Selbstzweifel stiegen in mir hoch. War ich nur eine von vielen? Eine weitere Kerbe im Bettpfosten? Begegneten wir uns emotional wirklich auf Augenhöhe und empfanden dasselbe füreinander? Oder hatte ich mir die ganze Zeit etwas vorgemacht?

Er lächelte bedauernd. »Irgendwie hat das alles zusammengehört. Viel arbeiten, viel feiern, viel Sex. Ich hab das eindeutig zu lange gemacht.« Christian setzte sich auf, steckte sich eine Zigarette an und blickte nachdenklich in den Raum. »Das waren schon wilde Jahre. Irgendwie auch ganz geil, aber ehrlich gesagt ist es gut, dass es vorbei ist.« Er drückte die Zigarette aus und nahm mich in den Arm. »Sonst hätte ich mich niemals in dich verliebt. Für eine Frau wie dich braucht man einen klaren Kopf.«

»Ist das jetzt ein Kompliment?«, zweifelte ich.

»Unbedingt! Ich habe mich noch nie mit einer Frau so lange unterhalten wie mit dir. Und das geht eben nur, wenn ich deinen messerscharfen Gedanken richtig folgen kann.«

Ich küsste ihn und drängte meine Zweifel wieder in die hinterste Ecke meines Gehirns.

Am nächsten Tag deckte ich gerade den Besprechungsraum ein und stellte frischen Kaffee auf die Tische, während die Redaktion sich schon gesetzt hatte und die Themen der Woche diskutierte.

»Die Bayern drehen in Sachen Aids durch«, eröffnete der neue CvD Peter Brandt die Sitzung. »Wir haben damals zu Rock Hudson nichts gemacht, aber die neuen Entwicklungen können wir eigentlich nicht unkommentiert lassen. Irgendwelche Ideen?«

Ein nachdenkliches Grummeln ging durch die Redaktionsrunde. Normalerweise lauschte ich bei den Gesprächen immer aufmerksam, fand sie spannend und informativ. Aber jetzt war ich gedanklich noch mit Christian im Bett. Es war schön gewesen, in seinen Armen einzuschlafen und auch wieder in ihnen aufzuwachen. Ich konnte es gar nicht abwarten, ihn heute Abend wiederzusehen und alles zu wiederholen.

»Dass dieser Horst Seehofer HIV-Infizierte in speziellen Heimen konzentrieren will, schreit natürlich nach Satire«, meinte Claus Lohrengel nachdenklich. »Ist aber auch heikel, weil das ja sofort nach Kranke-Wegsperren riecht und sich jeder Nazi-Vergleich logischerweise verbietet.«

Nun hörte ich doch aufmerksamer zu. Ich hatte heute noch keine Zeitung gelesen und von den Heimen für HIV-Kranke noch nichts gehört. Die Vorstellung, als Infizierte einfach weggesperrt zu werden, jagte mir einen Schauer den Rücken hinunter. War es tatsächlich möglich, dass ein Politiker in Deutschland einen solchen Vorschlag machte?

»Wer ist denn dieser Seehofer? Also mal ehrlich, den kennt doch keine Sau!«, warf ein anderer ein. »Ein stinknormaler Bundestagsabgeordneter, der jetzt überall zitiert wird. Vermutlich hat er deshalb diesen Quatsch von sich gegeben, der wollte auch mal wichtig wirken und in die Presse kommen. Vielleicht sollten wir es auch einfach ignorieren?«

»Es ist ja nicht nur der«, entgegnete Peter Brandt. »Der bayerische Schulminister hat öffentlich die ›Widernatürlichkeit‹ von Schwulen betont ...«

»›Diese Randgruppe muss ausgedünnt werden, weil sie naturwidrig ist‹«, zitierte eine Redakteurin den Minister aus einem Zeitungsartikel, der vor ihr lag.

Ich konnte kaum glauben, was ich da hörte, und musste sofort an Sven denken. Kein Wunder, dass er seine Homosexualität sogar vor seinen Eltern geheim hielt, wenn Politiker sich öffentlich so äußerten.

»... so hat er sich ausgedrückt, ganz genau. Und Innenstaatssekretär Gauweiler warnt vor explosionsartigen Infektionszahlen, die schwule Männer zu verantworten hätten. Das ist doch kurz vor Hetze.«

»Das ist Hetze«, sagte Karlheinz Wamme. »Und es ist unsere Aufgabe, darauf hinzuweisen. Die können in Bayern nicht einfach sogenannte ›Ansteckungsverdächtige‹ zum HIV-Test vorladen. Da sind Diffamierungen doch vorprogrammiert. Also, das Thema müssen wir definitiv umsetzen. Aber wie?«

Meine Gedanken rasten. Ich war empört darüber, wie gegen Homosexuelle und Erkrankte vorgegangen werden sollte. Auch wenn es nur eine Randgruppe betraf, musste die Sendung etwas unternehmen und auf diese absurden Forderungen hinweisen. Ich wusste schließlich, wie es sich anfühlte, wegen einer Erkrankung stigmatisiert zu werden. Dieses Gefühl wünschte ich meinem schlimmsten Feind nicht.

»Vielleicht lassen wir Rock Hudson in Lederhose mahnend vom Himmel schauen und so was wie ›anal fatal‹ sagen«, meinte ein Redakteur, und alle brachen in schallendes Gelächter aus.

»Vielleicht könnte man auch humorvoll über Aids aufklären?«, meldete ich mich zu Wort, als das Gelächter abgeebbt war. »Rita

Süssmuth setzt als Gesundheitsministerin doch voll auf Prävention.«

»Und ist somit gegen die Strategie der Bayern.« Karlheinz Wamme nickte mir wohlwollend zu. Der Redaktionsleiter hatte kein Problem damit, wenn ich ab und zu meine Meinung äußerte. »Und wer glaubt, dass es heute nur noch Schwule trifft, hat die letzten Monate wohl keine Nachrichten geschaut«, fügte er noch mit Blick auf den Anal-fatal-Redakteur hinzu. »Immer mehr Heteros sind betroffen.«

»Stimmt schon. Aber sollen wir jetzt was über Kondome machen?« Peter Brandt machte ein skeptisches Gesicht.

»Wer macht's denn freiwillig mit Kondomen?«, sagte einer in der Runde leise und kicherte.

Schlagartig sah ich die Bilder der letzten Nacht vor mir. Christian und ich ineinander verschlungen, zweimal hatten wir miteinander geschlafen und am Morgen noch einmal. Ich hatte noch seinen Geruch in der Nase, konnte seine Hände auf meiner Haut spüren. Es war wunderschön gewesen. Und so gefährlich. Nicht eine Sekunde hatten wir an Kondome gedacht. Ich nahm die Pille, die mir schon mit fünfzehn ganz selbstverständlich von meinem Frauenarzt wegen meiner Menstruationsbeschwerden verschrieben worden war. Dass man mit Kondomen noch etwas anderes verhindern konnte als eine ungewollte Schwangerschaft, war uns nicht in den Sinn gekommen.

»Wie wäre es mit einem Sketch in einer Doris-Day-Rock-Hudson-Anmutung. Der typische Hollywood-heile-Welt-Look, Hausfrauchen mit Petticoat, der Gatte lässt sich mit Selbstgebackenem verwöhnen, und plötzlich geht es um Kondome!« Karlheinz Wamme war Feuer und Flamme für seine Idee. »Und die Botschaft ist: Wer ohne Gummi bumst, spielt mit seinem Leben, egal ob schwules Lederpärchen oder spießiges Vorstadtpaar.«

Peter Brandt nickte. »Aids ist nicht nur ein Thema für Homosexuelle, sondern es betrifft uns alle. Das ist die Message.«

»Ganz genau. Und was man im alten Hollywood inzwischen weiß, scheint in Bayern noch nicht angekommen zu sein«, sagte Karlheinz Wamme. »Aber auch ein Seehofer kann sich infizieren, wenn er kein Gummi benutzt.«

In der Runde gab es zustimmendes Nicken, während mir kotzübel wurde. Christian. Nein. Niemals. Das konnte, das durfte nicht sein!

»Gute Idee!«

»Auf jeden Fall ausbaufähig.«

»Wer macht sich Gedanken dazu?«, fragte der Chef, und eine Redakteurin hob die Hand. »Okay. Morgen früh will ich erste Ideen dazu sehen. Danke für den Impuls, Anni.«

Ich bemühte mich um ein Lächeln und hätte mir fast eine Hand vor den Mund gehalten, so übel war mir.

»Ich mach mich mal wieder an die Arbeit«, sagte ich leise und verließ mit zittrigen Beinen den Besprechungsraum. Zum Glück fiel niemandem meine Verfassung auf, längst wurde das nächste Thema diskutiert.

Da alle Redakteure noch in der Konferenz waren, eilte ich zum nächsten freien Schreibtisch, schnappte mir das Telefon und wählte Christians Nummer. Dreimal legte ich hektisch wieder auf, bevor ich den Ruf durchgehen ließ. Murmelnd versah ich jedes Tuten mit einer Zahl. Er ging nicht ran. Natürlich nicht. Er musste ja in der Bank sein.

Ich wählte die Nummer der Auskunft und bat die freundliche Dame am anderen Ende der Leitung, mir die Nummer von der Werder Bank zu geben, bei der Christian arbeitete. Ich notierte sie mir, legte auf und rief kurz darauf in der Bank an. Es dauerte noch ein paar Minuten, bis ich zu Christian durchgestellt worden war. Endlich hatte ich ihn an der Strippe.

»Tut mir leid, wenn ich dich bei der Arbeit störe«, sagte ich zur Begrüßung.

»Tust du nicht. Was gibt's denn?«

Ich musste schlucken, tat es erneut mehrfach hintereinander und atmete dann tief durch. »Wir machen in der Show was zum Thema Aids.«

»Aha.«

»Für mich war das immer weit weg. Bei uns auf dem Land hat das quasi nicht existiert. Irgendwie habe ich mir nie so richtig Gedanken darüber gemacht ...«

»Warum solltest du auch?«

»Na ja.« Ich stockte. »Es kriegen ja nicht nur Schwule und Drogenabhängige.«

»Ich weiß. Bluter wohl auch, jedenfalls wenn sie eine verseuchte Konserve bekommen. Da war neulich so 'n ganz tragischer Fall in der Zeitung. Aber ich glaube, sie wollen jetzt alle Blutkonserven testen. Ist bestimmt richtig so. Kennst du denn einen Bluter?«

»Nein.« Ich zählte die Tasten auf dem Telefon nach, obwohl sie nummeriert waren. »Ich hab auch immer gedacht, dass sich nur bestimmte Leute anstecken können. Aber das ist ja totaler Quatsch. Jeder kann sich anstecken.«

»Anni, jetzt beruhige dich mal. Das Virus fliegt ja nicht durch die Luft. Du müsstest ja mit dem Blut oder irgendeiner anderen Körperflüssigkeit eines Infizierten Kontakt gehabt haben.«

Ich dachte daran, was Christian mir gestern erzählt hatte, an die unzähligen Frauen, mit denen er Sex gehabt hatte. Viele von ihnen hatte er nicht gekannt, hatte sich nur ein paar Minuten vorher mit ihnen unterhalten, bevor sie gemeinsam in irgendeine dunkle Ecke verschwunden waren. Vieles war im Suff oder unter dem Einfluss von Drogen passiert.

Und ein einziges Mal reichte, um sich anzustecken.

»Und weißt du, wer infiziert ist und wer nicht? Die meisten Infizierten wissen es doch selbst gar nicht. Im Prinzip kann sich jeder anstecken, der keine Kondome ...« Ich verstummte.

Auch Christian sagte kein Wort mehr, und ich hörte, wie er am anderen Ende der Leitung schwer atmete.

– 35 –

Ich konnte Christian an diesem Abend nicht treffen. Vielmehr wollte ich es nicht. Meine Nerven lagen blank.

Du hast nur eine Nacht mit ihm verbracht, versuchte ich mich zu beruhigen, als ich in meinem Wohnheimzimmer auf der Matratze lag. Du hast nur diese Nacht nicht aufgepasst!

Aber das konnte reichen, das war mir inzwischen klar. Draußen im Flur klingelte das Telefon, aber keiner ging ran, und auch ich machte keine Anstalten aufzustehen. Wenn es Christian sein sollte, dann wollte ich nicht mit ihm sprechen. Ich wollte mit niemandem sprechen.

Ich begann, die Noppen meiner Raufasertapete zu zählen, aber selbst das konnte mich kaum beruhigen. Es war nicht allein die Tatsache, dass ich mir eine tödliche Krankheit eingefangen haben könnte, die mich so fertigmachte – es war auch das damit verbundene Schicksal meiner Eltern. Wenn mir nun auch noch was passieren würde, dann war ihr Leben endgültig ruiniert. Weil ich zu leichtsinnig, zu verliebt und zu unvorsichtig gewesen war.

Ich spürte, wie mich die Erinnerungen einholten, wie die so lange verdrängten Gedanken nach oben schwappten und ich sie nicht mehr wegsperren konnte.

Sieben Jahre lag die Katastrophe nun zurück. Mein großer Bruder Hajo, meine kleine Schwester Maike und ich auf unseren Rädern. Wenn man von unserem Hof ins Dorf wollte, musste man einen relativ steilen Abhang hinunterfahren, der unten auf der Dorfstraße endete. Das Idyll, das Bitterheide irgendwann einmal gewesen sein musste, hatten die zahllosen Lkws, die jeden Tag durch den Ortskern donnerten, schon lange zerstört. Die Lastwagen waren auf dem Weg nach Bremerhaven, und Bitterheide war eines der letzten Dörfer, das sie auf dem Weg zum Hafen passieren mussten. Am späten Nachmittag war es auf unserer Straße am vollsten.

Mit unseren Rädern wollten wir drei zu Opa fahren, der im Nachbardorf wohnte und meine Oma pflegte, die der Schlag getroffen hatte. »Opa hat's nicht leicht«, sagte meine Mutter nahezu täglich und war felsenfest davon überzeugt, dass unsere Besuche ihn aufheiterten. Ich war mir nie sicher, ob sie damit richtig lag. Klar freute er sich, uns zu sehen, aber ich glaube, wenn wir wieder weg waren, freute er sich noch mehr. Jedenfalls fuhren wir auch an diesem Nachmittag den Abhang hinunter. Zuerst Hajo, dann ich, dann Maike.

»Meine Zöpfe fliegen wie bei Pippi Langstrumpf!«, hörte ich Maike hinter mir fröhlich rufen. Sie war die Einzige in der Familie, die einen leichten Rotstich hatte. Und mit den Sommersprossen auf der Nase hatte sie wirklich manchmal etwas von Pippi, zumal sie der literarischen Figur in Sachen Mut auch nicht viel nachstand. Maike war immer für jeden Quatsch zu haben und fuhr schon mal mit dem Schlitten den großen Rübenhaufen hinunter, den Papa bei der Ernte aufhäufte. Ärger bekam sie nur selten. Mit ihren elf Jahren war sie unser kleiner Sonnenschein, immer gut gelaunt und voller Ideen brachte sie uns alle zum Lachen.

Unten bogen wir um die Ecke, um die Dorfstraße zu überqueren. Zuerst Hajo, dann ich – dann hörten wir nur noch das Quietschen einer Bremse und laute Schreie. Als ich mich umdrehte, sah ich Maikes Hinterreifen völlig verbogen unter dem Lkw hervorschauen. Langsam bildete sich eine Blutlache, die immer größer wurde. Das war das Letzte, woran ich mich erinnern konnte.

Dreiundneunzig, vierundneunzig, fünfundneunzig ... Das Gute an einer Raufasertapete war, dass sie unendlich viele Noppen hatte. Inzwischen war mir klar geworden, dass mein Zählzwang mit Maikes Tod zu tun hatte. Kurz danach hatte es begonnen.

Wir standen alle wochenlang unter Schock, nachdem meine kleine Schwester unter diesen verdammten Lastwagen geraten war. Hajo sagte bestimmt zwei Wochen lang kein Wort mehr, Mama weinte nur noch, und Papa konnte nicht mehr schlafen. Bis heute nicht. Und ich fiel in dieses berühmte Loch, tief und schwarz, und hatte keine Ahnung, wie ich den Tag überstehen sollte. Mir war permanent übel vor Trauer, und ich war wie gelähmt.

Doch irgendwann erwachte der Kampfgeist in meinen Eltern und baute ihnen eine Brücke zurück ins Leben. Sie wollten sich nicht mit der Gefahr abfinden, sondern etwas dagegen unternehmen. Seit Maikes Tod kämpfte meine Familie gemeinsam mit dem ganzen Dorf für eine Umgehungsstraße. Und ich gegen meinen Tick.

Das erste Mal passierte es auf Maikes Beerdigung. Ich wollte ihren Sarg noch einmal berühren, und die Vorstellung, dass ich ihr danach nie wieder so nahe sein konnte, war für mich vollkommen unerträglich. Wieder und wieder musste ich über ihn streichen. Irgendwann zog meine Mutter meine Hand weg, und der Sarg wurde in die Erde gelassen.

Leise konzentrierte ich mich auf die Blütenblätter, die ich kurz danach in das Grab rieseln ließ, es waren elf. Ich spürte, wie das Zählen mich beruhigte, wie es mir ein Gerüst gab, an dem ich mich festhalten konnte.

In den darauffolgenden Wochen war ich viel allein, meine Eltern mussten sich aus der Trauer kämpfen, es waren Sommerferien, und meine Freunde waren verreist. Mehrmals am Tag ging ich in Maikes Zimmer. Ich nummerierte ihre Puppen, um mich zu vergewissern, dass sie auch vollständig waren, strich immer wieder ihr Kopfkissen glatt und zählte dabei die Falten, die in dem Stoff noch zu sehen waren. Ich drückte meine Nase in das Kissen, um ihren Geruch aufzusaugen, und tippte mit meiner Zungenspitze darauf, um auch das letzte Molekül meiner Schwester aufzunehmen.

Irgendwann zählte ich die Treppenstufen, die Kacheln im Bad und das Besteck in der Küchenschublade. Zuerst war es nur eine Methode, um mich abzulenken und aus den traurigsten Gedanken zu befreien, wenigstens für einen kurzen Moment. Aber irgendwann ging es nicht mehr ohne. Ob ich wollte oder nicht. Ich versuchte, die Treppen nach unten zu laufen und dabei im Kopf Abba-Songs zu singen, und stellte mich mit geschlossenen Augen unter die Dusche, um ja keinen Blick auf die Kacheln zu werfen. Aber es half alles nichts. Es war so, als müsste ich zur Toilette und würde so lange einhalten wie möglich. Aber irgendwann musste es raus, und dieser Moment war eine Befreiung. Genauso war es mit dem Zählen. Wenn ich versuchte, es zu lassen, wurde der Druck immer größer. Wenn ich dann endlich wieder im Zählrhythmus war, die Blätter auf der Terrasse oder die Fugen zwischen den Küchenfliesen durchnummerieren konnte, fühlte ich eine große Erleichterung. Und wenn es nichts zu zählen gab, machte ich bestimmte Dinge einfach dreimal hintereinander – und zählte das.

Keine Frage, damals war ich auf dem besten Weg, vollkommen durchzudrehen.

Ein gutes halbes Jahr nach Maikes Tod starrte mich mein Bruder beim Abendessen an. »Sag mal, hast du sie noch alle?«, fragte er irritiert und mit leicht aggressivem Unterton. »Du beißt dreimal von der Stulle ab, trinkst dreimal vom Kakao, nimmst drei Stücke Käse und drei Scheiben Tomate – hallo? Heute Mittag hast du dich auch schon so benommen! Noch alles frisch in der Birne?«

Die Blicke meiner Eltern würde ich niemals vergessen. Auch ihnen war es schon aufgefallen, das war nicht zu übersehen.

Von da an war klar, dass ich es verstecken musste, sonst würde ich bald die Dorf-Irre sein. Die eine Tochter tot, die andere mit einem Sprung in der Schüssel – das konnte ich meinen Eltern nicht antun. Sie versuchten zwar, meine Macke weitestgehend zu ignorieren, aber ab und zu gab meine Mutter mir dann doch einen Klaps auf die Finger und bat mich, mich zusammenzureißen.

Warum ich das tat und ob ich es lassen konnte oder nicht, danach fragte niemand. Wahrscheinlich war die Angst vor der Antwort zu groß. Wenn ich einen an der Waffel hatte, hätte man darauf ja auch irgendwie reagieren müssen. Aber wie? Ein Kind in der Klapsmühle war nun auch nicht gerade das, was man sich als Eltern wünschte.

Aber immer noch besser, als auch die zweite Tochter zu verlieren. Und dann auch noch wegen Aids, einer Krankheit, die man mit fürchterlichem Siechtum verband. Und mit jeder Menge Gerede, das es meinen Eltern auch nicht leichter machen würde. Im Dorf würde es sicherlich schnell heißen, ich wäre in der Großstadt in die falschen Kreise gekommen, hätte zu Drogen oder sonst was gegriffen und mich so infiziert.

Hundertfünf, hundertsechs, hundertsieben ...

Ich musste aufhören, mir so einen Horrorfilm vorzustellen. Sonst würde ich noch wahnsinnig werden. Morgen früh würden Christian und ich einen Test machen, dann wussten wir mehr. Und bis dahin war es das Beste, einfach zu schlafen.

Doch ich machte die ganze Nacht kein Auge zu und wusste am nächsten Morgen, dass die Wandhälfte über meinem Bett achttausendeinhundertfünfundzwanzig Noppen hatte.

– 36 –

Wir waren extra bis ans andere Ende der Stadt gefahren, um den HIV-Test nicht im Klinikum zu machen, in dem ich wegen meiner Gesprächsrunde ein und aus ging. Christian hatte mich mit seinem weißen Golf Cabrio abgeholt, und wir sprachen die ganze Fahrt über kein Wort. Vielleicht auch, weil wir einfach nicht wussten, was wir sagen sollten.

Obwohl ich todmüde war, war ich gleichzeitig hellwach. Ich musste immer wieder an Maike denken. Was hätte sie jetzt wohl zu mir gesagt? Wahrscheinlich hätte sie mir geraten, mir nicht so viele Sorgen zu machen. Obwohl sie noch ein Kind war, als sie aus dem Leben gerissen wurde, hatte sie manchmal schon recht weise Ansichten gehabt. »Ich mach mich doch nicht jetzt schon verrückt, das kann noch warten«, hatte sie immer gesagt, sobald sich eine schlechte Note für sie abzeichnete. Warum sollte sie sich im Vorfeld vor einer Fünf fürchten und sich dadurch die Laune verderben lassen? Das konnte sie noch ausgiebig tun, wenn sie die verpatzte Arbeit wiederbekam. Und vielleicht war sie ja gar nicht so schlecht, wie sie dachte, dann hätte sie sich unnötig verrückt gemacht. So war Maike gewesen. Sie hatte im Augenblick gelebt und jede Sekunde genießen können. Ob sie sich das wohl beibehalten hätte? Oder gehörte es zum Erwachsenwerden dazu, das zu verlieren?

Ich sah zu Christian hinüber, der blass am Steuer saß und das Lenkrad so stark umklammerte, dass seine Knöchel weiß hervortraten. Er erwiderte meinen Blick und bemühte sich um ein Lächeln, was ihm aber nicht gelang. Ich wusste genau, wie viel Angst er hatte, und auch, wie viele Schuldgefühle.

Hand in Hand gingen wir auf den Hochhausblock zu, der vollkommen anonym wirkte. Die Wahrscheinlichkeit erschien mir relativ gering, dass uns ausgerechnet hier ein bekanntes Gesicht über den Weg lief. Trotzdem blickte ich mich immer wieder um. Schon jetzt fühlte ich mich wie eine Aussätzige.

»Weißt du, wohin wir müssen?«, fragte ich mit belegter Stimme, als wir in dem großen Eingangsbereich standen, in dem jede Menge Wegweiser angebracht waren.

»Leider nicht.« Christian sah mich besorgt von der Seite an. »Alles okay?«

Ich zuckte mit den Schultern und räusperte mich. Dann wies ich mit dem Kopf Richtung Empfangstresen. Er nickte, und wir stellten uns in der Schlange an. Es dauerte eine ganze Weile, bis wir endlich an der Reihe waren.

»Wir haben einen Termin für einen ... Bluttest«, sagte Christian mit gedämpfter Stimme. Hinter uns standen exakt sechs Wartende, und alle schienen ihre Lauscher ausgepackt zu haben. Sie taten noch nicht mal so, als würden sie nicht zuhören, im Gegenteil. Die meisten wirkten neugierig. Privatsphäre war etwas anderes. »Wo müssen wir denn da hin?«

Die Frau hinter dem Schalter sah uns ernst an. »HIV-Test?«

Kam es mir nur so vor, oder sprach sie mit alarmierter Stimme? Nein, das musste ich mir einbilden. Die Frau gehörte zum medizinischen Fachpersonal, sie würde sich doch niemals ein unprofessionelles Verhalten herausnehmen.

Christian nickte.

»Zweiter Stock, Zimmer 32.«

»Danke.«

Als wir Richtung Treppenhaus gingen, spürte ich die Blicke der Leute im Rücken und war mir sicher, dass sie über uns tuschelten. Ich kam mir vor wie eine Schwerverbrecherin und begann, die Personen zu zählen, die uns entgegenkamen.

Mein ungutes Gefühl wurde nicht besser, als wir Zimmer 32 gefunden hatten. Es war der letzte Raum in einem abseits gelegenen Gang, geradezu versteckt. Christian drückte meine Hand und nickte mir aufmunternd zu, aber ich sah ihm an, dass er nicht weniger nervös war als ich. Er klopfte an die Tür, und nachdem »herein« gerufen worden war, betraten wir gemeinsam den Raum.

Die Ärztin, die dort hinter einem kleinen Schreibtisch saß, trug einen Mundschutz und Handschuhe. Missbilligend blickte sie auf. »Nein, nein, bitte jeder einzeln. Das ist hier keine Pärchenveranstaltung.«

»In Ordnung. Ich warte dann draußen«, sagte Christian und verließ ohne ein weiteres Wort den Raum.

»Hallo. Ich bin Anni Wernmann.« Ich hielt ihr die Hand zur Begrüßung hin, die die Ärztin aber geflissentlich übersah.

»Geburtsdatum, Geburtsort, Anschrift und Telefonnummer, falls vorhanden, bitte«, sagte sie stattdessen. Nachdem sie meine persönlichen Daten notiert hatte, kam sie direkt zur Sache. »Arbeiten Sie als Prostituierte?«

Mir fiel alles aus dem Gesicht. »Was? Nein! Wieso fragen Sie? Sehe ich etwa so aus?« Ich blickte an mir herunter. Ich trug eine Moonwashed-Jeans und dazu ein hellblaues Benetton-Sweatshirt, auf dem der Firmenname in großen Buchstaben auf dem Rücken stand. Prostituierte sahen in meiner Vorstellung völlig anders aus, auch wenn ich noch nie welche gesehen hatte.

»Ich muss wissen, ob Sie zu einer Risikogruppe gehören. Konsumieren Sie Drogen?«

»Nein!«

»Leben Sie promiskuitiv?«

Ich versuchte, die aufkommende Empörung herunterzuschlucken. »Nein ...«, murmelte ich. »Ich will einfach nur wissen, ob ich mich vielleicht bei meinem Freund angesteckt habe.«

Die Ärztin machte sich eine Notiz. »Ist Ihr Partner bisexuell?«

Ich unterdrückte ein Stöhnen. »Es ist doch vollkommen egal, welche Neigung man hat, entscheidend ist doch nur, wie der Test ausfällt«, brachte ich gepresst hervor.

Die Ärztin zog eine Augenbraue hoch. »Bitte beantworten Sie einfach meine Frage. Also?«

»Nein, ist er nicht. Können wir jetzt den Test machen?«

Doch die Ärztin blickte unbeirrt auf ihren Zettel, auf dem sie jeden Punkt abhakte. »Wann hatten Sie das letzte Mal ungeschützten Geschlechtsverkehr? Die Inkubationszeit kann zwei Wochen und länger betragen. Vorher kann man die Infektion gar nicht feststellen.«

»Mist. Es war erst gestern.«

»Und davor?«

»Vor zwei Jahren«, antwortete ich und räusperte mich. Ich fand es unangenehm, dieser wildfremden Frau von meinem Liebesleben zu erzählen.

»Okay. Falls es gestern zu einer Infizierung gekommen ist, können wir die höchstwahrscheinlich noch nicht nachweisen. Möchten Sie trotzdem den Test machen?«

»Ja, bitte. Falls mein Freund positiv sein sollte, kann ich doch nochmal einen machen, oder?«

»Natürlich. Dann machen Sie bitte Ihren Arm frei.«

Als ich wieder auf den Gang kam, musste ich totenbleich sein, jedenfalls nahm Christian mich sofort in den Arm.

»Alles in Ordnung?«

Ich nickte. »Ich kann Blut nicht besonders gut sehen, das ist alles.«

»Kommen Sie?« Die Ärztin blickte Christian auffordernd durch die offene Tür an und verschwand dann wieder in dem Raum. Christian folgte ihr, während ich mich setzte und auf das Ende seiner Inquisition wartete.

Ich dachte an die Boykottaufrufe zur anstehenden Volkszählung, die mir angesichts der eben stattgefundenen Fragerunde geradezu absurd erschienen. Die Sorge, zum »gläsernen Bürger« zu werden, war nach einem Bluttest, bei dem ich mein halbes Intimleben preisgeben musste, wohl hinfällig.

Christian schien es nicht viel besser ergangen zu sein, jedenfalls sah er auch ganz schön mitgenommen aus, als er aus dem Büro kam.

»Jetzt müssen wir zwei Wochen warten«, sagte er.

Ich nickte. »Du siehst fertig aus.«

»Die hat mich auch fertiggemacht.« Er fuhr sich durch die Haare.

Hand in Hand gingen wir wieder zurück Richtung Ausgang.

Die nächsten zwei Wochen verbrachten wir in einer Art Dämmerzustand. Wir hatten uns vorgenommen, uns nicht verrückt zu machen, aber das klappte natürlich überhaupt nicht. Wie Roboter gingen wir beide unserer Arbeit nach, aufs Lernen und auf meine Feldstudie konnte ich mich kaum konzentrieren. Sex hatten wir in diesen zwei Wochen nicht ein einziges Mal. Uns beiden stand nicht im Geringsten der Sinn danach.

Aus Angst vor Nachfragen oder Vorwürfen erzählten wir niemandem von dem Test. Und die Nacht, bevor wir das Ergebnis in der Klinik abholen konnten, verbrachten wir ohne eine Minute Schlaf. Christian hatte mehrere Filme ausgeliehen, und wir guckten einen Blockbuster nach dem anderen. *Der einzige Zeuge* lenkte uns noch ganz gut ab, beim *Breakfast Club* konnte ich aber kein einziges Mal lachen, und *Die Farbe Lila* brachte mich so dermaßen zum Heulen, dass mir spätestens da klar wurde, wie sehr ich mit den Nerven am Ende war.

Meine Knie zitterten, als wir am nächsten Tag in die Klinik gingen. Was sollten wir tun, wenn …? Was konnten wir dann überhaupt noch tun?

Wir waren beide negativ und wären der unsympathischen Ärztin fast um den Hals gefallen. Mit den mahnenden Worten, ab heute nie wieder Sex ohne Kondome zu praktizieren, schickte sie uns nach Hause.

»Monogamie hat auch seine Vorteile!«, rief sie uns noch nach.

»Ich will für den Rest meines Lebens sowieso nur noch mit dir schlafen«, flüsterte Christian mir daraufhin ins Ohr.

Ich küsste ihn und erwiderte, dass wir mit dem Rest seines Lebens möglichst schnell anfangen sollten.

– 37 –

In den zwei HIV-Wochen – wie wir sie rückblickend nur noch nannten – war ich weder in der Disco gewesen noch hatte ich viel Zeit an der Uni verbracht. Dafür aber meine Hausarbeit fast vollständig überarbeitet. Und ich hatte noch einmal mit Sanne gesprochen. Jedenfalls hatte ich es versucht.

Sanne war direkt, nachdem sie von der Abtreibung erzählt hatte, verschwunden. Normalerweise gingen wir immer zusammen vom Klinikum nach Hause, aber an dem Tag war sie plötzlich einfach weg gewesen. Vergeblich hatte ich noch am selben Abend an ihre Zimmertür geklopft, und auch am nächsten Morgen öffnete sie nicht. Erst einige Tage später, als mein HIV-Test gerade mal vierundzwanzig Stunden zurücklag und ich selbst verunsichert und beunruhigt über den Wohnheimflur schlich, kam sie mir aus der Küche entgegen.

»Bist du krank?«, fragte sie mich direkt.

Die Frage traf mich wie ein Schlag in die Magengrube.

»Ich hoffe nicht.«

»Du siehst beschissen aus.«

»Schönen Dank. Ich schlafe im Moment schlecht, vielleicht deshalb.«

»Kaffee?«

Ich nickte, und wir gingen zusammen in die Küche.

»Tut mir leid wegen neulich«, sagte ich, während Sanne Kaffeepulver in den Filter gab.

»Was meinst du?«

»Du weißt schon. In der Gruppe.«

»Ach so.« Sanne füllte schweigend Wasser in die Kanne und kippte es in die Maschine. »War doch nicht deine Schuld.«

»Ich weiß. Aber irgendwie fühle ich mich dafür verantwortlich, dass du ...« Ich wusste nicht genau, wie ich mich ausdrücken sollte.

»... dass ich was erzählt habe, was ich eigentlich nicht erzählen wollte?«, half Sanne mir auf die Sprünge.

Ich nickte. »Das trifft es ganz gut, ja. Wenn du dich genötigt gefühlt hast, dann tut es mir wirklich leid. Ich meine, du bist ja nur meinetwegen in der Gruppe, du hast ja keinen Zwang. Und dann wurdest du dazu gebracht, so was Persönliches zu erzählen.«

»Das stimmt.« Sanne stellte die Maschine an und setzte sich zu mir. »Aber kein Problem. Echt nicht. Eigentlich hat es ganz gutgetan, mal darüber zu reden. Weißt du, ich habe es seit damals niemandem erzählt. Meine Eltern sollten auf keinen Fall etwas erfahren und meine Freundinnen auch nicht, ich hab mich so sehr geschämt. Deshalb habe ich es immer für mich behalten. Aber irgendwann erstickt man fast dran, dann muss es einfach raus, falls du verstehst, was ich meine.«

Oh, ja. »Ist das der Grund, warum du keinen Freund haben willst?«, fragte ich.

Sanne grinste schief. »Wenn mir ein dufter Typ über den Weg laufen würde, würde ich es mir vielleicht überlegen. Aber ja, nach der Erfahrung von damals bin ich nicht sonderlich scharf auf Kerle.«

»Geht ja auch ohne.« Ich lächelte.

»Sagst du jetzt, wo du dir den reichen Banker geangelt hast.« Sanne lachte und holte zwei Tassen aus dem Schrank.

Ganz kurz spielte ich mit dem Gedanken, ihr von Maike, meinem Zwang und dem HIV-Test zu erzählen. Aber dann schien mir der Augenblick nicht richtig.

Und auch in den nächsten Tagen sollte nicht der richtige Moment kommen. Meine letzte Stunde mit meiner Gesprächsrunde stand an, und meine Gedanken drehten sich nur noch darum. Für Professor Neubauer hatte ich das meiste schon schriftlich zusammengefasst, und ich hatte das Gefühl, dass ich die Arbeit bald abgeben konnte. Dr. Höller schien das allerdings anders zu sehen.

»Professor Neubauer versteht bei wissenschaftlichen Arbeiten keinen Spaß«, sagte sie, als ich vor der Stunde in ihrem Büro vorbeischaute. »Er ist sehr genau, man könnte auch sagen: penibel. Wollen Sie die letzte Stunde nicht noch in die Beobachtungen mit einfließen lassen? Sie wären doch sonst nicht wirklich vollständig.«

»Grundsätzlich kann ich das natürlich machen. Ich dachte aber eigentlich, ich halte eine Art Schlussplädoyer ...«

»Sie sind nicht im Juridicum.«

»Ich weiß.« Ich suchte nach den richtigen Worten. »Mir sind die Teilnehmer der Gruppe alle ans Herz gewachsen, deshalb wollte ich sie mit ein paar persönlichen Worten verabschieden ...«

»Schön. Aber ein bisschen was an die Hand können Sie ihnen doch auch geben, oder? Schließlich haben Sie Erkenntnisse und Schlüsse aus der Zeit gezogen, die können Sie doch mit ihnen teilen – und auch in die Arbeit mit aufnehmen. Ich weiß, wie wichtig Professor Neubauer ein Fazit ist.«

»In Ordnung ...« Und ich hatte schon gehofft, mit allem fertig zu sein. Falsch gedacht.

Als ich später in den Gruppenraum kam, war ich nervöser als sonst. Einerseits war ich froh, die Feldstudie abschließen zu können, andererseits wusste ich auch jetzt schon, dass mir die Gruppe fehlen würde. Sven, Manuela und Sanne blieben mir zum Glück erhalten. Davon ging ich jedenfalls aus – nein, dessen konnte ich mir sicher sein. Wir hatten uns in den letzten Wochen wirklich angefreundet.

Während sich der Stuhlkreis füllte und schließlich jeder Platz besetzt war, dachte ich kurz daran, wie unehrlich es sich anfühlte, meinen eigenen Tick zu verschweigen, während ich eine Studie zu diesem Thema begleitete, Zwänge anderer Menschen beobachtete und erforschte. Aber vielleicht würden sich die anderen auch verarscht vorkommen, wenn ich in der letzten Stunde mit meinem Outing um die Ecke käme. Wem wäre mit so einer Beichte also geholfen? Außer mir selbst? Ich räusperte mich und beendete damit mein Gedankenkarussell.

»Heute ist unsere letzte Sitzung«, begann ich, nachdem ich kurz um Ruhe gebeten und alle begrüßt hatte. »Ihr habt mir in den letzten Wochen vertraut, habt euch gegenseitig vertraut, und dafür möchte ich euch als Erstes danken.«

»Dafür hast du uns mit prima Kuchen versorgt!«, rief Sven.

»Und Chili!«, ergänzte Manuela.

»Das war ja wohl das Mindeste.« Dann blickte ich kurz auf den Zettel mit meinen Notizen. »Um ein Problem zu lösen, muss man erst verstehen, dass man eines hat«, fuhr ich fort und hoffte, dass meine Stimme nicht zu lehrerhaft klang. »Da ihr jede Woche zu mir in die Gruppe gekommen seid, gehe ich davon aus, nein, ich weiß es, dass ihr alle eure Zwangserkrankung bewältigen wollt.«

»Und jetzt sagst du uns endlich, wie wir den Scheiß loswerden?«, fragte Sven grinsend.

»Nun ja, ganz so einfach wird es vermutlich nicht. Aber ich finde, wir haben ein paar gute Schritte in die richtige Richtung gemacht. Ihr wisst doch jetzt, dass es weder gut noch schlecht ist, dass ihr an einer Zwangserkrankung leidet.«

»Also, ich finde es schlecht«, meinte Manuela.

»Ich auch«, sagte Sven. Die anderen murmelten zustimmend.

»Aber du selbst weist der Erkrankung doch ihre Bedeutung zu, du bewertest sie«, sagte ich. »Und wenn sie für dich das Böse ist, dann erhöhst du sie damit doch auch, oder nicht?«

»Wenn Sie Ihren Zwang realisieren und akzeptieren«, sagte

Dr. Höller, »dann machen Sie den ersten Schritt in Richtung Heilung. Dann sind Sie nicht mehr einfach nur ein Beobachter Ihres Zwangs, sondern beginnen mit einer Veränderung. Und diesen Schritt haben Sie meiner Meinung nach alle erfolgreich getan. Ob nun Zwang oder Suchtverhalten.«

Der Cannabis-Raucher nickte. »Das stimmt. Seitdem ich in der Gruppe über alles spreche, fühle ich mich auf jeden Fall nicht mehr so schlecht wie vorher.«

»Als mein Zwang noch mein großes Geheimnis war, habe ich mich viel mehr isoliert«, stimmte Sven ihm zu. »Damit hast du völlig recht.«

Ich nickte. Nichts machte einsamer als ein psychisches Problem, das man nur mit sich selbst auszumachen versuchte. »Ihr müsst euch sowohl dem Zwang stellen als auch der Angst, die damit verbunden ist.«

Die Angst, mich mit Maikes Verlust auseinanderzusetzen, die Trauer zu bewältigen und meinen Schmerz jemandem anzuvertrauen. Herrgott noch mal, ich gab hier jede Menge kluge Tipps, war aber nicht in der Lage, sie auf mich selbst anzuwenden! Ich erinnerte mich an die Worte von Professor Neubauer: »So wenig, wie ein Chirurg seinen eigenen Beinbruch operieren kann, so wenig kann ein Psychologe seine eigene psychische Erkrankung behandeln.« Wie wahr.

Ich blickte auf meinen Zettel mit den Stichworten, um nicht den Faden zu verlieren. »Vielleicht könnte es eine Lösung sein, wenn ihr euren Zwang herausfordert. Euch also bewusst in solche Situationen bringt, in denen der Zwang mit einer hohen Wahrscheinlichkeit auftritt.«

Sven zwinkerte mir zu, und auch Manuela grinste. Mit ihren Besuchen im Exil hatten die beiden schließlich nichts anderes getan – und mich so auch auf die Idee gebracht, ein solches Verhalten als therapeutischen Tipp zu verwenden.

Elke, die gemeinsam mit Wolfgang und Carsten zu meiner

letzten Stunde gekommen war, hob die Hand, und ich nickte ihr zu. »Bei uns Alkoholikern ist das ähnlich«, sagte sie. »Bevor wir nicht selbst erkennen, was mit uns schiefläuft, kann keine Veränderung eintreten. Dann ist es zunächst allerdings hilfreich, sich nicht in Gefahrensituationen zu begeben, also zum Beispiel nicht in eine Kneipe oder auf Partys zu gehen, weil die Versuchung, dort wieder zu trinken, viel zu groß ist.«

»Damit ist auch nicht gemeint, dass Sie eine Weinflasche in die Hand nehmen sollen«, sagte Dr. Höller. »Sondern dass Sie sich einer Situation aussetzen, in der Sie früher sofort getrunken hätten. Und vor der Sie heute vielleicht noch Angst haben.«

Elke nickte nachdenklich.

»Der effektivste Weg, um eine Angst abzulegen, ist ihr zu begegnen«, fuhr ich fort. »Deshalb rät man Menschen mit Flugangst, sich der Angst zu stellen und in einen Flieger zu steigen. Und genau das solltet ihr auch versuchen.« Und ich auch, ging es mir durch den Kopf. »War es wirklich nur der Stress mit dem Haushalt und den Kindern, der dich zum Trinken gebracht hat?«, fragte ich Elke.

Langsam schüttelte sie den Kopf. »Nein. Ich war unzufrieden mit meiner Situation und auch gestresst, das schon. Aber warum bin ich mit neunzehn schwanger geworden und habe sofort geheiratet? Weil ich es mir nicht zugetraut habe, zu studieren und auf eigenen Beinen zu stehen. Deshalb.«

Dr. Höller nickte ihr aufmunternd zu. »Und diese Erkenntnis ist wichtiger, als Sie glauben. Vielleicht sollten Sie versuchen, jetzt die Dinge anzugehen, für die Sie damals nicht den Mut gefunden haben.«

»Aber soll ich mit sechsunddreißig etwa noch studieren?«

»Warum denn nicht?«, meinte ich. »Du bist der Chef in deinem Leben. Nicht die Angst, nicht die Sucht oder der Zwang. Nur du.«

Als die Zeit schließlich um war, stand ich auf und hoffte, dass man die Tränen in meinen Augen nicht sah.

»Ich möchte mich noch mal bei euch bedanken«, sagte ich mit bemüht fester Stimme. »Danke, dass ihr an dieser Feldstudie teilgenommen habt, eure Gedanken, Ängste und Sorgen mit mir geteilt habt und wir so gut miteinander reden konnten.«

Für einen Moment herrschte Stille. Dann fingen die anderen an zu klatschen. Sanne kam nach vorn und umarmte mich.

»Du hast das super gemacht«, sagte sie. »Du kennst dich mit Zwängen wirklich toll aus. Respekt.«

»Dem kann ich mich nur anschließen«, sagte Dr. Höller. »Sehr gute Arbeit, Anni. Aus Ihnen wird mal eine hervorragende Psychotherapeutin.«

Ich wusste nicht, was ich sagen sollte, und war einfach nur glücklich.

– 38 –

Auch an Christian war die Zeit, in der Anni und er auf das Ergebnis des HIV-Tests gewartet hatten, nicht spurlos vorbeigegangen. Die Anspannung der letzten Tage hätte er früher mit Alkohol und Drogen betäubt. Dass er das jetzt nicht tat und trotz der herausfordernden Situation nicht rückfällig geworden war, war für ihn Schwerstarbeit gewesen, und er wollte nicht, dass Anni etwas davon erfuhr.

»Ich weiß, dass Stresssituationen schnell alte Verhaltensmuster heraufbeschwören können. Denk daran, dass du es mit einer angehenden Psychologin zu tun hast«, sagte Anni.

»Da passiert nichts mehr. Du kannst mir vertrauen«, entgegnete Christian und hoffte, dass sie das auch tat. »Aber ich gebe zu, dass es nicht einfach ist«, fügte er dann noch hinzu.

Wenn er wollte, dass sie ihm vertraute, dann musste er selbst das auch tun. Er hatte fast vergessen, wie sehr es einem half, wenn man einem anderen Menschen voll und ganz vertrauen konnte. Wenn man wusste, dass man sich auf ihn verlassen konnte, egal, was auch passierte. Und er spürte deutlich, dass Anni ähnlich fühlte. Vielleicht hatten diese zwei verdammten HIV-Wochen ja auch etwas Gutes gehabt. Auf jeden Fall hatten sie sie noch enger zusammengeschweißt, und Christian hatte das Gefühl, dass er endlich angekommen war, dass Anni die Frau war, mit der er für immer zusammenbleiben wollte. Er hätte nicht gedacht, dass ihn dieses Gefühl jemals wieder erfassen würde. Nach seiner zerbrochenen Liebe zu Gela hatte er eigentlich damit abgeschlossen.

Das bestärkte ihn darin, weiter in seinem Leben aufzuräumen. Es gab da noch einige Baustellen – aber eine lag ihm besonders am Herzen: Paul.

Mehrfach hatte Christian das Gespräch mit ihm gesucht. Er hatte ihn zum Mittagessen eingeladen, ihn angerufen und nach Feierabend vor der Bank abgefangen. Aber Paul hatte ihn immer stehen lassen.

»Was muss ich denn noch machen, damit du meine Entschuldigung annimmst?«, rief Christian ihm eines Abends verärgert hinterher, als Paul wieder nur wortlos an ihm vorbeiging.

Diesmal aber blieb er stehen und kam langsam zu ihm zurück. »Okay. Ich nehme deine Entschuldigung an«, sagte er, ohne eine Miene zu verziehen.

»Na endlich!«, sagte Christian erleichtert und wollte Paul umarmen, doch dieser wich einen Schritt zurück.

»Trotzdem möchte ich nichts mehr mit dir zu tun haben«, sagte Paul kühl. »Wir können das Thema abhaken und uns einen guten Tag wünschen. Aber das wars.«

Seine Worte versetzten Christian einen schmerzhaften Stich. »Wir sind keine Freunde mehr?«

Spöttisch lachte Paul auf. »Sind wir das je gewesen?«

Das hatte ihn noch mehr getroffen, obwohl er zugeben musste, dass an Pauls Worten vielleicht etwas Wahres dran war. Sie waren Kollegen gewesen, die hervorragend zusammengearbeitet hatten, gemeinsam illegale Substanzen durch die Nase gezogen und viel zu viel gefeiert hatten. Doch viel mehr war es tatsächlich nicht gewesen. Er hatte Paul als den einzigen Freund in seinem Leben betrachtet, und die Tatsache, dass er eigentlich nie einer gewesen war, traf Christian bis ins Mark. Es stürzte ihn förmlich in eine Sinnkrise. Früher, mit den Drogen und mit seinem vermeintlichen Freund an der Seite, waren die viele Arbeit und der

Stress in der Bank wie ein großes Abenteuer gewesen. Ohne Paul und ohne die Drogen spürte Christian nur noch Druck. Und ein gehöriges Maß an Unzufriedenheit. Machte sein Job ihm eigentlich überhaupt noch Spaß?

Als er am Abend Anni beim Jugoslawen zum Essen traf, war er immer noch niedergeschlagen. Zum Glück war das Restaurant relativ leer, für eine trubelige Atmosphäre wäre er heute nicht in der richtigen Stimmung gewesen.

»Was ist los mit dir?«, fragte sie besorgt, und er erzählte ihr von dem Gespräch mit Paul.

»Ich hab das Gefühl, dass mein Leben in eine völlig falsche Richtung läuft«, sagte er bedrückt.

»Na, das höre ich gerne, wo wir gerade seit ein paar Wochen zusammen sind«, scherzte Anni, wurde aber schnell wieder ernst. »Dein Leben läuft doch gerade in die richtige Richtung«, fügte sie sanft hinzu. »Du trinkst nicht mehr, nimmst keine Drogen, das ist doch alles super!«

»Schon. Aber ich lebe überhaupt nicht das Leben, das ich immer wollte. Eigentlich wollte ich mit einer großen Familie auf dem Land leben – und was mache ich stattdessen? In einer Bank von morgens bis abends Geld scheffeln.«

Anni musste schmunzeln. »Ich hab dir schon mal gesagt, dass das Landleben nicht so romantisch ist, wie du es dir vielleicht vorstellst«, sagte sie. »Im Prinzip geht es bei uns auch nur ums Geldscheffeln. Die Hühner- und Schweinebauern sind die wohlhabendsten Leute, und irgendwie war das im Dorf immer das Einzige, was zählte. Wie bei dir in der Bank.«

»Na ja. Wir quälen vielleicht manchmal die Kunden, wenn wir ihnen einen miesen Fonds aufschwatzen, aber wir sperren keine Lebewesen in Streichholzschachteln.«

»Du hast schon recht. Wenn man sich die Zustände mal vor Augen führt, ist das eigentlich nichts, was man haben möchte. Aber nur die Bauern mit Massentierhaltung verdienen Geld, viele andere Höfe bei uns im Ort sind pleite und werden zum Verkauf angeboten.«

»Das ist nicht das Landleben, das ich mir vorstelle«, sagte Christian. »Das muss doch auch irgendwie anders gehen!«

»Da sind wir wieder bei deiner Heidi-Romantik.« Anni lachte.

»Ja, vielleicht. Aber was ist so schlecht daran, wenn Tiere auf der Weide grasen und sich frei bewegen können?«

»Gar nichts. Aber du legst auch jeden Morgen Wurst oder Schinken auf dein Brot. Fragst du deinen Fleischer vielleicht, woher das Schwein kommt?«

»Ehrlich gesagt, nein. Auf die Idee bin ich bisher noch gar nicht gekommen. Könnte er es mir denn beantworten?«

»Vermutlich nicht«, meinte Anni. »Die Ställe sehen doch alle gleich aus. Ich wüsste nicht, wo du Fleisch von einem frei laufenden Schwein kaufen kannst. Bei Hühnern mag es das auf ein paar kleinen Höfen noch geben, aber dann kosten die Eier auch schnell dreißig oder vierzig Pfennig. Das zahlt doch kein Mensch.«

Christian verzog den Mund. »Es kann doch nicht immer nur ums Geld gehen!«

»Das sagt ja der Richtige!«

»Wenn man die Leute über die Zustände aufklärt, sind sie doch bestimmt bereit, mehr für tierische Produkte zu zahlen. Aber es weiß doch keiner, wie es in unserer Landwirtschaft zugeht.«

»Ab und zu wird schon darüber berichtet«, entgegnete Anni und erinnerte ihn an den Film *Und ewig stinken die Felder*, der neulich erst wieder im Fernsehen gezeigt worden war und für große Aufregung gesorgt hatte, weil er die Zustände in der norddeutschen Massentierhaltung an den Pranger stellte.

»Habe ich nicht gesehen«, sagte Christian. »Hast du ihn zufällig aufgenommen?«

»Nein. Aber ich kann mal im Sender nachfragen, ob es da irgendwo eine Kopie gibt.«

»Danke.« Er atmete tief durch und lächelte sie an. »Entschuldige die ganzen Diskussionen. Ich hatte einfach einen stressigen Tag, verbunden mit einer kleinen Sinnkrise.«

»Das soll vorkommen.« Anni strich ihm über den Arm. »Soll ich dich nachher noch ein bisschen ablenken?«

Wieder seufzte er. »Heute nicht, Anni. Ich muss nachher noch eine Präsentation vorbereiten. Ich bring dich nach Hause, okay?«

Er sah die Skepsis in ihrem Gesicht und wich ihrem besorgten Blick bewusst aus.

– 39 –

Als ich am nächsten Tag in die Redaktion kam, rauchten dort die Köpfe.

»Was ist denn hier los?«, fragte ich Claus Lohrengel, als ich die Post zu den Redakteuren brachte.

»Der Jahrestag der Iranischen Revolution steht diese Woche an«, antwortete er. »Wir können das eigentlich nicht unkommentiert lassen, aber wie zur Hölle soll man so einen Unrechtsstaat auf den Arm nehmen?«

In dem Moment kam Peter Brandt in das Großraumbüro. »Ah, Anni, gut, dass ich Sie sehe. Drei Leute sind krank, wir kommen mit dem Sichten überhaupt nicht mehr nach. Würden Sie einspringen? Danke. Fokus bitte auf den Iran.« Und weg war er.

Claus Lohrengel grinste mich an. »Ist doch besser, als Kaffee zu kochen. Kriegst du das hin?«

»Ja, klar.«

Ich hatte schon mal die Redakteure beim Sichten unterstützt. Im Prinzip war es nicht so schwer, zumal ich selbst keine Entscheidungen treffen durfte. Ich musste mir also nur alle Nachrichtensendungen der letzten Tage anschauen und genau darauf achten, ob sich ein Politiker vielleicht mal komisch bewegte, stolperte oder sich versprach.

Ich zog mich in den Sichtungsraum zurück, in dem ein halbes Dutzend Redakteure und Autoren vor den Monitoren saßen, sich Beiträge anschauten und immer wieder wild irgendwelche Ideen in den Raum riefen. Es war eine lebhafte, fast aufgeheizte Atmosphäre.

Ich suchte mir einen freien Monitor und ging alle Bänder durch, auf denen Sendungen aufgenommen waren, die sich irgendwie mit dem Iran beschäftigt hatten. Das waren nicht wenige. Die meisten drehten sich allerdings um Schreckensnachrichten, die sich beim besten Willen nicht verspotten ließen. Und auch die westlichen Politiker äußerten sich immer besonders bedacht, wenn sie über den Iran sprachen. Eine missverständliche Bemerkung wollte offensichtlich niemand riskieren.

Als ich mir bestimmt die zwanzigste Sendung angeschaut hatte, fiel mir auf, dass Ajatollah Khomeini von seinen Landsleuten gefeiert wurde wie ein Star. Die Menschen warteten an den Straßen und jubelten, wie man es bei uns nur von Auftritten Michael Jacksons kannte. Besonders die Frauen schienen diesen alten Mann zu lieben.

Eine der leitenden Redakteurinnen, Ines Schaller, saß direkt neben mir.

»Ist doch komisch, wie die den alle feiern«, sagte ich zu ihr.

»Hm?« Ines Schaller machte sich gerade konzentriert Notizen und schien mich bisher gar nicht richtig bemerkt zu haben. Hinter ihr rief ein anderer Kollege gerade etwas, das ich nicht richtig verstand, und alle lachten.

»Dieser Khomeini verbietet den Frauen fast alles, die müssen sich verschleiern und dürfen nichts mehr machen. Aber die feiern den Kerl, als wäre er der Heiland höchstpersönlich.«

»Vielleicht glauben sie das ja«, meinte Ines Schaller. »Der ist doch ein Religionsführer. Weiß der Teufel, was die alles in dem sehen.«

»Kann ja sein. Aber erst mal hat er ihnen alle Rechte genommen, und sie jubeln, als wäre das das Beste, was ihnen hätte passieren können.«

»Klar, Wahnsinn. Aber wenn du mich fragst: Religion ist eh der Wahnsinn.« Mit diesen Worten stand sie auf und verließ den Sichtungsraum.

Nachdenklich blickte ich auf den Monitor und betrachtete die jubelnden Frauen, die den greisen Ajatollah feierten. Vielleicht lässt sich daraus ja was machen?, dachte ich, als plötzlich Claus Lohrengel hinter mir stand.

»Man könnte Ajatollah Khomeini wie einen Popstar zeigen, dem die verschleierten Frauen BHs und Slips zuwerfen«, schlug ich vor. Claus Lohrengel brach in schallendes Gelächter aus.

»Habt ihr das gehört?«, rief er in den Raum und die anderen nickten grinsend.

»Lustig!«

»Knaller!«

Claus Lohrengel nickte mir anerkennend zu. »Wirklich eine witzige Idee.«

»Soll ich das mal aufschreiben und der Redaktionsleitung vorschlagen?«

»Nee, nee, das überlass mal lieber den Profis«, antwortete Claus. »So was wird nur ein ganz kleiner Einspieler, maximal ein paar Sekunden lang. Da muss man exakt auf den Punkt kommen, auch schon beim Schreiben, das ist gar nicht so einfach.«

»Aber der Claus kriegt das hin!«, feixte einer der Kollegen, und wieder lachten die anderen.

»Ich schlag deine Idee mal vor und halte dich auf dem Laufenden, okay?«, sagte Claus Lohrengel.

»Ja, klar, danke.« Ich freute mich. Vielleicht konnte meine Idee ja wirklich umgesetzt werden.

An diesem Tag war ich viel länger im Sender als sonst. Durch den Krankenstand in der Redaktion gab es so viel zu tun, dass ich ordentlich Überstunden machte. Aber da war ich nicht die Einzige, und als ich am späten Abend endlich nach Hause ging, saßen immer noch jede Menge Redakteurinnen und Autoren an ihren Schreibtischen.

Als ich vorn am Büro von Britta Schiebls vorbeiging, war sie gerade dabei, die Dispo für die nächste Sendung ans Schwarze Brett zu heften. Dort wurde immer penibel eingetragen, wer welche MAZ bearbeitete, wer die Idee dazu gehabt hatte und wie lang der Film werden sollte.

»Die Sendung steht schon?«, fragte ich erstaunt.

Britta unterdrückte ein Gähnen. »Na ja, fürs Erste. Da ändert sich bestimmt noch einiges. So wie immer.«

»Darf ich mal gucken?«

»Logisch.«

Sie wich einen Schritt zurück, und ich überflog die Dispo. Mein Herz schlug schneller, als ich sah, dass mein Vorschlag angenommen worden war. Ich freute mich über diesen kleinen Erfolg. Dass mein Name nirgendwo auftauchte, sondern Claus Lohrengel sich die Idee auf die Fahnen geschrieben hatte, ärgerte mich allerdings für einen Moment.

»Das war eigentlich meine Idee«, sagte ich zu Britta und zeigte auf die Spalte in der *Ajatollah wird wie Popstar gefeiert* notiert worden war.

Britta zuckte bloß mit den Schultern. »Ich hab denen auch schon mal Tipps gegeben und wurde nirgendwo erwähnt. So ist das nun mal, wenn man bei den Großen noch nicht mitspielen darf.«

»Ich durfte ja mitspielen. Sie haben mich ja aufgefordert, ihnen zu helfen!«

»Schon klar. Aber ein bisschen mitspielen ist halt nicht dasselbe wie machen. Ist leider überall so.«

Das stimmte nicht. Wenn ich daran dachte, wie selbstständig ich meine Gruppenrunde in der Uni leiten durfte, wie ich meine Beobachtungen selbst auswerten und Thesen daraus ableiten konnte, dann war das viel mehr gewesen, als nur ein bisschen bei den richtigen Psychologen mitzuspielen.

Auf der Busfahrt nach Hause standen meine Gedanken nicht still. Ja, es machte mir eigentlich großen Spaß, im Sender zu arbeiten. Und ja, es machte mir vor allem dann Spaß, wenn ich mehr machen durfte als nur leichte Hilfsarbeiten. Ich mochte die Schnelligkeit, die in dieser Branche herrschte und die ein klarer Gegensatz zur Wissenschaft war, wo alles deutlich langsamer vonstattenging. Während ich für mein Studium alles wochenlang beobachten und erforschen musste, hatte man in der Redaktion nur wenige Tage, manchmal nur Stunden Zeit, um aus einer Idee eine hervorragende Satire zu machen.

Aber war das wirklich gut? Vielleicht war es manchmal doch besser, in Ruhe über etwas nachzudenken, bevor man alles für eine gute Pointe opferte. Aber Wissenschaft und Fernsehen ließen sich einfach nicht vergleichen. Das eine zur Gründlichkeit verdammt, das andere zwangsläufig eher oberflächlich. Kein Mensch würde schließlich eine Fernsehsendung schauen, bei der ein Moderator mit der Genauigkeit und Penibilität durchs Programm führte, wie es ein Wissenschaftler in seiner Studie tat.

Die Fernsehwelt war einfach ein Paralleluniversum, das so aufgeregt und hektisch war, dass man die eigenen Probleme aus dem richtigen Leben fast vergessen konnte.

– 40 –

Nervös saß ich im Büro von Professor Neubauer und trommelte mit den Fingern auf meine Knie. Dreiundsechzigmal hatte ich das in der letzten Minute gemacht.

Der Professor saß mir schweigend gegenüber und blätterte durch meine überarbeitete Hausarbeit, als würde er sie jetzt zum ersten Mal lesen. Was nicht sein konnte, da er mich ja zum Besprechen der Arbeit einbestellt hatte.

»Was verbinden Sie mit Buddha?«, fragte er mich plötzlich, nachdem er minutenlang kein Wort gesagt hatte. Und brachte mich dadurch ganz schön aus der Fassung.

»Buddha? Wieso jetzt ... äh, Buddha?«

»Ja. Welches Bild kommt Ihnen von Buddha als erstes in den Kopf?«

Was sollte das werden? Eine Art Wissensquiz? *Der große Preis* für Studenten? Kam Wim Thoelke gleich um die Ecke?

»Also, als Erstes sehe ich da einen etwas dicklichen, leicht bekleideten Mönch, der ständig lächelt.«

Professor Neubauer sah mich streng an. »Das ist etwas zu banal.«

»Entschuldigung. Natürlich.« Ich dachte fieberhaft nach. In meinem ganzen Leben hatte ich mich noch nicht ausführlich mit Buddha beschäftigt. »Worauf wollen Sie hinaus?«, fragte ich zögerlich.

Er seufzte. »Buddha hat die Achtsamkeitslehre in die Welt gebracht.«

»Aha. Ja, klar.« Ich wusste immer noch nicht, was er von mir wollte.

»Sagt Ihnen das etwas?«

»Achtsamkeit? Ja, natürlich.« Die Gedanken rasten durch meinen Kopf, und ich versuchte, sie in eine gerade Bahn zu lenken. »Das bedeutet, dass wir etwas oder jemandem unsere volle Aufmerksamkeit schenken, uns nur auf diese eine Sache konzentrieren.«

»Richtig. Und das, ohne dabei eine Wertung vorzunehmen.«

»Genau.« Was wollte der Mann bloß von mir?

Professor Neubauer zog eine Augenbraue hoch, wodurch sein Gesichtsausdruck etwas Spöttisches bekam. »Sie haben das in Ihrer Hausarbeit beschrieben, ohne das Wort Achtsamkeit zu verwenden.«

Ist mir gar nicht aufgefallen, wäre es mir fast herausgerutscht, aber ich konnte mir in letzter Sekunde auf die Lippen beißen und nickte nur.

»Sie haben beschrieben, wie den Studienteilnehmern ihre Zwangsgedanken bewusst wurden und wie sie es schafften, sie nicht zu bewerten.«

Ich suchte nach den richtigen Worten. »Sobald die Betroffenen ihren Zwang als Qual oder großes Leid ansehen, geben sie die Kontrolle über ihn ab«, sagte ich und merkte, wie belegt meine Stimme klang. »Wenn sie es aber schaffen, den Zwang zu akzeptieren, dann bleiben sie der Chef in ihrem eigenen Leben.«

Professor Neubauer sagte nichts dazu und blätterte weiter ernst in meiner Arbeit. Wieso hatte ich diese verdammte Achtsamkeit übersehen? Auch Dr. Höller hatte nie ein Wort darüber verloren! In der ganzen Literatur, die ich gewälzt hatte, hatte ich auch nichts darüber gelesen – oder war es mir einfach nicht aufgefallen?

Ich spürte, wie die Hitze in meinem Gesicht aufstieg, als sich ein unguter Gedanke in mir breitmachte. Was, wenn ich es doch gelesen hatte und unterbewusst eine bereits existierende Lehre zu meinen eigenen Beobachtungen gemacht hatte? War das möglich?

»In der Psychotherapie wird die Achtsamkeitslehre als Befreiung von tief verwurzelten Gedankenmustern angesehen«, sagte Professor Neubauer mit gewohnt strenger Stimme. »Das ist ein relativ neuer Ansatz, der noch nicht viele Vertreter gefunden hat. Ich halte ihn für sehr vielversprechend.«

Ein versteckter Vorwurf. Eindeutig. Weil ich die Achtsamkeitslehre mit keinem Wort in meiner Hausarbeit erwähnt, sondern sie nur umschrieben hatte.

»Ich werde mich noch mal ausführlich damit beschäftigen«, sagte ich leise.

»Das sollten Sie. Die Achtsamkeitslehre lehrt positive Wahrnehmungsqualität. Also das Hier und Jetzt, den gegenwärtigen Moment zu genießen. Völlig bewusst und klar. Was vielen Patienten mit einer Zwangserkrankung nicht gelingt, weil sich immer wieder die Zwangsgedanken dazwischendrängen.«

Ja, das habe ich auch beobachtet, wollte ich sagen, brachte aber kein Wort mehr heraus.

»Deshalb gehen wir in der Psychologie auch davon aus, dass es das Selbstbewusstsein stärkt, wenn man sich mit Achtsamkeit beschäftigt.«

Ich nickte stumm. Dass das Selbstbewusstsein massiv litt, wenn man sich zum Sklaven seines Zwangs machte, wusste ich aus eigener Erfahrung. Wie unsicher hatte ich schon in meinem Wohnheimbett gelegen und die Noppen an der Raufasertapete gezählt! Welcher Mensch mit einem gesunden, starken Selbstbewusstsein machte so was schon?

»In der Stressbewältigung hat die Achtsamkeit mittlerweile einen gewissen Stellenwert erlangt. Aber auch das beschreiben

Sie im Prinzip in Ihrer Hausarbeit, ohne die Achtsamkeitslehre zu erwähnen.« Professor Neubauer sah mich ernst an, und ich klopfte erneut gegen meine Knie.

Was sollte ich jetzt noch sagen? Offenbar hatte ich schon wieder wissenschaftlich unkorrekt gearbeitet. Meine Arbeit beruhte aber doch auf meinen Beobachtungen, genau wie meine Arbeit bei *Rudis Tagesshow*. Ich beobachtete, hörte zu und zog meine Schlüsse daraus – war das nicht genau das, was Forscher taten?

Einundsiebzigmal.

»Es tut mir leid, wenn ich da was versäumt habe. Ich kann das noch nacharbeiten, wenn Sie wollen ...«

»Nein. Das will ich nicht.« Professor Neubauer klappte meine Hausarbeit zu.

Er schmeißt dich raus, ging es mir durch den Kopf. Ich muss ins Lehramt wechseln.

Am liebsten wäre ich einfach aufgestanden und aus dem Büro gelaufen.

Eine halbe Stunde später kam ich fassungslos in die Cafete. Sanne saß dort mit Björn und Thorsten. Sie rauchten und tranken Kaffee und winkten mir zu, als sie mich sahen.

»Ist was passiert?«, fragte Sanne besorgt. »Du siehst aus, als wärst du gerade dem Tod von der Schippe gesprungen.«

Ich war immer noch völlig durch den Wind.

»Mein Professor hat mir eine Stelle angeboten«, sagte ich mit zittriger Stimme.

»Du hast doch diesen Fernsehjob«, meinte Björn.

»Das ist was anderes. Er will mich als wissenschaftliche Mitarbeiterin.«

Thorsten pfiff durch die Zähne. »Respekt. Und das im Grundstudium? Das gibt es nur selten. Bist du so 'ne Überfliegerin, oder was?«

»Er meinte, dass sich aus meiner Hausarbeit vielleicht auch ein

Promotionsstoff für später ergeben könnte.« Ich konnte immer noch nicht fassen, was Professor Neubauer zu mir gesagt hatte.

»Er sieht dich als Doktorandin? Jetzt schon?« Sanne war sichtlich beeindruckt. »Toll! Ich nehme an, deine Hausarbeit hat ihm also gefallen?«

Jetzt schaffte ich es endlich, zu lächeln. »Eins plus«, brachte ich über die Lippen.

»Frau Doktor! Großartig!« Sanne sprang auf und umarmte mich. »Aber deshalb musst du doch nicht so bleich sein wie eine Leiche! Das ist doch ein Grund zu feiern! Heute Abend geht's in die Disco!«

»Exil? Ich bin dabei!«, rief Björn, und Thorsten nickte.

»Heute Abend geht es leider nicht«, sagte ich.

»Nicht dein Ernst!«, rief Sanne entrüstet.

»Man muss die Feste feiern, wie sie fallen!«, stimmte Thorsten in den Chor mit ein.

Ich musste lachen. »Wir holen das nach. Versprochen!«

Ich war aufgeregt wie ein Teenie vor dem Abschlussball, als ich am Abend vor dem Fernseher saß und die Titelmusik von *Rudis Tagesshow* erklang. Meine Laune war wegen meines Gesprächs mit Professor Neubauer schon sensationell gut, und ich konnte über jeden Gag in der Sendung lachen, weshalb ich mir immer wieder amüsierte Kommentare von Sven und Manuela anhören musste.

Eigentlich hatte ich die Show mit Christian zusammen gucken wollen, aber ich hatte ihn nicht erreicht. In der Bank sagte man mir, dass er sich schon vor zwei Stunden in den Feierabend verabschiedet habe, aber zu Hause nahm er auch nicht ab. Da Sanne mit den beiden Jungs losgezogen war, hatte ich spontan bei Sven geklingelt, der gerade mit Manu kochte. Gemeinsam saßen wir jetzt vor dem Fernseher und aßen eine leicht angebrannte Quiche.

»Jetzt müsste es kommen!«, rief ich. Natürlich hatte ich die Dispo im Kopf und wusste genau, welcher Film vor meinem ausgestrahlt wurde. Ich registrierte jede Sekunde.

Tatsächlich schien meine Idee wirklich nur für ein extrem kurzes Filmchen gereicht zu haben. Gerade mal vierzehn Sekunden war der Einspieler lang. Die Bildmontage suggerierte, dass verschleierte Iranerinnen BHs und Slips auf den iranischen Revolutionsführer warfen. Rudi Carrell kommentierte die Sequenz mit: »Ajatollah Khomeini wird von der Bevölkerung gefeiert und mit Geschenken überhäuft.«

Ich gluckste vor Lachen. »Wie findet ihr es?«

»Gut!« Manu war mit ihrer Quiche schon fertig und schob sich einen doppelte Ladung Chipsletten in den Mund.

»Wirklich ein guter Gag«, meinte auch Sven und klatschte.

Ich imitierte eine Verneigung. »Danke, danke. Ich weiß das zu schätzen«, sagte ich in einem Tonfall, als wäre ich bei der Oscar-Verleihung.

Was für ein brillanter Tag.

– 41 –

Christian blickte nachdenklich auf die Wodkaflasche, die auf dem kleinen Beistelltisch stand. Er hatte das Telefonklingeln ignoriert und ein schlechtes Gewissen, weil er ahnte, dass es Anni gewesen war. Ihr Beitrag war am Abend in *Rudis Tagesshow* gelaufen, aber er hatte sich einfach nicht in der Verfassung gefühlt, mit ihr einen lustigen Fernsehabend zu verbringen, und das tat ihm leid. Aber er musste jetzt allein sein.

Damals, nachdem er aus dem Krankenhaus entlassen worden war, hatte er alle Flaschen mit Alkohol ausgeschüttet und weggeschmissen. Nur diese halb volle Wodkaflasche hatte er übersehen. Sie hatte versteckt im Schrank gestanden, und durch Zufall hatte er sie heute gefunden, als er nach seinem Arbeitsvertrag gesucht hatte.

Der Tag war ein richtiger Scheißtag gewesen. Direktor Schmidde hatte ihn zur Schnecke gemacht, weil er den Zigarettenhersteller als Kunden verloren hatte. Noch nie war Christian sein Job so sinnlos vorgekommen wie heute. Er hatte keine Kraft mehr, sich zu motivieren und einfach weiterzumachen wie bisher. Er fühlte sich ausgebrannt und leer, und ihm war klar, dass er etwas ändern musste, sonst würde er demnächst wieder zusammenbrechen, und das ganz ohne Drogen.

Nachdem er Schmiddes Büro verlassen hatte, war er direkt zu Paul gegangen, aber der hatte telefoniert und sich demonstrativ von ihm weggedreht. Trotzdem hatte Christian noch bestimmt fünf Minuten in der offenen Tür verharrt und gehofft, dass sein ehemaliger Freund ihm sein Ohr leihen würde. Erst als Paul ihm mit zugewandten Rücken den Stinkefinger gezeigt hatte, war er gegangen.

Christian goss sich zwei Fingerbreit Wodka in ein Wasserglas.

Er musste sich damit abfinden, dass er Paul für immer verloren hatte. Selbst für einen beruflichen Austausch unter Kollegen stand er nicht mehr zur Verfügung, das galt es endlich zu akzeptieren, so bitter es auch war. Er musste die Entscheidungen für sich allein fällen und Lösungen finden. Christian spürte, dass er sich endlich darauf besinnen musste, was er tatsächlich wollte.

»Du hast noch fünfunddreißig Jahre Berufstätigkeit vor dir«, sagte er laut zu sich. »Willst du die wirklich in irgendeiner Scheißbank verbringen?«

Er trank das Glas Wodka auf ex.

Nein, das wollte er nicht. Er musste endlich da raus, den Schritt in eine neue Zukunft wagen.

In der letzten Zeit hatte er sich viel mit ökologischer Landwirtschaft beschäftigt. Er war sogar auf einer Kundgebung der Grünen gewesen, auf der verschiedene Redner den ökologischen Wandel beschworen und von den katastrophalen Auswirkungen sprachen, die eine Fortführung des bisherigen Konsumverhaltens mit sich führen würde. Auch wenn Christian sich nicht vorstellen konnte, dass es wirklich zu einem Klimawandel kommen würde, so wie die Politiker es an dem Abend erklärt hatten, so war er trotzdem der Meinung, dass sich besonders im Umgang mit Nutztieren dringend etwas ändern musste.

Anni hatte ihm aus der Redaktion eine Videokassette mit dem Film *Und ewig stinken die Felder* mitgebracht, und Christian war fassungslos gewesen, nachdem er ihn sich angeschaut hatte. Seitdem hatte er kein Fleisch mehr essen können, und der Wunsch, etwas zu verändern, war in ihm immer stärker geworden.

Er schenkte sich ein weiteres Glas Wodka ein und trank es zur Hälfte leer.

Hatte er genug Mut, um diesen Schritt zu wagen? Um auf sein sechsstelliges Jahresgehalt zu verzichten und in die ökologische Landwirtschaft einzusteigen? An seinem Penthouse, den Uhren und allen anderen Statussymbolen, die er besaß, hing er schon lange nicht mehr. Und der Job in der Bank war nur noch eine Qual. Sein Vater würde ausrasten, wenn er kündigen würde, so viel war sicher. Und er würde ihm erneutes Versagen vorwerfen.

Christian trank das Glas aus und schenkte sich sofort wieder nach.

Aber interessierte es ihn noch, was sein Vater über ihn dachte? War es nicht viel wichtiger, dass er sein eigenes Leben lebte, genau so, wie er es sich vorstellte?

Damals, als er mit Gela zusammen war, waren ihm die Wünsche seines Vaters egal gewesen. Er hatte mit ihr Pläne für die Zukunft geschmiedet, schon da hatte er von einem Bauernhof geträumt. Dann war Gela schwanger geworden, und er hatte ihr einen Antrag gemacht. Als er vor ihr auf die Knie ging, gestand sie ihm, dass das Kind von einem anderen sei.

Er kippte den Wodka herunter.

Von da an hatte er das Leben geführt, das sein Vater sich für ihn vorgestellt hatte. Aber hatte ihn das glücklich gemacht? Nein. Deshalb musste damit jetzt Schluss sein. Und er wollte auch nicht mehr andere für sein Unglück verantwortlich machen. Ob nun Gela oder sein Vater – er war alt genug, sich von diesen Fesseln der Vergangenheit zu befreien.

Christian griff nach der Wodkaflasche. Panik stieg in ihm auf, als er merkte, dass sie leer war. Hatte er eine ganze Flasche getrunken? Nein, sie war nur halb voll gewesen – oder? Er wollte aufstehen und nach einer weiteren Flasche suchen, als ihm klar wurde, dass er betrunken war.

»Scheiße«, murmelte er. »Scheiße, Scheiße, Scheiße.«

– 42 –

Am nächsten Tag herrschte helle Aufregung. Das Presseecho auf die Sendung war gewaltig. Gewaltiger, als ich es mir jemals hätte vorstellen können.

»Hast du schon Radio gehört?«, fragte mich Britta, als ich in die Redaktion kam. »Im Iran gehen die Massen auf die Straße!«

Zuerst wusste ich gar nicht, was sie meinte. »Ein Aufstand? Eine Demonstration oder was?«

»Die protestieren wegen unserer Show!« Trotz ihrer sonnenbankgebräunten Haut bekam sie rote Wangen vor lauter Aufregung. »So was gab es noch nie! Noch nie hat eine deutsche Show so ein Aufsehen erregt! Wahnsinn, Wahnsinn ...« Sie kriegte sich gar nicht mehr ein und tigerte in ihrem kleinen Büro auf und ab.

»Du meinst, wegen eines vierzehn Sekunden langen Einspielers gehen im Iran die Leute auf die Straße?«, fragte ich ungläubig nach.

»Jetzt kapierst du es!«

»Wie haben die denn überhaupt davon Wind bekommen? Die können doch kein deutsches Fernsehen empfangen!«

»Keine Ahnung. Wahrscheinlich gibt es überall im Land Petzen, die sofort beim Ajatollah anrufen, wenn irgendjemand einen Scherz macht.«

In dem Moment kam Claus Lohrengel über den Flur gelaufen. »Die haben zwei deutsche Diplomaten des Landes verwiesen und das Goethe-Institut in Teheran geschlossen!«, rief er uns kurz zu und eilte weiter in Richtung der Redaktionsräume.

Die Aufregung in der Redaktion steigerte sich von Stunde zu Stunde. Der Flugverkehr nach Frankfurt wurde eingestellt, und Irans Premierminister warf dem deutschen Fernsehen Beleidigung des »Heiligen« und damit aller Iraner vor.

Karlheinz Wamme kam immer mal wieder aus seinem Büro in die Redaktionsräume geeilt, warf seinen Mitarbeitern irgendeine Neuigkeit zu und verschwand dann wieder. Am späten Abend tauchte auch Rudi Carrell im Sender auf, und zum ersten Mal gab es keine »Rudi kommt«-Warnrufe, oder sie gingen in dem ganzen Durcheinander unter.

Meine Aufgabe bestand an diesem Tag in erster Linie darin, die eingehenden Faxe zu den richtigen Adressaten zu bringen. Anfragen von Zeitungen und Magazinen, jeder wollte eine Stellungnahme. Das Gerät ratterte ohne Pause, und am Abend hatte ich hundertdrei Faxe verteilt.

Britta hatte recht. Es war der Wahnsinn.

Als ich nach Hause ging, bekam ich es ein bisschen mit der Angst zu tun. Bis auf Britta hatte heute kaum jemand mit mir gesprochen, wofür es eigentlich nur zwei Gründe geben konnte: Entweder waren alle zu sehr mit sich und den Auswirkungen der Show beschäftigt gewesen, oder man machte mich als Ideengeberin des Einspielers in gewisser Weise für den ganzen Trubel verantwortlich, und ich wusste nicht, ob ich das gut oder schlecht finden sollte.

Ich bemühte mich, meine Schritte bis zur Bushaltestelle nicht zu zählen, und kam ins Grübeln. Die Idee mit den BHs war mir spontan gekommen. Ohne groß darüber nachzudenken, hatte ich sie Claus Lohrengel erzählt, der sofort in schallendes Gelächter ausgebrochen war und sie weitergetragen hatte.

Es war ja nur Spaß.

Und alle anderen hatten sich auch schlappgelacht.

»Offensichtlich fühlen sich die Iraner dadurch beleidigt und bloßgestellt!« Ich war einfach an Christian vorbei in die Wohnung marschiert, nachdem er die Tür geöffnet hatte. Ohne ihn groß zu Wort kommen zu lassen, redete ich weiter. »Satire deckt durch Verspotten auf. Das hat Claus Lohrengel mal zu mir gesagt.«

»Wer?«

»Kollege. Und damit hat er natürlich recht! Aber darf sie deshalb auch alles?«

»Wer jetzt?«

»Na, Satire! Hörst du mir überhaupt zu?« Ohne auf eine Antwort zu warten, tigerte ich aufgeregt durch das Penthouse. »Es ist doch unfassbar, welche Auswirkungen so wenige Sekunden Spott haben können! Ich meine, ich bin natürlich nach wie vor davon überzeugt, dass der Ajatollah und sein Regime jede Menge Spott verdienen, so ist es nicht.«

»Dann ist doch alles gut.«

»Nein, ist es nicht. Ich fühle mich trotzdem mies. Vielleicht bin ich einfach nicht der Typ, der andere gut verspotten kann. Spott ist etwas anderes als Witz und Humor.«

Vielleicht hatte mir meine Arbeit mit der Gesprächsrunde – und letztlich auch mit mir selbst – vor Augen geführt, wie schmal der Grat dabei war. Ich hatte gelernt, dass man immer alles hinterfragen musste. Alles hatte seinen Ursprung, und jeder hatte seine Geschichte, aus der dessen Eigenschaften, Wunden und Macken entstanden. Es war so banal, wie es wahr war.

Warum war ich bei meiner kleinen Filmidee dem Impuls nachgegangen, sie sofort weiterzutragen, anstatt sie zu hinterfragen?

»Mach dir doch nicht so einen Stress.« Christian ließ sich schwer atmend aufs Sofa fallen.

Nachdenklich starrte ich aus dem Fenster. »Wie hat es eigentlich im Iran ausgesehen, bevor Khomeini an die Macht gekommen ist?«

»Auch beschissen. Der Schah war doch auch nicht ohne. Und

jetzt hör auf, dich so reinzusteigern. Letztlich bist du eine studentische Hilfskraft, die eine Idee hatte, die umgesetzt wurde. Wahrscheinlich hätten die sich über alles aufgeregt, ganz egal, was ihr zum Jahrestag gemacht hättet.«

»Vielleicht hätte man gar nichts machen sollen«, antwortete ich leise.

»Aus Angst vor einer negativen Reaktion einfach nichts machen?« Christian sah mich zweifelnd an. »Das kann es doch nun wirklich nicht sein.«

Ich ließ mich neben ihn aufs Sofa fallen, und er nahm mich in den Arm. »Da hast du recht«, sagte ich dankbar und küsste ihn.

Im selben Moment hielt ich inne. Nein, das konnte nicht sein, das war doch unmöglich – oder?

»Hast du getrunken?«, fragte ich schließlich leise, auch wenn ich die Fahne nur zu gerne ignorieren wollte.

»Nee, keine Sorge.«

»Aber ... du hast eine Fahne.«

»Ich war beim Zahnarzt«, sagte er wie aus der Pistole geschossen. »Fiese Wurzelbehandlung. Danach haben sie mir den Mund dauernd mit irgendeinem antiseptischen Zeug gespült. Vielleicht riechst du das?«

Ich nickte, obwohl mir klar war, dass keine antiseptische Spülung der Welt so sehr nach Alkohol roch. »Das wird es sein.«

In dieser Nacht konnte ich kaum schlafen. Mehrere Stunden lag ich grübelnd wach. Neben der Sorge um die Auswirkungen meines kleinen Spottfilms war noch die um Christian dazugekommen. War es möglich, dass er einen Rückfall erlitten hatte? Aber er war nicht sturzbetrunken gewesen, noch nicht mal angeheitert; vielleicht hatte er die Sache ja wirklich im Griff und er hatte nur ein kleines Bier getrunken. Dann brauchte er mich allerdings nicht anzulügen. Es lag in der Natur des Lügens, dass man es nur dann tat, wenn man etwas verbergen wollte. Hatte sich Christian vom größten Partyhengst zu einem schweigsamen Trinker entwickelt?

Ich zermarterte mir den Kopf, was einen Rückfall ausgelöst haben mochte. Ich wusste, dass er in der Bank nicht mehr zufrieden war und damit liebäugelte, alles hinzuschmeißen und in einem anderen Bereich zu arbeiten. Er interessierte sich immer mehr für Natur- und Umweltschutz und hätte am liebsten in den Sektor gewechselt, ohne eine genaue Vorstellung davon zu haben, wie das genau aussehen sollte. Ihm war aber auch klar, dass das eine schwierige Entscheidung war, die man nicht übers Knie brechen sollte und für die man einen klaren Kopf brauchte. Besoffen ließen sich die Weichen fürs Leben nur schwer stellen.

Oder hatte sein Rückfall gar nichts mit seinem Job zu tun? Lag es womöglich an mir? In unserer Beziehung lief es aber doch nach wie vor gut. Streit gab es praktisch nicht, und wir waren verliebt wie am ersten Tag. Das waren wir doch, oder? Oder hatte sich daran womöglich etwas geändert, was Christian in eine größere Krise gestürzt haben könnte?

Plötzlich spürte ich ein Bedürfnis, das ich lange nicht mehr verspürt hatte: mit Vera zu sprechen. Ich wollte ihr sagen, dass ich wusste, wie es sich anfühlte, wenn einem etwas rausrutschte, was man nach längerem Nachdenken nie gesagt hätte. Und dass es mir leidtat, wie lange ich für diese Erkenntnis gebraucht hatte. Ich wollte ihr von Christian erzählen und von meinen Sorgen um ihn, sie um Rat fragen und hören, wie sie die Situation einschätzte.

Ich rufe sie an, dachte ich, als ich unter der Dusche stand. Die Nummer von Pohlmanns hatte ich für immer in meinem Gehirn gespeichert: 46868. Unzählige Male hatte ich sie gewählt. Auch wenn Vera vielleicht schon nach Marburg zum Studium gezogen war, würde ihre Mutter wissen, wie ich sie dort erreichen konnte.

Gleich heute Abend, wenn ich aus der Redaktion kam, wollte ich mit ihr telefonieren. Nicht aus Christians Wohnung und erst recht nicht von dem Apparat aus, der auf dem Flur im Wohnheim stand. Ich musste irgendeinen Ort finden, wo ich in Ruhe sprechen konnte, wo niemand etwas von meinem Tick hören würde, falls der zur Sprache kommen sollte.

Ich dachte an die Telefonkabinen, die im Eingangsbereich des Klinikums untergebracht waren. Sie waren nicht so versifft wie die öffentlichen Telefonzellen, und man konnte sich sogar auf ein kleines Bänkchen setzen.

Und dann würde ich endlich den Streit mit meiner besten Freundin aus der Welt schaffen. Allein die Entscheidung getroffen zu haben, gab mir ein gutes Gefühl.

Ich atmete tief durch, als ich den Sender betrat. Nach der gestrigen Aufregung und Hektik würde die Stimmung heute kaum besser sein, womöglich sogar schlechter. Bedrückt kam ich an Brittas Büro vorbei.

»Es ist der Wahnsinn, es ist der Wahnsinn!«, rief sie mir zur Begrüßung zu, als wäre sie in eine Dauerschleife geraten. »Die Bundesregierung hat sich auf unsere Seite gestellt!«

»Was?« Ich brauchte einen Moment, um zu kapieren, was sie da sagte.

»Ja! Die sagen, was wir machen, ist Meinungsfreiheit! Es ist ihnen schnurzpiepe, ob der Ajatollah sich aufregt oder nicht!«

»Wir werden gefeiert!«, rief Claus Lohrengel mir strahlend zu, als er mich auf dem Flur traf. »Rudi ist so was wie ein Nationalheld! Endlich mal einer, der den Mut aufgebracht hat, der verhassten iranischen Regierung die Stirn zu bieten! Jawollski!« Spontan nahm er mich in den Arm und drückte mich. »Das war 'ne richtig gute Idee, auf die du mich da gebracht hast.«

Ich grinste ihn schief an und wollte gerade sagen, dass ich ihn doch nicht auf die Idee gebracht hatte, sondern dass es verdammt noch mal meine gewesen war, als mir Karlheinz Wamme von hinten auf die Schulter klopfte.

»Da hast du uns ja eine ganze Menge Aufregung ins Haus gebracht«, sagte er, und es klang so, als würde er es positiv meinen. »So viel Presse hatten wir schon lange nicht mehr.«

»So viel gute Presse erst recht nicht!«, sagte Claus Lohrengel, der aus dem Strahlen gar nicht mehr rauskam.

»Das stimmt. Ich hab gehört, dass du an der Idee nicht ganz unbeteiligt warst, Anni?«

Ich warf Claus Lohrengel einen überraschten Blick zu. Der zuckte nur grinsend mit den Schultern. »Natürlich habe ich dich erwähnt. Ich bin doch kein Arsch. Ohne deinen Geistesblitz hätte ich den Einspieler nie drehen können. Das war wirklich super.«

»Danke.« Mein Herz pochte. So viel Anerkennung hatte ich hier noch nicht bekommen.

»Kommst du mal kurz?« Ohne auf eine Antwort zu warten, ging Karlheinz Wamme in sein Büro.

Ich folgte ihm und spürte, wie die Aufregung in mir wuchs. Ich war noch nie zum Einzelgespräch mit dem Redaktionsleiter gerufen worden, und obwohl ich es nicht tun wollte, versah ich jedes Blatt an der Yucca-Palme, die neben seinem Schreibtisch stand, mit einer Zahl.

»Du bist jetzt schon seit einer Weile als studentische Hilfskraft bei uns«, sagte er, nachdem er die Tür hinter mir geschlossen hatte. »Könntest du dir vorstellen, hier in der Redaktion richtig anzufangen?«

Obwohl ich merkte, wie mir der Mund aufklappte, war ich nicht in der Lage, einen intelligenteren Gesichtsausdruck aufzusetzen. »Als ... als Redakteurin?«

»Ja, das würde ich dir vorschlagen. Vielleicht entwickelt sich daraus noch eine Autorenschaft, aber als Redakteurin wärst du sofort an Bord. Wir haben ein paar Ausfälle und sind unterbesetzt. Du hast gezeigt, dass du das richtige Gespür für die Sendung hast, also von meiner Seite spricht nichts dagegen.«

»Wow.« Ich wusste nicht, was ich sagen sollte, und verhaspelte mich das erste Mal beim Zählen. Blatt dreizehn oder vierzehn?

»Ohne dich überreden zu wollen, aber das ist eine Riesenchance für dich. Ich hoffe, das ist dir klar. Wie du ja sicherlich inzwischen weißt, arbeiten hier sonst nur profilierte und erfahrene Leute, alles, was im Satirebereich Rang und Namen hat, ist bei uns. Und du könntest ein Teil davon werden.«

»Ich ... ich weiß gar nicht, was ich sagen soll ...«

»Vielleicht einfach Ja?« Karlheinz Wamme grinste mich an. »Du kennst doch Til Vogel, unseren Produktionsleiter? Wenn du dabei sein willst, sage ich ihm Bescheid, dann könnt ihr alles verhandeln.«

»Das ist ja ...« Mir fehlten die Worte. »Aber mein Studium, Herr Wamme?«

»Also erst mal sagst du Karlheinz zu mir, okay? Keiner aus der Redaktion sagt Herr Wamme. Und dann überleg bitte mal, wie viele Studienabbrecher hier sitzen. Du befindest dich in einer klassischen Quereinsteigerbranche. Was wir hier machen, kannst du nicht studieren.«

Ich musste daran denken, gegen wie viele Widerstände ich meinen Wunsch, Psychologie zu studieren, durchgesetzt hatte. Meine Eltern würden im Dreieck springen, wenn ich mein Studium abbrach. Und nicht nur meine Eltern. Ich selbst würde mich eines Tages doch auch schwarzärgern.

»Also?« Karlheinz blickte ungeduldig auf die Uhr.

»Muss ich das jetzt sofort entscheiden? Ich meine, ich finde das Angebot großartig, wirklich, vielen, vielen Dank. Aber ich sollte wenigstens mit meinem Professor ...«

»Okay«, unterbrach er mich. »Ich würde sagen, du überlegst es dir bis morgen, ja?« Karlheinz stand auf, und sofort sprang ich ebenfalls von meinem Stuhl. »Du kannst bei deiner Entscheidungsfindung ja auch noch mal darüber nachdenken, wie viele *Akademiker* Taxi fahren«, sagte er schmunzelnd, als er mir die Tür aufhielt. »Ich werde jedenfalls ständig von irgendwelchen Germanisten oder Architekten durch die Gegend kutschiert.«

Ich lächelte ihn an und nickte kurz, bevor ich das Büro verließ.

Abbrechen? Mein Studium? Ich platzte fast vor Aufregung und konnte es nicht abwarten, zu Christian zu fahren und alles mit ihm zu besprechen.

Dass ich Vera anrufen wollte, war aus meinem Hirn verschwunden.

– 43 –

Sie blickte in den Spiegel und war zum ersten Mal seit langer Zeit zufrieden mit dem, was sie dort sah. Ihre Haut hatte sich von dem chemobedingten Ausschlag erholt und sah wieder rosig und gesund aus. Auch die ausgefallenen Haare wuchsen langsam nach, und ihr Kopf ähnelte nicht mehr einem gerupften Huhn. Und das Beste war: Sie fühlte sich viel besser. Sehr viel besser. Zum ersten Mal seit Langem hatte sie das Gefühl, dass sie es schaffen konnte.

Sie hatte gar nicht gehört, wie er ins Bad gekommen war, und zuckte kurz erschrocken zusammen, als er sie von hinten umarmte.

»Wollen wir uns heute einen gemütlichen Abend machen?«, fragte er.

Sie drehte sich um und legte die Arme um seinen Hals. »Ich hätte richtig Lust, auszugehen! Wir könnten zum Italiener, Rotwein und Tiramisu, ich weiß schon gar nicht mehr, wie das schmeckt.«

Er küsste sie. »Du weißt, dass du keinen Alkohol trinken darfst.«

»Oh, bitte!« Sie stieß ihn gespielt empört von sich. »Wenn es sich jemand verdient hat, dann doch wohl ich!«

Er lächelte. »Da hast du allerdings recht. Und ein bisschen Wein wird dich schon nicht umbringen.«

»Nee. Das mit dem Sterben hatten wir doch eh verschoben.«

»Nicht vor achtzig, hatten wir gesagt.«

»Nicht vor achtzig.« Sie küsste ihn.

Sie hatte ein schickes blaues Kleid angezogen, das einzige, das noch einigermaßen passte und nicht um ihren mageren Körper schlackerte wie ein Oversize-Shirt. Ihre dünnen Haare hatte sie geschickt toupiert und mit so viel Haarspray fixiert, wie sie es das letzte Mal mit zwanzig getan hatte. Aber es hatte funktioniert, und wenn man nicht allzu genau hinschaute, sah es fast wieder voll aus. Auch Make-up hatte sie viel zu lange nicht mehr aufgelegt; wegen des Ausschlags hatte sie nichts auf ihrer Haut ertragen können – abgesehen davon, dass ihr nichts sinnloser vorgekommen wäre, als geschminkt zur Chemo zu gehen. Aber jetzt, in dem Kleid und mit dem Rouge auf den Wangen, fühlte sie sich wieder wie ein richtiger Mensch. Und wie eine Frau.

»Du siehst super aus, Mama«, meinte ihre Älteste anerkennend, als sie sich von ihren Kindern verabschiedeten. Alle drei lümmelten auf dem Sofa und schauten irgendeine Sendung.

»Ich weiß«, antwortete sie strahlend. »Euer Vater und ich haben jetzt ein Date. Und wenn wir wiederkommen, wollen wir nicht gestört werden.« Sie kicherte.

Ihre Töchter stöhnten unisono auf. »Mama! Das ist ekelhaft!«

»Das war nur ein Witz!«, sagte sie lachend.

»Du immer mit deinen Witzen ...«, beklagte sich die Mittlere und verdrehte die Augen.

Bestens gelaunt verließen sie die Wohnung.

Der Abend war großartig. Auch für ihn. Im Restaurant strahlte er die ganze Zeit und erzählte so unbeschwert von seiner Arbeit wie früher. Und sie machten Pläne! Überlegten, wohin sie im Sommer fahren könnten, und im Herbst wollten sie eine Städtetour unternehmen, jetzt würde sie das wieder schaffen.

Sie war bestens gelaunt, machte leise Witze über den italienischen Kellner, der nur an ihrem Tisch mit Akzent redete und ansonsten astreines Hochdeutsch sprach. Ihr Mann lachte und sah sie verliebt an.

»Du bist wirklich wieder die Alte.«

»Jetzt kannst du wieder besser über meine Sprüche lachen, stimmt's?«

Er sah sie liebevoll an und nickte. Sie wusste, dass er sich in der schlimmsten Zeit ihrer Behandlung manchmal mehr Ernsthaftigkeit gewünscht hatte. Natürlich konnte sie das auch verstehen, es war ja nicht klar gewesen, ob sie all das hier überleben würde. Dass er dann manchmal das Bedürfnis gehabt hatte, über das Sterben, ihren möglichen Tod und was das für ihn und die Kinder bedeutete zu sprechen, hatte sie nachvollziehen können. Aber sie hatte es nicht gekonnt. Ihr Humor war für sie wie ein Rettungsring gewesen, der sie über Wasser gehalten hatte. Solange sie über den Krebs lachen konnte, würde sie ihn überleben, davon war sie felsenfest überzeugt.

Das Essen schmeckte himmlisch, sie konnte sich nicht daran erinnern, wann sie das letzte Mal so gut gegessen hatte. Mit einem leichten Schwips waren sie aus dem Restaurant gewankt und zu Hause kichernd übereinander hergefallen.

Zum ersten Mal seit zwei Jahren hatten sie miteinander geschlafen. Es war für sie ein bisschen komisch gewesen, immerhin war ihr Unterleib von Narben durchzogen, und er hatte ihren Intimbereich in den letzten Monaten immer nur aus pflegerischen Gründen gesehen, nicht aus erotischen. Aber hinterher war sie glücklich in seinen Armen eingeschlafen. Es war vielleicht nicht der wildeste und beste Sex ihres Lebens gewesen, verhaltener und vorsichtiger als früher, aber es war der wichtigste gewesen. Wie eine Eintrittskarte zurück in die Normalität, zurück in all das, was sie schon verloren geglaubt hatte. Und sie war dankbar, diese zweite Chance bekommen zu haben.

Dankbar, dass sie leben durfte.

– 44 –

Ich war super aufgeregt und gleichzeitig ganz schön durcheinander. Verantwortlich für das aufsehenerregendste Filmchen, das womöglich je im deutschen Fernsehen gezeigt wurde, schien mich plötzlich jeder im Sender zu kennen. Jedenfalls kam es mir so vor, da mir selbst die Redakteure anderer Sendungen freundlich zunickten, als ich am Abend das Gebäude verließ.

»Vielleicht sollte ich das Jobangebot wirklich annehmen«, überlegte ich laut, während ich vor Christian auf und ab ging, der auf dem Sofa lag. »Ich würde richtig gut verdienen, und die halten große Stücke auf mich.«

Christian verzog das Gesicht. »Ich kenne das Gefühl. Alle jubeln einen hoch. Und irgendwann lassen sie dich fallen.«

Ich fuhr mir mit den Händen über die Haare. »Ich bin nicht blöd. Mir ist schon klar, dass so was wie jetzt kein Dauerzustand ist.«

»Ich weiß, dass du nicht blöd bist. Aber wenn man das erste Mal so einen Erfolg hat, kann einem das ganz schön den Verstand vernebeln. Glaub mir.«

Mir lag eine schnippische Bemerkung auf der Zunge, die ich mir so gerade noch verkneifen konnte. Den Verstand vernebelt hatte Christian sich ja wohl selbst. Irgendwie hatte ich das Gefühl, dass er mir meinen Erfolg nicht gönnte.

»Außerdem liebst du doch dein Studium«, fügte er noch hinzu, und seine Stimme klang verdächtig schwer.

»Du meinst also, ich soll es nicht machen, ja?«

»Alles hinzuschmeißen, weil du einmal eine tolle Idee gehabt hast?«

Jetzt war ich wirklich sauer. Ich hatte nicht nur einmal eine gute Idee gehabt, ich hatte ein Gespür für die Sendung, das hatte auch Karlheinz so gesehen.

»Du hast wieder getrunken, stimmt's?«

Er hauchte demonstrativ in meine Richtung. »Riechst du vielleicht was?« Mühsam rappelte er sich vom Sofa auf. Aber als er stand, geriet er leicht ins Wanken und musste sich sofort wieder setzen.

»Du kannst mir nichts vormachen. Ich weiß, wie du bist, wenn du getrunken hast.« Ich spürte, wie mir die Tränen in die Augen schossen. Eine Welle aus Wut und Enttäuschung schwappte über mich.

»Ich hab heute gekündigt.«

»Was?«

»Und da habe ich mir halt einen genehmigt. Ist doch kein Weltuntergang.«

»Du hast bitte was?« Ich konnte nicht glauben, was ich hörte.

»Hast du etwa ein Problem damit, wenn ich keine Hunderttausend mehr im Jahr verdiene?« Seine Stimme hatte einen leicht aggressiven Unterton.

Für einen Moment hatte ich vergessen, dass er wieder getrunken hatte. »Und wenn es eine Million wäre, das ist mir scheißegal!« Ich hatte immer gewusst, dass er ein gutes Gehalt bekam, aber dass es so gut war, überraschte mich doch.

»Glaube ich dir nicht. Sonst würdest du ja wohl kaum so einen Aufstand machen. Dann wäre ich nicht mehr der reiche Sack mit der schicken Wohnung.«

»Ich bin wütend, weil du getrunken hast!«, rief ich laut. »Wenn ich auf dein Geld, deine Rolex-Sammlung oder sonst auf irgendwas von deiner Angeberliste stehen würde, hättest du mich deutlich früher rumgekriegt!«

Er rollte mit den Augen. »Ein Drink!«

»Ein Drink? Du schwankst, du sprichst komisch, du bist besoffen!«

»Höchstens angeschickert. Mein Gott, Anni! Es war ein krasser Tag! Man schmeißt doch nicht dauernd seinen Job hin!«

»Warum hast du es denn gemacht, wenn es dir so schwerfällt?«

»Weil ich das alles nicht mehr will, Anni. Seitdem ich nüchtern bin, kommt mir das alles so sinnlos vor. Um mich herum drehen doch alle in Sachen Statussymbole vollkommen durch. Wer es zu etwas gebracht hat, kauft sich ein dickes Auto und deckt sich mit Markenklamotten ein. Wir ackern uns kaputt, um uns für viel Geld irgendeinen Mist zu kaufen! Ist doch irre!«

Ich versuchte, mich zusammenzureißen und ihn nicht anzubrüllen. »Ich werde mit dir jetzt keine konsumkritische Diskussion führen.«

»Und warum bitte nicht?«, regte sich Christian auf.

»Weil du betrunken bist!« Nun schrie ich doch. »Und weil du mich angelogen hast!«

Christian verzog das Gesicht und nickte nur. Leicht schwankend versuchte er erneut, vom Sofa aufzustehen, hielt sich kurz an der Wand fest und verabschiedete sich mit einem knappen »Na, dann gute Nacht« ins Bett.

Ich blieb noch lange auf. Nach der letzten *tagesschau* sah ich mir noch die *Nachtgedanken* an, die von Hans-Joachim Kulenkampff vorgelesen wurden. Ich hörte ihm nicht zu, aber allein seine Stimme hatte eine beruhigende Wirkung. Danach starrte ich auf die blauen Programmtafeln, auf denen das Fernsehprogramm für den nächsten Tag angekündigt wurde, bis mir die Augen zufielen und ich auf dem Sofa einschlief.

Am nächsten Morgen war Christian schon weg, als ich wach wurde. Mir tat der Nacken weh, und ich stand eine halbe Stunde unter der heißen Dusche, bevor die Schmerzen besser wurden.

Besonders gut geschlafen hatte ich auf der Couch natürlich auch nicht, und in der Uni konnte ich mich auf keine Vorlesung konzentrieren.

Christian war rückfällig geworden. Natürlich war mir klar, dass so etwas passieren konnte; die meisten trockenen Alkoholiker erlitten irgendwann einen Rückfall. Trotzdem traf mich die Tatsache, dass er mich belogen hatte, tief, auch wenn ich wusste, dass das in der Natur einer Suchterkrankung lag. Und die Erkenntnis, dass ich ihm nicht mehr vertrauen konnte, riss mir den Boden unter den Füßen weg.

Nach Veras Vertrauensbruch war Christian der erste Mensch gewesen, dem ich mich wieder vollständig hatte öffnen können. Die Gewissheit, ihm alles sagen und immer auf ihn zählen zu können, war so ein starkes und beruhigendes Gefühl gewesen, dass mich dieser Verlust nun mindestens genauso traf wie der von Veras Freundschaft. Vielleicht war es auch ungerecht, dass ich so sehr mit meinen eigenen Gefühlen beschäftigt war, vielleicht sollte ich mich mehr um Christian sorgen, dem es durch den Rückfall emotional vermutlich noch schlechter ging. Aber ich schaffte es nicht, meine Enttäuschung gegen Besorgnis auszutauschen.

Ich atmete tief durch und versuchte, Christian für einen Moment aus meinen Gedanken zu verbannen. Wichtige Entscheidungen waren zu treffen, für die ich einen klaren Kopf brauchte. Immerhin hatte ich zwei großartige Jobangebote und musste mit Verstand abwägen. Uni oder Fernsehen.

Wann war ich das letzte Mal für etwas so Feuer und Flamme gewesen wie für meinen TV-Job? Für meine Gesprächsgruppe, ja, dafür hatte ich auch gebrannt. Sonst hätte ich Professor Neubauer vermutlich nie so von meiner Arbeit überzeugen können. Aber was war mit den anderen Fächern? Statistik – nein, natürlich nicht. Kaum jemand brannte für Statistik. Arbeits- und Wirtschaftspsychologie? Schon eher. Aber auch nicht so wie für klinische Psychologie. Vermutlich war das aber auch normal – welches Studienfach konnte einen schon von A bis Z begeistern?

Ich traf Sanne und Björn in der Cafete und erzählte ihnen von dem Jobangebot. »Keine Ahnung, was ich denen heute sagen soll. Irgendwie fände ich es schon toll, plötzlich richtig dazuzugehören. Aber soll ich dafür alles hier hinschmeißen?«

»Warum muss man denn das eine lassen, wenn man das andere tut?«, fragte Sanne. »Gibt doch nicht immer nur Schwarz und Weiß im Leben.«

»Sehe ich ganz genauso«, stimmte Björn ihr zu. »Kannst du da nicht erst mal tageweise anfangen? Und nebenbei weiterstudieren?«

»Dann bist du vielleicht nicht mehr die Einser-Studentin, aber machst immerhin deinen Abschluss.«

»Darauf lassen die sich doch niemals ein«, meinte ich zweifelnd.

»Was du erst wissen kannst, wenn du sie gefragt hast«, entgegnete Björn.

Damit hatte er recht, und ich ärgerte mich, dass ich nicht selbst auf die Idee gekommen war. Wenn die so scharf auf mich waren, hatte ich zumindest eine gute Verhandlungsposition, und hey, immerhin war ich diejenige, die die aufsehenerregendste Idee schlechthin gehabt hatte!

Ich fuhr von der Uni direkt mit dem Bus zum Sender. Wenn ich meine Vorlesungen alle auf den Vormittag legte, konnte ich jeden Nachmittag in der Redaktion arbeiten.

Vor gut einem Jahr war ich in die Großstadt gezogen, weg vom Landleben und von Bitterheide, wo ich jeden Tag an der Stelle vorbeikam, an der Maike gestorben war. Weg von meiner Schule, meinen Klassenkameraden und irgendwie auch von Vera.

Ich hab vergessen, sie anzurufen, schoss es mir durch den Kopf. Sobald es etwas ruhiger werden würde, würde ich es tun.

Eigentlich hab ich in diesem Jahr ganz schön viel erreicht,

dachte ich. Ich hatte mich sowohl in der Uni als auch in meinem Job bewiesen, ich hatte Freunde gefunden, mich verliebt. Alles Dinge, die ich mir niemals hatte vorstellen können, als ich damals aus dem Cincinnati lief und mich von allen verraten fühlte.

Ich war erwachsen geworden. Und vielleicht bedeutete das auch, dass ich mit Problemen heute anders umgehen konnte als früher. Vielleicht konnte ich dafür sorgen, dass Christian seinen Rückfall wieder in den Griff bekam, ihn zumindest dabei unterstützen. Ich war nicht mehr das neunzehnjährige Mädchen, das einfach weggelaufen war, als sich der Abgrund vor ihm auftat. Und ich spürte, dass es wichtig war, dass ich mir dessen bewusst wurde.

Schon von Weitem sah ich, dass etwas anders war, als ich die letzten Meter auf das Gebäude zulief. Männer in dunkler Kleidung standen vor dem Eingangstor und musterten mich ernst.

»Ausweiskontrolle«, sagte ein bulliger Typ zu mir.

»Ich arbeite hier, ich ...«

»Ihren Ausweis bitte! Sonst kann ich Sie nicht durchlassen.«

Ich kramte mein Portemonnaie aus meinem Rucksack und zog den Perso heraus. »Was ist denn los? Sind Sie von der Polizei? Ist was passiert?«

Ohne mir zu antworten, studierte der Mann meinen Ausweis und glich ihn mit einer Liste ab. Schließlich ließ er mich durch.

»Wissen Sie, was los ist, Otto?«, fragte ich den Pförtner.

»Das sind Personenschützer«, antwortete er mir. »Die Sicherheitsbestimmungen sind verschärft worden.«

»Warum?«

»Es gibt wohl Probleme mit Rudi Carrell. Aber Genaueres weiß ich auch nicht.«

Britta dagegen wusste mehr. »Er hat Morddrohungen bekommen«, flüsterte sie mir zu. »Ich hab noch nie erlebt, wie eine Stimmung so schnell kippt. Vor ein paar Tagen waren alle noch in Sektlaune, und jetzt? Hier ist die Hölle los, Anni.« Sie seufzte.

»Aber dass irgendein Spinner einen Star bedroht, das kommt doch bestimmt schon häufiger vor, oder nicht?«

Britta schüttelte den Kopf. »Nicht in dem Ausmaß. Es gibt Hunderte von Morddrohungen. Sie haben seine Privatadresse rausgefunden, heute Nacht standen wohl schon Leute vor seinem Haus. Karlheinz hat auch schon welche bekommen. Es ist wirklich schlimm.«

»Und was passiert jetzt?«

»Keine Ahnung. Im Moment ist Krisensitzung. Alle sind da, das ganze Ensemble, Redaktionsleitung, die Leute von der Sendeleitung. Puh.«

Vor dem Büro des Redaktionsleiters stand ebenfalls ein Sicherheitsmann, während hinter verschlossenen Türen stundenlang diskutiert wurde.

»Die telefonieren wohl gerade mit einem Vertreter der Bundesregierung«, sagte Claus Lohrengel zu mir. Er war leichenblass und sah mitgenommen aus. »Ich weiß nicht, ob ich an deiner Stelle noch hier wäre«, fügte er mit belegter Stimme hinzu.

Mein Magen zog sich zusammen, und ich wusste nicht, was ich darauf antworten sollte. Dass mein Jobangebot heute nicht mehr zur Sprache kommen würde, lag auf der Hand.

»Du bist doch auch hier«, sagte ich schließlich leise.

Claus Lohrengel zog nur eine Augenbraue hoch und wandte sich von mir ab. Bedrückt folgte ich ihm in das Großraumbüro und versuchte, mich auf meine Arbeit zu konzentrieren. Das Faxgerät ratterte heute noch häufiger als gestern.

In der Redaktion herrschte bedrücktes Schweigen. Die Telefone klingelten zwar in einem fort, aber die meisten Mitarbeiter hatten ihren Apparat zu Britta umgeleitet, die nun ständig Anfragen abwimmeln und Drohungen ignorieren musste. Zwei Stunden später sah sie völlig fertig aus, ihr Ohr glühte rot, und ihre Stimme war ganz heiser geworden. Das Büro der Redaktionsleitung blieb nach wie vor verschlossen.

»Meine drei Stunden sind um«, sagte ich bedrückt zu Britta. »Ich weiß, normalerweise bleibe ich immer länger, aber heute würde ich gerne gehen. Es sei denn, du hast noch was.«

Britta schüttelte den Kopf. »Geh ruhig. Wer weiß, wie lange die Chefetage noch diskutiert; das kann ja noch die ganze Nacht dauern.«

»Danke. Bis morgen.«

Britta nickte nur und griff wieder nach dem Hörer , um das nächste Gespräch entgegenzunehmen.

Obwohl ich wusste, dass ich dem Drang nicht nachgeben sollte, zählte ich die Treppenstufen, bis ich beim Pförtner angekommen war. Dann die Pflastersteine bis zur Bushaltestelle und die Sekunden, bis der Bus kam. So stark hatte sich mein Zwang lange nicht mehr gezeigt. Keine Frage, ich war durch den Wind, fühlte mich schuldig und schlecht, obwohl ich doch eigentlich nichts verbrochen hatte.

Da ich allein sein wollte, fuhr ich ins Wohnheim anstatt in Christians Wohnung. Auch das hatte ich schon lange nicht mehr gemacht, aber im Moment hatte ich nicht die Kraft, um mit ihm über seinen Rückfall zu sprechen.

Ich legte mich aufs Bett und versuchte, mich mit Fernsehen abzulenken. Erst aus den Spätnachrichten erfuhr ich, was in der Redaktion offensichtlich beschlossen worden war: Rudi Carrell und der zuständige Intendant entschuldigten sich beim iranischen Volk. Mit offenem Mund saß ich vor dem Fernseher.

Meinungsfreiheit. Satire darf alles.

Mir war klar, dass diese Entschuldigung nicht ganz freiwillig erfolgt sein konnte, der Druck auf die Verantwortlichen musste unermesslich groß geworden sein.

Die nächsten Tage hatte ich keinen Dienst in der Redaktion. Als ich am Montag die Schlagzeilen der Zeitungen am Kiosk sah, wurde mir klar, dass ich dort nie wieder arbeiten würde. Keine zwei Wochen nach der Ausstrahlung dieses kleinen, vierzehn Sekunden langen Filmes war *Rudis Tagesshow* nach sechs erfolgreichen Jahren eingestellt worden.

– 45 –

Ich lief durch die Stadt Richtung Hauptbahnhof und hatte das Gefühl, dass alle mich anstarrten. Ich war die Person, die eine der schlimmsten diplomatischen Verstimmungen zwischen der Bundesrepublik und dem Iran zu verantworten hatte – und außerdem noch schuld daran war, dass jede Menge Leute ihren Job verlieren würden und einer der größten Stars der Fernsehlandschaft seine Erfolgssendung losgeworden war. Ich fühlte mich wie im Mittelalter, wenn jemand an den Pranger gestellt und auf dem Weg dorthin mit faulem Gemüse beworfen wurde.

Als ich im Zug saß, klappte ich den Kragen meiner Jeansjacke hoch, um so tief wie möglich darin zu versinken. Ich setzte meinen Walkman auf aus Angst, ansonsten Bemerkungen meiner Mitreisenden hören zu müssen.

Keiner weiß, wer du bist, versuchte ich mich zu beruhigen.

Ich hatte Christian einen Zettel in den Briefkasten geworfen, dass ich für ein paar Tage nach Bitterheide fahren würde und wir danach über alles reden sollten. Seit unserem Streit letzte Woche hatten wir uns nicht mehr gesehen. Er war für mich viel besser zu erreichen als ich für ihn, und da ich mich nicht bei ihm gemeldet hatte, musste er davon ausgehen, dass ich meine Ruhe haben wollte. Allzu oft hatte ich das Telefon im Wohnheimflur allerdings auch nicht klingeln hören, und mich verfolgte das ungute Gefühl, dass wir eine ernsthafte Krise hatten.

Du hast eine Krise.

Zweiundzwanzig Leute saßen in dem Abteil.

Ich musste weg aus Bremen, wenigstens für eine Weile. Es war einfach nicht auszuhalten, der Auslöser für ein landesweites Beben zu sein und ständig Gefahr zu laufen, jemanden aus der Redaktion auf der Straße anzutreffen.

Als ich in Bitterheide aus der Bahn stieg, atmete ich tief durch. Der Güllegeruch, der von den Feldern herüberwaberte, brannte in der Nase und hatte doch eine beruhigende Wirkung. Er erinnerte mich daran, dass ich auch mal eine unbeschwerte Zeit gehabt hatte, mit Maike und ohne Tick und ohne große Sorgen.

»Anni?« Das Erstaunen in der Stimme meiner Mutter war schon von Weitem zu hören. Sie winkte mir von der Straßenecke aus zu, vollgepackt mit Einkaufstüten. »Was machst du denn hier? Warum hast du nicht angerufen, dann hätte ich Grünkohl mit Pinkel gemacht, den magst du doch so gerne.«

Ich lächelte. Nach Hause kommen und von Muttern das Lieblingsgericht gekocht zu bekommen – kaum etwas tröstete mehr.

»Es war eine ganz spontane Entscheidung. Gib mir die Tüten, ich helfe dir tragen.«

»Du hast doch die Tasche!«

»Geht schon.«

Sie gab mir eine Tüte und trug selbst noch zwei. Für eine kurze Weile gingen wir schweigend nebeneinander her. Meine Mutter musterte mich von der Seite; natürlich ahnte sie, dass mit mir etwas nicht stimmte. Wahrscheinlich hatte sie von dem Drama in den Nachrichten gehört und konnte jetzt eins und eins zusammenzählen.

»Was ist passiert?«

Ich seufzte. »Hast du von der Sache mit Teheran gehört?«

Sie sah mich ratlos an. »Da, wo der Khomeini ist? Was ist denn mit dem?«

»Ich meine die Sache mit Rudi Carrell und dem Witz über ihn.«

»Ich habe keine Ahnung, wovon du sprichst«, antwortete meine Mutter.

»Es stand doch in allen Zeitungen!« Mir war natürlich klar, dass die Uhren in Bitterheide anders gingen, aber doch nicht so anders! »Und die Nachrichten waren doch auch voll davon!«

»Ach, wir sind in den letzten Tagen kaum zum Zeitunglesen gekommen. Und zum Fernsehen erst recht nicht. Es war so viel zu tun!« Sie blieb stehen und setzte die Tüten auf dem Gehweg ab. Dann atmete sie tief durch und strahlte mich an. »Anni, du wirst es nicht glauben! Die Umgehungsstraße ist genehmigt worden!«

Ich war wie vom Schlag getroffen. »Das ist ja ...« Mir fehlten die Worte.

»Großartig, nicht wahr? Die Bauarbeiten haben schon begonnen. Es ist noch nicht so viel passiert, aber es geht langsam los.«

Ich ließ meine Tasche und die Tüte fallen, sodass die Apfelsinen darin auf die Straße kullerten, und drückte meine Mutter an mich. »Das ist wirklich großartig, Mama.«

Sie schloss die Augen und nickte. »Du weißt, was das bedeutet?«

Der Kloß in meinem Hals hätte mir fast die Sprache genommen. »Dass Maikes Tod nicht sinnlos war ...«

Jetzt liefen meiner Mutter die Tränen über die Wangen. »Ganz genau, Liebes. Er war nicht sinnlos. Bald werden keine Lkws mehr durch unser Dorf fahren. Nie wieder! Und nie wieder wird hier ein Kind von ihnen totgefahren.«

Ich sammelte die Apfelsinen auf und hoffte, mich dadurch auch wieder etwas sammeln zu können. Dann nahmen wir die Tüten und Taschen und gingen weiter, bis wir an das Tor kamen, das unsere Einfahrt von der Straße abriegelte. Ich öffnete es, und wir gingen den langen Kiesweg zum Haus hoch. Eine Katze raste hinter das Silo, das direkt neben der Scheune stand, in der die landwirtschaftlichen Geräte lagerten. Es war dieselbe Katze, die schon seit zehn Jahren auf unserem Hof lebte und niemandem zu gehören schien. Maike hatte schon mit ihr gespielt.

Gemeinsam deckten meine Mutter und ich die Kaffeetafel, und dabei erzählte sie von den letzten Kämpfen mit den Behörden, die sie durchgestanden hatten, bevor die Straße genehmigt worden war. Über die Iran-Affäre verloren wir kein Wort.

Als ich den Trecker meines Vaters auf den Hof fahren hörte, winkte ich ihm durchs Fenster zu und glaubte, den Anflug eines Lächelns auf seinem Gesicht zu erkennen. Mein Vater war kein Typ für hochgezogene Mundwinkel. Im Gegenteil. Normalerweise war er immer ernst und lachte nur selten. Lächeln zählte definitiv nicht zu seinem Mimik-Repertoire.

»Schön, dass du mal wieder vorbeischaust. Habe ich einen Geburtstag vergessen?«

Ich schüttelte den Kopf. »Nein, ich wollte euch einfach so besuchen.«

»Das ist nett. Ist was passiert?«

Vermutlich lag es in der DNA von Eltern, sofort etwas Schlimmes zu vermuten, wenn ein Kind sie ohne triftigen Grund besuchte.

»Nein«, log ich. »Aber ich habe schon gehört, was bei euch passiert ist. Mama hat gesagt, die Umgehungsstraße wurde genehmigt. Das ist wirklich toll, Papa.«

Jetzt ging ein Strahlen über sein Gesicht. »Ja! Das ist es. So viele Jahre haben wir uns dafür eingesetzt, haben Anträge ausgefüllt und uns mit den Behörden rumgeschlagen. Aber jetzt geht es endlich los!«

Erschöpft von der Arbeit ließ er sich auf einen Stuhl fallen. Er stützte die Ellenbogen auf dem Tisch ab, und plötzlich, ohne jede Vorankündigung, verbarg er sein Gesicht in den Händen. Ich hörte ein Schluchzen und dachte zuerst, es käme von draußen. Dass mein Vater am Tisch saß und weinte – das war einfach unvorstellbar für mich.

»Papa ...«

Meine Mutter blickte mich zärtlich an und nickte kurz. Dann

ging sie zu ihm und legte ihm eine Hand auf die Schulter. »Ist ja gut, Carl, ist ja gut.« Sie tröstete ihn wie ein kleines Kind, nahm ihn in den Arm und wiegte seinen Oberkörper sanft hin und her. Aber er wollte einfach nicht aufhören zu weinen. »Das passiert ihm in letzter Zeit häufiger«, erklärte sie mir. »Es bewegt uns einfach, dass das, was durch Maikes Tod begann, jetzt zu Ende geht.«

Auch meiner Mutter liefen die Tränen übers Gesicht, während mein Vater sein Schluchzen nur schwer unter Kontrolle bringen konnte.

Zum ersten Mal seit Maikes Beerdigung sah ich die beiden gemeinsam trauern. Damals, als der Polizist meinen Bruder und mich nach Hause brachte und meinen Eltern sagte, dass Maike verunglückt sei, standen sie einfach nur unter Schock. Vor und nach der Trauerfeier bemühten sie sich, nicht vor uns Kindern zu weinen. Bei der Beerdigung selbst konnten sie die Fassade nicht mehr aufrechterhalten, was in der großen Traurigkeit, die damals bei allen Anwesenden herrschte, nicht weiter auffiel. Danach hatte mein Vater seine Emotionen wie immer unterdrückt. Er hatte sie weggesperrt, wie andere Leute ihre Wertsachen wegschlossen.

Bis jetzt.

Es klingelte an der Tür, aber meine Eltern schienen es nicht zu hören. Ich ließ die beiden allein, wischte mir noch einmal über die Augen und öffnete.

Etwas verlegen stand Christian auf der Türschwelle und schien nach den passenden Worten zu suchen.

»Ich hab deinen Zettel im Briefkasten gefunden. Und da ich deine Eltern sowieso noch nicht kennengelernt habe, dachte ich, wir könnten das jetzt vielleicht nachholen?«

»Ganz schlechter Zeitpunkt«, sagte ich. So verheult, wie die beiden gerade im Esszimmer saßen, wollten sie garantiert nicht dem Freund ihrer Tochter zum ersten Mal gegenübertreten. »Lass uns spazieren gehen«, sagte ich schnell und zog ihn von der Haustür weg.

Wir verließen das Grundstück meiner Eltern und schlenderten über die Straße.

»Ich hätte mich bei dir melden sollen«, sagte ich nach einer Weile des Schweigens.

»Nein. Ich hätte es tun müssen. Aber ich war zu feige. Ich habe mich wahnsinnig geschämt ...«

»Weil du rückfällig geworden bist?«

Er nickte. »Nach unserem Streit war ich im Krankenhaus und habe mit dem Arzt gesprochen. Er meinte, dass solche Rückfälle sehr häufig vorkämen und ich mich einer Selbsthilfegruppe anschließen solle.«

»Der Austausch mit anderen Betroffenen soll wohl helfen.« Ich grinste ihn schief an. »Kann ich dir nur empfehlen.«

»Denke ich mir.« Er erwiderte mein Grinsen. »Ich habe mich schon bei einer angemeldet.«

»Das ist super. Wirklich.«

»Es tut mir leid, dass ich dich angelogen habe.«

Ich hakte mich bei ihm unter und lächelte ihn an. »Na ja. Was heißt schon angelogen? Eigentlich hast du mir ja nur was verschwiegen.«

»Aber du warst sauer.«

»Zu Recht!«

»Absolut. Jedenfalls möchte ich nicht, dass irgendetwas zwischen uns steht«, sagte Christian. »Und das wollte ich aus der Welt schaffen.«

»Und dafür bist du extra nach Bitterheide gekommen?« Mir wurde warm ums Herz. »Ich wäre doch in ein paar Tagen wieder zurückgefahren.«

Er nahm mich in die Arme und küsste mich. »Ich konnte es eben nicht abwarten.« Verschmitzt guckte er mich an. »Außerdem habe ich mir Gedanken über die Zukunft gemacht. Mir ist klar geworden, dass ich so in der Bank nicht weitermachen kann. Ich will es vor allem auch nicht mehr. Dafür lässt mich die Idee mit dem Öko-Bauernhof nicht los. Das fühlt sich irgendwie genau richtig an.«

Ich lachte auf. »Dein alter Traum vom romantischen Landleben. Da ist er wieder!«

»Nein, ich meine das ganz ernst. Ein Hof, der über viel Weidefläche verfügt. Wo die Kühe den ganzen Tag draußen sein können.«

»Und abends von Heidi und Peter fröhlich pfeifend in den Stall getrieben werden«, sagte ich schmunzelnd.

Christian löste sich von mir. »Du machst dich über mich lustig.«

»Ich bin ein Landmädchen. Ich weiß, wie es auf einem Bauernhof zugeht. Aber ich will dir um Gottes Willen nicht deinen Traum madig machen.« Und ich war mir sicher, dass das auch gar nicht nötig war. Christian hatte keine Ahnung, was es bedeutete, als Landwirt einen Hof zu betreiben.

»Aber dir geht das Thema Umweltverschmutzung und Öko-Landwirtschaft doch auch nicht am Allerwertesten vorbei«, sagte er. »Du hast doch selbst gesagt, dass du die Grünen gut findest, und die ganze öffentliche Diskussion bringt doch auch was.«

Das sah ich genauso. Ich empfand es als großen Fortschritt, dass die Problematik der Umweltzerstörung mehr ins Bewusstsein der Bevölkerung drang. Jetzt wurde auch eine Katalysator-Pflicht für Autos diskutiert; auch wenn keiner sich vorstellen konnte, dass die jemals durchkam, war es doch gut, dass man über die Abgase von Pkws wenigstens mal sprach.

»Ich finde es super, dass solche Probleme inzwischen erkannt und besprochen werden, ja«, sagte ich, während wir den Weg weiterschlenderten. »Das war früher wirklich anders. Als ich klein war, fanden wir es völlig normal, dass die Flüsse voller Schaum waren und höllisch nach Chemikalien stanken.«

»Das ist ja zum Glück heute besser. Im Rhein soll es sogar wieder Fische geben.«

»Aber ins Meer wird trotzdem noch jeder Mist geworfen.«

»Verklappt«, korrigierte mich Christian mit einem zynischen Unterton. »Mit Genehmigung der Bundesregierung.«

»Und ich finde es auch gut, dass Greenpeace mit spektakulären Aktionen darauf aufmerksam macht, besonders wenn mal wieder Atommüll verklappt wird. Mir liegen diese ganzen Umweltthemen auch am Herzen«, sagte ich, »aber von einem Leben auf dem Bauernhof habe ich ganz andere Vorstellungen als du. Ich weiß nun mal, wie es wirklich ist.«

»Aber nicht, wie es sein könnte! Ich habe einen Unternehmensplan erstellt und Überbrückungsgeld beantragt, damit der wirtschaftliche Druck am Anfang nicht zu groß ist. Und dann habe ich mich nach einem geeigneten Objekt umgesehen!« Ein Grinsen breitete sich auf seinem Gesicht aus.

So langsam verstand ich. Abrupt blieb ich stehen. »Warum bist du wirklich hier?«

Er zögerte kurz, vermutlich nur, um die Spannung zu steigern. »Ich bin natürlich in erster Linie deinetwegen hier. Aber ich wollte dir auch was zeigen.«

»Du? Mir? Hier in Bitterheide?«

»Komm mit.«

Wir gingen ein Stück die Straße entlang und bogen an einem Waldweg rechts ab.

»Was wollen wir denn hier? Bist du sicher, dass wir hier richtig sind?«

Christian zog seinen Falk-Plan aus der Tasche und wedelte damit vor meinem Gesicht herum. »Vollkommen richtig. Ich war vorhin schon da.«

Wir gingen den Weg weiter, den ich aus meiner Kindheit kannte, auch wenn ich ihn nicht in bester Erinnerung hatte. Vor dem alten Bauernhof von Fred Steinhage, der vor einem Jahr mit achtundneunzig Jahren gestorben war, blieb Christian stehen. Erwartungsvoll blickte er mich an.

»Der Steinhage-Hof? Was wollen wir denn hier?«, fragte ich ihn.

»Ist er nicht wunderschön?«

»Der alte Steinhage hat früher immer seine Hunde auf uns gehetzt, wenn wir hier in der Nähe gespielt haben. Ich finde hier nichts wunderschön.«

Christian lachte. »Okay, du bist eindeutig nicht objektiv. Ich finde den Hof wunderbar. Und preislich ist er auch sehr attraktiv.«

Kopfschüttelnd blickte ich auf das alte Gemäuer. Ein Hof, der aus dem 19. Jahrhundert stammte. Zugegeben, das Gebäude selbst hatte durchaus einen gewissen Charme, aber ich befürchtete, dass sowohl die Fenster als auch die Heizung in der alten Bruchbude aus demselben Jahrhundert stammten wie die rote Backsteinfassade.

»Ausgerechnet hier?« Ich konnte es kaum glauben. »Hier willst du einen Öko-Bauernhof aufbauen?«

»Warum nicht? Du hast mir so viel aus dieser Gegend erzählt, dass ich mir die Immobilienangebote aus Bitterheide als Erstes angeschaut habe. Und die waren nicht unattraktiv.«

»Du kannst hier nicht leben.«

Er lachte. »Was soll das denn heißen? Du bist hier aufgewachsen, und deine Eltern leben immer noch hier!«

»Deshalb weiß ich ja auch, wovon ich spreche. Der Boden hier ist schwärzer als schwarz«, sagte ich. »Könnte man in Bitterheide CSU wählen, dann würden die Leute es tun. Linke Grüne sind hier nichts anderes als Kommunisten. Die Landwirte würden dir die Hölle heißmachen!«

»Ich bin kein linker Grüner.«

»Du hast deinen kapitalistischen, total überbezahlten Job aufgegeben, um Hühner und Schweine frei laufen zu lassen und mit leckeren Sachen zu füttern. Entweder bist du verrückt oder ein linker Grüner.«

Wieder lachte er. »Na schön, wenn du es so siehst? Vielleicht bin ich ein bisschen grün geworden. Aber ich bin total offen für Gespräche. Mit mir können die anderen Bauern immer reden.«

»Die reden hier aber nicht. Das ist ja das Problem.«

»So schlimm wird es schon nicht werden.«

»Warum hast du mir nichts davon erzählt?«

Christian zögerte. »Ich war selbst unsicher, und ich wusste ja, was du von meiner romantischen Vorstellung des Landlebens so hältst. Ich wollte mir erst ganz sicher sein, bevor ich dir alles sage. Und vor allem wollte ich wieder nüchtern sein. Warte, ich erklär dir mal, was ich vorhabe.«

Christian baute sich vor der Einfahrt auf und erzählte mir wild gestikulierend, welchen Teil des Gebäudes er renovieren wollte und was wohin kommen sollte.

Plötzlich raste ein großer Schäferhund laut bellend auf uns zu. Ich erschreckte mich fast zu Tode und dachte für eine Sekunde, dass der alte Steinhage aus seinem Grab gekommen wäre und seinen verdammten Köter wieder auf uns gehetzt hätte.

»Ben! Zu mir! Hiiiier!« Eine rundliche Frau mit einem Zwillingskinderwagen kam hektisch um die Ecke gelaufen. »Hiiiier!«

Aber der Schäferhund lief weiter zu uns, änderte dann allerdings sein Verhalten und wedelte freundlich mit dem Schwanz.

»Ich hab noch 'ne angebissene Bifi in der Tasche, vielleicht hat er die gerochen.« Christian zog seinen Salami-Snack hervor, und der Hund setzte sich schwanzwedelnd vor ihn. Mit den treuesten Augen der Welt sah er ihn an. »Ja, du Feiner, kannst du haben, ist aber ein bisschen eklig.« Er warf die Salami in die Luft, und der Hund schnappte sie sich mit einem Bissen.

»Tut mir leid«, sagte die Frau außer Atem und leinte ihren Hund an. Erst jetzt erkannte ich sie.

»Maren? Hi!«

»Anni. Hallo. Entschuldige, ich hab dich in der ganzen Aufregung glatt übersehen. Ben ist noch kein Jahr alt und gerade in der Pubertät. Der will einfach nicht hören.«

»Kein Problem«, meinte Christian. »Ich liebe Hunde.«

Verwundert blickte ich auf den Zwillingswagen. »Sind das deine?«

Maren nickte stolz. »Ja. Isabel und Martin. Die sind jetzt drei Monate alt.«

»Wow. Herzlichen Glückwunsch. Das ging ja schnell.«

»Ich bin ziemlich direkt nach dem Abi schwanger geworden. Nicht ganz geplant, aber jetzt ist alles super.«

»Das freut mich. Ach, sorry, das ist Christian, mein Freund. Das ist Maren, wir haben zusammen Abi gemacht.«

Christian schüttelte ihr die Hand. »Freut mich.«

»Wie lange bleibst du?«, fragte Maren.

»Nur bis morgen. Ich hab spontan meine Eltern besucht.«

»Ach, schade, dann triffst du Vera nicht mehr. Die wollte am Wochenende kommen.«

»Ihr habt noch Kontakt?«

Maren nickte. »Sie meldet sich immer, wenn sie zu ihren Eltern fährt. Von Marburg ist es allerdings ein Stückchen. So oft ist sie nicht hier. Ruf sie doch mal an. Hast du ihre Nummer?« Offensichtlich konnte sie sich die Frage selbst beantworten. »Warte.« Sie kramte einen Stift aus ihrer Tasche und fand noch einen alten Kassenbon, auf dem sie Veras Nummer notierte.

»Danke dir. Ich melde mich auf jeden Fall bei ihr.«

»Super. Und wenn du das nächste Mal mehr Zeit hast, komm doch vorbei. Ich wohne jetzt in der Schürmannstraße 4. Dann trinken wir einen Kaffee zusammen.«

»Klar. Mach ich«, antwortete ich, obwohl ich wusste, dass ich mich niemals bei Maren melden würde.

»Tschüss, Anni. War schön, dich zu sehen.«

»Fand ich auch. Tschüss.«

»Eine alte Freundin von dir?«, fragte Christian und sah Maren nach, die mit Kinderwagen und Hund weiterzog.

»Nein, gar nicht. Ich hab nie was mit ihr zu tun gehabt.«

»Sie wirkt nett. Schön, dann kenne ich jetzt noch jemanden in Bitterheide.« Er lächelte mich an.

»Dir ist das wirklich ernst mit dem alten Hof?«

»Ja. Das ist es.« Für einen Moment sah er mich schweigend an. »Könntest du dir vorstellen, hier zu leben?«

Schlagartig wurde ich nervös. »Hier? Auf dem Steinhage-Hof?«

»Ja. Ich würde ihn auch umbenennen. Wir könnten daraus einen richtig tollen Öko-Bauernhof machen.« Christians Augen glänzten. »Und vielleicht kriegen wir irgendwann auch ein paar Kinder, so wie deine alte Freundin Maren.«

»Sie ist nicht meine Freundin.«

Christian rollte kurz mit den Augen, dann griff er nach meiner Hand und zog sie an seinen Mund. »Anni, es gibt nichts auf der Welt, was ich mir mehr wünsche, als hier zu leben. Mit dir. Und irgendwann mit einer großen Familie.«

»Ich bin gerade mal einundzwanzig!«

»Ich weiß. Muss ja auch nicht sofort alles auf einmal sein.« Jetzt gab er mir einen Kuss auf meine Hand. »Weißt du, was ich jetzt am liebsten machen würde?«

»Versöhnungssex?«, antwortete ich und hoffte, durch den Scherz die Atmosphäre etwas aufzulockern.

Christian lachte auf. »Ja, auch.« Dann wurde er wieder ernst. »Und ich würde dich gerne etwas fragen. Aber eigentlich wollte ich dafür noch einen Ring besorgen.«

Mein Herz schlug mir bis zum Hals. War das der Moment, den ich schon zigmal in Hollywoodfilmen gesehen hatte? Bei dem grundsätzlich alle Schauspielerinnen in Tränen ausbrachen und laut schluchzend ihrem Liebsten um den Hals fielen? Jetzt? Hier? Vor dem alten Bauernhof?

Ich horchte in mich hinein. Ja, ich liebte Christian. Daran gab es nicht den geringsten Zweifel. Aber ich war doch viel zu jung, um mich schon so fest zu binden. Oder? Wann war man dazu eigentlich bereit? Maren hatte jetzt schon eine richtige Familie und wirkte sehr glücklich damit. Aber um Himmels Willen, nein, ich konnte jetzt auf keinen Fall schon Kinder bekommen! Musste ich ja auch nicht – mit einer Hochzeit war man ja nicht automatisch schwanger. Vielleicht wollte er mir auch gar keinen Antrag machen? Wie viele Buchstaben hatte das Wort Heiratsantrag? Die Gedanken rasten durch meinen Kopf, als Christian plötzlich vor mir auf die Knie ging.

»Ich frage dich jetzt einfach ohne Ring ...« Er hielt immer noch meine Hand in seiner. »Anni, ich liebe dich über alles. Willst du mich heiraten?«

– 46 –

Der Raum war inzwischen voll mit meinen alten Klassenkameraden, mit denen ich vor fünfunddreißig Jahren Abitur gemacht hatte. Ich stand immer noch an dem kleinen Tischchen und blätterte durch die alte Abizeitung. Seite 57, ging es mir durch den Kopf. Obwohl ich die Zeitung seit so vielen Jahren nicht mehr in den Händen gehalten hatte, wusste ich die Seitenzahl noch ganz genau. Langsam blätterte ich mich durch die Seiten, hielt bei der 55 kurz inne, ging noch mal zurück, dann wieder vor, ein letztes Mal zurück und dann, nach tiefem Durchatmen, schlug ich endlich die Seite 57 auf.

Unsere Irre.

Ich horchte in mich hinein. Doch, es machte mir etwas aus, immer noch, selbst nach so vielen Jahren. Aber es war nur noch ein kleiner Stich, den ich in der Magengegend verspürte und der mich an den Verrat erinnerte. Und das lag nicht nur daran, dass ich endlich, nach so vielen Jahren, bereit war, zu verzeihen, diese kleine Jugendsünde, für die ich meine beste Freundin aufgegeben hatte, zu vergessen und Vera in die Arme zu schließen. Nein, es lag vor allem an dem viel größeren Stich, den ich wegen mir selbst verspürte.

Ich hatte Vera seit damals nie wiedergesehen, hatte keinen ihrer Briefe gelesen oder gar beantwortet. Über Jahre hatte ich den Gedanken an sie weggesperrt, so wie mein Vater es mit seiner Trauer getan hatte. Irgendwann hatte ich nicht mehr an sie gedacht, mein Leben war viel zu hektisch und intensiv gewesen, als dass ich die Zeit gefunden hätte, mir über meine ehemals beste Freundin Gedanken zu machen.

Bis zu meiner Reise nach Maria Laach. Es kam mir vor wie ein Wink des Schicksals, dass mein Keller wegen eines Rohrbruchs ausgerechnet am Vorabend meiner Abfahrt volllief. Meine schicken Louis-Vuitton-Koffer – alle ruiniert. In der hintersten Ecke des Kellers, ganz oben in einem Regal, fand ich dann meinen alten Koffer aus Studienzeiten, den ich schon seit Jahrzehnten nicht mehr benutzt hatte und eigentlich nur noch aus nostalgischen Gründen aufbewahrte. Und in dem kleinen Seitenfach steckten sie noch. Veras Briefe. Erst da hatte ich sie herausgenommen, geöffnet und gelesen. Unzählige Male. Besonders der letzte hatte sich in mein Gedächtnis gebrannt.

Liebe Anni,
das wird nun der letzte Brief sein, den ich dir schreibe. Ich kann mich nicht mehr weiter entschuldigen und weiß auch nicht, was ich zur Erklärung noch sagen kann. Aber ich möchte, dass du weißt, dass ich dein Geheimnis nicht aus Boshaftigkeit verraten habe. In der Runde war so eine ausgelassene Stimmung, wir überlegten gemeinsam, welche kleinen Spitzen wir unter die Fotos setzen könnten, und jeder plauderte irgendetwas aus. Als mir dein Tick über die Lippen kam, fanden wir das alle lustig, und keiner von uns hat darüber nachgedacht, wie sehr es dich verletzen könnte.
Du weißt inzwischen hoffentlich, wie leid mir das tut. Und ich weiß, dass es eben nicht nur ein Spaß war. Es war unüberlegt und dumm, und du hast es mir zu Recht übel genommen.
Aber wir sind schon so lange Freundinnen. Wir sind zusammen aufgewachsen, haben so viel gemeinsam

erlebt. Ist das alles nicht wichtiger, bedeutender und stärker? Für mich ja. Und ich hoffe, dass es für dich vielleicht auch eines Tages so sein wird.
Ich habe dich jetzt so oft um Verzeihung gebeten und werde es kein weiteres Mal tun. Aber du sollst wissen, dass du immer meine beste Freundin sein wirst. Daran wird sich nie etwas ändern.
Deine Vera

Nachdem ich Veras Briefe gelesen hatte, sah ich unsere gemeinsame Zeit wie einen Film vor meinem inneren Auge ablaufen. Und mir wurde bewusst, dass sie recht gehabt hatte. Alles Schöne, was wir erlebt hatten, wog schwerer als der kurze Moment ihres Verrats.

Und mir wurde bewusst, was ich verpasst hatte. Wegen eines Gefühls, das einem so oft im Wege stand, einem so viel vermasselte: Falscher Stolz hatte weltweit sicherlich Millionen von Telefonnummern auf dem Gewissen, die nicht ausgetauscht wurden. Er war schuld an Unmengen von Beziehungen, die in die Brüche gegangen waren, wie meine zu Vera. Nicht sie war das Problem gewesen, nicht ihr kleiner, unbedachter Teenager-Fehler hatte unsere Freundschaft auf dem Gewissen, sondern mein verfluchter falscher Stolz. Er hatte dafür gesorgt, dass ich mich im Selbstmitleid gesuhlt hatte und nicht in der Lage gewesen war, meiner besten Freundin zu verzeihen.

Was hatte mich bloß all die Jahre davon abgehalten, das Gespräch mit ihr zu suchen? Wahrscheinlich war es mir unterbewusst peinlich gewesen, so eine beschissene Freundin gewesen zu sein, die einen Fehler aus Teenie-Zeiten nicht verzeihen konnte. Es war die pure Scham gewesen – und es war leichter gewesen, so zu tun, als hätte ich mit dem Kapitel abgeschlossen, als auf sie zuzugehen. Und so eine wie ich hatte auch noch Psychologie studiert.

Ich saß heulend in meinem überfluteten Keller, und mir war klar, dass es allerhöchste Zeit für ein paar klärende Worte war. Ich wollte mich dafür entschuldigen, wie blöd ich gewesen war, und ihr erklären, dass es leider viel zu lange gedauert hatte, bis bei mir endlich der Groschen gefallen war. Erst jetzt verstand ich, wie sehr auch sie verletzt worden war. Wie musste sie sich gefühlt haben, als ich ihr noch nicht einmal die Chance gegeben hatte, ihren Fehler auszuräumen?

Meine Güte, warum fiel einem das eigentlich so schwer? Die eigene Schuld anzuerkennen und sich zu entschuldigen?

Die ganzen letzten Jahre, ach was, Jahrzehnte, war ich nicht in der Lage gewesen, zu sagen: Entschuldigung, es war wirklich total bescheuert, dass ich dir deinen Fehler so lange krummgenommen habe. Und das, obwohl ich mich sonst doch permanent für jeden Mist entschuldigte. Entschuldigung, ich habe Sie nicht verstanden. Entschuldigung, wie spät ist es denn? Entschuldigung, dass ich Sie angerempelt habe.

Erst jetzt, mit vierundfünfzig Jahren, war ich in der Lage, auf Vera zuzugehen und ihr zu sagen, dass ich nie wieder eine Freundin wie sie gehabt hatte. Dass ich sie schwer vermisst hatte, auch wenn ich es mir nicht immer eingestehen wollte. Und dass es mir wahnsinnig leidtat, ihre Entschuldigung niemals angenommen zu haben.

»Gleich geht es los!«, rief eine ehemalige Mitschülerin von mir, die ich genauso wenig wiedererkannte wie die meisten anderen. »Such dir einen Platz, Anni. Gleich kommt der Film!«

»Was denn für ein Film?«

»Vera hat ihn gemacht. Ganz großes Kino, sage ich dir!« Mit diesen Worten wandte sie sich ab und ging zu einem Pult, in dem der Beamer und andere Technik untergebracht waren. Sie drückte irgendwelche Knöpfe, und kurz darauf sank eine weiße Leinwand langsam von der Decke Richtung Boden.

Vera.

Suchend sah ich mich um. Ich war mir sicher, dass ich sie im Gegensatz zu allen anderen sofort wiedererkennen würde. Auf keinen Fall konnte sie sich so stark verändert haben, dass mir ihr Gesicht nicht vertraut gewesen wäre.

Ich setzte mich auf einen der Stühle und ließ meinen Blick über die Menge schweifen. Dass die meisten von ihnen mich anstarrten, ignorierte ich. Ein Verhalten, das ich über die Jahre perfektioniert hatte.

Das Licht ging aus, und ich konnte nichts mehr erkennen. Dann begann der Film mit einer Collage von Bildern unserer offiziellen Abiturfeier. Wehmütiges Lachen war an der einen oder anderen Stelle zu hören, wenn auf der Leinwand jemand gezeigt wurde, der zu unserem Direktor ging und sich sein Zeugnis abholte. Zwischen den alten Fotoaufnahmen gab es immer wieder kurze Videosequenzen. Ein paar Eltern hatten damals schon eine Videokamera gehabt und den Moment stolz gefilmt, als der Nachwuchs sein Reifezeugnis bekam. Etwas wackelig und aus heutiger Sicht in recht schlechter Qualität, aber das vergrößerte die Nostalgie nur noch. Dann folgten Aufnahmen von der Feier im Cincinnati, und es war kaum zu glauben, wie wir damals ausgesehen hatten.

»Diese Haare! Dieses Make-up!«, kreischte eine Frau hinter mir, und ich konnte ihr nur stumm recht geben. Die Achtziger waren modisch eindeutig eine herausfordernde Zeit gewesen und an Hässlichkeit kaum zu übertreffen. Bei einigen Designern sah man ja heute wieder eine Art Achtziger-Revival, allerdings nur in abgeschwächter Form. So richtig hatte sich zum Glück noch keiner an die Dauerwellen und die grelle Schminke von damals gewagt.

Mit der Musik der *Neuen Deutschen Welle* unterlegt erschienen dann die Porträts aus der Abi-Zeitung, und mir rutschte das Herz in die Hose. Ernsthaft?, dachte ich. Vera brachte diese Sache tatsächlich noch mal groß auf die Leinwand?

Obwohl mein Zählzwang mich nur noch selten überkam, begann ich, den Schluckauf meines Nebenmannes mitzuzählen. Es konnte doch nicht sein, dass ich tatsächlich wieder in alte Verhaltensmuster verfiel, von denen ich doch glaubte, sie lange hinter mir gelassen zu haben.

Neben mir klatschte eine Frau begeistert in die Hände. »Das ist ja eine tolle Idee!«, rief sie, als über dem ersten Porträt eine neue Überschrift eingeblendet wurde.

Aus *Maren. Unsere Schönste* wurde *Bekam die schönsten Kinder und ist heute die schönste Oma.*

Ein Raunen ging durch den Raum. Maren war schon Großmutter!

»Fünf Enkel!«, hörte ich eine Frauenstimme stolz rufen.

»Wenn du in der elf nicht mit mir Schluss gemacht hättest, wären es heute zwanzig!«, rief ein Mann in die Dunkelheit, und der Saal grölte vor Lachen.

Frank. Unser Sportgott war an der Reihe, und nun wurde es ernster: *Auch wenn Bodyshaming damals noch Hänseln hieß, war es scheiße. Sorry, Frank!*

Einige klatschten, und dann schien Frank sich genötigt zu fühlen, etwas zu sagen. Ich konnte in der Dunkelheit nur eine schlanke Silhouette sehen, die sich von ihrem Platz erhob.

»Kein Problem, Leute. Ohne euch hätte ich nie abgenommen und wäre nicht so 'n heißer Typ geworden! Ich meine, hey, meine Frau ist zwanzig Jahre jünger als ich! Das sagt doch wohl alles!« Und dann fügte er noch leise »ihr Arschgeigen« hinzu, was aber im allgemeinen Gelächter unterging.

Ich hatte es trotzdem gehört und konnte Frank nur zu gut verstehen. Wir hatten uns nicht nur einmal über sein Übergewicht lustig gemacht, sondern waren jahrelang darauf rumgeritten. Wenn ich es mir recht überlegte, hatten wir ihn seit der siebten Klasse nur »Fetti«, »Fettmac«, »Speckgesicht« und »Sportgott« genannt. Wenn seine Psyche das unbeschadet überstanden hatte, konnte er froh sein. In meinem Job hatte ich jedenfalls dauernd mit Leuten zu tun gehabt, die in ihrer Kindheit und Jugend gehänselt worden waren und als Erwachsene eine traurige Laufbahn als Trinker, Drogenabhängige oder Schläger durchlaufen hatten.

Mir wurde langsam mulmig. Es würde nicht mehr lange dauern, bis ich an der Reihe war. Was für eine neue Überschrift hatte Vera sich für mich überlegt?

Anni. Unsere Irre.

Ich musste schlucken, als ich mein Bild zunächst mit der alten Überschrift groß auf der Leinwand sah. Dann erschien die neue: *Die Einzige, die eine unfassbare Karriere gemacht hat. Wir sind so stolz auf dich, Anni!*, stand nun darüber.

Alle klatschten, und ich hörte vereinzelte Rufe aus dem Saal.

»Das hast du wirklich, Anni!«

»Ich habe jede Sendung gesehen!«

»Oprah ist nichts gegen dich!«

Ich war froh, dass es so dunkel war und niemand sehen konnte, wie mir die Tränen in die Augen stiegen. Nicht vor Rührung über die Anerkennung meiner früheren Klassenkameraden, sondern weil mir in dem Moment klar wurde, dass ich immer ein kleiner Teil von Veras Leben gewesen war. Ich hatte sie nie wiedergesehen – aber sie mich schon. Und das berührte mich auf ungeahnte Weise. Sie hatte mich nicht vergessen. Offensichtlich hatte sie es noch nicht mal versucht, so wie ich es jahrelang getan hatte. Ich konnte es nicht abwarten, endlich mit ihr zu sprechen.

Das letzte Foto eines Klassenkameraden wurde eingeblendet, dann erschien eine schwarze Tafel auf der Leinwand. Die Musik eines irischen Volksliedes wurde eingespielt, das mir sofort einen Schauer den Rücken hinunterlaufen ließ. Das letzte Mal hatte ich es auf Maikes Beerdigung gehört. Damals war ich nicht in der Lage gewesen, mitzusingen. Ein Chor begann zu singen:

Möge die Straße uns zusammenführen und der Wind in deinem Rücken sein; sanft falle Regen auf deine Felder und warm auf dein

Gesicht der Sonnenschein. Und bis wir uns wiedersehen, halte Gott dich fest in seiner Hand; und bis wir uns wiedersehen, halte Gott dich fest in seiner Hand.

Mir kamen sofort wieder die Tränen. Dieses Lied war das traurigste, das ich kannte. Und mit so vielen Erinnerungen verbunden.

Auf der Leinwand erschien ein Schriftzug:

Unsere Toten. In liebevollem Gedenken.

Als Erstes wurde ein Jugendfoto von Tanja eingeblendet. Ich konnte mich kaum an sie erinnern, sie hatte damals zur Popper-Fraktion gezählt, und mit denen hatte ich nie etwas zu tun gehabt. Sie war schon mit Anfang dreißig bei einem Verkehrsunfall gestorben.

Sebastian tauchte auf der Leinwand auf. Palästinensertuch-Clique. Im Mathe-Prüfungskurs hatte er hinter mir gesessen und war dauernd im Unterricht eingeschlafen. Vor fünf Jahren war er an einem Herzinfarkt gestorben.

Jetzt war ein Schluchzen zu hören, während das irische Volkslied weiterlief. Ulrich. An ihn erinnerte ich mich gut. Ich sah ihn förmlich vor mir, wie er auf unserer Abi-Feier über Frank gelacht hatte. Er war der ersten Corona-Welle zum Opfer gefallen.

Dann verstummte die Musik, und es wurde ganz still im Saal. Ich erstarrte und konnte nicht glauben, was ich da sah. Auf der Leinwand war ein Foto von Vera erschienen. Darunter stand: *Bis zuletzt hat Vera dieses Abi-Treffen vorbereitet. Sie war voller Hoffnung, euch heute alle wiederzusehen. Am 10. Juni ist sie ihrem langen Krebsleiden erlegen.*

Dann wurde es dunkel. Alle saßen schweigend da, bis das Licht wieder anging und die Frau am Technikpult sich ein Mikrofon nahm.

»Vera war es ein echtes Anliegen, dass wir heute Abend feiern«, sagte sie mit belegter Stimme. »Lasst uns die Toten nicht vergessen, und lasst uns das Leben feiern!«

Zustimmendes Gemurmel war zu hören, und als wieder die alte Achtzigerjahre-Musik einsetzte, standen alle auf und bewegten sich Richtung Theke.

Nur ich blieb wie versteinert sitzen. Vor zwölf Tagen war Vera gestorben. Das durfte einfach nicht sein.

Eine Frau mit kurzen grauen Haaren und weiter Kleidung kam mit zwei Bierflaschen in der Hand auf mich zu und lächelte mich an. »Darf ich?«, fragte sie und setzte sich, ohne auf eine Antwort zu warten. »Maren. Du erinnerst dich doch?«

»Natürlich. Schön, dich zu sehen, Maren.« Meine Stimme war brüchig.

»Du hast es nicht gewusst, stimmt's?«, fragte sie nach einem Moment des Schweigens.

Ich schüttelte langsam den Kopf. »Ich hatte keine Ahnung.«

»Sie hat oft von dir gesprochen, Anni. Und sie hat jede Sendung mit dir gesehen.«

Ich lächelte traurig, und mir ging durch den Kopf, wie damals alles angefangen hatte. Nachdem ich bei Radio Bremen hochkant herausgeflogen war, hatte ich mich zunächst vollkommen auf meinen Job bei Professor Neubauer und mein Studium konzentriert. Den Kontakt zur Fernsehbranche hatte ich trotzdem nicht verloren, und nach einer Weile hatte ich mir wieder einen Studentenjob bei einer freien Produktionsfirma gesucht, bei der ich bis zum Examen gearbeitet hatte. Doch trotz meiner guten Noten hatte ich mich gegen eine Promotion entschieden und an einem Moderatoren-Casting teilgenommen, das der damals immer noch junge Sender RTL in Köln veranstaltet hatte. Von da an war alles ganz schnell gegangen, schneller, als es heute überhaupt noch vorstellbar wäre. Vielleicht hatte es daran gelegen, dass das Privatfernsehen gerade erst entstanden war, dass es noch keine festgefahrenen Strukturen gab und neue Gesichter händeringend gesucht wurden. Oder der Grund war, dass Hagen Stoffmann inzwischen Unterhaltungschef geworden war und sich an mich erinnert hatte. Ich wusste es nicht. Jedenfalls war ich bei dem Casting genommen worden, hatte einen Talkshow-Piloten gedreht, der sich an dem Erfolgsformat von Oprah Winfrey orientierte und der wenige Monate später auf Sendung gegangen war. Obwohl ich in meiner Jugend stets versucht hatte, unter dem Radar zu fliegen und nicht aufzufallen, hatte ich mir einige Jahre später einen Job mit maximaler Aufmerksamkeit gesucht. Konfrontationstherapie pur. Ich musste schmunzeln.

Eine andere Frau kam auf uns zu und blickte uns schüchtern an. »Anni, du kennst mich doch noch, oder? Ich bin Ines! Weißt du nicht? Wir waren doch mal für eine Weile recht dicke!«

Ich hatte keine Ahnung, wovon diese Frau sprach, und lächelte zurückhaltend.

»Können wir ein Foto machen?«, fragte Ines mit gezücktem Handy. »Ich war immer dein größter Fan. Ich habe keine einzige Sendung verpasst.«

Dann hielt sie mir das Handy vors Gesicht, beugte sich zu mir runter und drückte breit grinsend auf den Auslöser.

»Als du damals O.J. Simpson in der Sendung hattest, wäre ich fast gestorben!«, rief Ines, während sie das Foto begutachtete. »Ich habe den Typen geliebt! Und dann wird der zum Mörder und einfach freigesprochen – und du hast ihn in deiner Show! Ich konnte es nicht fassen!«

»War ja auch 'ne Nummer«, sagte ich leise und dachte an die Anspannung, die ich vor jeder Sendung gespürt hatte. Erst im Gespräch mit meinen Gästen hatte sie sich gelöst, während ich vorher in der Maske noch nervös die Puderquasten durchgezählt hatte.

»Könntest du mir ein Autogramm geben?« Sie kramte eine alte Autogrammkarte von mir aus der Tasche. »Und wärst du so nett und würdest mir noch was Persönliches draufschreiben?«

»Klar.« Ich nahm die Karte, auf der ein Foto von mir aus den Neunzigern zu sehen war, als ich auf dem Höhepunkt meiner

Karriere gewesen war. Den strengen Bob hatte ich damals schon getragen, er war so etwas wie mein Markenzeichen geworden.

Ich weiß nicht, warum mir diese Show so sehr gelegen hatte. Meine Kritiker hatten mir ein besonderes psychologisches Gespür bescheinigt, mit dem ich meinen Gästen Wahrheiten entlocken konnte. Vielleicht eine Folge meines Psychologie-Studiums. Man hatte mir jedenfalls einen besonders einfühlsamen Umgang mit meinen Talkgästen nachgesagt, die tatsächlich manchmal bei meinen Fragen weinen mussten. Und auch mich hatten ihre Geschichten nie kaltgelassen, manchmal waren auch mir die Tränen gekommen. Solche Emotionen waren damals neu gewesen, so etwas hatte es im deutschen Fernsehen noch nicht gegeben, und vielleicht war das der Grund für meinen Erfolg gewesen. Jedenfalls wurde die ehemals kleine, einstündige Talkshow immer größer, bis sie schließlich drei Stunden lang abends live im Fernsehen lief. Mit spektakulären Quoten.

»Ines, wir unterhalten uns eigentlich gerade«, sagte Maren, der mein bedrückter Gesichtsausdruck nicht entgangen war.

»Ja, schon klar, ich wollte auch nicht stören«, entschuldigte sie sich. »Aber sag noch schnell, Anni, du machst doch bald wieder was, oder? Du kannst doch nicht einfach für immer aufhören! Du bist doch erst Mitte fünfzig, da kann man doch noch nicht in Rente gehen!«

Meine Show war ein Riesenerfolg gewesen, der mich innerhalb kürzester Zeit in den merkwürdigen Status eines Superpromis katapultiert hatte, aber jetzt war es vorbei. Schon seit einer ganzen Weile. Anders als bei Rudi Carrell, den ich bis zu seinem Tod immer mal wieder auf Preisverleihungen oder Galas getroffen und der mich niemals auch nur eines Blickes gewürdigt hatte, verlor ich meine Sendung nicht wegen eines Polit-Skandals. Dass ich ihn damals ausgelöst hatte, war mir zum Glück später nie angelastet worden. Aber alles hatte seine Zeit, und die meiner Talkshow war schon vor einigen Jahren abgelaufen. Die Quoten hatten nachgelassen und meine Lust am Talken auch. Heute wurde ich vielleicht noch ein-, zweimal im Jahr in andere Talkshows eingeladen, und ich hatte drei Ratgeberbücher geschrieben, aber ansonsten hatte ich mich völlig zurückgezogen.

»Ich bin im Moment eigentlich ganz zufrieden damit, so wie es ist«, antwortete ich.

»Na ja, wahrscheinlich hast du deine Schäfchen auch im Trockenen«, sagte Ines mit unverhohlenem Neid in der Stimme.

Klar hatte ich einen Haufen Geld verdient, und natürlich war das auch schön. Ich genoss es immer noch, dass ich keine finanziellen Sorgen hatte, und wusste dieses Privileg auch zu schätzen. Allerdings hatte mein Erfolg auch eine Kehrseite gehabt. Irgendwann war ich nur noch von Menschen umgeben gewesen, die von mir, meiner Show oder meinem Geld profitieren wollten. Und fast alle von diesen Leuten hatten sich von mir verabschiedet, als die Sendung eingestellt wurde und ich für sie dadurch meinen Marktwert verlor. Dieser Teil meines Freundeskreises, der offensichtlich nie wirklich dazugezählt hatte, verpuffte einfach.

»Ines, vielleicht trinken wir nachher noch was zusammen?« Marens Stimme hatte einen genervten Unterton bekommen. »Wir besprechen gerade etwas Wichtiges.«

»Klar.« Ines warf Maren einen bösen Blick zu. Dann strahlte sie mich wieder an. »Bis später, Anni.« Sie summte die Anfangsmelodie meiner früheren Show, lachte dann laut auf und zog endlich von dannen.

»Nervt dich das eigentlich gar nicht?«, fragte Maren mich, als wir wieder allein waren. »Dauernd von allen erkannt und angesprochen zu werden?«

Ich zuckte mit den Schultern. »Inzwischen ist es nicht mehr so schlimm.«

»Ach komm, ich glaub dir kein Wort! Dich erkennt doch immer noch jeder!«

»Ich habe keine Lust, mich darüber zu beschweren«, antwortete ich. Anfangs, als der Erfolg meiner Show quasi über Nacht über mich hereinbrach, war ich mit der plötzlichen Prominenz allerdings überhaupt nicht zurechtgekommen und hatte alles gezählt, was mir vor die Nase kam. »Ich habe mir einen Job in der Öffentlichkeit ausgesucht, da darf ich auch nicht motzen, wenn die Leute mich erkennen.« Ich atmete tief durch. »Hast du bis zum Schluss mit ihr Kontakt gehabt?«

Maren nickte. »Vera ist nach dem Studium wieder nach Bitterheide gezogen. Wusstest du, dass sie Philipp Strömer geheiratet hat?«

Ich musste nachdenken. Der Name sagte mir irgendetwas, aber ich kam nicht drauf. »Philipp ...?«

»Du erinnerst dich doch noch an den schlimmen Autounfall damals? Die fünf Jugendlichen, die auf dem Heimweg vom Cincinnati verunglückt sind? Drei sind gestorben, zwei haben überlebt. Einer davon war Philipp.«

»Ja, natürlich!« Ich sah ihn wieder vor mir, wie er irgendwann durch unser Dorf ging, vom Unfall gezeichnet. »War er nicht der Fahrer?«

»Ja.« Maren machte ein ernstes Gesicht. »Es ging ihm jahrelang schlecht, vor allem psychisch. Ohne Vera wäre er da nie rausgekommen.«

»Hatte sie Kinder ...?«

»Drei Mädchen. Alle zum Glück schon erwachsen. Jedenfalls zum Schluss. Vera hat sich ja fast sieben Jahre lang mit dem verdammten Krebs rumgeschlagen.«

Ich starrte auf die frühere Tanzfläche, sah Vera und mich dort tanzen und laut die Songs mitgrölen, deren Texte wir nur rudimentär kannten. Ich sah uns zusammen auf ihrem Bett sitzen und uns schminken, während wir über die Jungs in der Stufe ablästerten. Und ich sah sie vor mir auf der Straße stehen, im Morgengrauen mit Bademantel und Pantoffeln, um Verzeihung bittend – abgewiesen.

»Sie hat eine schlimme Zeit durchgemacht. Vor sieben Jahren die erste Diagnose, große OP, Chemo, Bestrahlung, das ganze Programm«, sagte Maren. »Dann sah alles erst ganz gut aus, aber vor zwei Jahren kamen wieder Metastasen, und alles ging von vorne los. Irgendwann bekam sie dann mehr oder weniger dauerhaft Chemo, bis es nicht mehr ging.«

»Schön, dass ihr so engen Kontakt hattet.« Meine Stimme hörte sich fremd an.

»Ja, hatten wir eigentlich mit der halben Stufe. Die meisten von uns sind ja hier in der Umgebung geblieben. Meine Jüngste ist im selben Alter wie ihre Älteste. Vera war wirklich eine gute Freundin.«

Ich wusste nicht, was ich sagen sollte.

»Sie ist auf dem Dorffriedhof begraben«, sagte Maren. »Zwei Gräber hinter den drei unbekannten Soldaten.«

»Danke, Maren.«

Ich konnte nicht länger hierbleiben, in dieser Großraumdisco, die keine mehr war und in der mich alles an Vera erinnerte. Nicht ein einziges Mal in meinem Leben war ich ohne sie hier gewesen. Nur heute.

Aber eine Sache musste ich Maren noch fragen. »Hat sie dir mal von unserem Streit erzählt?«

»Sie wollte nie darüber sprechen. Ich wusste, dass da irgendwas zwischen euch vorgefallen ist. Wegen der Abi-Zeitung, oder?«

Ich schwieg.

»Ist ja auch egal. Wenn sie von dir gesprochen hat, dann jedenfalls immer sehr liebevoll. Und sie war so stolz auf dich, Anni! Sie hat alle Zeitungsartikel über dich ausgeschnitten und aufbewahrt.«

Ich versuchte, den Kloß in meinem Hals runterzuschlucken. »Ich muss kurz an die frische Luft«, brachte ich mühsam hervor und stand auf.

»Ist schon gut, Anni.«

Ich starrte auf den Boden, während ich schnellen Schrittes den Saal verließ und aus der ehemaligen Großraumdisco eilte. Mir fielen die Fugen in den Bodenfliesen auf, aber erstaunlicherweise wollte ich sie nicht zählen. Ich wollte meine Trauer um Vera nicht einfach wegzählen.

Ohne mich noch einmal umzudrehen, lief ich aus dem Cincinnati, eilte die Straße hinunter zu meinem Auto, rannte fast, und sprang schließlich hinein, um den Motor mit aufheulendem Geräusch zu starten.

– 47 –

Den kleinen Dorffriedhof hatte ich lange nicht mehr besucht. Seit der Beerdigung meiner Mutter vor bald fünfzehn Jahren war ich nicht mehr hier gewesen. Ich hatte mir immer eingeredet, dass Friedhöfe für mich keine Bedeutung hatten. Ich musste nicht an Maikes, Papas und Mamas Grabstein stehen, um an sie zu denken. Das konnte ich auch zu Hause, wenn ich auf das gerahmte Familienfoto blickte, das auf dem Flügel stand, oder wenn ich im Wald spazieren ging. Aber jetzt, als ich durch die Reihen lief und die vielen vertrauten Namen las, spürte ich die Toten viel stärker als sonst. Unter fast jedem Stein lag jemand, den ich kannte, und sofort hatte ich ein Bild vor Augen. Der alte Steinhage, Herr Fedler, Pfarrer Weinbau, Hühnerzüchter Weber – mit allen hatte ich zumindest mal ein Wort gewechselt.

Ich fand meine Eltern, die gemeinsam mit Maike in einem Familiengrab lagen, das mein Bruder auch für sich und seine Frau irgendwann vorgesehen hatte. Die Grabstelle war gar nicht so groß, heutzutage wurde übereinander beerdigt, und Maikes Tod lag inzwischen so lange zurück, dass meine Mutter bereits an die Stelle gekommen war, an der meine kleine Schwester vor nun mehr als vierzig Jahren begraben wurde.

Ich ging an den drei unbekannten Soldaten vorbei, auf deren Gräber immer noch regelmäßig ein Totenlicht gestellt wurde.

Und dann fand ich Vera.

Auf ihrem Grab stand ein schlichtes, mittelgroßes Holzkreuz, auf dem nur ihr Name und das Geburts- und Sterbedatum eingraviert waren.

»Ich hatte nie wieder eine Freundin wie dich«, sagte ich leise. »Ich vermisse dich so sehr. Und es tut mir so leid, dass ich nicht da war.«

Schließlich ging ich zu dem Stein und strich dreimal sanft darüber.

»Mach's gut, Vera.«

Ich brauchte keine zehn Minuten bis zu dem alten Bauernhof. Die historische Backsteinfassade war geblieben, aber ein modernes Dach mit Solarzellen ragte nun darüber. Alles war liebevoll restauriert worden und sah zugleich hochmodern aus. Die Fenster wurden von elektrischen Lamellen bedeckt, die in dem Moment automatisch hochfuhren, als ich auf das Haus zuging, was nichts mit mir zu tun hatte, sondern an den Wolken lag, die sich vor die Sonne geschoben hatten. Ein Elektrowagen parkte in der Einfahrt und tankte an der hauseigenen Stromtankstelle. Hühner liefen überall herum, und hinter dem Haus konnte ich eine Weide sehen, auf der bestimmt fünfzig Kühe friedlich grasten.

Er hatte sein Heidi-Glück gefunden.

Ich klingelte, und kurz darauf waren Schritte von drinnen zu hören, die mir merkwürdig vertraut waren. Energisch, eilig, so musste er früher durch die Bank gelaufen sein. Im nächsten Moment öffnete Christian die Tür.

»Ja, bitte ...?« Er konnte nicht weitersprechen, als er mich erkannte.

Nach all den Jahren hatte er sich kaum und gleichzeitig komplett verändert. Christian hatte inzwischen schlohweiße Haare und ein sonnengegerbtes, faltiges Gesicht. Aber seine Augen blitzten noch genauso wie früher.

»Anni ...« Mit offenem Mund starrte er mich an. Ich lächelte.

»Schön, dass ich immer noch so eine Wirkung auf dich habe«, scherzte ich.

Ein Grinsen zeigte sich auf seinem Gesicht, genauso wie früher. »Die wirst du auch immer haben«, sagte er.

Hinter ihm trat eine Frau in den Flur. Sie war vielleicht etwas jünger als Christian, hatte blonde, grau gesträhnte Haare und kein Gramm Fett am Körper.

»Wer ist da, Schatz?«

»Eine alte Freundin.« Christian winkte die Frau zu sich und legte liebevoll den Arm um ihre Schulter. »Darf ich euch vorstellen: Das ist Anni, und das ist Beate, meine Frau.«

Ich schüttelte ihr die Hand, und sie sah mich freundlich an.

»Ja, sicher, wir kennen uns doch.« Sie musterte mich stirnrunzelnd und konnte mich offensichtlich nicht einordnen. »Vom Einkaufen? Oder sind Sie auch in dem neuen Pilates-Studio in Westerheide?«

Ich nickte lächelnd. »Wahrscheinlich vom Einkaufen.«

»Schön. Wollen Sie reinkommen? Mein Kuchen ist gleich fertig. Die Kinder sind alle da. Und unsere Enkel auch. Ist ziemlich voll hier im Moment.« Sie lachte, und Christian drückte sie an sich. »Auf einen mehr oder weniger kommt es da nicht an. Kommen Sie!«

Beate löste sich aus Christians Umarmung und winkte mich ins Haus.

»Danke, das ist wirklich nett. Aber ich habe es leider sehr eilig. Ich wollte Christian nur kurz Hallo sagen.«

Beate nickte und zog im nächsten Moment die Nase kraus. »Der Kuchen verbrennt mir ja!« Hektisch eilte sie zurück ins Haus.

»Du hast Kinder?« Es war mehr eine Feststellung als eine Frage. Ich wies mit dem Kopf auf den Hof, auf dem jede Menge Kinder Ball spielten oder Bobby-Car fuhren.

»Vier Stück. Aber das sind meine Enkel.«

»Dachte ich mir. Toll. Du wolltest doch immer eine große Familie haben.«

»Ja.«

»Und dein Öko-Bauernhof?«

Er schmunzelte. »Am Anfang schwierig. So, wie du gesagt hast. Aber irgendwann ging's.«

Ich nickte ihm anerkennend zu. »Großartig.«

»Und du?«, fragte Christian zögernd. »Hast du Familie?«

Ich schüttelte den Kopf. »Hat sich leider nicht ergeben.«

Ich sah, wie Christian mit sich kämpfte, wie er sich nervös durch die Haare fuhr und immer wieder zu sprechen ansetzte.

»Anni ...« Er stockte. »Ich ... ich habe dich nie ...«

»Psst«, machte ich und legte meinen Zeigefinger auf seine Lippen. Dann beugte ich mich zu ihm und gab ihm drei Küsse auf den Mund.

Ich fuhr aus Bitterheide hinaus und ließ das Dorf und meine Jugend hinter mir. Auf dem Display in der Mittelkonsole meines Wagens tippte ich auf Svens Kontakt.

»Hast du alles überstanden, Süße?«

Ich seufzte laut. »Ja. Aber anders als erwartet.«

»Wie lief es mit dem Zählzwang?«

»Ich hatte es im Griff.«

»Sehr gut. Ich bin stolz auf dich.«

»Danke. Steht euer Angebot noch?«

»Machst du Witze? Allein mit Achim halte ich es hier oben kaum noch aus!«

Ich lachte. Achim und Sven waren seit sieben Jahren verheiratet. Sie hatten ihr Glück in dem Jahr besiegelt, als Vera ihres verlor.

»Du weißt, dass du den besten Ehemann der Welt hast?«

»Natürlich weiß ich das. Aber manchmal raubt er mir eben den letzten Nerv. Deshalb ist es gut, wenn du kommst.«

Achim war ein guter Freund geworden. Nicht so wie Sven, der damals auch nach Köln gegangen war. Er hatte dort Innenarchitektur studiert und endlich frei leben können. Später hatte er sich als Möbeldesigner einen Namen gemacht; fast alle Möbel, die ich besaß, stammten von ihm. Erst als er so leben konnte, wie er wollte, überwand er seinen Zwang.

»Wann kommen die anderen?«

»Sanne hat sich für morgen Abend angekündigt. Manu schafft es erst übermorgen. Wir haben also noch ein bisschen Ruhe, bevor die Irren kommen.«

Ich musste lachen. Meine kleine Psycho-Clique von damals war längst so etwas wie meine Ersatzfamilie geworden.

»Es fährt noch eine Fähre um sechs. Die müsstest du doch schaffen«, sagte Sven. »Hast du was Warmes zum Anziehen dabei? Auf Juist ist es ganz schön zugig.«

»Wie immer also.«

»Wie immer. Wir freuen uns, wenn du da bist, Süße. Der Kamin ist an, und der Rotwein steht bereit. Fahr vorsichtig. Bis später.«

»Mach ich. Bis später, mein Freund.«

Mein bester Freund.

LESEPROBE

352 Seiten / Auch als eBook

– 1 –

20. April 1974

Katharina Berner saß in der Bibliothek der Villa ihrer Eltern. Ihre Mutter hatte die Kaffeetafel dort decken lassen, es gab Schwarzwälder Kirsch- und Prinzregententorte, gebacken von Martha, der Haushälterin im Hause Berner. Der vertraute, leicht muffige Geruch der alten Bücher hatte sich mit dem Duft von Kaffee und Kuchen vermischt, und der Raum, in dem Katharina früher stundenlang gelesen hatte, bekam dadurch eine ganz andere Aura.

Traute Berner nahm sich gerade ihr zweites Stück Torte, was von ihrer ältesten Tochter Eva kritisch beäugt und von Hanna, der zweitgeborenen, besorgt kommentiert wurde. Während ihre Schwestern mit der Mutter die Zuckerwerte diskutierten, fiel Katharinas Blick durch die Sprossenfenster auf die Terrasse, die im herrlichsten Sonnenschein lag. Eine bildschöne Blondine, höchstens dreißig Jahre alt, schenkte einem gut aussehenden Mann und zwei ausgesprochen hübschen Kindern dort gerade Kaffee und Kakao ein. Dann bekam jeder ein Stück Erdbeerkuchen, bevor sich die dauerlächelnde Frau mit an den Tisch setzte, der mit einer strahlend weißen Decke und gutem Porzellan gedeckt war. Die Malheure kamen völlig unerwartet: Der Mann kleckerte Kaffee auf sein blütenweißes Hemd, dem Jungen fiel der Kakao um und dem kleinen Mädchen ein Stück Erdbeerkuchen auf den Tisch. In Erwartung einer schlimmen Standpauke starrten alle ängstlich auf die Blondine. Gleichgültig beobachtete Katharina die Reaktion der Frau, die ausfiel wie immer.

Lächelnd sah sie über das Desaster hinweg und zog wie aus dem Nichts eine Flasche Semil unter dem Tisch hervor. Obwohl Katharina nicht hören konnte, was die Frau sagte, kannte sie den Text in- und auswendig: »Das macht doch nichts, mein Lieber. Mit Semil wird dein Hemd im Nu wieder blütenrein. Und das gute Tischtuch erst recht.« Daraufhin drehte sie sich zur Kamera und lächelte noch glücklicher als zuvor, während die anderen im Hintergrund erleichterte Gesichter machten. »Semil. Für strahlend weiße Wäsche.« – »Und eine glückliche Hausfrau«, fügte der Mann noch mit einem selbstzufriedenen Lächeln hinzu und tätschelte der Blondine die Wange, deren Gesicht bei dem ganzen Strahlen eigentlich längst hätte verkrampfen müssen.

Zufrieden klopfte Karl Berner seinem Sohn Erich auf die Schulter, als der Werbefilm im Kasten war. Die beiden standen neben dem Kameramann und hatten von da aus die gesamten Dreharbeiten genau beobachtet. Es war nicht das erste Mal, dass auf dem Anwesen der Berners gedreht wurde. Nachdem Willy Brandt, der damals noch Außenminister gewesen war, vor sieben Jahren auf der Funkausstellung in Berlin einen symbolischen roten Knopf gedrückt und damit den Startschuss für das Farbfernsehen in der BRD gegeben hatte, waren die kurzen Werbefilme immer beliebter geworden. Besonders in der Waschmittelindustrie. Kein Wunder, schließlich ließ sich die *strahlende Leuchtkraft* und die *bunte Vielfalt* der Wäsche im Farbfernsehen deutlich leichter transportieren, als es in den Schwarz-Weiß-Filmen möglich gewesen war. Und da die Jugendstilvilla der Berners den perfekten Rahmen für eine solche Reklame abgab, war es für den Firmengründer nur naheliegend, hier zu drehen. Warum sollte man Geld für ein gemietetes Objekt ausgeben, wenn der Chef den perfekten Drehort sein Eigentum nennen durfte? Dafür war Karl viel zu sparsam.

Katharina hatte den Geschäftssinn ihres Vaters immer bewundert, und es hatte sie nie gestört, wenn ihr Elternhaus für

Dreharbeiten genutzt wurde. Aber hätte er den Dreh diesmal nicht um einen Tag verschieben können? Das Wetter war traumhaft, für Ende April fast sommerlich. Sie hätten auf der Terrasse sitzen können, alle zusammen, und nicht nur die Frauen. Immerhin war heute der fünfundsiebzigste Geburtstag ihrer Mutter.

»Heute werde ich mir ja wohl ein zweites Stück genehmigen dürfen«, sagte Traute.

»Natürlich darfst du das, Mama.« Katharina legte ihr eine Hand auf den Arm.

Eva verdrehte die Augen. »Dir ist wohl egal, ob sie einen Zuckerschock bekommt.«

»Nein, ist es nicht«, antwortete Katharina und versuchte, eine möglichst freundliche Tonlage beizubehalten. Im Gespräch mit ihrer fünfzehn Jahre älteren Schwester fiel ihr das manchmal schwer. »Mama hat doch den besten Überblick über ihre Zuckerwerte und weiß genau, wann sie spritzen muss. Keiner kann besser entscheiden als sie, ob sie noch ein Stück Torte essen darf oder nicht.«

Traute lächelte sie an. »Wo du recht hast, hast du recht, mein Kind.« Demonstrativ steckte sie sich ein besonders großes Stück Kuchen in den Mund.

Eva verzog das Gesicht, wodurch ihre Zornesfalte auf der Stirn noch deutlicher zum Vorschein kam. Früher war sie ein hübsches Mädchen gewesen. Groß gewachsen und mit einer schlanken Figur, dazu die blauen Augen und die blonden Haare – kein Wunder, dass die Amerikaner sie nach Kriegsende, da war sie gerade zwanzig, kaum in Ruhe lassen wollten. Eva war der Inbegriff des deutschen Fräuleins gewesen, was im völlig zerstörten Köln seine Vor- und Nachteile gehabt hatte. Vielleicht war das der Grund, warum sie so schnell nach Kriegsende geheiratet hatte. Katharina war auf der Hochzeit Blumenmädchen gewesen und erinnerte sich noch genau, wie alt ihr Evas Mann damals vorgekommen war. Dr. Konrad Kruse war bereits fünfunddreißig, als er ihre Schwester zum Traualtar führte. Ein gestandener Arzt mit gut laufender Praxis, ein Katholik, besser hatte es Eva gar nicht treffen können, glaubte Karl Berner, der sich freute, dass endlich bessere Zeiten kommen würden.

Katharina betrachtete ihre älteste Schwester, wie sie schlecht gelaunt an der Geburtstagstafel ihrer Mutter saß und an ihrem Kaffee nippte. Die hübsche und hoffnungsvolle Braut von damals konnte man nur noch erahnen. Eva wurde bald fünfzig und kam Katharina manchmal eher wie eine Tante als wie eine Schwester vor. Die Haare immer perfekt frisiert, grundsätzlich nur in Rock und Bluse gekleidet, gehörte sie eindeutig einer anderen Generation an. Vier Kinder und fünf Fehlgeburten hatten Evas schlanken Körper üppig werden lassen, und ihr Ehemann hatte sich im Laufe der Jahre zu einem nervtötenden Besserwisser entwickelt, jedenfalls empfand Katharina das so, die ihren Schwager nicht lange ertragen konnte.

»Wir fliegen im Sommer an die Côte d'Azur«, sagte Hanna, offenkundig bemüht, das Thema zu wechseln. »In dasselbe Hotel, in dem Erich und Barbara letztes Jahr waren.«

»Wie schön«, meinte Traute. »Die waren ja ganz begeistert. Besonders von den Partys ... Hoffentlich ist das auch was für die Kinder.«

»Peter und Claudia bleiben hier. Sie gehen so lange zu Uwes Schwester.«

»Das ist vernünftig.«

»Was machen eure Kreuzfahrtpläne?«, fragte Hanna, und die Mutter seufzte.

»Ach, ich habe gar keine Lust. Aber euer Vater will ja unbedingt. Ich würde viel lieber nach Norderney fahren.«

Eva nickte. »Da ist es ja auch immer schön. Wir fahren auch wieder hin.« Sie drehte sich zu Katharina. »Und du? Hast du Sommerpläne? Alleine zu fahren ist natürlich immer ein bisschen blöd ...«

Darauf hatte Katharina gewartet. In den letzten Jahren hatte es keine Familienfeier gegeben, bei der sie nicht auf ihre private Situation angesprochen wurde. Sie war nun vierunddreißig Jahre alt und immer noch unverheiratet. Für ihre Familie ein unhaltbarer Zustand.

»Ach was, das ist gar nicht blöd«, antwortete sie. »Ich mag es ja, allein zu reisen. Da ist man total frei und kann tun und lassen, was man will, ohne auf jemanden Rücksicht nehmen zu müssen. Das ist toll!«

»Und man hat nie jemanden bei sich. Weder beim Frühstück noch beim Abendessen. Das ist so traurig.« Jetzt war der Spott in Evas Stimme deutlich zu hören, und auch Hanna, die sich bei diesen Streitereien meistens zurückhielt, musste grinsen.

»Ob das immer so ist, steht ja noch auf einem ganz anderen Blatt«, sagte Katharina und lachte. Die anderen blieben still.

Sie sah, wie ihre Mutter die Lippen zusammenpresste, als würden ihre Dritten jeden Moment herausfallen. Katharina wusste, wie sehr sie es hasste, wenn ihre Mädchen sich stritten, auch wenn sie schon seit Jahren nichts mehr dazu sagte. Aber heute war ihr Geburtstag, und Katharina wollte ihn ihr nicht verderben. »Wo soll eure Kreuzfahrt denn hingehen?«, fragte sie ihre Mutter deshalb.

Während Traute Berner die Route zu den Kanarischen Inseln erläuterte, fiel Katharinas Blick wieder auf die Terrasse, wo Erich sich mit dem blonden Model unterhielt. Offensichtlich war er sehr zufrieden mit ihrer Arbeit, jedenfalls sah es so aus, als würde er die junge Frau die ganze Zeit loben. Er legte ihr lächelnd eine Hand auf die Schulter, nickte anerkennend, während er mit ihr sprach, und die Frau strahlte über das ganze Gesicht.

Ihr Bruder, der zwischen Eva und Hanna geboren worden war, hatte offiziell die Geschäftsführung übernommen, auch wenn der Seniorchef nach wie vor die Zügel in der Hand hielt. Von Geburt an war Erich auf die Leitung der Firma getrimmt worden. Da die

Gebäude am Stadtrand und in Rheinnähe standen, um die Abwässer auf kurzem Weg im Fluss entsorgen zu können, hatten sie den Krieg einigermaßen unbeschadet überstanden, sodass Karl in den Nachkriegsjahren ein gefragter Mann gewesen war und seinem Sohn ein florierendes Unternehmen hatte übergeben können. Erst in den letzten Jahren hatten sie sich von der Großwäscherei getrennt, die sie jahrelang neben der Waschmittelproduktion betrieben hatten, und alle Energie in die Expansion von Semil gesteckt. Seitdem die Kölner Hotelbetriebe ihre Wäsche nicht mehr bei ihnen wuschen, schäumte der Rhein an dieser Stelle deutlich weniger.

»Wo ist Barbara eigentlich?«, fragte Katharina. Sie mochte Erichs Frau. Eine schlaue und lustige Person, die sie als Bereicherung in der Familie empfand.

»Sie ist unpässlich«, antwortete ihre Mutter. »Wenn sie sich heute Abend besser fühlt, kommt sie zum Essen.«

»In letzter Zeit kränkelt sie aber häufig«, meinte Eva. »Was hat sie denn?«

»Das kann ich dir nicht sagen, ich habe sie nicht gefragt.«

Niemals würde ihre Mutter genauer nach einer Krankheit fragen. Brach sich jemand ein Bein oder wurde vom Schlag getroffen, dann war das etwas anderes. Es war offensichtlich, und so erkundigte man sich natürlich nach dem Heilungsverlauf. Aber Krankheiten, die sich im Inneren abspielten, die womöglich noch Organe betrafen, über die man sowieso nicht sprach, die wurden besser ignoriert. Schließlich wollte man weder den Betroffenen noch sich selbst in eine peinliche Situation bringen.

»Möchtet ihr noch einen Sherry?«, fragte ihre Mutter, und als alle bejahten, stand Hanna auf und drückte auf den Knopf, der neben der Zimmertür angebracht war.

In fast allen Räumen im Erdgeschoss der Villa befand sich ein solcher Klingelknopf, er war direkt mit der Küche verbunden, in der sich Martha üblicherweise aufhielt. Kurz darauf erschien sie dann auch in der Bibliothek und nahm die Wünsche der Familie entgegen. Katharina fand das alles andere als zeitgemäß. Beim Bau der Villa in den Zwanzigerjahren mochte das im noblen Stadtteil Marienburg modern gewesen sein, aber heute? In der Zeit, die es brauchte, um nach Martha zu läuten, hätten sie den Sherry längst selbst holen können und der alten Haushälterin damit ein bisschen Lauferei erspart.

»Sollte Martha nicht längst in Rente sein?«, fragte sie, nachdem diese den Sherry gebracht und wieder in der Küche verschwunden war.

»Warum sollte sie?«, entgegnete ihre Mutter. »Martha hat doch niemanden. Wir sind so was wie ihre Familie, hier wird sie gebraucht, das hält sie am Leben.«

Schöne Familie, dachte Katharina, die einen in der Küche hocken ließ und bei Bedarf zu sich pfiff wie einen Hund.

»Vielleicht wäre Marthas Leben ganz anders verlaufen, wenn sie nicht immer hier gewesen wäre«, gab sie zu bedenken und dachte an das *Mädchenzimmer*, in dem Martha seit Jahrzehnten wohnte. »Wenn sie einen normalen Arbeitstag gehabt hätte, abends nach Hause gegangen wäre, dann hätte sie heute vielleicht ein Privatleben.«

Ihre Mutter sah sie mit großen Augen an. »Du kennst doch ihre Vorgeschichte! Außerdem ist sie Hauswirtschafterin. Da hat man nun mal keine Familie.«

»Nicht nur als Hauswirtschafterin«, warf Eva ein. »Als Juristin scheint einem das ja nicht anders zu gehen.«

Katharina unterdrückte ein genervtes Stöhnen. »Das ist ja wohl etwas anderes. Ich habe einen Feierabend, ein Privatleben und Freizeit, die ich sehr genieße.«

»Martha hat montags immer frei!«, sagte ihre Mutter. »Und die Wochenenden haben wir ihr grundsätzlich doppelt bezahlt, weil wir immer so viele Empfänge gegeben haben. Sie hat es doch wirklich gut bei uns.«

»Sicher ...« Katharina wich ihrem Blick aus und sah aus dem Fenster. Es hatte überhaupt keinen Zweck. Solche Diskussionen hatten sie schon zuhauf geführt, und ihre Mutter hatte nie Verständnis für ihren Standpunkt gezeigt. In Trautes Augen war die Anstellung in der Villa das Beste, was Martha hätte passieren können. Sie war ein Mädchen aus einfachen Verhältnissen gewesen, als sie Anfang der Dreißigerjahre in dem Haushalt angefangen hatte. Alternativ hätte sie in einer Fabrik im Akkord schuften können, was weniger Geld und härtere Arbeit bedeutet hätte, die für sie womöglich gar nicht auszuhalten gewesen wäre. Wenn sie überhaupt welche gefunden hätte; die wirtschaftliche Situation war damals so schwierig, dass eigentlich nur Männer in den Fabriken eingestellt wurden, wenn überhaupt. Auf dem Land konnten sich alleinstehende Frauen ohne Ausbildung noch als Magd ausbeuten lassen, aber in den großen Städten gab es sonst höchstens eine Anstellung als Zimmermädchen, jedenfalls wenn man anständig bleiben wollte. Als junges Mädchen hatte Martha an Tuberkulose gelitten. Eine Heirat verbot sich daher für sie, so eine konnte in den Dreißigerjahren nicht Mutter werden, das war keinem Mann zuzumuten, der am Ende womöglich allein mit seinen Kindern dastand. Ihre tödliche und angeblich stark lebenszeitverkürzende Krankheit hatte Martha bereits über fünfzig Jahre hinter sich gelassen. Sie war nie wieder ausgebrochen, und Katharina konnte sich nicht erinnern, dass die kräftige Frau mit der grauen Dauerwelle jemals auch nur einen Schnupfen gehabt hatte.

Ihre Mutter unterdrückte ein Gähnen. »Ich würde mich bis zum Abendessen gern noch ein wenig hinlegen.«

»Macht dir dein Zucker jetzt doch zu schaffen?«, fragte Hanna besorgt, und Eva sah ihre Mutter tadelnd an.

»Nein, nein«, antwortete diese. »Ich bin fünfundsiebzig. Das macht mir zu schaffen.« Sie lachte.

»Soll ich dir nach oben helfen?«, fragte Katharina und ärgerte sich im nächsten Augenblick über die Frage.

X

Voller Unverständnis sah ihre Mutter sie dann auch an. »So schlimm ist es nun auch nicht. Fünfundsiebzig ist ja keine Krankheit«, sagte sie kopfschüttelnd und stand auf, was ihr einige Mühe bereitete.

*

Rita Maiburg lag auf einer karierten Picknickdecke und hatte ihren Kopf an Franks Oberschenkel gelehnt, der neben ihr saß und Bier trank. Ihre ganze alte Clique von früher war gekommen, um beim ersten Open-Air-Festival des Jahres dabei zu sein, dem Spring Festival, wie die Veranstalter es genannt hatten. Savoy Brown, Thin Lizzy, Ufo und Electric Mud sollten spielen, aber noch röhrte eine unbekannte Vorband auf der Bühne.

Es war ihr nicht schwergefallen, München zu verlassen und wieder ins heimische Rheinland zu ziehen. Aber es war schwer gewesen, sich einzugestehen, dass er sich nicht verwirklicht hatte, ihr Traum von einem Leben als Pilotin. Als Co-Pilotin und Bürokraft hatte sie gearbeitet, bis der kleine Betrieb, der sich auf die Fracht wertvoller Güter spezialisiert hatte, geschlossen wurde. Seitdem hatte sie nichts Neues gefunden, jedenfalls nichts, was sie langfristig machen wollte. Vielleicht hätte sie als Kellnerin oder Verkäuferin irgendwo arbeiten können, auch eine Anstellung als Sekretärin wäre sicherlich möglich. Aber sie wollte keinen Kompromiss eingehen und sich von ihrem Lebenstraum verabschieden, jedenfalls noch nicht jetzt. Dafür war sie mit zweiundzwanzig noch zu jung. Allerdings hatte sie sich eine Frist gesetzt: Wenn es bis zum Jahresende mit ihrem Traumjob nicht klappen sollte, dann musste sie etwas anderes finden. Auf Dauer war die Arbeitslosigkeit einfach zu deprimierend, und ihren Eltern wollte sie auch nicht länger auf der Tasche liegen.

Sie ließ den Blick über das Festivalgelände schweifen. Auf den Rheinwiesen tummelten sich bestimmt zehntausend Leute, eingehüllt in eine Wolke aus Marihuana. Einige Mädchen trugen die Röcke so kurz, dass sie nur knapp den Po bedeckten, andere so lang, dass sie beim Laufen fast stolperten. Und bei den Jungs sah es nicht anders aus, nur dass sie statt Röcken Hosen trugen. Es war angenehm warm, die Sonne schien, und es war sicher schon über zwanzig Grad. Dementsprechend gut war die Stimmung, die Festivalbesucher tanzten, tranken oder genossen einfach die Atmosphäre, so wie Rita, der es in ihrer Schlaghose aus dunkelbraunem Cord und dem engen grünen Pulli fast zu warm wurde.

Vor ihnen lag ein junges Paar auf einer verfilzten Decke. Das Mädchen trug einen Blumenkranz im Haar, den sie in der letzten halben Stunde aus Gänseblümchen geflochten hatte. Aber jetzt lag ihr Freund halb auf ihr und durchwühlte mit den Fingern ihre lange Mähne, sodass der Kranz nach und nach zerstört wurde. Die beiden knutschten so wild herum, dass Frank sich einen Spruch nicht verkneifen konnte.

»Pass auf, Mädchen, sonst erstickt er dich noch mit seiner Zunge!«

Rita lachte, und auch das Pärchen kicherte kurz, ließ sich aber sonst nicht groß irritieren und knutschte hemmungslos weiter.

»Savoy Brown und Thin Lizzy haben angeblich abgesagt«, meinte Uta, die mit einer Ladung Kölsch zur Picknickdecke zurückgekehrt war. Als sie sich auf den Boden hockte, um die Flaschen abzustellen, rutschte ihr geblümter Minirock hoch, sodass ihre Unterhose zu sehen war. Dort, wo sich ihre Scham verbarg, war das Wort *Dienstag* zu lesen, und Rita dachte unwillkürlich, dass heute doch Samstag war.

»Ausgerechnet die? Woher weißt du das?«, fragte sie ihre Freundin.

»Dahinten hängen ein paar ältere Semester von der Uni rum. Die wussten es. So 'n Mist.«

»Allerdings. Und das erklärt natürlich, warum diese miese Vorband so lange spielt.« Frank stöhnte. Seine langen Haare hingen ihm über die Schultern und waren an der einen Seite etwas angesengt, was seinem neuen Feuerzeug anzukreiden war, das ihn beim Zigaretteanzünden mit einer übergroßen Flamme überrascht hatte. »Ich bin nur wegen Thin Lizzy hier.« Genervt trank er sein Bier auf ex.

Rita rutschte mit dem Kopf von seinem Oberschenkel und lag nun lang ausgestreckt auf der Decke. Während sich ihre Freunde über die Vorband und die schlechte Organisation des Festivals ausließen, blickte sie in den wolkenlosen Himmel. Der Flughafen Köln/Bonn war nicht sonderlich weit entfernt, und die startenden und landenden Maschinen überflogen in regelmäßigen Abständen das Festivalgelände.

Das Gefühl zu fliegen war unvergleichlich, ganz anders, als nur als Passagier in einer Maschine mitzufliegen. Das erste Mal würde sie niemals vergessen. Schon als kleines Mädchen war sie vom Fliegen begeistert gewesen und hatte lieber mit Spielzeugflugzeugen gespielt als mit ihren Puppen. Schließlich hatte sie so lange auf ihren Vater eingeredet, bis er ihr erlaubte, einen Segelflugschein zu machen. Es war ein ungewöhnliches Hobby, damals, Ende der Sechzigerjahre, vielleicht noch ungewöhnlicher als heute, kostspielig und gewiss nicht ungefährlich. Wäre ihr Patenonkel nicht Mitglied im Segelflugverein gewesen und hätte er nicht ein gutes Wort für sie eingelegt, hätten ihre Eltern es vermutlich nie zugelassen. Aber so konnte sie schon als Jugendliche das Fliegen lernen, als einziges Mädchen im ganzen Verein. Es war wie ein Rausch, nur eben einer, bei dem sie klar denken konnte, klarer als sonst.

Rita hatte das Gefühl, dass ihr Gehirn auf Hochtouren arbeitete, wenn sie hinter dem Steuerknüppel saß. Vielleicht lag es am Adrenalin, das dann durch ihren Körper raste, jedenfalls gab es keinen Ort, an dem sie konzentrierter und fokussierter war als im Cockpit. Und glücklicher war sie auch nirgendwo. Daran konnten auch die vielen abfälligen Bemerkungen nichts ändern, die sie dauerhaft zu hören bekam, seitdem sie zum ersten Mal ein Flugzeug gesteuert hatte. Die Lehrer in ihrer alten Schule hatten sie belächelt, als sie von ihrem Wunsch zu fliegen hörten, und der Pfarrer in ihrer Gemeinde hatte sie sogar sehr ernst ermahnt, sie solle diese Flausen besser schnellstmöglich aus ihrem Kopf verbannen, bevor noch ein Unglück geschehe. Wenigstens in ihrem alten Segelflugverein hatte man sich inzwischen an die Tatsache gewöhnt, dass sie die einzige Frau unter all den männlichen Hobbyfliegern war. Aber auch das war ein langer Weg gewesen.

Sie ließ den Joint, der über der Picknickdecke kreiste, an sich vorüberziehen und dachte daran, dass sie bald wieder fliegen würde. Ihre Bewerbung für die Lufthansa war fertig, sie brauchte nur noch ein anständiges Foto, dann konnte sie die Mappe zur Post bringen. Und sie glaubte ganz fest daran, dass es mit einer Anstellung klappen würde. Sie gehörte nun mal in die Luft, das spürte jeder, der sie kannte, und das würden auch die Verantwortlichen von der Lufthansa merken.

Plötzlich beugte sich Frank über sie und drückte seine Lippen auf ihren Mund. Einen Augenblick später spürte sie, wie er ihr den Rauch in den Rachen blies. Kichernd und hustend stieß sie ihn zurück.

»Das ist ekelhaft!«

»Das ist ein original Blow Job.« Frank lachte. »Durch meine Lippen wirst du breit«, fügte er voller Pathos hinzu. Dann nahm er einen tiefen Zug und stieß ein paar Rauchkringel in die Luft.

Rita strich sich ihre schulterlangen, dunkelblonden Haare aus dem Gesicht und nahm ihm den Joint aus der Hand. »Gib her. Auf Blow Jobs kann ich heute gut verzichten.« Sie sog den Rauch tief in die Lungen und hustete erneut. »Was ist das denn für ein Kraut?«, krächzte sie heiser. Im Gegensatz zum süßlichen Duft, der von dem Joint ausging, war der Geschmack, den sie nun im Mund hatte, eher bitter. »So was hab ich ja noch nie geraucht.«

»Schwarzer Afghan. Das Beste, was der Markt hergibt. Ich bin gespannt, wie er vor Ort schmecken wird.« Frank nahm ihr den Joint wieder ab und rauchte mit geschlossenen Augen weiter.

»Ach ja, die große Reise ins Glück. Habt ihr denn den Bulli inzwischen auf Vordermann gebracht?«, fragte Rita. Frank wollte mit drei anderen Jungs nach Afghanistan fahren und dort den schönsten Kifferurlaub seines Lebens verbringen.

»Der Bulli läuft. Ich hoffe, er hält auch«, antwortete er. »Wir haben ja einiges vor. Erst mal bleiben wir ein bisschen in Herat, dann weiter über Kandahar nach Kabul; da sollen die Straßen sehr gut sein.«

»Was immer das da unten auch heißt.«

»Stimmt. Aber in Kabul wollen wir ein bisschen bleiben. Vielleicht fahren wir von da noch in das Bamiyan-Tal, wo diese berühmten Buddha-Statuen stehen. Ansonsten wollen wir es ja entspannt angehen lassen.«

Rita grinste. Ein paar Wochen dauerbekifft durch Afghanistan zu reisen war für Frank und seine Kumpels das Schönste, das sie sich vorstellen konnten.

»Und ihr wollt die ganze Zeit im Bulli pennen?«

Frank zuckte mit den Schultern. »Mal schauen. Ein paar Hostels gibt es da schon. Wir sind ja nicht die Ersten, die so einen Trip machen.«

»Stimmt.« Rita wusste, dass sich Afghanistan in den letzten Jahren zu einem beliebten Reiseziel entwickelt hatte. In erster Linie unter Hippies. Auch wenn der Drogenkonsum in dem Land nicht erlaubt war, so war er doch allgegenwärtig und wurde offiziell geduldet. Selbst Polizisten verkauften Haschisch auf den Straßen, das in rauen Mengen in den Tälern des Hindukuschs angebaut wurde. Jedenfalls hörte man solche Geschichten immer wieder von Reisenden, die bereits dort gewesen waren.

»Wenn du wiederkommst, bin ich vielleicht schon offizielle Lufthansa-Pilotin«, sagte sie.

»Cool«, meinte Frank und formte seine Hände zu einer Kugel, durch die er an dem Joint zog. Durch die größere Sauerstoffzufuhr verstärkte sich die Wirkung. »Wenigstens eine von uns, die es zu was bringt.«

Er blickte sie mit seinen glasigen Augen an, reichte den Joint weiter und bekam einen respektablen Lachanfall, als plötzlich weißer Vogelmist auf Utas Schulter landete. Auch Rita musste lachen. Sie mochte ihre alte Clique, die so unbeschwert und sorgenfrei war. Keiner von ihnen machte sich groß Gedanken um die Zukunft. Uta studierte zwar in Köln und Rita hatte neben ihrer Flugausbildung noch eine Ausbildung im mittleren nichttechnischen Betriebsdienst der Bundesanstalt für Flugsicherung absolviert, aber damit waren sie auch die Einzigen aus der Truppe. Frank feierte seit zwei Jahren seine Ausmusterung aus der Bundeswehr wegen eines verkürzten Beins, von dem man eigentlich nichts merkte. Und die anderen waren noch in der *Orientierungsphase*, wie sie es so schön nannten, und hingen in erster Linie rum.

Frank griff in die Innentasche seiner viel zu engen Jeansjacke und holte ein kleines Tütchen hervor, in dem sich einige daumennagelgroße Papierstückchen befanden, auf die ein Smiley gedruckt war. Er bot Rita eines der Papierstückchen an, aber sie schüttelte nur lächelnd den Kopf. Sie fühlte sich jetzt schon so unbeschwert und leicht, dass sie keine Verstärkung mehr brauchte.

»So jung kommen wir nicht mehr zusammen!«, rief Frank und legte eines der Papierchen auf seine Zunge. Genüsslich schloss er die Augen und streckte sich lang neben Rita aus.

*